U0588260

渡边淳一
作品

幻觉
げんかく

李迎跃 译

青岛出版社
QINGDAO PUBLISHING HOUSE

图书在版编目 (CIP) 数据

幻觉 /（日）渡边淳一著；李迎跃译 . — 青岛：
青岛出版社 , 2015.12
ISBN 978-7-5552-3360-2

Ⅰ.①幻… Ⅱ.①渡… ②李… Ⅲ.①言情小说 – 日
本 – 现代 Ⅳ. ① I313.45

中国版本图书馆 CIP 数据核字 (2015) 第 302524 号

幻觉 by 渡辺淳一
Copyrights ：©2004 by 渡辺淳一
This edition arranged through OH INTERNATIONAL CO. LTD.
Simplified Chinese edition copyrights ： ©2016 by Qingdao
Publishing House Co. , Ltd.
All rights reserved .
简体中文版通过渡边淳一继承人经由 OH INTERNATIONAL 株式会社授权出版

山东省版权局著作权合同登记号　图字：15-2015-49 号

书　　名　幻　觉
著　　者　（日）渡边淳一
译　　者　李迎跃
出版发行　青岛出版社
社　　址　青岛出版社（青岛市海尔路182号，266061）
本社网址　http://www.qdpub.com
邮购电话　13335059110　0532—68068026
策划编辑　杨成舜 E-mail:ycsjy@163.com（日本方向选题投稿信箱）
责任编辑　霍芳芳
特约编辑　刘　冰
封面设计　乔　峰
封面插图　郑乾敏
照　　排　青岛新华印刷有限公司
印　　刷　青岛国彩印刷有限公司
出版日期　2016年7月第1版　2016年7月第1次印刷
开　　本　大32开（890mm×1240mm)
印　　张　14.75
字　　数　300千
书　　号　ISBN 978-7-5552-3360-2
定　　价　49.00元

编校印装质量、盗版监督服务电话　4006532017　0532—68068638
印刷厂服务电话　0532-88194567
本书建议陈列类别：日本　当代　畅销　小说

序

在中国，特别是在北京、上海等地，我的作品拥有众多的读者，我倍感喜悦。

尤其《失乐园》《丈夫这东西》等畅销日本的作品，受到了广大中国读者的欢迎，我由衷地表示感谢。

由此我也发现，中国和日本的读者在夫妻关系、男女恋爱的感性认识上，有着极其相近的地方。

在这一点上，我深深地认识到，和只是单纯追求小说故事情节的美国读者相比，中国和日本的读者在欣赏故事情节的同时，还能品味人物的心理矛盾和有关自然风景的描写，都具有相当高的文学素养。

这次出版的《幻觉》，是一部描写美貌的精神科女医生和比她年轻的部下之间的恋爱小说，同时也是一部剖析现代精神病医疗的社会小说。

读者沿着纵、横两条主线阅读这部小说的时候，倘若能够通过作品，对现代社会中人们各种心理沉疴有所思考，我将荣幸之至。

渡边淳一

2005 年 6 月 10 日

目录

序 / 001

墓地樱花 / 001

心理治疗 / 029

昏睡状态 / 060

强迫障碍 / 089

情人旅馆 / 114

适应障碍 / 148

无法治疗 / 179

人格异常 / 237

用药过度 / 279

突然死亡 / 310

保存证据 / 349

丑闻现世 / 386

人格崩溃 / 425

朦胧月夜 / 453

墓地樱花

是樱花开得过于绚烂，还是因为春天皎洁的月光洒满了大地，抑或是由于在墓地这种地方，冰见子医生做出这样的事来，是我怎么也没想到的。

是的，那时冰见子医生冷不防把手伸向了头顶纵情绽放的樱花，亲手折了一枝下来，并把这枝樱花呈"一"字形横着衔到了口里。

然后她保持着口叼樱花的姿势，冲我微微一笑。

一刹那，一股冰冷的、毛骨悚然的感觉窜过了我的脊椎。

这究竟是怎么一回事？

不错，冰见子医生是精神科的一位女医，有着倾国倾城的美貌，正如画卷中描绘的才女一般。这样一位女医，为什么会突如其来地亲手折断一枝樱花，并把它叼到了口里？

那天晚上六点半，我们先在银座共进了晚餐。

地点就在冰见子医生平时经常喜欢光顾的那家位于银座四丁目的意大利餐厅，这家餐厅坐落在一座大厦的三层，透过餐厅的窗户可以俯视下面的银座大道。

那天碰巧是东京樱花盛开的日子，在银座，来来往往的行人们脸上都呈现着一种情不自禁的喜悦，樱花使整个街道都充满了一种令人神往的感觉。

当然，我比过往行人更加欢欣雀跃，因为我沉浸在一种巨大的幸福之中。

事实上直到这次约会梦想成真为止，不，即使现在我们面对面地坐在这家餐厅里，我仍然不敢相信，这一切都是真的吗？

原因非常简单，仔细想想看，我只是冰见子医生开办的一家精神病医院里的一个护士，今年三十一岁，比她要小上五岁。

这样一个我，突然得到和在医生当中以美貌闻名的女医单独共进晚餐的机会。对我来说，冰见子医生是一位高高在上、难以接近的女医，可这次却是她本人直接约我出来吃饭的。

但是，冰见子医生为什么会和我这种男人约会呢？整件事看上去非常不可思议，然而更让我弄不明白的是，晚饭之后她突然对我说："去青山墓地吧。""墓地？"我不由得重复了一句。

在银座约会之后接着要去墓地，这实在是一个离奇古怪且太富于跳跃性的邀请。

为什么晚餐结束的时候，冰见子医生突然提出要去墓地，而且是在两个人慢慢地饮干了红酒以后？

冰见子医生原本就有语出惊人的习惯，不久前在诊治病人途中，她突然对我说："你去买一个豆沙面包回来。"

我一下子回不过神儿来，"啊？"我惊奇地回问了一句，正在接受治疗的患者好像也跟我一样吃惊。

凑巧这是一位三十二岁的女性患者，曾经两次自杀未遂，这次又由于吞服了大量的安眠药，陷入了昏睡状态之中，幸好发现及时，马上进行了洗胃等抢救，总算没出什么大事。

然而，患者在身体上得到救治之后，还需要在精神上进一步进行治疗，所以她被从附近的急救医院送到了我们医院。

冰见子医生在询问患者自杀动机的时候，突然提出要我去买豆沙面包，而且还特别强调了"要买十文字屋的"。

那儿的豆沙面包确实非常好吃，冰见子医生的父亲在此地开设内科医院的时候，那家面包店就已存在，而且我知道冰见子医生也非常喜欢那家店。

但是在治疗过程中，冰见子医生为什么会突然想起那家面包店呢？

事后我曾经问过冰见子医生，她回答得非常干脆："那位患者被救活以后肚子非常饿，所以我才提出去买面包的。"她说话的时候，仿佛这件事跟她没有半点儿关系。

的确在自杀未遂之后，经过几次洗胃，胃里的东西都被清干净了，变得空空如也。随后患者会陷入一种昏睡状态，几小时过后，当患者总算能睁开眼睛的时候，会遭到一种异样的饥饿感的袭击。

冰见子医生是基于这种考虑，才提出要我去买豆沙面包这种要求的吗？

这样一想，我觉得似乎也合情合理，但是，这毕竟是在治疗过程中提出来的呀。

如果想要勉为其难地体会冰见子医生当时的心理，只能想作是她在和患者交谈的过程中，自己也逐渐被患者自杀未遂之后的情绪所感染，或者只是出于她那种任性的、生来就有的大小姐脾气？

总之，有一点可以肯定，就是之后我马上就出去买豆沙面包了。

看着看着病，可以突然要我去买豆沙面包，所以在晚餐之后，听到冰见子医生说出"去墓地吧"这种要求，我也就不会感到十分惊讶了。

而且青山墓地就在青山大道南面的入口处，从银座去的话，坐车有二三十分钟就够了。

我从来没反抗过冰见子医生，事实上我也没有反抗的资格，当然只有唯命是从了。

只是冰见子医生起身的时候，我原本觉得餐厅的账应该由我来付，但她很快叫来店长，优雅地递上信用卡。反正我只是医院的一名雇员，而且是她主动约我的，所以我转念一想，不付账也就算了，我就让冰见子医生请了这顿饭。

不过在这样一个美丽的夜晚，为什么她会动念去青山墓地呢？当我问她原因的时候，"为了去看樱花啊"，她回答得非常干脆。

青山墓地樱花确实很多，而且今晚正是花团锦簇的时候，只是在那种地方，真能好好欣赏樱花吗？

一说起银座附近的夜樱，人们立刻会想到皇居周围的千鸟之渊及隅田川沿岸的樱花，然而提出去墓地且说去欣赏樱花，这种提议让人总感到有些古怪。

"那里的樱花有什么与众不同吗？"我问。

冰见子医生头也不回地直视前方回答："对，我的樱花正在等我。"

"你的？"

具体情况我也不太清楚，但是青山陵园的土地属于东京都所有，那儿有属于个人的樱树实在不可思议。

"您家的墓地在那儿吗？"

"不在。"冰见子医生冷淡地回答，接着又说，"也不是非有属于自己的樱树不可啊，只要我心中认定这棵樱树属于我就行了。我把那儿一棵最年轻美丽的樱树定为自己的樱树，每年都会去看它。"

这种事情能行得通吗？我还是觉得难以接受，这时冰见子医生的目光突然变得梦幻般迷离。

"那棵樱花特别可爱，'好漂亮啊。'每年我都会这样赞美它。今年它也会花团锦簇的，等着我的到来。"

冰见子医生所言之事令人费解的实在太多。

但是，去墓地欣赏夜樱也许并不是一件坏事，如在千鸟之渊或上野等地，直到三更半夜还有许多赏花的客人，熙熙攘攘、喧嚣异常；换作墓地的话，去的人也少，说不定倒可以尽情地慢慢欣赏樱花。

不管怎么说，我先出去叫了一辆出租，当司机听到我说"去青山墓地"的时候，表情变得非常惊讶。我们并不理会，坐了上去，出租车驶过六本木隧道，过了青山火葬场以后往左一拐，就到了青山墓地中间的大路，我们在那儿下了车。

"十分寂静吧？"

正如冰见子医生所言，整个墓地静悄悄的，空气非常清新，我本来以为没人会在夜晚来这儿观赏樱花，但是却看到道路上三三两两的人们一边散步，一边观赏樱花。

原来如此，这是一个不为人知的赏樱名胜，道路两边生长着高大繁茂的樱树，虽然没有什么特别的照明，但是在几处街灯的灯光和朦胧的月光映照下，晚上的樱花仍然看得十分清楚。

"尾崎红叶、大久保利通以及齐藤茂吉的墓地都在这里。"

冰见子医生一一对我进行着介绍，这些名字对我来说几乎都很耳生，只知道是些过去的名人。放眼望去，周围的这些坟墓古老而又坚固，有些坟墓被打扫得干干净净的，有些却埋藏在杂草丛中。

我们沿着中央大道浏览着左右两边的墓地，走了五十米左右往左一拐，冰见子医生停了下来。

"这就是我的樱花。"

她的话音一落，我再次仰头望了上去，只见并排的几棵樱树当中，有一棵最矮的、最多也就五六米高的樱树，显得好像比周围的樱树都要年轻，连细小的树枝尽头都缀满了樱花，整个就像一把巨大的花伞悬挂在夜空之中。

"漂亮得惊人吧？"

的确如此，这棵樱树与其说美得动人，不如说美得惊人可能更为合适。正当我边想边眺望樱树的时候，冰见子医生忽然抚摩着树干低声细语起来：

"谢谢！今年也为我竭尽全力开满了樱花。"

在夜晚的墓地里，冰见子医生摩挲着樱花盛开的树干，对着樱花喃喃自语。

我在旁边望着她，忽然觉得窥探到了冰见子医生至今为止从不为人知的另一副神情。

冰见子医生本身是一位精神科的大夫，在多数情况下，她不是诊治患者，就是对我们这些护士下达指示，总体来说，她那种冷静而果断的态度给人的印象很深。

冰见子医生鼻子、眼睛的轮廓非常分明，身体修长苗条，与其说有一种温柔的美感，不如说给人一种精干的印象，使人感到难以接近。她的态度中隐隐地包含着一种冷漠。

这样一个冰见子医生，竟会在爱抚樱树的同时，对着樱花倾吐无比慈爱的话语。

甚至还从手中的皮包里拿出一个小饮料瓶，打开盖子，朝着樱树的根部浇起水来。

"多多地吸收水分，以便快快长大。"

冰见子医生身高约有一米六五，体重四十五公斤左右，一件白色的短风衣裹着她窈窕的身体，整个人靠在樱树的树干上。

在墓地里站着一位穿白风衣的女性，只是这个画面就给人一种毛骨悚然的感觉，再配上夜晚的樱花和朦胧的月色，总觉得有一种看画中人的感觉。

我被冰见子医生身上那种至今从未发现的母性深深吸引住了，她浇完水以后，又把饮料瓶装入了皮包，然后往后退了一步，重新仰望着樱花喃喃自语："十分绝妙吧？"

我用力点了点头。

如果树也可用"精神"这个词来形容，那么这棵樱树一定处于风华正茂、长势喜人的时期。

不愧是冰见子医生，连欣赏樱花的目光都与众不同。

我边思索边凝视着她，这时她忽然伸出右手，亲手折下一枝，然后张嘴一口叼住了这枝樱花。

整个动作都在瞬间完成。

我怎么也想不到冰见子医生会亲自折断一枝樱花，并把樱花叼到口里。

这条花枝上绽放着四五朵樱花，冰见子医生把它呈"一"字形横着衔在口里，所以她美丽的香唇到面颊之间的部分被樱花湮没了。

那瞬间，我产生了一种错觉，仿佛樱花的精灵从天而降。这对冰见子医生来说好像并没有什么，她大模大样地向着呆然守望的我，伸手把这枝樱花递了过来。

我不知道自己究竟该如何是好。这枝樱花是我憧憬已久的冰见子医生口中叼过的花枝，我当然非常想伸手接过来，但马上又觉得这样显得自己脸皮太厚。正在我犹豫不决之际，听到冰见子医生轻轻说道："喏。"

我这才把樱花接了过来，冰见子医生刚才叼过的地方，仿佛还能感到一点微微的湿痕，所以我加劲握紧了这枝樱花。

"味道甜美吧？"

听到冰见子医生这句话，我变得更加糊涂起来。樱花的树枝味道甜美，这话什么意思？说起来小鸟有时会去吸吮樱花的花蕊，以此类推的话，冰见子医生不也变成一只小鸟了吗？

正在我百思不得其解地眺望着樱树花枝之时，冰见子医生又在喃喃自语："樱花都发疯了……"

我不自觉地点了点头，然后又慌里慌张地摇起了头。冰见子医生一动不动地仰视着樱花。

"束缚没有了。"

"束缚？"

"对，没有了束缚，花变得疯狂了。"

冰见子医生这么一说，我才明白她指的是艳丽的樱花朵朵竞放的样子。

这棵樱树怒放的样子确实超出了一般樱树，真好像失去了一切禁锢。我正在琢磨的时候，听见冰见子医生用在门诊室诊治患者时那种清晰而冰冷的口吻说道：

"这棵树有狂躁症吧。"

"狂躁症？"

我重复了一遍，才发现冰见子医生用的是精神科的专业术语——狂躁症。

也许正如冰见子医生所说，这棵樱树的确患有狂躁症。

称樱花怒放的树木患有狂躁症，这种想法实在与冰见子医生那种大胆的性格匹配。

精神科里所谓的狂躁症，虽说由做护士的我来描述也许有些不自量力，其实就是指情绪处于一种异常高昂的状态。

再具体一点说，就是从身体动作到精神表现都十分激昂，喜怒哀乐的表现也变得激烈，因为一点琐事就可以兴奋起来；而且思维异常活跃，想法一个接一个，如果不说出来就会坐立不安，而且内容大都间断跳跃。在表述自己不着边际的想法的同时，身体也活泼多动，头脑一热，就随意到处乱走，主动和不相识的人搭话。

与此相反，情绪低落，沉浸在不安或悲伤的状态当中，则称为抑郁症。在患者当中，狂躁症和抑郁症交叉出现的情况很多。

现在眼前这棵盛气凌人、竞相怒放的樱花，确实给人一种情绪亢奋或是开得非常放肆的感觉，如果称之为狂躁症，人们也会产生"原来如此"的感受。

狂躁症的特点在于思维时常跳跃变换，但由于内容符合逻辑，所以还不至于给人一种支离破碎的感觉。

事实上眼前这棵樱花也是如此，一眼望去好像开得非常疯狂，但实际上并不是无规则乱开的。它还是在应该开花的季节，随着周围的樱花一起开放，只是开花的时候过于绚烂耀眼，给人一种玩命开过头了的感觉，所以这棵樱树才被诊断为狂躁症的吧。

不用说，我对这个诊断并没有什么异议。

从护士的角度来看，本来就没有资格对医生的诊断心存异议，我就更不可能产生半点儿疑问了。

总之，冰见子医生说这棵树患有狂躁症，我只有点头称是。到此时我才觉得似乎明白了冰见子医生把这棵樱树定为自己的树，并于夜晚前来探望的理由。

没准儿就是因为这棵樱树患有狂躁症，冰见子医生才被它吸引住的吧？由于这棵樱树不知什么地方有些疯狂，而且不受约束，所以她才如此珍爱它，心里放心不下它吧。

想到这里，我忽然被一种新的不安抓住。

如果冰见子医生喜爱患有狂躁症的樱花，那她本人会不会同样患有狂躁症呢？

冰见子医生患有狂躁症，这绝对不可能，这只是我一时间想过头而已。

我慌忙否定了自己的想法，然而越是否定，不知怎的，冰见子医生也许患有狂躁症这种想法却愈发变得加鲜明起来。

但是这种事情怎么好说得出口，在我默默无语的时候，冰见子医生再次摸向樱树的树干，轻声细语道："再见，过一段时间我还会再来。"

紧接着樱树仿佛听懂了一般，刮起一阵轻风戏弄着我的面颊，数片花瓣恋恋不舍地飘落而下。

冰见子医生也许真能和樱树进行交流，樱树可能也同样能听懂她的话语。刹那间我对樱树产生了一种嫉妒，不知冰见子医生是否察觉到了我的嫉妒，她和樱树告别后就向大道走去。

刚刚进入四月，在春寒残留的夜晚，冰见子医生竖起短风衣的领子，昂首挺胸地向前走去。

我走在她身旁落后半步的地方，还在思量自己刚才怀疑冰见子医生患有狂躁症的事情。

我怀疑精明强干的冰见子医生患有狂躁症是不太合理，可是当我看到右手里冰见子医生用嘴叼过的那枝樱花时，慢慢地又觉得即使我这样想也无可厚非。

实际上，精神科的医生们在诊治患者的过程中，也有人会逐渐趋于古怪。我在接触了一定数量的患者之后，发现有的人表现异常，但实际正常，而有些被社会认可的正常人，却有十分异常的时候。

幸好这只是一时的现象，她现在应属正常状态，看着如此绚丽多彩的樱花，冰见子医生变得有些狂躁也没什么不可思议的。

岂止如此，看上去十分坚强，实际上又不时露出脆弱，这也许正是冰见子医生的魅力所在。

这样想着，我们不知不觉地回到了墓地中央刚才下出租车的地方。

"那我从这儿就回去了，你怎么办？"

突然听冰见子医生这样一说，我变得手足无措起来，她迅速向停在附近的出租车招了招手。

"我就坐出租车回家了，没事儿吧？"

让冰见子医生这么一说，我也只好点头。当我呆呆地傻站着的时候，她又道："刚才说的事情，你好好考虑一下。"说着坐进出租车，轻轻一摆手，就绝尘而去。

在墓地的中央大道上，只剩下了我一个人。

话虽这么说，其实周围还有一些晚上赏樱的人，也不显得那么寂寞。

但是这样和冰见子医生分手也太扫兴了。忽然对我说一句"我回去了"，然后叫来出租车，一声"拜拜"就头也不回地走了。

在银座共进晚餐以后，又来到青山赏看夜樱，我原本期盼分手时能带有些浪漫情调，这样也过于简单了吧？当然这是我们第一次约会，我并没有奢求过多的东西，但是我也没有料到冰见子医生会突然叫辆出租，一个人说走就走了。

这里虽说是墓地，但青山离涩谷很近，从这里乘地铁到最近的电车站，再坐电车到大森，我回起家来并不难。

冰见子医生也许正是知道这些，所以才一下子就走了。但是这种突然分手的方式，还是给我留下了深刻的印象。

她是和我待在一起突然感到郁闷了呢，还是我有什么地方惹她不高兴了？我仔细回想了许久，冰见子医生并没有什么不高兴的样子呀，直到她上车时向我挥手，我也没觉得她的情绪有什么异常。

这样看来，这还是冰见子医生善变的老毛病吧？不对，从一开始她就想好了在墓地和我分手，是我一厢情愿地认为还可以继续跟她在一起。

但是，"刚才说的事情，你好好考虑一下"，冰见子医生说的最后一句话，还是使我惊讶不已。

她的所作所为看似随心所欲，可实际上大事她都落实得很好。

不错，她刚才叮嘱我的事情看来极为重要。

来墓地之前，我们在银座吃饭的时候，冰见子医生好像忽然想起什么似的，问我愿不愿意担任个人心理指导。

我一下子没能理会她的意思，听了一会儿我才明白，她是问我愿不愿意担任心理治疗室的个人心理指导。

这样重要的事让我这个护士来做，这行得通吗？我感到非常不安，但是冰见子医生却说没有关系。

冰见子医生开设的医院坐落于世田谷的上野毛。这一带虽然属于东京都，但从安静悠闲的住宅区向外走几分钟，出了河堤就可以眺望到多摩川。

冰见子医生的父亲花冢精一郎先生，很早以前就在这个地方开设了一家内科医院，五年前亡故后冰见子医生就继承了这家医院。

由于她的专业是精神科，所以就利用周围的空地，新建了一所拥有九十张病床的专门的精神病医院。说起九十张病床，也许有人会认为这家医院很大，但是在手术和检查很少的精神病医院当中，这家医院却属于小型的，医生除了冰见子医生以外，还有一位名叫佐藤保的四十二岁的医生，以及一个从大学附属医院来帮忙的姓圆山的年轻医生。

冰见子医生和他们既要诊治前来就诊的病人，又要负责住院的患者，两年前冰见子医生又在赤坂开设了一家名为"冰见子诊疗所"的诊所。

所以冰见子医生兼任着总院花冢精神病医院和"冰见子诊疗所"两个地方的院长。白天，她去赤坂的诊疗所出诊的时候较多。

我是从五年前开始来到冰见子医生手下工作的，那时她刚刚建成花冢精神病医院。

当时我二十六岁，从护士学校毕业后刚好进入第四个年头，那时我还在埼玉一家精神病医院工作。听说在东京都内多摩川沿岸有一家环境很好的医院，正在招收像我一样的男护士，我为那家医院有一位美若天仙的院长的传闻所吸引，因此前去应聘。

我十分幸运地被聘用了，面试时我被冰见子医生的美貌深深地吸引住了，她问了些什么，我又是怎么答的，我竟没有半点儿记忆。

冰见子医生脸庞小巧，眼睛、鼻子轮廓挺秀，如同洋娃娃一样，双眸明亮，眼角带着一种清凉而飒爽的神气。

第一次见到冰见子医生的时候，我为造物主竟然造出如此美妙动人的她感到无比震撼，浑身居然微微有些发颤。

花冢医院在冰见子医生的审美情趣下，建造得十分漂亮典雅，工作人员也都非常年轻，工作环境很好。不知是否察觉了我的心情，我被分到了自己憧憬的冰见子医生手下。

冰见子医生在谈到聘用我的理由时，曾经说到她认为增加一些男护士对医院会有好处，所以我就成了男护士第一号。而且她认为像精神科这样的地方更需要男护士。此外，对女护士来说，男护士的存在可以使她们变得快乐，在工作上也能形成一种良性的刺激。

为了证明冰见子医生的眼力，我不能不抖擞起精神，但是对她我也有一个不满之处，就是她把我叫作"北风君"。

我真正的名字叫北向健吾，发音和字面的一样。由于"北向"这个姓叫起来比较绕口，所以冰见子医生就随意把我的姓改成了"北风"。

结果其他的护士甚至患者也管我叫"北风君"，不知不觉中连我自己在听到别人叫"北风君"的时候也会点头答应。

说得更清楚一点儿，冰见子医生只有这点令我不满，至于其他方面……能在这位美貌的女院长手下工作，没有比这更幸福的事了。

这一点在我的勤务态度中也能表现出来，有时其他的护士或是多嘴多舌的中年妇女用嘲讽的语气问我："你喜欢冰见子医生吧？"我一概不置可否。

因为否定的话就成了说假话，而肯定的话，这种没有自知之明的想法只能落得被人嘲笑的下场。

所以我在医院工作的时候，会极力控制自己的情绪，但是一回到家里，就是属于我自己的世界了，我可以一个人毫无顾忌地尽情在空想的世界里遨游。

提起来很不好意思，我的房间只有一室一厅，只是一个睡觉的地方，可是在靠窗的墙壁上挂着冰见子医生的照片，那是她在门诊室微微侧着脸的时候，我偷拍下来的，这张照片极其出色。

那时冰见子医生好像正在思考什么问题，她一只手撑着脸颊，下巴稍微有些扬起，她侧脸时下巴的曲线有一种令人心荡的美丽，细长的颈部如仙鹤般气质高贵。

说实话，我总是凝望着这张照片思念冰见子医生，起床时对她说"早上好"，睡觉时对她说"晚安"，这已经成为我生活中的一种习惯。

看着冰见子医生漂亮的照片，我时常沉浸在各式各样的遐想当中。

有一点是不会错的，冰见子医生至今为止仍然独身。

为什么她还没有结婚？这个问题不光是我，从医院的工作人员到患者们，甚至包括认识冰见子医生的所有人心中，都画着一个大大的问号。

这么一位美若天仙的医生，如果想要结婚的话，不用说对象是要多少有多少。事实上在大学附属医院工作的时候，据说主动亲近冰见子医生的就大有人在，只是冰见子医生似乎对任何人都没兴趣。如此一来，她会不会另有所爱？有段时间里一家一流企业的公子哥曾经榜上有名，可传闻那只是男方单相思，而她本人并没有半点儿与对方亲近的意思。

由此分析，冰见子医生难道是厌恶男人吗？还有一种说法，冰见子医生的父亲身材高大、留有胡须，是一位儒雅出色的男性，而且她父亲至今对她仍有很大的影响，也就是说冰见子医生有恋父情结。另外一种传言是冰见子医生年轻的时候曾经失恋过，从此变得讨厌男性。

但是，在现实生活中，冰见子医生和男性员工及男患者谈话时相当平易近人，也会和其他男性朋友一起去听音乐会或者外出吃饭什么的，所以说冰见子医生厌恶男性好像证据不足。

总之，关于冰见子医生的私生活众说纷纭，谁也不知道真相，一切都像一个谜团，这也像极了冰见子医生的为人。

可是有一点我可以肯定，就是冰见子医生一个人住在涩谷松涛的一所高级公寓里。

听说冰见子医生的母亲，在她上初中二年级的时候和她父亲离了婚，从此各住各的，冰见子和她母亲之间究竟有多少来往，详细情况谁也不清楚。

冰见子医生住的公寓，我曾经去过一次。那天正巧是一个星期日，我正在医院值班，冰见子医生来了一个电话，要我把住院患者的一些资料拿去给她。

于是我拿着那些资料，按响了那所豪华公寓的门铃，冰见子好像刚洗完澡，身上穿着一件白色的浴衣，湿着头发走了出来。刹那间，我似乎看到了不该看到的景象，不由把目光转向了别处。

但是，我还是看到了冰见子医生刚刚洗完的半长的披肩发，还湿漉漉的，从腰带松松垮垮系住的白色浴衣下摆，我瞥见了她的大腿。

听说冰见子医生小时候练过芭蕾，也许是那时锻炼的结果，她的大腿笔直修长，肌肤白皙透明，只是这一个光景，就使我犹如天灵盖遭到当头一击般，立刻感觉天旋地转起来。

也许有人认为不至于如此吧？但是当时冰见子医生苗条的双腿好像充满了温暖，如果我的手能覆在她的腿上，要我去死我也心甘情愿。

然而，不知道冰见子医生是否注意到了我的这种神态，其实她根本就是一副毫不介意的样子，一边用左手轻轻地挽着未干的头发，一边用空着的右手接过我拿去的纸袋，说了句"辛苦了"。

只有这么一句吗？"不进来喝口茶吗？"我原本期待冰见子医生会这样邀请我，但是她却是一副已经完事、准备回到房间的样子，我无可奈何地对着身着浴衣的冰见子医生行了一礼，然后走出了走廊。

我还在值班，当然要回医院去，但是冰见子医生也太不顾及我的感受，或者说过于没有防人之心了。冰见子医生对自己的双腿当然早已司空见惯，但是作为男人，特别是像我这样对她充满爱慕的男人，她的双腿却宛如一件无上至宝。尤其是透过浴衣的缝隙，从脚到膝盖以上十厘米左右的地方，都可以看得一清二楚。

在回医院的路上，那一刹那瞥见的冰见子医生的双腿，像烙印一样牢牢地印在我的脑海里，当然这件事我对谁都没提起过。

那只是我一个人看到的秘密画面。我念念不忘地回味着，那天夜里，挂在墙壁上的冰见子医生的照片和我白天见到的她那雪白的双腿重叠在了一起，我不由自慰起来。

不，坦白地说，以前我也望着冰见子医生的照片进行过手淫，但是从那一刻起，她的肌肤在我脑海中变得更加形象鲜明起来，我的自慰进一步登上了快乐的高峰，并从此愈发不可收拾。

这样的我，从半年前开始出入赤坂的"冰见子诊所"，而且只限于冰见子医生去那儿出诊的时候。

这家诊所位于山王下附近的一座狭长的大楼里，租了其中的一层，面积大约有一百平方米，略微有些显小。

诊所一进门是挂号接待室，隔壁是门诊室，还有一间被称为心理咨询室的、进行心理治疗的房间和一个更衣室。

来这里就诊的患者，多是些慢性失眠、食欲不振、心神焦虑的病人，另外就是为各种各样的疲劳和压力所困扰的病人。

正如冰见子医生所言，这些患者与其称之为精神病患者，不如说靠自己的力量解决不了内心深处烦恼的人更多，正是为了这些人，她才在东京都内繁华便利的地区，开设了这样一家诊所。尤其冰见子医生很早以前就非常关心职业女性身心的疲劳、压力，为这些女性减轻痛苦，是开设这家诊所最初的目的。

这家诊所里最有特点的房间就是心理咨询室，多数抱有烦恼的患者可以在这个房间里得到休息，等到他们情绪放松以后，医生倾听他们慢慢讲述自己的烦恼。也就是说这里是心理治疗室，因此房间里摆有可以自由调节床头高度的柔软的病床和各种雅致的摆设，还装饰着鲜花。室内播放着令人心情舒畅的背景音乐，房间里飘荡着温柔的香气，可以使人心境变得平和起来。患者躺在房间中央的床上，冰见子医生坐在床边，倾听他们各自的讲述，然后根据患者不同的需要给予他们必要的建议。

当然，这些治疗都不需要什么特别的检查或者服药，主要是让患者打开他们关闭已久的心扉，让他们把憋闷已久的心里话全部倾吐出来。这种治疗与一般医院的治疗大不相同。

我曾经窥探过几次心理治疗室的情景，患者处于一种半睡半醒的状态，无论冰见子医生询问什么，他们都会如实地说出心中的想法，治疗结束以后，几乎所有的人都会露出一种如释重负的表情。

看到这种情形，会使人联想到每个患者心中都有对他人难言的精神创伤，且身受其苦，因此陷入一种孤独的状态。我开始明白这其实就是精神科治疗的原点。

冰见子医生在赤坂开设的诊所，特别是心理治疗室确实非常成功，但也存在一个问题，就是一对一的治疗，花费的时间过长。

比如一位名叫 A 子的患者在心理治疗室接受治疗，首先进入房间要放松情绪，然后躺在床上，把至今为止堆积在心中的各种苦恼一一道出。仅这些大概就要二三十分钟。

然后谈话继续进行，冰见子医生边听边频频点头，并提出新的问题。总算进入到问题的核心部分，这时患者就会如同除去附体的邪魔一般，把至今为止积压在心中的事情一口气说出来。

在这段时间里，冰见子医生要体贴地接受患者的一切要求，患者吐出心中的烦恼之后，她有时静静的，有时则毅然决然地对患者进行指导，当患者如大梦初醒般接受了她的意见以后，才会坐起身来。

以上这些对所有患者来说，都是必不可少的过程，每次要花费近一个小时。当然其中也有患者要花一个半小时，甚至还有一直滔滔不绝的患者。在这期间，冰见子医生自始至终都要待在患者身旁。

但是，治疗费用却出人意料地低廉。之所以这样说，是因为现在所有的治疗费用都是按照健康保险的点数进行计算的，比如说盲肠炎的手术费用为六千四百二十点，折算成钱就是六万四千二百日元。当然进行外科手术时，还有其他的费用，如麻醉费用、手术前后的药费，再加上住院费等等，在向医疗保险机构申报费用的时候，可以申报将近手术费十倍的费用。

但是作为精神科，由于基本上没有手术和检查费用，主要收入来源于医药费用。特别是类似这种在心理治疗室进行的心理疗法，几乎不用服药，主要以医生和患者的对话为中心，所以保险点数只能以去精神病医院治疗的名义，向医疗保险机构申报三百七十点（三千七百日元）的费用。

而且，这种治疗不管是一分钟就结束了，还是交谈了一个小时，点数都是一样的，所以治疗时间越长，医生的负担就越大，然而收入却不会因此增加。

这也是精神科的心理疗法和现行的医疗保险制度之间最大的矛盾。

希望慢慢聆听患者的倾诉并予以恰如其分的治疗，但是这样做下去的话，医生几乎就等于没有收入。而且目前对患者来说最需要的，与其说是药物，不如说是站在患者立场上，亲耳聆听他们倾诉的医生。

因此，最近一些不适用医疗保险的心理治疗有所增加。

这些治疗是不包括在医疗保险范围内的自由治疗，可以根据医生的判断收取适当的费用。话虽这样说，如果费用太高了，患者就很难坚持进行治疗，即使不适用于医疗保险，医疗费用也需定在患者能够承受的范围之内。

因此，在"冰见子诊所"，进行一次心理治疗的费用在一万日元到一万五千日元之间，由患者自己负担。

这种收费偏高或是偏低，也许意见不一，但是在位于东京中心赤坂的一间安静的诊室里，由专业医生花费半个到一个小时，聆听患者的倾诉并予以指导，收费不应该算贵。

听女护士们讲，现在去美容院或者专业发廊美容美发，一次也需要一两万日元，由此看来，心理治疗的收费兴许称得上过于便宜了。

虽然心理治疗不是由冰见子医生首创，但是最近很多地方都增设了这种疗法，而且收费也不相上下。

总之，从这些地方心理治疗的繁忙程度来看，可以想见如今患有心理疾病的人数之多。

实际上"冰见子诊所"也有近十个患者进行了预约，冰见子医生一天诊治两个病人的话，也需要五天时间。而且冰见子医生预先还要问诊，以便把那些需要进行心理治疗的病人放入预约名单，说得明确一点儿，她一个人是绝对忙不过来的。即使没有这些，冰见子医生要兼顾上野毛的花冢总院和赤坂的诊所，从诊疗到经营都要亲力亲为，就已经忙得不可开交了。

所以，眼下无论如何还需要另外一个医生，冰见子医生因此才把矛头指向了我吧。

"北风君，你来试一下怎么样？"

她用一种十分轻巧的口气对不是医生的我说道。

我不知道自己究竟该怎么回答，只好一副摸不着头脑的样子一言不发。

因为我既没有医师资格，也没有进行过心理治疗。

只是这几个月在"冰见子诊所"，跟随在冰见子医生左右见习过她的治疗方法，所以只求形似的话也不是做不到。况且我本人也多少读过一些有关心理治疗方面的书籍。

冰见子医生恐怕也了解这些事情，所以她认为如果委我以重任，我肯定会感到高兴，但是这任务也太重了。

由于没有自信，我当然也推辞过："这种事情对我来说……"

但冰见子医生干脆地对我说："没关系，你只要用心听患者倾诉就可以了。"

"但是，患者一旦知道我没有医生资格……"

"你只要把白大褂穿好，时不时在病历上做些笔记，谁也不会发现的。"

冰见子医生虽然如此这般地对我进行说服，可是患者一旦问起来，我又该如何回答呢？对方都是一些心有沉疴的病人，很难预测他们会问些什么问题。

"而且……"

这是冰见子医生特意下达的指示，我当然渴望满足她的要求，然而令我最为担心的还是自己会不会因此而违反医师法。

"这不是一件不应该做的事吗？"

我的问题刚一出口，冰见子医生突然"哈！哈！哈！"尖声笑了起来。

我说了什么令她觉得如此可笑呢？我感到十分惊愕，冰见子医生突然停住了笑声，直视着我。

"这种事情不用你担心吧。"

"但是……"

"没关系，这是我指示你做的，所有的责任由我来承担。"

冰见子医生虽然这样说，可是没有医师资格的我为病人看病，这件事如果东窗事发，不单是她，我也会有麻烦的……而且和下达命令的冰见子医生相比，进行实际治疗的我，过错不是更大吗？

但是，冰见子医生好像很快就察觉了我仍在担心。

"所谓心理治疗，很多不是医生的人都在进行。你看，不是还有一些被称为心理咨询师的人存在吗？那些人既不是医学系毕业的，也没有通过国家医师资格考试，只是在大学学过心理或者相近的专业。"

的确，我也听说过在精神病医院里除了临床心理师，通常还有一些心理咨询师，但是我没有和他们一起工作过。

"但是，那些人不是也有资格吗？"

"的确在一些规定的学校毕业之后，通过临床心理师资格认定协会的承认，可以把这些人称为心理咨询师，但是这既不属于国家级的考试，也不是国家承认的资格，而且心理治疗本身没有资格也可以进行。"

在冰见子医生的劝说下，我的想法开始有些松动，但我仍旧不能完全摆脱困惑。冰见子医生发出一声叹息，好像在说"真是一个麻烦的家伙"。

"所谓心理治疗，实际上就是一种交谈。谁遇到有困难的人，都会给他出些主意。这也不一定非得是医生才可以呀，与一般医生相比，能够站在对方的角度为其着想，这种善解人意的人才是最佳人选。"

"可是，我……"

"不要紧，你一定干得好，我十分看好你，一切责任由我全部承担，拿出自信来。"

冰见子医生话已至此，我也不能不动心了。

但是话虽如此，那么多护士当中，冰见子医生为什么独独挑选我担任心理治疗的工作呢？像我这样的护士还有几个，而且也有人既比我年纪大，经验又比我丰富。

况且花冢总院那边也有熟知医疗辅助和生活保护等知识的人才，所以在指导患者回归社会方面，那些人不是比我更合适吗？

"我真的能……"我不安地喃喃自语。

冰见子医生因此反问："你真没兴趣吗？"

"不是，我的意思是……"

好不容易得到了冰见子医生的赏识，我怎么可能没兴趣呢？只是我担心自己关于心理治疗方面的专业知识近乎于零。

"当然，我非常高兴，只是我从没做过。"

"下次我借你一些关于心理治疗方面的书籍，另外，你不是一直在看我怎么治疗的吗？"

冰见子医生时常把我叫到"冰见子诊所"，让我见习心理治疗，她为我考虑得这么周到，我这才明白她是真心实意的。

"但是……"我也知道这样问显得愚蠢可笑，可还是不顾一切地问了出来，"为什么选我担任心理治疗……"

冰见子医生一副正中下怀的样子："因为你长得英俊啊。"

"啊？……"

"你干吗这么认真呀。我是说你长得很有意思。"

冰见子医生到底想说什么呀？看着我手足无措的样子，她噗嗤一笑。

"你长得虽然称不上什么英俊，但不知道什么地方使人有一种温柔体贴、惹人怜惜的感觉，这样就不会使对方产生戒意了吧。所以女性愿意对你诉说各种心事。也就是说，你这副长相，做女性的心理治疗再合适不过了。"

我不知道冰见子医生这番话出自褒义还是贬义，这时她的语气忽然温柔起来："所以，请你一定接受这项工作。"

我在冰见子医生面前虽表现得有些犹豫，其实我的决心已定。

按照她指给我的方向，在"冰见子诊所"从事心理治疗工作。我没有医生执照，也没有什么心理治疗方面的专业知识，我有很多担心的事情，但是冰见子医生要我去做，我只有服从二字。

从赏樱的墓地倒了几趟车，回到我自己房间的时候，我心里已经完全作好了做一个心理治疗师的准备。

好吧，从今往后我要和患者进行一对一的交流，聆听他们心中的烦恼。冰见子医生告诉我站在患者的立场上，知心地倾听他们谈话最为重要，如果只是这种程度，我也许可以胜任。

我一边凝视着冰见子医生摘下来的那枝樱花，一边给自己打气，又想起来她说的关于我的长相适合给女性进行心理治疗的那番话。

果真如此吗？我十分在意，便走到洗手间对着面前的镜子照了起来，镜子里只出现了一张平时看惯了的脸孔。

冰见子医生说过："你长得虽然称不上什么英俊，但不知道什么地方使人有一种温柔体贴、惹人怜惜的感觉，是一张不会使对方产生戒意的面孔。"事实真是这样吗？

仔细观察一下，我的两条眉毛的确有些下垂，鼻子微微向上翘着，再怎么迟钝的人也不会联想到一张威风凛凛的面孔。我想起了特别是上中学的时候，女生们给我取过一个外号，叫"八点二十"。我的眼角至今也和表针一样下垂，可能正是如此才显出一副没出息的样子，倘使这种长相适合心理咨询师这份工作，我何不增添一些自信。

　　在对着镜子给自己加油的时候，我不由自主地将手里拿过的那枝樱花衔到了自己嘴里。

　　我自己究竟怎么一回事？我也不明白自己在做些什么，只是迷迷糊糊地盯着自己口衔樱花的面孔端详。

　　在明亮的灯光下，有五朵樱花分外热闹地覆盖在我脸的下半部分。

　　这个情景和冰见子医生刚才的一模一样，我一念及此，马上闻到了一种酸甜交加的气息，一股花香迎面扑来。

　　没有半点儿差池，我现在口衔樱花的地方和冰见子医生叼过的地方如出一辙。

　　只要一想到这里，我就感觉到好像在与冰见子医生接吻一样，全身都沉浸在一股幸福的满足感当中。

心理治疗

五月初，也就是樱花凋谢后的一个月，我正式开始了在"冰见子诊所"作为心理咨询师的工作。

由于自己不是正式医生及在心理治疗上缺乏自信等，我心理上多少还残存着一些不安，但是冰见子医生打了包票说我不要紧，所以我也没有什么可放心不下的了。而且一些心理咨询师和从事福利工作的人也在进行心理治疗，所以好像也不必过于计较资格的有无。

只是有一点，因为心理治疗是在"冰见子诊所"进行的，所以前来进行心理治疗的患者们都以为我是医生，说是不在意，其实我还是蛮在乎的。但是在这个问题上，冰见子医生鼓励我，"你不要在意，大大方方做就好了"，所以我打算就把自己当作一个医生来进行这项工作。

至今为止没有什么问题，只是有一个叫中川凉子的护士，她反对我进行心理治疗。

中川凉子比我小三岁，今年二十八岁，两年前开始在花冢医院工作，现在负责西楼病房的患者。

我喜欢她大大的眼睛，以及凡事可以轻轻松松商量的性格。两年以前，有一次她在值夜班的时候，突然被一个男患者从后边反剪住双臂，听见她的惨叫声，我冲过去帮她解了围，从此我们开始亲近起来。

随着约会次数的增加，我们发生了关系，但不知为什么一年前她开始冷淡我，并拒绝我的求欢。

当我焦急地问她为什么突然回避起我时，她用一种拒人千里的语气说道："你去找冰见子医生求欢不就行了吗？"

一句话我就什么都明白了，她发现了我喜欢冰见子医生，因此十分不快。

凉子这种感觉我也不是不明白，但是我对冰见子医生的感情，只是一种单纯的爱慕。我告诉凉子如果把这种梦幻式的东西当真，也太可笑了，但是她摇着头不肯接受我的解释。

此后我们就中断了恋爱关系，只是偶尔在一起喝喝茶、聊聊天。

午休时我在职工食堂遇见了凉子，所以我把她带到了医院后院的长椅旁，把自己即将担任心理治疗工作一事告诉她以后，她当即表示了反对。

"这种事情，你还是不做最好。"

凉子虽然这样说，可她现在已经不是我的女朋友了，所以我也没有什么可在意的。

"即使你反对，我也要做。"

我的话音刚落，凉子立刻用轻蔑目光望着我说："你呀，还没有明白是怎么回事。"

"明白什么？"

"你只是被利用了而已。"

"怎么会……"

冰见子医生利用我，这绝对不可能。因为她让不是医生的我，担任医生的工作。这对一个护士来说，可谓是一种破格提拔，在这件事上说冰见子医生利用我，这种想法真是大错特错。

事实上在众多的护士当中，能被冰见子医生挑选出来担任这样重要的工作，我对她感谢还来不及呢，根本就没有半点指责的意思。

"你想得太多了，冰见子医生给了我一个学习的机会。"

"是吗？"

"当然了，这还用说吗？"

凉子还是老样子，脸一直冲着别的方向。凉子乍看起来性格开朗，但是内心深处却强硬固执，因此不知和我发生了多少冲突摩擦。

"你这样评论冰见子医生不太好吧。"

作为比她年长几年的护士，我该提醒她时还是应该提醒她。

"不管怎样，我都接受这项工作。"

我把我的决定明确地告诉了凉子，她直截了当地反对，多少使我心里有些别扭。

我的首次心理治疗定于五月的第一个星期二，时间是下午三点开始。

那天，我先把自己身上那套上下分开的白色男护士服脱掉，换上了内科医生常穿的连体白大褂，然后把乱蓬蓬的头发梳理成三七开的分头。

当然这些都是按照冰见子医生指示做的，当我换好衣服从更衣室出来的时候，她对我微笑道："不错，你穿起来很合适。"

"谢谢！"

我羞喜交加地向冰见子医生鞠了一躬，然后走进心理治疗室，坐到了医生坐的椅子上。

这时候室内已被负责挂号的通口小姐收拾得干干净净，在挂有针织窗帘的窗台前，摆着绿色的观赏植物，从房顶的一角若隐若现地传来一阵阵钢琴曲。

据通口小姐讲，冰见子医生为心理治疗室挑选的是拉赫马尼诺夫的第二钢琴协奏曲。

按照她的说明，拉赫马尼诺夫此前的作品，就是他创作的第一钢琴交响曲，问世以后不受欢迎，为此他在精神上备受折磨，并患上了精神病。但是拉赫马尼诺夫被成功地治愈之后，又创作了这首第二钢琴协奏曲，却大受欢迎，成为他东山再起的证明。

从房间里播放的这首背景音乐来看，不愧是冰见子医生，可谓是用心良苦。我对古典音乐一窍不通，可是听了这番介绍后，再听这首曲子，心中也不知不觉升起了一种悠扬、浪漫的感情。

在我的面前，当然摆有一张患者用来躺着的柔软的病床，一边的床角下摆着一套熏香的器皿，可能是薰衣草吧，一种淡淡的香气飘浮在房间当中。

万事俱备，患者什么时候出现都没问题了。

在寂静的房间内，我一个人坐在转椅上，打开了即将到来的患者的病历。

今天前来就诊的患者，冰见子医生一星期前已经诊治了一次，她建议患者进行心理治疗，对方也同意了。

不用说，我对这份病历已经读得再熟悉不过了，患者名叫片山夏美，还是一个十七岁的高二学生。

一般的心理治疗，把那些抱有烦恼和问题前来就诊的患者，称作来访者。与之相对，用语言和态度来宽慰这些患者的人，称为心理咨询师。

来访者和心理咨询师之间的关系，和一般医院里常见的那种传统医患关系截然不同，在一般医院里，由于医生处于给患者治病的立场，所以治疗者属于权威地位。

然而对我们来说，两者与其说是一种对等的关系，不如说是心理咨询师需要患者听取自己的意见，处于辅助从属的地位。

虽然我属于临阵磨枪，但是这种程度的常识我也具备，今天的来访者一个星期以前曾和她母亲一起来过这家诊所。上次她穿了一件花连衣裙，今天也许是刚从学校出来，她穿着一件运动上装和一条格子裙子。

冰见子医生为什么选择这样一位女高中生，让我进行第一次的心理治疗呢？我没有直接问她理由，但或许她认为年轻女性比较容易向我倾吐烦恼，或者说交谈内容相对简单，我比较好处理吧。

不管怎么说，对我来说，我第一次的工作开始了。

然而和一个女高中生在一间密不透风的房间里，一对一地面面相觑，我产生了一种说不清的奇妙感觉。

我努力调整自己的思绪，提醒自己她是来访者，我是心理咨询师，然后尽可能地用明快的声音打着招呼："下午好……"

"下午好。"女高中生口齿清晰地回答后微微鞠了一躬，把脸抬了起来。

病历上写着这个女孩今年十七岁，身高一米五五左右。她胖瘦均匀，运动上装里面系着一条深蓝色的领带，格子裙的裙长至膝上五六厘米处，穿着一双松松垮垮的白色长筒学生袜。

她的头发染成了浅栗色，从披肩的长发中可以看出，是出了学校以后把辫子散开的。

她略圆的脸盘上残留着一部分天真无邪，粘着假睫毛的黑眼圈好像洋娃娃一样圆圆地睁着。

仅从她开朗的外表来看，不会觉得这位姑娘心里有什么特别的烦恼。

说实话，我对十七八岁的女高中生一点也不了解。事实上我只有一个弟弟，可以说和这个年龄的女孩子无缘。

所以眼前这位叫片山夏美的女孩心里在想什么，我怎么能知道？不过没准儿这倒是件好事。

因为现在这种新型的心理治疗重点在于，让来访者依靠自身的力量解决苦恼，在其成长的过程中，心理咨询师只要默默地在旁守护，必要的时候施以援手就可以了。

这就是美国心理学家罗杰斯提倡的"只要把人放在适当的环境下，人们一定能够依靠自己的力量成长"的理论。"来访者中心疗法"就是在这种理论基础上诞生的。

根据这种理论，我只要积极地参与到她的个人烦恼当中去就可以了，并不需要给她指导。在她打开心扉、说出各种烦恼的时候，默默地守护着她摆脱烦恼、重新站起来就万事大吉了。

在这点上，冰见子医生也是这样指导我的，如此一来，我现在应该做的就是使她放松下来，并使她一点点进入到想要自我倾诉的情绪中去。

所以我若无其事地说道："可以的话，你在这儿躺下，把想说的话都说出来，好吗？"

女高中生听到我的话，向床上看了看，一言不发。

的确，忽然被要求躺在床上，对年轻的女孩子来说，感到困惑也是理所当然的。这时我用床头上的摇把，把床头摇起来一些，又在床尾放上了一条毛巾被。

"你随便找一个舒服的姿势，好好地休息一下吧。"

女高中生似乎总算接受了我的建议，把书包放在床上，慢慢腾腾地躺到了床上。

为了表示不看对方，我把房子里的灯光调暗了一些，开口说道："你在这儿说的话，我当然不会告诉任何人，你就把我当作一块听人说话的木头，对着说话就行了。"

这是昨天晚上我绞尽脑汁才想出来的台词，女高中生听到这句话，好像偷偷地笑了一下。

现在，女高中生躺在我的眼前。

我坐在她旁边，由于床头微微向上摇起来了，所以她的脸离我很近。

她的脸一开始就稍稍侧向与我相反的方向，我只能看见她的侧脸和浅栗色头发之间露出的白色耳朵，以及略微隆起的胸部。

不用说我和女高中生从来没有这样近距离地接触过。这么近的距离究竟是否合适，正当我因困惑而垂下眼睑的时候，忽然闻到了一股酸甜的、好像奶酪般的气味。

这种味道和冰见子医生叼过的那枝樱花的味道又不一样，我边想边把病历拿到了手上。

"片山夏美小姐，十七岁。"

在来访者的名字后面记载着其家族人员。

父亲四十八岁，母亲四十七岁，还有一个弟弟。父亲在一家名叫K的大型电机制造工厂工作。夏美本人在品川附近的一所女子高中上学，至今没有过被警察辅导等特殊经历，好像也没有和朋友发生过什么纠纷。

"你今天是从学校直接上这儿来的吗？"

我问了一句没用的废话，夏美略微点了下头。从她的胸部到膝关节盖着诊所的毛巾被，她对我没有半点儿戒心。

我又看了一眼病历，看着"主诉"一栏，也就是记载着来访者前来就诊内容中最为关键的部分那一栏,我读着冰见子医生秀丽的字体。

从一年以前开始,经常躲在自己的房间里闭门不出,和家里人也不怎么说话。特别是对母亲反抗意识较强,母亲一说什么就大叫"吵死了"。一个月以前,把和母亲一起照的相片剪成了一堆碎片。在身体表现上有爱啃指甲的毛病,所以指甲被啃得乱七八糟;耳朵上穿了不少耳洞,所以耳朵上一直伤口不断。在学校略微缺乏协调性,特别是最近变得浓妆艳抹起来,班主任让多注意点。

仅从病历上记载的主要症状来看,这个女孩在家里处于孤立状态,特别是跟母亲关系极不融洽。第一次来诊所的时候,夏美是由母亲陪着一起来的,所以说不定病历上母亲的意见非常突出。

我"吭"地干咳了一下,接着唤道:"夏美姑娘。"

在开始进行心理治疗之前,应该如何称呼患者才合适呢?叫片山小姐吧,显得有些冷淡;叫夏美小姐吧,感觉好像毫不相干的人一样,还是叫夏美姑娘最为自然,这是昨天晚上我费了半天劲儿才想出来的。

"房间的温度现在这样合适吗?"

她点了点头,但是贴着假睫毛的眼睛还是圆圆地睁着。

"可能的话,把眼睛闭上,身体也放松一些,这样可能更舒服一点儿。"

要使对方说出埋藏在心里的话,首先要让她进入到自己的世界里去。

夏美姑娘出人意料地非常听话，按照我说的把眼睛闭了起来，接着做了一个深呼吸。

看着她做完这些动作，我开始提问：

"夏美姑娘，你好像跟母亲之间发生了很多冲突，你是不是对她有什么不满意的地方？"

我的话音刚落，夏美闭着眼睛爽快地点了点头。由于她点头时给人的感觉过于使劲儿，我不由得问出口来：

"你妈妈是你的亲生母亲吗？"

"嗯……"

"你妈妈对你不错吧？"

夏美的嘴唇动了一下，又停了下来，然后下定决心似的说：

"我讨厌那个人。"

"讨厌？"

"我不想见到她。也不想看到她的脸。可是她却总借机找我说各种各样的事情……"

即使不喜欢，但是这种极端的敌视情绪又是从何而来的呢？

"可那是你母亲啊。"

我刚一说完，夏美拼命摇头，浅栗色的头发左右乱摆。

"我可不想变得像那个人一样。"

夏美姑娘如此坦白，让我感到非常吃惊。而且她还把自己的亲生母亲叫作"那个人"，并一口咬定不愿意做母亲那样的人。

按照我单纯的想法，我觉得母女之间的关系会一直很好，而且两个人有说不完的心里话，但眼前的情形却完全相反。在这种情况下，作为一个刚开始工作的心理咨询师，我能让她把内心深处的秘密都倾吐出来吗？为了让自己重新振作起来，我点了一下头后接着问：

"在我看来，你母亲好像非常慈祥，你讨厌她的什么地方？"

"……"

"她好像非常担心你呀。"

"但是，我可不想做她那样的人。什么事情都要发表自己的意见，在父亲面前趾高气扬，而且显得很老……"

"很老？"

我急忙反问了一句。母亲即便显得有些衰老，不也是很自然的事吗？如果老也不行，那么做母亲该怎么办才好呢？

"可是，那是你的母亲呀……"

"所以每天非见面不可，跟她在一起，连我都会感觉变得像她一样……"

夏美像是重又想起母亲一样，一脸厌恶的表情。

"可是……"

厌恶自己长得和母亲相像，这到底是怎么一回事？母女俩长得相像，这是最自然不过的事了，拒绝和母亲长得相像，是想要从此断掉母女的缘分吗？

但是一个星期以前，夏美和母亲来看病的时候，我并没感到她那样讨厌她母亲。当然我当时也察觉到夏美的脸总是朝着别的方向，却没有感觉出来什么特别的憎恶情绪。

这样看来，她只是讨厌变成像母亲那样上了年纪的人吗？

或是这个年纪的年轻女孩特有的那种洁身自好的表现？

"你的母亲，我觉得看上去很漂亮啊……"

"您自然看不出来啦。其实她脸上有很多皱纹呀，而且小腹脂肪臃肿，胸部也……"

这个时候，门被轻轻地推开了，冰见子医生出现在我的视线里。

我没想到冰见子医生会来，所以一看到她就不由得站起身来。

难道她有什么事吗？我刚从夏美那里听到完全出乎意料的事情，正在暗自惊叹的时候，冰见子医生是因为担心我而前来相助的吗？

然而冰见子医生的手一直扶在把手上，她轻轻地举起右手，纤细的手指做出了一个小小的圆形。

我一看到她的手势，立刻明白她是问我"进行得顺利吗"，我点了点头，她大概看明白了，一下子就不见了踪影。

也许冰见子医生一边在隔壁的诊室里为患者治疗，一边担心我这边的情况，所以特地过来看看。这仿佛是在告诉我，即使遇到什么难题，她就在我的旁边，让我放心大胆地去做。

我按照自己的理解思考之后，把注意力重新转向夏美姑娘。

"但是，人上了年纪脸上出现皱纹，腹部臃肿下垂也是没办法的事啊。因为你母亲比你大三十岁，而且还生了你和你弟弟两个小孩。"

"但是，我讨厌这些。我绝不想变成那种样子。"

我觉得夏美的想法十分任性，但如果这时对她进行不合时宜的说教，就不能称其为心理治疗了。不管怎么说，现在对我来说最为重要的是，让夏美自由自在、无所顾忌地说出她的心声。

"对了，绝不能变成那个演员那种人。"

我脑海中浮现出那个喜欢说教的演员的面孔，并告诫自己，然后问道：

"你是从什么时候开始讨厌你母亲的？"

"已经，从很久以前就……"

"那么，为了不使自己变成母亲那样，你一直非常努力吧。"

夏美姑娘干脆地点了下头。

"你父亲呢？"

"他是傻瓜，一个老好人……"

"傻瓜？"

"我父亲一点儿也不了解我母亲。所以不管我母亲怎样对他，他都一门心思放在工作上……"

夏美的情绪好像激动起来，粘着假睫毛的眼睑忍不住微微颤抖起来。

如果仅从病历上的家族史和夏美母亲的外表来看，不会认为片山家有什么特别的问题。夏美父亲工作的公司，是生产电机的一流企业，她母亲我虽然只见过一面，但穿着打扮略显华丽，一看就是所谓的中产阶级的夫人。

在这种家庭里成长起来的夏美，却讨厌母亲，甚至跟母亲连话都不愿意说，而且还一口咬定父亲是个老好人兼傻瓜，一点儿也不了解母亲。

也许夏美察觉到了她母亲有什么特别的事情。我一边担心自己有窥探他人隐私之嫌，一边顺藤摸瓜问道：

"你不喜欢你母亲，是不是还有什么特别的原因？"

"……"

"有什么只有你一个人知道的……"

夏美沉默了一会儿，然后使劲儿地咬了一下嘴唇。

"我妈妈有她喜欢的人了。"

"是你父亲以外的吗？"

对着点头称是的夏美，我又问了一句：

"那是怎么回事？"

"我母亲经常打扮得漂漂亮亮地外出。而且在家的时候，时常兴高采烈地打电话，放下电话后竟会唱起歌来……"

"但是仅凭这些，也不能确定你母亲就一定有了喜欢的人吧？"

"不，我心里明白。"

夏美如此肯定，我也不好再反驳什么。这里面也许还包括了年轻女性独特的第六感吧。

"因此，你和你母亲……"

夏美虽然没有回答，但是眼圈周围渗出了一层薄薄的泪光。她是努力忍着不哭出来吗？不管怎么说，知道母亲除了父亲之外另有新欢，可见她所受的打击之大，心灵上承受的压力之重。

"可是你父亲和母亲之间也没发生什么特别的争执吧？"

"所以，我才讨厌他们。"

夏美被浅栗色头发遮住的脑袋激烈地左右摇晃着。紧接着她如释重负一样，朝挂着白色花边窗帘的方向一直望去。

是因为把心中埋藏至今的重大秘密说了出来，夏美才一下子变成了一只泄了气的皮球，还是她对自己如此坦白感到有些吃惊？不管怎样，夏美总算是敞开了自己的心扉，这一点是不会错的。

这个时候，我虽然觉得休息一下比较合适，但是话已至此，一气呵成让夏美吐出所有的苦恼，也许对她更好。

我感到自己好像一个无情的法官，继续追问。

"听到这儿，我差不多了解了你对你母亲的感情，但是你用剪刀把和母亲一起照的相片剪成碎片，也出自同样的理由吗？"

听到我问，夏美慢慢把视线转了回来。

"上次来这儿的时候，你母亲好像非常在乎这件事情，可是你母亲是怎么发现的呢？"

夏美的目光突然充满了挑衅。

"就是为了让她知道，我才把剪碎的照片放到了我的桌子上的……"

自己照片的脸部被剪成碎条儿放在女儿的桌子上，做母亲的当然非常吃惊，而且感到极不舒服。

"你怀疑你母亲和其他男性关系亲密，这件事你母亲知道吗？"

夏美不回答，只是左右晃了晃头。从孩子的角度来看，这种事情的确无法对父母开口。不，不仅是父母，就是对朋友，可能也难以启齿。

"看来这件事一直埋藏在你一个人的心里。"

这次夏美很干脆地点了一下头。

"你的感受我非常理解……"

我再次把目光转向病历。

"这里写着你经常啃指甲，而且指甲尖儿被你啃得乱七八糟的，耳朵上由于开了好几个耳洞而伤痕累累，这些都是真的吗？"

"……"

"给我看看行吗？"

夏美沉默了一会儿，终于把右手从毛巾被下面慢悠悠地伸到了我的面前。

夏美的右手圆润小巧，显得特别年轻，每一根手指都焕发着青春的光泽。

我轻轻地抚摩了一下她的手，柔软温暖。我真想就这样一直握下去，但马上又凝神朝她的指尖望去。

人们常说指甲是青春和健康的晴雨表，夏美的指甲颜色的确宛若樱花一般，闪闪发光。

然而她的食指和中指的指甲却剪得很怪，指甲盖上还有几处小小的伤痕，使她的指甲尖儿呈一种锯齿形状。

这恐怕都是夏美咬出来的吧。由于接触到年轻女孩儿活生生的世界，我感到有些窒息。

可是夏美为什么要把自己的指甲啃成这样呢？毕竟这属于一种自我伤害行为。

"你从什么时候开始啃指甲的……"

"从很久以前……"

夏美虽说把手递给了我，可回答我的问题时态度却十分冷淡。

"为什么？"

进行心理治疗时按理说医师不应该东问西问，让患者自由自在地倾诉最为理想，可是眼下如果我沉默不语，夏美也不会主动诉说什么。

"你是否有过非常烦躁不安的时候？"

"我啃指甲的时候，心里感到非常宁静。"

原来如此，不知怎的，我竟也接受了她的说法。

"可是这样一来，你就涂不成指甲油了啊。"

"反正在学校涂指甲油的话，也会被校方批评……"

在日本的高中，有些学校允许学生涂指甲油，有些学校则禁止，夏美上的学校看来禁止学生涂指甲油吧。

"这也和你母亲的事有关吗？"

"有没有关系我也不清楚，只是当我意识到的时候，我已经在啃指甲了。"

啃指甲是一种情绪不安定的表现，这在书本上有过记载，但是眼前夏美被啃坏的指甲，已经远远超过了情绪不安的程度，给人一种强烈的感觉，仿佛她是要把某种焦躁不安的情绪啃掉似的。

"把你的耳朵给我看看，好吗？"

听到我的话，夏美听话地把头扭向一边，用右手慢慢地撩起了披肩发，随着染成浅栗色的头发一层层被拨开，头发下面露出了戴着金色耳钉的耳朵。

至今为止，大概因为夏美化妆过浓的原因，我一直没能发现她从耳朵到脖颈的部分，白得近乎透明。

如果夏美的学校禁止学生涂指甲油，那么戴耳环就没问题了吗？

还是因为耳环可以藏在头发里面，她是悄悄戴的？总之，我还是第一次在这种近在咫尺的距离，细看年轻女孩儿从耳朵到脖颈的部位。看着夏美十分柔软的耳朵及呈几重螺旋状的耳廓，我情不自禁地想要吻上去。

看来心理咨询师也是一个充满诱惑的职业。我心中升起一种古怪的羡慕……我赶紧警醒自己，用稍稍冷淡的声音询问：

"对不起，我摸摸可以吗？"

夏美没有回答，我就理解为同意，轻轻地摸了摸她的耳朵。

夏美的耳朵和手一样，比我想象的还要柔软，我轻轻拉了一下她的耳垂，在金色耳钉周围可以看到点点细小的伤痕。这都是些针孔大小的伤痕，一共有四处，特别是在耳钉旁边的伤口显得很新，结着黑色的疮痂。

"这周围有些伤口，这些耳洞都是你自己扎的吗？"

"不是……"夏美答完接着说。

"第一次是去医院做的，其余的都是我自己……"

穿耳洞这种事自己也能做吗？我感到匪夷所思。

"很痛吧？"

"用毛巾包着冰块，先冷敷几次，然后再穿耳洞，所以也不是很……"

夏美一副无所谓的样子，我只是听她说，就已经感到耳垂的地方变得很痛。

"为什么要这样做呢？"

"我有一种想把一切都毁掉的欲望，因为我的脸、身体、指甲、耳朵都是些不好看的东西……"

"哪儿有这种事呀。"

处于青春期的十几岁的女孩子，会经常对自己的身体产生一种不可忍受的厌恶和不快感。

从侧面看上去夏美显得青春年少，这个花季女孩儿为什么会陷入如此厌恶自我的情绪当中呢？如果是历经沧桑的大人还可以理解，是否因为女孩子越是年轻理想越高，由于梦想太大，一丁点儿的缺陷都不能忍受，因此才会陷入自我厌恶的情绪之中？

即使这样，夏美的情况还是有些异常，甚至可以说过于极端。夏美对自己的身体、容貌、指甲、耳朵全部感到厌恶，但是十七岁的她，个子虽然稍微矮了一点儿，但并不显胖。圆圆的脸，鼻尖有点儿微微上翘，反而显得十分可爱，我不觉得她有什么特别不好的地方。

但是她却想把这些全部毁掉，到底是怎么回事？

"这样说，会遭报应的哟。"

我简单劝了夏美两句，她根本就不接受。

"我对自己的眼睛、鼻子、嘴都讨厌得要命。"

"你长得十分可爱，那你打算怎么办呢？"

"我想改变眼前的一切，所以每天化各种各样的妆……"。

听她这样一说，我仔细看了看她，只见夏美整个脸上的确色彩过浓，眉毛描成弯弯的山字形，眼线画得很浓，贴着假睫毛，涂了几重睫毛膏，眼睛好像洋娃娃一样又圆又大。

我一下子想起了眼下最为当红的那位年轻的偶像歌手，指出夏美"像 H.A 一样"，她使劲点了点头。

"但是，你是你自己啊。"

我回想了一下，发现最近那些年轻的女孩子长得都像是一个模子里刻出来的。也许正如夏美所说，她们都觉得那个当红年轻偶像歌手的脸型最漂亮，因此无比向往，所以大家都极力模仿那个歌手来给自己化妆。

"这样一来，你自己的个性不就没了吗？我觉得你现在不化妆的样子最可爱了，真没必要做这种画蛇添足的事情。"

夏美一下子坐直了身体，对我怒目而视。

"我，回去了。"

"等一下。"

如果夏美这时回去的话，那我眼下所做的心理治疗就前功尽弃了。不仅如此，激怒了患者对我来说相当不利。

夏美突然提出回去的理由，不用说是我刚才的说法惹恼了她。

身体肌肤受之于父母，不好好地爱护，反而弄出很多伤口，甚至还要勉为其难地改变自己的容貌。对她这种态度，我出于义愤情不自禁批评了她两句，却激怒了夏美。

"如果我做了什么惹你不高兴的事情，请你原谅。"

看来我刚才得意忘形，说了一些过火的话。夏美肯定觉得这些话和平时在母亲那儿以及学校老师处听到的一样，所以才要回去的。

"对不起……"

但是，我为什么要向这个小毛孩子道歉？我哪点说错了？可这些在心理治疗上却行不通，这也许就是患者棘手的地方。

不管怎么样，如果让夏美就这样回去的话，会使特别提拔我担任如此重要工作的冰见子医生感到失望。

"等等，我是一个新手……"说完以后，我又慌忙纠正，"不，不是这个意思，我是说像你这样年轻的患者，我还是第一次遇到。"

我刚一说完，夏美回过头来，用不解的目光望着我：

"医生，你刚做大夫不久吗？"

"嗯，也算吧，这边的心理治疗是刚开始的。"

我以为自己不是真正的医生之事要穿帮了，紧张得心里"嘭嘭"直跳，夏美重新回到了床上，把背靠到了床头上。

"你刚才对我说，你只是一块沉默无语、听人说话的木头……"

"对对，是这么回事，所以你还像刚才那样，把什么都说出来，好吗？"

这样一来，到底谁是心理咨询师，谁是来访者，我也搞不清楚了。

夏美总算不再生气了。

看到她脸上重新恢复了平静的表情，我首先辩解了一句：

"刚才我之所以那么说，是因为你清水出芙蓉的样子，我觉得已经很漂亮了。"

"但是，我讨厌得要命。"

我知道如果再说什么，只会引发争吵。

"我明白了。"

我一边点头，一边重新看向夏美的脸。这是一张谁看见都会觉得青春靓丽、天真无邪的面孔，如果夏美自己有意的话，那么很多男孩都会主动去接近她，这点绝不会错。

但是，夏美对自己的长相却厌恶得不得了，从长相到身体，从耳朵到指甲尖，好像都成了她厌恶的对象。

人们多少都会有一些自我否定的倾向，特别是年轻时这种倾向更为突出，在对自己的身体进行单方面苛求的同时，在其他方面则表现为对周围的人攻击性较强。特别是夏美，她厌恶她母亲，不想变成母亲那样的情绪极为亢奋，所以表现在言行举止上就是伤害和母亲有些相像的自己。

即使我这么一个临阵磨枪的心理咨询师，也能够察觉这些事情，问题是下一步，我应该如何处理才好。

"至此，你的想法我差不多已经了解了，你自己还有什么可担心的事情吗？"

我看着病历上"和朋友之间缺乏协调性，有闭门不出的倾向"这句话发问：

"你和学校的朋友之间关系怎么样？"

"他们都不喜欢我。"

"是不是只是你个人的猜想？"

"不是，这些也都是那个人的错。"

又来了，夏美对母亲的怨恨好像很深。

"那么，你可不可以把那些事给我讲一讲？"

夏美盯着天花板望了一会儿，好像下了决心。

"那个人自己既狡猾又污秽，却总是对周围的人说我令人担忧，是个干什么都没出息的孩子，从朋友到老师她到处说我的坏话，装作只有她一个人担心我似的……"

接着，夏美把对母亲的不满和与朋友们相处不好的事情，一件件说了出来。

听着夏美滔滔不绝的述说，我好像在听自己的孩子进行哭诉一样。

夏美的述说有时是跳跃间断的，而且条理也说不上清晰，但基本上说的还是她对母亲的厌恶。母亲利用父亲的迟钝，仍在红杏出墙，她不能容忍母亲有外遇，认为由这样一位自私自利的母亲所生，她自身也有一种不洁之感，这甚至影响到了她与朋友之间的关系。夏美做不到心无芥蒂地与大家进行交往，结果导致了彼此之间的冲突。

所以出现了啃指甲、扎复数耳洞的现象，夏美有时称母亲为"老太婆"，或骂母亲是"恶魔"，甚至发展到深更半夜突然就不见了，出去买安眠药服用，这一切都是因为她不相信母亲，还有就是为自己和母亲相像而感到烦躁不安。

大约二十分钟，夏美就像机关枪一样一个人滔滔不绝，最后不知是说累了，还是由于把自己在心中埋藏至今的秘密一口气发泄了出来，从而获得了一种安全感，夏美大大地叹了口气，突然冷不丁地冒出来一句："对不起。"

"没关系，这样就对了。"

我一下子感到夏美非常可爱，连忙抑制住想要去抚摩她脑袋的冲动，接着说："你的感觉我非常理解。如果我是你的话，也许会做出同样的事来。"

"真的吗？"

夏美好像找到了知音，显出一种心中的一块大石头总算落了地的表情。

"但是，你最好把这一切全部忘掉。如果你一直纠缠在这些事当中，不断地对母亲进行反抗，或者伤害自己，最后什么目的也达不到。像你这样的好孩子，总是被这种无聊的事情所困扰，实在太可惜了。这样一来，不就等于你输给你母亲了吗？与其这样，还不如把自己的生活重心移向外面的世界，自然地和大家进行接触，那么高兴的事和有意思的事多得很啊。"

当我觉得自己又说过了头想要住口的时候，发现夏美一直在频频点头。

从夏美目前的样子看上去，她好像正在准备重新迈出人生新的一步。虽然在此后漫长的人生岁月里，也许还会出现烦恼和挫折，但是那个时候再到这儿来谈心就可以了。

"那么，今天就到此结束吧？"

我看了一下表，从开始到现在正好五十分钟。

一次的心理治疗时间，大多定为四十五分钟到六十分钟。

从时间上来看，五十分钟刚好合适。

我把和夏美谈话的内容大略记录在病历上，然后到隔壁冰见子医生所在的诊室去了一趟。

冰见子医生正在诊治一位五十多岁的男性患者，看到我问道："完了？"

"唔，差不多……"

"那，没什么问题吧？"

虽然夏美途中曾经提出要"回去"，但是后来她还是坦率地诉说了自己心中的秘密，因此我觉得还算顺利吧。"对。"我答道。

"你告诉她，如果她还希望进行心理治疗的话，请她跟诊所联系。"

我点了点头，重新回到心理治疗室，夏美已经从床上下来了，单手拿着书包站在那儿。

"那么，今天就到此结束，来这儿治疗以后，感觉好点儿了吗？"

听到我的问话，夏美回答："应该是吧……"

"如果再出现什么情况的话，跟我们联系好吗？"

"那个，您的名字是……"

我连忙把挂在胸前小小的名牌拿给她看，同时自我介绍道："北向，读北向而不是北风。"刚说了一半儿，夏美噗嗤一下笑了。

"知道了……"

我还想再说点儿什么，但是夏美已经朝门的方向走去。没办法，我也跟着出了房间，把病历送到了挂号处。

就在我呆呆地站在办公室中间的时候，听到挂号处的通口小姐正在向夏美收钱。

"收您一万五千日元。"

一次的心理治疗费用，的确是这个价钱，但是收那么多费合适吗？是冰见子医生的话，当然没有任何问题，但是像我这样的人，我认为未免有点儿贵了。夏美如数付了钱。

我觉得有点儿对不起夏美，心中暗语："对不起……"

夏美走了以后，我突然觉得自己如同一只泄了气的皮球一样。

刚开始的时候，我当然十分紧张，非常担心这次心理治疗能否顺利完成，但是完了以后我又有了新的担心，比如自己的治疗是否得当，而且觉得这种程度的治疗收费一万五千日元，总有点儿于心不忍。当然这些钱并不会装进我的口袋，但我还是有些过意不去。

我就这样一直站在办公室里，冰见子医生走了过来。

"怎么样？还算顺利吧？"

"对，还算是。"

"问题还是出在患者母亲身上吧？"

"嗯，是这么一回事。那个女孩儿的母亲好像另有了新欢，她察觉了这件事，所以变得越来越讨厌她母亲。"

冰见子医生缓缓点了点头。

"对对，这个年纪的女孩子容易把母亲当作女人对待，所以反抗十分强烈。"

"因此她啃指甲，扎耳洞，化妆化得像个洋娃娃似的，而且她的朋友们也如出一辙……"

"因为年轻，所以对自己缺乏自信吧。"

的确在这一点上，冰见子医生打扮得极有个性，十分潇洒典雅。

眼下她穿着上下分开的白制服，上衣是紧身立领的，领口微微敞开，下身是同一颜色的白裤子。粗略一看，好像白色制服谁穿都是一样，可是双腿修长的冰见子医生穿上，就好像穿着一套上下分开的白色套装的模特似的。

实际上想让这位美貌的医生看病的男性患者很多。刚才那位拿了药就回去的中年男人，也是这群患者中的一个。

我正在琢磨的时候，"我要回去了，请给我叫辆车。"冰见子医生吩咐挂号处的小姐。

冰见子医生要去什么地方？我刚刚结束自己的第一次心理治疗，所以还希望和她再聊上一会儿，但冰见子医生有事，我也没有法子。

"请问，您是回花冢医院吗？"

听到我问，冰见子医生摇了一下头。

"我要去一个地方，下面的事情就拜托你了。"

在赤坂的诊所，诊疗时间为上午十点到下午六点，所以还有两个小时。这段时间里，我只要负责倾听来访患者的谈话，然后替冰见子医生预约下次的治疗时间就可以了。

"您放心吧。"

我的话音刚落，冰见子医生就走进了更衣室，不一会儿她穿着外出的服装走了出来。

刚才她还穿着上下分开的白色医生制服，现在却穿着一件黑色的领口斜开的连衣裙，戴着白金项链，上面披着一条白色针织大花的披肩。

无论从哪个角度来看，我都觉得冰见子医生与其说是一位医生，不如说是一位刚从时装杂志中走出来的模特。

我曾经跟这样一位医生单独去墓地赏过樱花，刹那间我的心中升起了一种自豪感，但是不知冰见子医生是否知道我的感慨，她好像在说再见一样轻轻地晃了一下右手，就转身出去了。

冰见子医生走后，我充满紧张感的身体一下子松弛了下来。

"做些什么呢……"

我一下子变得无所事事起来，想翻翻护士方面的专业书，却又看不下去，正在我犹豫不决的时候，突然想起了花冢医院的中川凉子的事情。

她反对我担任心理治疗工作，甚至直言不讳地指出我被冰见子医生利用了。

想起这些事情，我就给凉子打了个传呼电话，告诉她我刚刚结束心理治疗，但是她却闭口不答。

"患者是一位十七岁的女高中生。好像对母亲有许多不满。"

听得这儿，凉子接过话茬儿："那个女孩子，好可怜啊。"

"什么意思？"

"因为她把你当作医生了吧？"

"谁不是一样，只要病治好了不就行了吗？"

"但是，这不是一种欺骗吗？"

"欺骗？"

我不由得喊出了声。我觉得自己尽了最大的努力，而且夏美最后也是接受了我的建议后回去的。凉子却说这是一种欺骗行为，这也太过分了。

"你是不是对我担任心理治疗工作有什么不满？"

"并不是啊，我想说的不是这件事情。"

凉子的声音异常平静，愈发让我感到生气。

"我的确不是医生，但是进行心理治疗并不是非要医生不可的吧……"

我和那些没有医生资格的心理咨询师和社会福利工作者一样，他们也在进行心理治疗。作为一个护士，我进行心理治疗也不足为奇，我对凉子解释过，但是她却不能接受。

"但是，那个女孩儿以为你是医生才会让你治疗的吧。如果她知道实际情况，我想她是不会接受你的治疗的。你让她认为你是一个医生，这就是一种欺骗行为。"

"等一下……"

对于凉子说的每一句话，我都感到极不舒服。首先作为护士，我是她的前辈，可她每次都用"你"这种没大没小的称呼，对此我非常不满。曾经一段时间我们有肉体关系，那时她这样叫我，我也无话可说。可现在我们两个什么关系也没有，她难道不应该称呼我一声"前辈"吗？另外，尽管她比我小，却总用一种冷静的态度对我高谈阔论。

"说起欺骗一词，如果让冰见子医生听到了，那可不得了啊。正因为来访者是一位年轻的女孩儿，所以她觉得我这种年轻男士比较合适，才让我担任她的心理治疗的。"

"是吗？"

听到凉子这种一成不变的扫兴语气，我一下子火了起来。

"你是否对冰见子医生的做法有什么不满？"

"是有。"

"如果有的话，说说你到底有什么不满？"

"对她治疗患者的方法。"

"治疗患者的方法？"

作为一个护士，应该服从医生的治疗方针。凉子竟然对身为院长的冰见子医生的治疗方法有所不满，这样一来，这家医院的治疗还怎么进行下去？

"喂喂，你说的是心里话吗？"

我说完后突然想起挂号处的通口小姐还在身边，于是放低了声音。

"你说明白一点儿，的确有这种情况吗？"

"当然有啦。"

凉子的声音还是和平时一样冷淡。

"哪个病房的？是谁？"

我也是花冢医院的护士，所以几乎所有的患者我都知道。

"西楼二〇五号病房的村松先生。"

西楼病房不是我直接负责，但是那边的事我还是知道一些的。的确有一位四十五岁左右的男性患者，患有严重的抑郁症，应该是给他服用了不少药物，所以他迷迷糊糊昏睡的时候居多。

"村松先生刚来的时候，不是这样的。虽说患有抑郁症，但他当时说话还是清清楚楚的，我觉得他根本不用住院，但是冰见子医生却要他马上住院，现在他几乎都是躺在床上昏睡……"

"你是否有证据证明这是冰见子医生的过错？"

"没有什么确切的证据，可是觉得可疑……"

"但是，冰见子医生一定是认为住院合适才让他住院的，觉得必要才让他吃药的。"

"是这么一回事吗？"

凉子的语气好像冰见子医生误诊了一样。

"你先考虑一下自己的立场，然后再发言。"

"我再怎么考虑，也觉得奇怪。"

再这样继续下去也只能是两条平行线，而且在电话中一直争论不休也毫无结果。

"不管怎么说，有时间我去查明这位患者的情况，但是你最好不要说这种不着边际的话。"

我口气严肃地警告了凉子，然后挂断了电话。

昏睡状态

　　总院花冢医院一带是安静的住宅区，在多摩川沿岸的河岸空地上，少年们有的打棒球，有的踢足球，还可以看到一些遛狗散步的人们。

　　从我住的大森出发，先坐 JR（日本铁路公司）线到大井町，然后换乘东急大井町线，坐四五十分钟就到了医院。一想到从住宅密集的大森去空气清新的住宅区上班，而且沿途电车很空，就觉得非常舒服。

　　我只有每星期二、四去赤坂的"冰见子诊所"，所以其他几天要去花冢医院上班。

　　花冢医院除了门诊室和检查室以外，还有九十张病床，分成东楼病房、西楼病房和特别病房三个地方。

　　以前男患者住在东楼病房，女患者住在西楼病房，男女是分开的。五年以前，冰见子医生提出把男女患者放在同一栋病房，患者恢复得较快，所以现在变成了男女合住，不管哪栋病房都住着三四十个男女患者。另外，特别病房是收容那些特别吵闹或有暴力倾向的危险患者的地方，所以整栋病房是封闭式管理。

我主要负责东楼病房，被任命为主任，其他就是协助冰见子医生诊治前来看病的患者，当然也包括去赤坂的分院工作。

包括社会福利工作者在内，花冢医院共有四十名护士，除了白班还有中班和夜班，另外急救车送来紧急患者的时候，有些患者发出异常的声音，有些患者乱跑乱闹，甚至还有要自杀的患者。这时除了值班人员以外，还要紧急召集其他的工作人员。

常勤的医生是院长冰见子医生和佐藤医生，另外还有从城东大学附属医院到这儿出诊的年轻的圆山医生。城东大学是冰见子医生毕业的学校，她曾经在那所大学附属医院精神科的门诊部，进行过一段时间的临床实习。在那里她的美貌同样引人瞩目，吸引着很多医生主动去接近她，据说教授们也非常喜欢她。

有时我会开车上班，从大森经过第一京滨开到八号环线，然后到上野毛，有时要用近一个小时，比坐电车还慢，但是我非常喜欢自己开车上班。

我的车是我以前就喜欢的客货两用车，对低工资的我来说是一件奢侈品，但是我没有其他的爱好，车是我唯一的乐趣。

幸好医院的场地很大，也有停车场，所以我每次都把车停到工作人员专用的停车场上。

为了这辆车，中川凉子也曾挑过我的毛病，理由是这辆车对我来说太豪华了。

然而这种事不用她说我也明白。这辆车的确和我的身份有些不太相符，但是有追求一点豪华的想法也无可厚非吧？

我的梦想是有一天开着这辆车带着冰见子医生去游车河，但是不知是否能够实现。我期待着什么时候冰见子医生突然有急事，然后对我说："你开车送我去。"为了这一刻的到来，可以说我时刻都在准备着。

当然凉子是不会知道我这些想法的。她认为与其买这种昂贵的进口车，不如买些家具把自己的住处安排好才更为实用。这是她的意见，可是我有我的做法。

也就是说，凉子作为一个女人，享受生活的方法和我截然不同，但仔细回想一下，买这辆车也有凉子的原因。

因为有一天，她忽然开始拒绝和我做爱，我再三请求，她就是不肯。"你不满意我什么地方？"我忍辱问她。"你是个好人，但是太单纯了。""单纯有什么不好？"我又问。"也就是说，你把生活看得太简单了。"她冷淡地回答。

我以为凉子是因为我爱慕冰见子医生而心存不满，谁承想从那时起，她已经和一个男老乡开始交往起来。

这件事我也是最近从凉子的一个朋友那儿听说的，因此那时她觉得怎么跟我顶嘴都可以的吧。从我们刚开始交往的时候，凉子就有点儿狂妄，然而这次她竟然批评起冰见子医生的治疗方法来了，就是胆子再大，也应该有个限度。

如果这件事传到冰见子医生的耳朵里，说不定凉子马上就会被解雇。

凉子十分清楚这些，但仍然一口咬定是冰见子医生的错误。是因为她至今还嫉妒我爱慕冰见子医生才出此言，还是真如凉子所言，冰见子医生的治疗方法的确存在问题呢？

无论如何，我有必要和凉子两个人单独见上一面，具体询问一下那个有问题的患者的事情。

位于上野毛的花冢总院和病房之间的距离较远，所以同在一家医院的工作人员，有时一天也碰不到一面。

因为护士采用的是三班倒的工作制度，白班是从上午八点到下午四点，中班是从下午四点到夜里十二点，夜班是从夜里十二点到第二天早上八点，所以病房不同的话，即使在同一天的同一个工作时间里，有时也见不到面。

自从听到中川凉子对冰见子医生的治疗有所不满之后，我一直想找个机会和她好好谈谈，可是我有空儿的时候，她上夜班，我中间还要到"冰见子诊所"工作，所以一直找不到合适的时机。况且谈话的内容涉及患者的治疗，也不可能在医院里面随意交谈。

因此，我和凉子单独见面的时候，已经是在我做完夏美的心理治疗后的一个星期，大约是五月中旬。

那天刚好是个星期天，我和凉子都休息，所以我约她："我们好久没见了，一起吃顿饭怎么样？"凉子说下午比较合适。

虽然我猜想凉子也许是在回避晚上和我单独相处，但还是按她的要求答应了下来。

可是，如果在离花冢总院很近的地方，也许会碰到其他的工作人员。考虑了半天，我决定还是在离上野毛较远的自由之丘车站附近的咖啡店见面。

到了约好的时间，我穿了一件粗粗拉拉的横条衬衫和一条白色棉布裤子出了门，凉子十分钟以后才姗姗来迟。她穿着一件敞胸的浅蓝色长袖衬衣和米色的裙子，没有怎么精心打扮。我们很久没在外边单独见过面了。

"今天天气真不错啊。"

听到我的话，她只是点了点头，没有半点儿欢欣雀跃的样子。

"你吃些什么？"

"我只要咖啡就行了。"

凉子只说了一句话，就从挎包里掏出一张纸放在了我的面前。

看来她把那个有问题的患者的病历复制了一份。

一对男女好久不见，总算单独相聚于咖啡厅，我觉得一般都会先问一下彼此的近况，聊聊双方新近的兴趣什么的，但是凉子好像完全没有这种意思。

"哦，等一下。"

我压抑着心中升腾起来的怒火，重新打量着凉子。

"我们已经有两个月没这么见过面了吧？"

"是吗？"

何必回答得如此冷淡呀。说实话，我对凉子多少还有些留恋。自从一年前她突然拒绝我以后，我也曾经认命了，但是面对面地坐着，我又想一把把她抱在怀里。这种恋恋不舍要到何时……忘了离开你的女人吧，我提醒着自己，并无可奈何地从桌子上拿起了病历。

"这就是那位有问题的患者的病历吗？"

"我觉得你亲自过一下目，更便于了解情况……"

这份病历是凉子趁着上夜班的时候偷偷复印出来的吧。

病历的最上面写着"村松博之"的名字，病名为"躁郁症"。

患者的年龄为四十四岁，职业是银行职员，家里除了妻子，还有一个上初中一年级的儿子。

患者第一次到花冢总院就诊是今年二月份，在初次诊断内容一栏旁边，有着冰见子医生 "花冢" 的签名。

"什么时候住的院？"

"一到医院，当时就住了进来。"

病历上记载的病情为"失眠，容易疲倦。不能集中精力工作，有时情绪激动，因为一点儿小事就轻易暴怒"。

"是一个人来的吗？"

"是和他太太一起来的，一直在自言自语'危险''小心'等，想要他安静下来时，他又大喊'吵死了'，把门诊室的标志也推倒了。"

凉子好像当时在场一样，干脆利落地回答。

"诱发病情的契机是什么？"

"今年年初女儿因交通事故亡故后，患者的异常言行就开始逐渐增多。"

以一个事件或一件事为契机，使人的正常心态出现了倾斜，这种事情并不少见。比如在我负责的病房，有一位女性由于遭到所爱男人的抛弃，从此变得精神失常，住院已经一年了，到现在还没有恢复。

眼前这份病历上记载的这位父亲，自己心爱的女儿有一天突然遭遇交通事故死去了，而且他本人又目睹了整个过程，此事就成了导火索，从此他的言行变得越来越异常了。

"那么，在交通事故发生以前，这位患者又如何呢？"

"他原本就是一个很认真的人，有时会无缘无故兴奋起来，特别是喝酒以后容易发怒，在公司好像因为吵架也得罪过同事。"

精神病患者当中，的确是过于认真且神经质类型的人偏多。

"看来还是女儿的突然亡故，成为了诱发这位患者发病的直接原因。"

"是这么回事，从那以后他会突然喊叫'危险''小心'等，一个人一边嘟嘟囔囔地发牢骚，一边这儿那儿地到处乱走，即使去上班也做不了什么工作，所以被公司命令停薪留职在家休养。"

从专业角度来看，这些易怒、多语、多动的症状严重的话，很明显就是初期的焦躁症。

"来花冢总院看病，是他自己主动要来的，还是他太太让他来的……"

"两方面都有吧。他没去上班在家休养的那段时间里，有时整个晚上都睡不着觉，到了早上又突然吵闹起来。'我这样下去不行，我会变成神经病的'，加上还有邻里关系问题，所以他太太劝他来医院时，他非常听话地就来了。"

"这么说，他本人也意识到自己有病了。"

如果本人能意识到自己有些异常，说明病人的病情还处于较轻的阶段。

"他来看病的时候好像处于相当兴奋的状态，那么他对住院是怎么想的？"

"他本来不愿意，但是他太太说担心他这样下去不行，所以我以为打完一些神经镇静剂的点滴，他就能恢复正常，只是暂时住一下院就可以回家。谁想到第二天也没有让他回家，就一直在医院住了下去……"

"这有什么奇怪的吗？"

"当然奇怪了。"

一个医嘱对患者是否恰如其分，在当时很难进行判断。

如果是内科或者外科，病名和治疗方法都非常明确，但是精神科的患者一直处于流动性的变化状态，病情有时可能突然发生剧变，所以仅凭一时的状况进行判断，有时会造成不能挽回的失败和错误。

比如我知道的一个例子，有一个二十七岁的女子，因为自杀未遂被急救车送了过来，在服用了医生开的镇静剂之后，情绪安定了下来，所以就出院了。而且从那以后她一直坚持看病服药，人也变得开朗起来，说话也在情理，所以大家都放下心来，可是半年以后，她突然撞向电车自杀了。

类似这种情况，如果能进一步深入接触患者，更多地和她进行交谈的话，也许能够防止她自杀。只看患者的表面现象，就掉以轻心，应该是这次失败的原因。

眼前这份病历上记载的这位男性患者，患有明显的狂躁症，给周围的人添了不少麻烦。虽说通过点滴注射镇静剂让他恢复了平静，但是否能够同意他马上回家，说实话谁也不清楚。总之，医生要根据各种症状进行综合判断，冰见子医生经过诊断，如果认为让他住院合适，那么做护士的就应该服从她的指示。

"我觉得即使让这位患者住院，也没有什么奇怪的呀……"

"可是，一下子就给患者注射镇静剂，接着又采取了保护住院的措施。"

病历上的确这样写着，用点滴给患者注射了较强的镇静剂使之入睡，并在家人的同意下采取了保护住院的医疗措施。当然，具体到村松先生，一定是获得了他妻子的同意，这样一来，即使患者本人提出希望出院，没有保护者的同意也不能回家。

"冰见子医生是认为这个患者仍然存在发狂、闹事的危险吧。"

"是这样的吗？"凉子碰也不碰送来的咖啡，直视着我说，"我不这么认为，患者提出想要回家，我们也认为他可以回家，可是冰见子医生就是不同意。"

这件事越说越离谱了。

冰见子医生认为患者有必要马上住院，随即采取了相应的措施，但是在场的护士却说没有住院的必要。表面上护士们当然还是服从了医生的指示，但是心里却持反对意见。

至今为止，我的确也不是没有对医生的指示歪头表示过疑问，觉得："是这样的吗？"在用药和患者的护理上，有时觉得"用做到这种地步吗"，有时又认为"应该再严格一点儿才好"。我记得自己也有过各式各样的不满。

但是关于用药和注射效果等问题，我们没有经过专门的学习，在护理方法上也是因人而异，不可一概而论。无论怎么样，在医院这些事情都是由医生负责的，如果对医生的做法横挑鼻子竖挑眼的话，那就什么也做不成了。

然而，有一点非常清楚，就是对患者的实际情况，我们做护士的要比医生了解得多得多。

因为医生只有在一天一次的查房时才能见到住院患者，而且总是"今天怎么样"这种寒暄式的表面功夫。

从这点上看，我们的工作就是护理患者，从早到晚都在观察患者的情况，有时还要和患者交流其个人苦恼和家庭问题等等。

当然一般认为由护士汇报患者的情况最为理想，特别是我们直接向医生汇报患者的动向。

根据这些汇报，医生认为必要的时候，会对治疗内容进行改动。

但是凉子认为有问题的这个患者，是突然前来就诊的患者。要是长期住院的患者还另当别论，对于前来就诊的患者，相信医生当时的诊断是理所当然的事情。

"对于当时的措施，我认为冰见子医生的诊断是正确的。"

"那么，住院以后呢？"

"我没给他看过，所以不太清楚。"

"加藤护士长和我都认为可以让患者回家了，但是冰见子医生却说'再让他住一段时间院为好'……"

"如果冰见子医生这样说，应该不会错吧。"

"不，我觉得我们的意见正确。"

按照凉子的意见，那位患者的确处于狂躁状态，当时进行一下治疗是必要的，但是没有必要让他住院。即使住院，一天就足够了，第二天他就处于完全可以回家的状态。但是冰见子医生非但没有允许他回家，还采取了保护住院的措施，强行让他住了院。

"从那儿以后，患者就一直住院吗？"

"对，从那时起他的病情就每况愈下。"

"每况愈下？"

无须赘言，医院本来就是治病的地方。如果说患者住院以后，病情反而恶化了，这直接关系到医院的声誉。当然，一般医院里的癌症、精神病医院的精神分裂症等，即使采取了正确的治疗方法，有些病也不能治好，但一般来说，住院以后病情有所减轻是理所当然的事情。

"现在，那位患者处于什么状态？"

"从两个月前起，由于让他服用了大量的安眠药和镇静剂，所以一直处于浑浑噩噩的昏睡状态，和他说话虽然有时能够明白，但几乎没有反应，只是时不时说梦话般喊着死去的女儿的名字。"

"那么，这不是处于昏睡状态吗？"

"对，正如你所说的。"

凉子一副自信十足的样子点了点头，好像想起来似的，把咖啡送到了嘴边儿。

话说到这儿，看来我的希望完全落空了。来这家咖啡店之前，我虽然知道目的是商量住院患者的事情，然而我和凉子很久没见过面了，心中隐隐约约还抱着一线希望。如果一切顺利的话，我们没准儿可以因此重归于好。

事实上与其说破镜重圆，不如说我被凉子的情绪所感染，差一点儿就站到了批评冰见子医生的阵地上了。

"不管怎么说……"

我振作起精神，对凉子怒目而视。

"你是不是认为那个患者病情恶化，是冰见子医生的错误？"

"你说得对。"

我不由得冲着满不在乎的凉子喊了起来："别说这种傻话了。以后不要再这样评论冰见子医生。"

不管对错与否，我讨厌怀疑、否定冰见子医生的家伙。这种家伙就不应该存在在花冢医院里。

我对凉子的留恋一下子消失得无影无踪，再也不用刻意去讨她的欢心了。

"你说的我差不多都明白了。你对冰见子医生的做法持反对意见我心里也有数了。但是，既然有那么多的不满，你何必还待在这家医院呀？你不喜欢的话，可以去别的医院。"

"不，我就待在这儿。"

"那你少批评冰见子医生的做法。"

"这完全是两回事儿。我只是因为觉得奇怪，才说说自己的想法，我以为健吾能理解我……"

突然被凉子称为健吾，我心里也有点儿难过。一年半前，我们相亲相爱的时候，凉子经常这样叫我。

可是，眼下回想起往事的话，那么我作为前辈的威严就会丧失殆尽。

"好吧……"

我作出了最后的决断。

"如果你有这么多疑问，那么我对冰见子医生说，这位患者我来接手。把他从西楼病房转到东楼病房去，你就没必要照顾他了。你也不用再看到这位讨厌的患者了。"

"我根本没说我讨厌这位患者。"

"那你究竟是什么意思？"

"我只是说这位患者太可怜了。本来没什么重病，却让人家住院，又不许他回家，住院这段日子里，他的病情逐渐恶化，现在处于昏睡状态……"

"住口！"

刹那间，周围的客人都往这边望来，我慌忙降低了声音。

"够了，你说的我都知道了。总之，今天就说到这儿吧。"

我把桌子上那份复印的病历推向凉子那边。

"那个患者，明天我就去西楼病房办理交接手续，把他转到我这边儿来，这样总行了吧。"

我朝沉默不语的凉子轻轻地咂了一下嘴，拿着账单站了起来。星期日的下午，好容易才见到凉子，又以吵架收场，实在有些可惜，但是我也知道，再和凉子见面恐怕也于事无补。

第二天到了医院以后，我先去自己负责的病房转了一圈，然后向西楼病房走去。

目的当然是想直接接触一下那位叫村松的患者，确认一下能否把他转到我这边儿来。

西楼病房不在我的工作范围之内，所以患者我不太熟悉，但是所有的护士我都认识。

我先到护士中心，因为凉子不在，得到了加藤护士长的同意以后，我向西楼二〇五号病房走去。

这是一间四人病房，隔着中间一块空地，两组双层病床相对而放，村松先生就躺在一进门左边的病床上休息。

病床周围挂着白色的帘子，只有这里的帘子都被放了下来，在这被切割出来的长方形空间里，村松先生仰面而卧。

已经接近上午十点，别的患者有的在走廊里摇摇晃晃地散步，也有的坐在床上呆呆地向窗外望着，只有村松先生睡衣衣领敞开，微微闭着眼睛。

听说他是今年二月住院的，应该已经住了三个月了，不知是否是几乎足不出户的原因，他的脸色像漂白过一样煞白。

我略微向前探过身去，叫了一声："村松先生。"

他好像有所察觉，目光呆滞的眼睛应声缓缓向我这边看来，但是没有点头或回答等其他迹象。

我接着说："你好，你身体好吗？"并用手在他的眼前晃了几晃，但他还是老样子，只是朝这边望着，表情上也看不出有什么明显变化。

他确实存在意识障碍，从他对呼唤能够产生一定程度的反应来看，用专门术语也许可以称之为迷蒙状态，具体来说就是"睡眠很浅，头脑模糊不清，处于不能正确回答人们提问的状态"。但是还没有严重到昏睡不醒或昏迷状态。

他现在这种样子，当然不用担心会给他人造成麻烦，问题是这种迷蒙状态是由什么造成的呢？患者全身瘦弱，脸庞有些浮肿，从他身上显示不出半点儿积极向上的意识来看，很可能是狂躁症以及药物的影响。

正当我陷入沉思的时候，床帘忽然被打开了，现出了中川凉子的身影。

凉子穿着上下分开的白色制服，带着护士帽，让我感到憋屈的是，她比我们在外面见面的时候显得更为清秀，风姿凛凛。

"你来了，干吗不事先跟我打个招呼呀？"

我对着面带怒容的凉子回答："我是得到护士长正式批准的，应该没问题吧。"

"但是，这间病房的主管是我。"

凉子这个女人还是那么要强，我有些厌烦地把目光转向床上，患者不知是否对我们之间的争吵感到有些吃惊，眼睛微微睁开一条缝儿，望着我们这边。

"呵，对不起，让你害怕了。嗓子渴不渴？"

凉子一边安慰患者，一边把手伸向旁边的床头柜，拿起饮料瓶递给他看，患者微弱地点了一下头。

"好好，我马上喂你喝。"

凉子迅速拿起床头柜上的鸭嘴壶，将饮料瓶里的水倒了进去，然后把壶嘴儿送到了患者嘴边。

"慢点儿喝啊。"

凉子看上去如同照顾孩子的母亲一样。

"多喝一些，喝了以后头脑才会变得清醒。"

"你这是什么意思？"

"因为多喝水的话，可以冲淡药物的效果。"

"什么？"我反问。

凉子突然降低了声音："这些药本来就没什么必要。是冰见子医生指示开的……"

看起来凉子认为患者这种轻度昏睡状态是药物造成的。

"但是冰见子医生有她自己的考虑……"

"对，就是把病人泡在药罐子里，和……"

"喂，你胡说什么呢？"

凉子对我的话不理不睬，慢悠悠地擦拭着从患者嘴边溢出来的水迹。

不管声音怎么低，即使周围的人都听不见，可是"药罐子"这个词也太过分了。

这是在医院工作的护士该说的话吗？我变得哑口无言，开始为凉子近来这种过激的态度担心起来。

如果这件事让其他患者或者患者家属知道了，那该如何是好？而且眼前这位患者如果听明白了呢？

幸好这位患者意识模糊，运气还算不错，如果他听懂了的话，说不定马上就会从医院逃走。

我突然觉得凉子可能没有按时给患者吃药。

"你不会做把药扔了这种事吧？"

"我想做，但是又做不出来。因为这是冰见子医生的要求，而且还不得不为患者注射。"

是的，病历上除了服用的药物以外，确实还写着给患者注射镇静剂的指示。

"注射是从什么时候开始的？"

"很早以前，刚住院时就开始了，最初还打过点滴……"

村松先生住院已经快三个月了，在这期间如果一直服用这么多药，再加上注射，那么大脑机能低下及意识模糊不清也就不足为奇了。

"药物是不是用得太多了？"

"当然啦。"凉子不吐不快似的答道。

我又问："这些事情，你对冰见子医生说过吗？"

"说过呀，但是她根本不予理睬，只是笑笑而已。"

"笑笑？"

"对，那种事不关己的微笑……"

刹那间我想起了那天晚上在墓地时看到的冰见子医生的微笑。那时她口中衔着一枝樱花，微微一笑。看到她的笑容，一种冰凉的感觉滑过了我的脊椎，使我感到毛骨悚然。凉子看到的微笑是否和我在墓地看到的微笑一样呢？

"但是……"

事情到了这一步，我自己也不明白是怎么回事了。没准儿凉子的意见是对的，但是这样下去可不妙。

"但是，为什么冰见子医生……"

正当我苦思不得其解的时候，凉子发了一句牢骚："还不是为了钱嘛。"

"不对……"

只有这次，我极为干脆地否定了她的意见。

冰见子为了赚钱，让患者服用不必要的药物，让不需要住院的患者住院，这种事情是绝对不可能的。在这一点上，我可以代表冰见子医生坚决否认。

因为想一下就能明白，冰见子医生不是为了赚钱才经营医院的。从她父亲花冢精一郎那个时候开始，作为医院院长的女儿，她在钱上面从没有窘迫的时候。现在她继承了父亲的医院，在经营上也非常顺利，而且冰见子医生本身对钱的态度就比较淡漠。

其中一个证明就是，我们的工资比其他医院的都高，去年年底的奖金每人都多发了一个月的。这样一位冰见子医生，绝对不会为了钱进行那种过剩治疗。虽说现在的确有那种向钱看主义的医院，但是说到花冢医院，我敢保证绝不会有这种事的。

"别说这种傻话。"

我责备了一句，凉子边用梳子轻柔地梳理患者的头发边说："但是，她不是让你进行心理治疗吗？"

"那不是一回事。"

冰见子医生确实让不是医生的我担任心理治疗，但那不是为了增加利润，而是因为工作太忙人手不够，临时让我担任而已。

"你这样想问题很奇怪呵。"

"是吗？"

凉子还是一贯的那种不冷不热的语气，这次她用手巾擦拭着患者从耳朵到脖颈的部位。

由于凉子稍稍向前屈着身体，我看见了她别在白帽子边上的花卡子，就这么一个花卡子，使我觉得仿佛整个病房都充满了女性的气息。我边欣赏边继续说："即使给这位患者药物用得过量，那也不是为了钱。"

"那是什么原因？"

被凉子这样一问，我也哑口无言了。但是为了多赚钱这种小气的想法，我敢肯定冰见子医生是不会有的。

"不管怎么说，把这位患者转到我那边的病房去吧。"

"不行……"

凉子拒绝得非常干脆，她伸开两手，站在患者面前挡住了我。

凉子会拒绝我的要求，我在某种程度上觉察到了。她好像照顾自己的孩子一样照顾着这个患者，即使我提出了要求，她也不会轻易放手的。

但是，凉子一边怀疑冰见子医生的治疗方法，一边负责照顾患者，这种情形很不自然。特别是从目前这种情况看，凉子说不定什么时候，就会把这种不满向其他人说。

"但是，你不是不满意冰见子医生的治疗方法吗？"

"所以我不照顾他的话，这位患者就废了。"

凉子看着患者的目光，好像在说"对吧"。患者也好像听懂了似的，微微眨了眨眼睛。

我再次环视了一下四周，确认没有其他患者以后问道："这个患者的太太是怎么想的？"

"他太太什么也不懂。如果冰见子医生说还需要继续住院，回家的话说不定又会闹出麻烦来，那他太太自然只好服从医院了。"

精神病这种病，一般人的确难以理解，如果医生说还没有治好，一般人都会相信。

"他太太来这儿看他吗？"

"来了患者也是这种状态，她还会认为患者的病情很重，觉得还是留在医院治疗为好，对冰见子医生当然也会一片感激。"

得了精神病的患者，其家人因为顾及周围的看法，有时不太欢迎患者出院，眼前这位患者的情况说不定也极其类似。

"是这么回事呀……"

坦白地说，我现在多少有些明白凉子的感觉了。我虽然并不认为冰见子医生的指示全是错的，但也有种她多少有些做过了头的感觉。

可是护士的工作就是执行医生的指示，如果无视或批评医生的指示，那么医院本身就无法运作下去了。

"问问其他的医生，你觉得怎么样……"

我想起了花冢医院还有一位佐藤医生，和一位从大学附属医院来出诊的圆山医生，可是凉子当即摇头反对。

"行不通。那两个医生对冰见子医生的所作所为不会质疑半个字的，都是好好先生。"

的确在一般的医院里，每个医生的诊断和治疗方针都会受到尊重，其他医生几乎不会干涉。

当然在大学附属医院或者规模较大的公立医院，教授、主任医师还有各个医疗小组的主治医生，在手下那些年轻医生的治疗方法出现错误的时候，他们会给予纠正，下属医生有时也会向上级医生请教一些问题。

然而除了上述的医院以外，即使是院长，没有极特殊的情况，也不会对其他医生的做法发表意见，实际治疗多数由主治医生决定。

在花冢医院，除了冰见子医生，还有两位医生，专职的佐藤医生今年四十五岁，虽说比冰见子医生大九岁，但是性格稳重，对身为院长的冰见子医生的做法绝不会说三道四。现在还有一位圆山医生，是从大学附属医院来这儿出诊的年轻医生，他是冰见子医生的学弟，和佐藤医生相比，更不会对冰见子医生的做法发表自己的意见。

所以征求他们意见的话，他们也只会回答："这位患者是由院长直接负责诊治的，这样不就行了吗？"

这样算下来，唯一可以期待的，也就是西楼病房的护士长了。

"听听加藤护士长的意见怎么样……"

加藤护士长比我大十岁，在护士会议上经常听取大家的意见，所以我对她很有好感。但是凉子对这个建议仍然反对。

"不行，因为那个人喜欢敷衍搪塞。"

"敷衍搪塞？"

"对，只是嘴头功夫而已。"

评论自己的顶头上司敷衍搪塞、只会嘴头功夫，这种话凉子也真说得出口啊。

"你对加藤护士长提过这件事吗？"

"当然提起过，但她只说了一句'这可麻烦了'。"

"这么说，她是赞成你的意见了？"

"我觉得她内心是同意的，但由于是冰见子医生主治的患者，所以她不会明确表态，相反还提醒我'这种事情不可以随便乱说'。"

这的的确确是作风一贯稳健的加藤护士长的反应。凉子显出愤慨而无奈的表情。

"大家都不负责任。"

我也产生了共鸣，同时抱起了双臂，凉子突然又说："你对冰见子医生说说试试看。"

"什么？……"

凉子是不是要我直接去问冰见子医生关于这位患者的情况？让我

对那位冰见子医生问，"西楼二〇五号病房的那位叫村松的患者，他的治疗方法是不是有问题"？

这种事情，我就是嘴歪了也问不出口啊。即使凉子说的事情在理，然而站在护士的角度，又是面对我爱慕已久的冰见子医生，这么没礼貌的问题我怎么问得出口？而且就算我真问了，冰见子医生当时很可能会反问我：

"不是你负责的患者，你为什么这样上心？你受了那个女孩儿唆使，难道连你也要反抗我吗？"

冰见子医生冰雪聪明，她很可能一眼就看穿了这种把戏，向我追问。

如果她那双明亮的充满智慧的眼睛凝视着我，我不止一句话也答不上来，还会马上惊慌失措地向她道歉说"对不起"。岂止如此，就算我吞吞吐吐地向她问了这个问题，冰见子医生没准儿像对凉子那样，对我微笑而已。就和那天晚上我在墓地看到的微笑一样，如果遭遇到那种冷冷的微笑，我就会如同触电一样全身僵硬，肯定一句话都说不出来了。

"怎么样？你对冰见子医生问不出口吗？"

凉子仿佛看透了我内心深处的挣扎，紧逼了一句：

"换作你的话，因为冰见子医生喜欢你，你可以问吧？"

凉子说话还是那样刻薄，我无法反驳，只好沉默不语。凉子一副什么也不用说了的表情。

"我就知道你对冰见子医生开不了口。从一开始我就对你没抱什么希望。但是这位患者是属于我的哦。"

凉子洋洋得意地说完，又转向患者轻声细语：

"你就一直待在这儿吧，我负责照顾你，不要紧的。"

想到这样争吵下去也无济于事，我默默地站起身来，向外走去。

话虽如此，但是冰见子医生为什么要用这种治疗方法呢？

我在她手下工作已经五年了，对冰见子医生的治疗方针可以说是全面信任。

实际上冰见子医生的治疗方法时常是崭新而充满热情的，比如说男女患者原来是分别住在不同的建筑物里的，和其他医院相比，冰见子医生率先让他们混住在一个建筑物里。因为冰见子医生认为，在现实社会当中，男女都是工作生活在一起的，所以住院的时候让男女患者住在一起更为顺乎自然，这样他们回归社会的时候，也比较容易适应现实生活。

而且不管是前来就诊的病人还是住院的患者，冰见子医生都极力避免使用药物，取而代之的是把周围的环境搞得更好，唤醒患者自身重新生活的欲望，所以她主张应该心理治疗优先。

实际上我以前曾经听冰见子医生讲过，日本的精神医疗比较落后。

根据她的说法，以前日本的精神病治疗是把精神异常者关进医院，以使他们与社会隔绝为目的，实际上就是所谓的隔离政策。一个最明显的例子就是，和欧美的精神病患者相比，日本的精神病患者住院时间远远超过欧美，结果就使人产生一种印象，就是精神病医院里隐匿着大量的精神病患者，是一个令人毛骨悚然的地方。

这种倾向随着战后日本精神卫生、保健的有关法律的确立和修改，慢慢得到了改变，但是和欧美相比，日本的精神病治疗依然落后很多。当然造成这种情况的原因之一，就是从事精神医疗的工作人员在意识上还存在某些问题，同时日本社会对精神病患者残存的偏见，也是一个巨大的障碍。

"也就是说，臭东西要用盖子盖住。"

冰见子医生如此形容道，我也完全赞同她的意见。

在我老家等地还有许多人思想顽固，听说我在精神病医院工作，有些人还会非常担心地问我："不要紧吧？"

"精神上的疾病，无论是谁，无论何时都有可能患上。"

冰见子医生甚至反对把精神病当作一种特殊的疾病对待，在这一点上我也有同感。

"应该把精神病医院变成更加开朗的地方，让患者能轻易前来治疗。"

赤坂的"冰见子诊所"正是基于这种思想创办起来的。

冰见子医生进行的所有努力当中，还有一个我最为佩服的，就是"里贝鲁提"的创建。

这是在花冢医院南边新建成的一所集体住宅，"里贝鲁提"在法语中是"自由"的意思。

这座建筑物的一层是客厅、食堂、娱乐室等，二层分成九个单独的房间，里面都有床及简单的家具。

现在这里收容的几乎都是皮克病的患者，他们发病于五十年代到六十年代，前脑叶或侧脑叶萎缩是其主要特征。

具体的症状表现为患者的性格突然发生巨化，变得易怒且喜怒无常，假话张口就来，还有就是在自己家附近徘徊，有时还会无缘无故地向他人实施暴力。

这种病比老年痴呆症更具有行动力和攻击性，患者容易把别人当作傻瓜来对待，有时无缘无故闯进邻居的家里坐着不走，有时重复喊叫："怎么办，怎么办？"或者在自己家附近徘徊，甚至突然拍打前面行人的脑袋。对于这些患者，首先要注射镇静剂使他们安静下来，然后根据不同的症状，让他们使用治疗精神病的药物及镇静剂等，并观察服药效果。随着病情的加重，患者逐渐变得有气无力，不少人最后因此走向死亡。

对于这种疾病，冰见子医生认为住院治疗效果有限，还不如把他们从病房中解放出来，让同种病的患者住在一般的住家里，让他们一边共同生活，一边尝试治疗方法。

"里贝鲁提"就是为了进行这种治疗而创办的集体住宅，现在有九名女性患者在一起共同生活，以护士和助手为中心组成了一个治疗小组进行治疗。

结果治疗效果比预期的要好得多，患者们逐渐习惯集体生活，慢慢想起了已经忘记的社会规则，同时每个人脸上都重新焕发出生气，而且能够率直地表露自己的喜怒哀乐。

这正是最近欧美等进行尝试的集体居住治疗法的实践，而且冰见子医生最早引进了这种疗法。当然不论从建筑物的建筑费用，还是从看护人员的劳动费用来考虑，这种治疗在经营上只能产生负面效应，但是冰见子医生对这些事情却毫不在意。

即使在全国的精神病医院当中，冰见子医生也属于积极主动地不断对治疗进行挑战的医生，为什么只对村松这位患者，采取那种不可思议的治疗方法呢？根据凉子的说法，不只村松一个患者，还有其他奇怪的病例，我却不会对冰见子医生怀疑至此。

但是，冰见子医生还是不要下达这种令护士和护士长起疑的指示为好。

特别是对凉子那种过于认真、或者说容易钻牛角尖的女性，有必要多加小心。

我走在从西楼病房去东楼病房的走廊上，提醒着自己。

即使有个别地方难以理解，但是冰见子医生有其独特的治疗方法，所以我们这些护士不应该对她说三道四。在治疗方面应该全面信赖她。

但是有一点我还是放心不下，就是凉子在询问冰见子医生关于那位患者情况的时候，她什么也不作答。这只是听凉子讲的，具体情况我也不太清楚，但是那个时候冰见子医生为什么会露出微笑呢？

是不是她因为凉子这么一个年轻姑娘口吐狂言而感到不快，才无视凉子的存在呢？或者是冰见子医生认为这种事情根本没有回答的必要，所以假装没听见。

但是，果真如此的话，她为什么要微笑呢？而且是对自己的治疗方法说三道四的女人。

我差点儿撞上了迎面而来的搬运车，接着又想：那个时候，冰见子医生对于凉子，与其说是生气，不如说觉得这个没事找事的年轻姑娘很可爱，所以才露出微笑的吧。也许她当时觉得没有必要发怒或解释，因而只是轻轻地发出了几声嘲笑。

"但是……"

我始终对那个微笑不能释怀。

冰见子医生在墓地冲我微笑的时候，她确确实实处于一种狂躁的状态。就像那些疯狂怒放的樱花一样，冰见子医生口叼一枝樱花，也处在同一状态。

这样推测下去，当冰见子医生被凉子问到那位患者的治疗方法的时候，她同样也处于狂躁状态吗？

当时她是否心里空落落的，处于一种想要吵闹发泄的状态？

想到这儿，我突然发现其实自己对于冰见子医生一无所知。

我当然知道冰见子医生毕业于东京一所名牌私立大学的医学系，是我现在工作的这家医院的院长，也知道她是上一代院长的千金。还知道她芳龄三十六，美貌出众、苗条动人，但是仍是独身，一个人住在涩谷松涛的一所豪华公寓里。

但仅仅这些，能否称得上真正了解冰见子医生呢？

我突然变得不安起来，穿过连接东西两栋病房的走廊走到外边，在院子里的一个椅子上坐了下来。

平时在这儿附近，总有很多住院患者在休息发呆，今天不知是否因为阴云密布，周围一个人影儿都没有。我坐在椅子上，四周鸦雀无声，我重新思考着冰见子医生的事情。

一般如果说自己了解某人，是指了解对方的性格、爱好，甚至一些个人隐私。非常遗憾的是，不要说冰见子医生的个人隐私，就连她真正的性格、爱好我都几乎一无所知。

由于我在冰见子医生身边工作，因此觉得自己比其他工作人员知道的事情要多一些，但是如果刨根问底地询问一些细节，我很快就会无言以对。

倘若强人所难，非要我说出对她的印象，我觉得自己好像了解她，其实又不了解她，冰见子医生有些地方十分不可思议。在她身上隐藏着一些我这种凡人无法想象的、莫名其妙、离奇古怪的东西。

当然究竟是什么东西，为什么我会有这种感觉，我自己也说不清楚。

但是，冰见子医生有时会做出一些出人意料的举动，这是千真万确的。

比如在邀请我共进晚餐之后，突然提出要去墓地，在墓地突然折断一枝樱花叼在嘴里并面带诡异的微笑，然后毫无征兆地叫辆出租分手回家，还有就是突然叫我担任心理治疗，让西楼二〇五号病房的患者持续注射和服用令人难以相信的大量药物。种种这些说是冰见子医生的特点，的确可以称为她的个性，说是异常也许的确异乎寻常。想到这里，我忽然有一种如梦初醒的感觉。

或许我在对冰见子医生那些莫名其妙的古怪行为感到不安的同时，又被这些东西强烈地吸引着。

强迫障碍

季节和精神病之间有什么关联？

我从很久以前就开始关注这个问题，但是好像没有一本书明确阐述过这方面的问题，是否说明这两者之间没有什么必然的联系？

精神病随着环境的变化的确有所变化，但是随着季节的变化或增或减，也许非常少见。

但是我个人认为精神病多少和季节有关。比如五月到六月，随着新学期和新工作的开始，一些人不能很好地融入周围环境，因此在精神上会发生某种变故。与此不同，还有一类型的人随着季节的变化，身体会出现问题，甚至有人连性格也会随之发生变化。

在六月末的一个下午，刚好冰见子诊所出现了一段没有患者的空闲时间，冰见子医生拿来咖啡薄饼，并从附近的咖啡馆里叫了两杯咖啡，我也有一份。一起喝咖啡的时候，我向冰见子医生请教季节和精神病之间的关联，她立刻对我进行了说明。

"这两者当然有关联了。我们称之为季节性情感障碍，根据季节的变化，患者的病情随之减轻或加重，且不断循环往复，躁郁症就是一个典型。几乎一到由秋入冬的季节，患者就变得抑郁，而从春天到夏天这一段时间又开始恢复，接下来开始出现狂躁的症状。生活在北半球高纬度地方的二十多岁的女性易患此症，据说和遗传因素有关。一般会出现睡眠障碍、食欲不振和体重增减等症状，生活节奏因此变得紊乱。也就是说，对患者来说既有好的季节，也有不好的季节。"

不愧是冰见子医生，一口气娓娓道来。然后她用涂着淡紫色指甲油的纤纤秀手，端起咖啡静静地送到了唇边。

这种有条不紊的说明和手指优雅的动作，乍看上去，好像属于相反的两个世界，但是在冰见子医生身上，却如此出色地统一在了一起。

"北风君，你对这种问题感兴趣吗？"

"不，刚才来就诊的那个菊池小姐，情绪好像就是随着季节的变化而变化。"

"对，那个女孩儿正处于一种狂躁状态。"

那位叫菊池的女患者是一位三十多岁的文秘，我想起了她那张消瘦而神经质的侧脸，这时冰见子医生忽然喃喃自语："我说不定也是一样。"

冰见子医生有时冷不丁的一句话，会让我们大吃一惊。她刚才说"我说不定也是一样"，是说她自己也有狂躁症吗？

听她这样一说，我回忆起那天晚上在墓地里，她称那些盛开的樱花患有狂躁症，还把樱花叼在口里，那时我的确怀疑冰见子医生也患有狂躁症。但是面对面地听到冰见子医生如此说起，我不由觉得有些心惊胆战。不知冰见子医生是否留意到我的反应，她接着说："但是这样也不错。总比一直沉默不语有意思吧。"

抑郁症的很多患者的确表情暗淡，沉默寡言；与之相比，狂躁症的患者性格开朗，不管和谁都会打招呼。当然其中有些患者言语过多，使得周围的人觉得吵闹不堪，甚至想要远远逃走。如果非要勉为其难挑选一种的话，狂躁症可能会好一些。

"但是您……"

我刚想说冰见子医生虽有狂躁的现象，却还没有到狂躁症的程度，她就打断了我："幸亏我的症状较轻，只是有时情绪变幻莫测。"

我刚想点头，又赶快地摇起头来。

"怎么会，哪儿有这种事……"

"点头也不要紧哦，我自己心里明白。"

看起来冰见子医生了解自己患有轻微的狂躁症，多少有些心血来潮，并知道我多少有些怀疑。

那么我这种笨拙的演技，完全起不到作用。

"你自己又如何呢？"

在冰见子医生的凝视下，我忽然变得脸红心跳起来，这时听到她说："相比起来，还是有点儿轻微的忧郁倾向吧。"

"真的呀？"

"这样看上去显得较为庄重，没准儿对你还有好处。"

冰见子医生说的不知道是挖苦话还是真心话。看到我沉思不语，她又噗嗤一笑。

"反正这个世界上的人啊，都会有些可笑的地方。"

的确，我也不是没有这种感觉，但是听到冰见子医生这样明确一说，连我也觉得轻松了不少。

然而，在工作时间里和冰见子医生两个人，一边优哉游哉地喝着咖啡，一边聊天，已是好久没有的事了。这种时间在花冢总院是无法想象的，只有在冰见子诊所的工作人员，才能享受到这份无上的幸福。一想到这儿，我就感到心满意足。这时冰见子医生问："北风君，你还不结婚吗？"

突然涉及自己的隐私，"呵，那个……"我的回答变得吞吞吐吐、含糊不清起来，冰见子医生又问："没有女朋友吗？"

不知怎的，我忽然想起了凉子，慌忙作答："没有。"

"我觉得你这个人，应该很受女孩欢迎吧。"冰见子医生干脆地说。

我感到心里一阵怦怦乱跳，她慢慢地啜了一口咖啡，接着问："西楼病房的那个中川小姐，如何？"

"啊？……"

我不由分说提高了声音。冰见子医生怎么可能知道我和中川凉子的事呢？假使她知道，眼下我们也完全分手了，她为什么要问这个问题？不行，如果她认为我和凉子关系过于亲密，那就麻烦了。这样一来，她有可能会怀疑我对她的治疗方针也持批评态度。

"不，我和她没什么的，完全……"

我拼命摇头否定，此时挂号处的通口小姐出现了。

"冰见子医生，患者来了。"

"哪一位？"

"目黑的铃木先生。"

听到这句话，冰见子医生好像刚才什么也没发生过似的站了起来。

"那么开始吧。"

在冰见子诊所，只有一个护士和一个负责接待的小姐，包括她在内一共有三名女性，所以冰见子医生诊治患者的时候，我会在旁帮忙。当然我进行心理治疗的时候，她就一个人进行治疗。

这家诊所以倾听患者内心的烦恼为主，因为这些精神病患者病情较轻，不用进行什么复杂的检查或治疗，而且需要的时候还可以让患者去花冢总院就诊，所以三个人就完全可以应付了。

冰见子医生径直向门诊室走去，我也跟在她的后边，但是她刚才的问话，却萦绕在我的脑海之中，久久不能忘却。

我一定要对她强调，我和凉子之间没有任何关系。

门诊室显得有些狭长，窗户上挂着花边窗帘，窗户下方摆着一张大桌子，冰见子医生坐在那里，患者坐在她对面的转椅上，旁边还放着一张病床，靠墙的地方竖着一排柜子，里面放着各式各样的档案和药品。

冰见子医生在椅子上坐好以后，我喊了一声患者的名字，铃木先生走了进来。

他今年四十七岁，在六本木一栋大厦的物业管理公司工作，今年三月，他因为严重失眠和不安障碍来这里就诊。

根据病历的记录，今年二月他在公司曾闯过一次大祸，原本是要被炒鱿鱼的，但后来被留用了下来，从此以后他常被一种还会闯祸的不安折磨，总是静不下心来，有时出现悸动、盗汗的症状，甚至还有全身颤抖、呼吸困难的现象。

他被诊断患为"神经官能症"，也就是所谓的不安障碍，如果病情继续加重，会引起休克，甚至危及生命。

"最近怎么样了？"冰见子医生问。

患者答："啊，我仍在努力。"但是他的脸色并不甚好，一副没有自信、心情紧张的样子。

"不那么努力也没关系，即使再出现错误也没什么，你们老板不是说过了吗？"

依照冰见子医生的请求，铃木先生现在被安置在一个相对清闲的职位，但是他本人还是逃脱不了再犯错误的那种不安。

根据我读过的弗洛伊德的精神分析理论，在人们的内心深处，有人能够认知的意识，还有一种是人无法认知的潜意识，所以人的意识由意识和潜意识两个部分组成。

在人的潜意识当中，隐藏着各种各样的欲求，为了使这些欲求得到满足，这些潜在的欲求就会上升到意识的范围。但是当这些欲求得不到满足的时候，就会产生一种流动，从意识的世界被压回潜意识的世界里，这种意识和潜意识之间的互相冲突，称为"纠纷"。

人们时常被这种纠纷所困扰，当人们潜意识里得不到满足的欲望过度膨胀的时候，就会折磨本人，最后会以各种各样的神经官能症的形式表现出来。

铃木先生的病因在于，他总是以不努力不行的标准进行自律，这样使得情绪更加紧张，由此造成了精神上的不安和身体上的异常反应。

来冰见子诊所就医的患者当中，有些是冰见子医生的仰慕者，他们想和她直接说话才来就诊。特别是男性患者，被冰见子医生的美貌和说明病情时那种干脆利索劲儿吸引，觉得只要能见到她，就能使自己的身心放松下来。

铃木先生也是其中之一，他每次都穿灰西装，打着素色领带，一米七的身高，虽然有着世间常见的健壮体格，却总是用孩子般依赖的目光，追随冰见子医生的一举一动。

冰见子医生对这类患者当然早已习惯，她淡淡地在病历上记录着铃木先生讲述的病情。

"我希望夏天就能完全好了，争取不给任何人添麻烦……"

对于铃木先生的自述内容，冰见子医生轻轻地一带而过："这种事情你不必太在意，即使给他人添些麻烦也不要紧。"

"但是，已经不能再给别人……"

铃木先生即使从表面上看，也是那种极端认真、一丝不苟的人。事实上他每次来的时候，都穿着同样的西装和白衬衣，图案朴素的领带严丝合缝地系在脖子上。

看着他诚实的样子，我想起了冰见子医生说过的"精神病患者中没有坏人"这句话。

在我至今接触的患者当中，的确没有一个坏人。

当然有一少部分人，由于毒品或酒精中毒等有过犯罪记录，但是这些人从根本上说也是非常单纯的人，正是由于性格脆弱，他们才会走向犯罪的道路。当然，此外的一般精神病患者，和他们接触长了，就会发现他们当中很多人诚实专一、认真努力。还有不少人感觉迟钝，但智商很高。换一种说法，就是这种过于专一或者内向的性格，导致他们难以适应现实社会中那种混杂的局面，从而伤害自己，引发了神经系统的疾病。

"不要紧的，服了这些药，再观察一段时间吧。"

铃木先生一直话不停口地述说着自己的情况，冰见子医生选择适当的时机刚要结束治疗，铃木先生忽然请求道："请让我握一下您的手。"

冰见子医生稍稍有些窘迫，接着伸出她那只美丽颀长的秀手。铃木先生紧紧地握着她的手说："谢谢您！"好像臣服在维纳斯的脚下一样，深深地低下了头。

铃木先生好像从冰见子医生那里得到了什么"气"一样，握着她的手不肯松开。

我都没有握过冰见子医生的手，这家伙脸皮也太厚了。正当我因此发愣的时候，冰见子医生道："好了，已经不要紧了。"并试图抽回自己的手。铃木先生这时仿佛才醒悟过来一般，松开了冰见子医生的手。

我拍了拍这个磨蹭着不走的患者的肩膀，领着他向挂号室走去。

"请在那边等一下，我给您拿药。"

刹那间，他用略带怨恨的眼光看了我一眼，那种软弱空虚的表情，使我觉得他很像一个人，我一下子想起来了花冢总院的患者。

就是那个住在西楼病房、由凉子负责护理的叫村松的患者，他也是用和铃木先生一样虚无的表情望着我的。当然这两个人之间没有任何关系，只是都是四十多岁，可能是那股认真劲儿比较相似吧。

想到这儿，我突然想起了凉子说过的"根本没必要让患者住院"那句话。

"如果冰见子医生想让这位叫铃木的患者住院，办得到吗？"

我一边按照病历上的要求取药，一边想象。

如果冰见子医生对这位患者说："你这样工作下去相当危险。在这种状态下继续工作的话，说不定还会造成失误，所以你先住院一段时间如何？在医院住一个月认真服药的话，你的病情肯定会好转很多。"

听到这番话，眼前这个男患者说不定会马上接受她的建议。他本来就没有自信，加上情绪不安，又被美丽的冰见子医生所吸引，肯定会高高兴兴地前来住院。

"并且让他服用药劲很强的药品……"

这时我慌忙左右地摇头。

我究竟在想什么呀？照这种思路，冰见子医生好像在随意操纵患者似的。

"别再进行这种无聊的揣测了。"

我心中暗语，这时好像又来了新的患者，我听到了挂号处有其他女性说话的声音。

我急忙把药片包好，小声叫着"铃木先生"，并告诉他服药方法。

"这些白色药片早晚各服一片，这种黄色的和以往一样，睡不着觉的时候可以服用，一次最多两片。"

铃木先生边听边点头称是，然后恭恭敬敬地双手把药接了过去。

在冰见子诊所，几乎所有的患者都采取预约的方式。

这样，一来不会让患者久等，二来避免不同的患者碰面。说得明白一点儿，即使不是精神病患者，门诊时也不希望碰见他人。

由于刚才进来了新的患者，会不会和拿药准备回去的铃木先生在挂号室撞上，会不会出现某种尴尬的局面？

我有些在意，便向挂号处张望，这时铃木先生的身影已经不见了，取而代之的是一位女性。她微微侧向斜后方，从她撩拨长发的动作，我马上知道是一位叫桐谷的患者。

桐谷好像和我同龄，今年三十一岁，在六本木的一家酒吧工作。话虽这样说，其实就是色情场所，她好像和许多男人都发生过肉体关系，也就是说是一个妓女。但是她并没有隐瞒这些，而是坦白地告诉了冰见子医生，病历上也是这么记载的。

她过于消瘦的苗条身体上，今天裹着一身白色的套装，茶黄色的头发和略显夸张的化妆，虽然和一般公司的文秘不同，但根本看不出是一个妓女。根据病历上的记录，她毕业于一所相当有名的大学，曾在一家一流企业工作过一段时间，所以她说起话来有条不紊，她不说话的时候，甚至使人觉得她是一位有些骄纵的小姐。

她第一次来这儿看病是一年以前，我是半年前知道她的，她有时连续来两三回，有时又一个月以上不见踪影，也就是说属于那种随心所欲的患者。

但是在来冰见子诊所就诊的患者当中，她显得鹤立鸡群，让我一直难以忘怀的是，一次她临回去前忽然对我说："你偶尔也来玩玩儿，我给你算便宜点儿。"

一下子搞得我乱了阵脚，此后开始关心起这个女患者的事情。

但是挂号处的通口小姐好像从一开始就对她没有好感，所以冷淡地唤道："桐谷小姐，请上门诊室。"

她的全名叫桐谷美奈，被诊断为"心理压力障碍"。

我从第一次见到她时就对她非常感兴趣，所以参与过几次对她的治疗，我也看过她的病历，这种病的起因在于经历过自己或他人生命受到威胁的情形，因而产生了一系列心理和身体上的障碍。这种症状的持续时间如果在一个月以内，称为急性心理压力障碍，但是超过了一个月的话，则被称为"心理外伤的压力障碍"，把这些单词的字头连在一起，又简称为"PTSD"。

这种疾病最先在美国造成了社会问题，最近日本也有所增加，原因是精神上受到各种各样的创伤。具体到桐谷小姐，据说是由于她年幼时期受到过性虐待而造成的。

有关这方面的情况，病历上清楚地记载着，她十岁那年，遭到附近一个男孩子的监禁，并遭到了蹂躏。

这种事情只发生过一次，后来那个男孩子也受到了处分，她的父母感到无地自容，一家人搬了家，当时这件事好像被压了下去。

可是到了青春期，这个事件的后遗症开始以各种症状出现。首先桐谷十四岁的时候，就和男朋友发生了关系，之后的男女关系也非常随便。但是她很聪明，直接考入了一所有名的私立大学，毕业后进入了一家与金融有关的一流企业，并被提升为董事秘书。然而不久后，由于董事苦苦相逼，她不甘欺负辞去了工作，跑到六本木的一家俱乐部去上班了。

她去俱乐部工作的理由是，"男人都一样好色，因此我觉得靠出卖自己的青春和姿色工作，活着更有意义"。病历上是这样记载的，但原因真的仅仅是这些吗？

总之，从此以后桐谷迅速跨入了卖淫的染缸，生活也变得奢靡起来，一年以后开始出现了睡眠障碍，同时变得戒心极强，开始怀疑同事并发生冲突，因此辞去了俱乐部的工作，自己主动来到色情场所工作。

在那家色情夜店，只要用手为客人进行服务就可以了，但是一个月以后，她却开始主动出卖肉体。从那时起她变得干什么都麻木不仁，对周围发生的事情也全无兴趣，出现了医学上所谓"全体性反应麻痹"的症状。

卖淫这种行为，有些是由于某种异常经历或者精神分裂等原因造成的，这在精神科医学领域里，已经是众所周知的事情。

当然，不是出于这种原因，只是因为经济上的理由或者单纯的好奇心而走上卖淫道路的也不少见。但确实有些人即使精神上出现了问题，也放任不管，不去治疗。

从这种意义上讲，能够来到医院治疗，也许应该认为那些患者还有希望治好自己的积极向上的愿望。

不管怎么说，这位患者这次又是因为什么问题前来就诊的呢？我对这位叫美奈的患者怀有极大的兴趣，但是过一会儿，我要担任一位十六岁少年的心理治疗。

冰见子医生当然也清楚，所以知道我不会在旁边帮忙，但是到我开始治疗还有一段时间，即使时间不多，我也想参与桐谷的治疗。

这样显得好像我有窥视癖似的，但是这位漂亮的妓女确实让我念念不忘。

犹豫了一会儿，结果我还是悄悄地走进了门诊室，我没有看见美奈的身影，只有冰见子医生轻轻地回了一下头。

我想也没想就低头行了一礼，这时从四周被布帘围住的病床方向，传来了一种沙哑的声音。

"只脱上衣就可以了吧？"

"这样能看清楚吧。"

"嗯……"

听到这番对话，我察觉到美奈正在脱衣服。

平时这种时候我应该前去帮忙，如果我是女护士，当然不用说了。但是作为男人我却十分尴尬。站在那里什么都不做的话，我觉得有些别扭，因为我原本就是一个护士，而且冰见子医生也没有提醒我回避，我在旁边也没问题吧。

正当我这样想着站在那里的时候，床帘一阵摇动，帘子之间现出了美奈的身影。

她看见我的一刹那，不禁身体前屈，用手里拿着的胸罩遮住了胸部，而且马上恢复了平时那种冷漠的表情，坐回到患者的椅子上。

虽说是上半身，但是在精神科的诊室，女性裸露着身体是十分少见的，可是冰见子医生却是一副毫不在意的样子。

"在什么部位？"

"在这边。"

美奈一转身，把背冲向了冰见子医生，只见雪白的肌肤上印着几条血红的伤痕。

"怎么会这样……"

冰见子医生情不自禁地发出低语，在美奈瘦得可怜的后背上，交叉着几条红肿的伤痕。

"把身体再向前弯一点儿。"

美奈又把背部往下弯了一些，伤痕好像一直延伸到腰以下的部位。

"到那边的床上趴下。"

按照冰见子医生的要求，美奈重新回到了床帘环绕的床上，冰见子医生要我去拿门诊的急救药箱来。

看来这件出乎意料的事情，需要到做护士的我了。

我拿急救药箱回来的时候，美奈俯卧在床上，内裤拉到了腰以下的部位，可以清楚地看见腰部窈窕的曲线和臀部突起的地方。

妓女的背部原来是这样的，我感到有些异样，在那雪白的皮肤上，几条红红的伤痕惨不忍睹地分布在她的后背。

"怎么会弄成这个样子……"

"因为那个男人说想用鞭子抽我……"

根据美奈断断续续的叙述，我了解到买她的那个男人是个虐待狂，最初说好用鞭子轻轻地抽打她，但是男人中途兴奋起来，开始拼命地抽打美奈，那时她和那个男人争斗起来，最后总算制止了那个男子，但这之间已经留下了多处伤痕。

"哎哟，痛、痛呀……"

每当冰见子医生用消毒液浸泡过的棉球擦拭伤口时，美奈就会弓起背来。冰见子医生却全然不顾地继续仔细把伤口处理完毕，然后又在伤口上涂上软膏，并贴上大块纱布。

借此机会，我在用胶布把纱布固定的时候，接触到了美奈的肌肤，整个后背像发烧一样滚烫。

"这两三天不静养可不行啊。"

大概由于消毒液还在蜇着伤口，美奈一动不动地趴在那里，冰见子医生手脚利落地处理完以后，就离开病床回到了桌边。

之后，我刚想把美奈一直拉在臀部下边的内裤拉上去，她却猛然挡开了我的手。

看来是我多管闲事了，我呆呆地站在那里，这时挂号处的通口小姐进来告诉我，进行心理治疗的少年来了。

说实话我真想在门诊室再待一会儿，多了解一些美奈的情况，但是进行心理治疗的患者已经来了，我也无可奈何。

我对冰见子医生行了一礼，她好像在说"明白了"似的轻轻点了点头。

我走出了门诊室，来到了旁边的心理治疗室，正当我为了遮挡西晒的斜阳而把花边窗帘拉上的时候，一个十六岁的少年在通口小姐的陪伴下走了进来。

"在这里请你详细地把病情告诉医生。"

说完她就走了出去，被称作医生，我不由心中一阵暗喜。

为了与医生的地位相称，我用略带严肃的口气和站在诊室一角的少年打着招呼："是小林君吧？"

"是……"

少年的声音有气无力，他个子高高的，显得很瘦，一副长手长脚的样子。

我指着靠背摇起了一半的病床说："先在这儿休息一下儿吧。"少年慢腾腾地走了过来，轻手轻脚地坐在了床的一角。

"现在开始，谈谈你进来的心情吧……"

说完，我重新看着病历。

这个少年已经来过这里两次，被诊断为"强迫性障碍"。

在病情介绍一栏写着：

有超乎常人的洁癖，外出后要多次洗手，因此变得惧怕外出，有时候连厕所都去不了。而且患有严重的抑郁症，从一年前开始拒绝去上学，非常害怕自己长久已往会变成一个废人，所以变得更加忧郁，一天之中一直闭门不出的时候居多。

　　的确，仅从外表上就能看到少年表情阴郁、心神不定，但也不是一点儿都不想接近我。

　　"我们这里不进行什么检查或治疗，你只要把你平时想的事情如实地对我说出来就可以了。"

　　"……"

　　"当然你在这里说的事情，我不会对任何人讲。"

　　少年忽然皱起眉头问："我可以去厕所吗？"

　　突然提出要上厕所，到底是怎么一回事？

　　我不耐烦地用右手指了一下方向，少年用一种令人难以置信的敏捷向厕所冲去。

　　可是在接受心理治疗的时候，一般事前不是会去趟厕所吗？还是少年一想到要接受心理治疗，突然变得紧张起来，一下子产生了尿意？

　　这也是这个神经质少年的毛病吧。正当我百无聊赖地等他回来的时候，忽然从旁边的门诊室里传来了一阵女性的笑声。

　　开始我以为是冰见子医生的声音，但是患者美奈的笑声好像也混在其中。

　　刚才美奈还在因为后背的鞭伤呻吟，现在她们却笑得这么开心，究竟是因为什么呢？

　　"我还是搞不懂女人。"

我叹了口气，她们好像察觉了似的，止住了笑声。

作为医生的冰见子院长和妓女美奈，无论是社会地位还是所作所为都完全不同，有什么可笑的事情能使她们笑作一团呢？

我百思不得其解，这时隔壁重新恢复了安静，我一下子觉得刚才听见的笑声好像是一种幻觉似的。

"怎么会呢……"

我慌忙否定，同时想起幻听是精神分裂症的主要症状。

"不行，这可不行。"

今后我要治疗心中有患的病人，如果进行治疗的人在精神上出了毛病，不是成了天大的笑话。

我再次回头往门口望去，少年还没有回来。

他究竟在干什么呢？不会这么着就一去不复返了吧。

我突然觉得不安起来，正当我起身走到门口的时候，门突然开了，少年站在了我的面前。

"喂……"

我差一点儿被门撞到，为了避免再被撞到，我重又走回座位，调整了一下呼吸，向少年问道：

"现在，可以开始了吗？"

"对不起。"

少年深深地低下了头，像是要把细长的脖子折断。

"那么，我首先想问一下……"

话音未落，少年从兜里掏出一块手绢，开始仔细地擦拭每一根手指。

真是一个静不下来的少年，刚刚去完洗手间，又开始反复擦拭自己的手指，这也许是他做某事之前一种必要的仪式吧。

这种行为在正常人身上也经常可以看到，比如在放学回家的路上，不沿着步行路砖砌的路牙走就觉得不舒服，或者不按一定的路线回去，就会产生不安……总之有各种各样的表现。

一般来说，这些症状从四五岁开始，到十二三岁时会突然加剧，据说年龄越小，受所谓不这样做就会坐立不安的"束缚感"影响越大。

这个少年是从十四岁起开始这种情况的，受所谓"畏惧肮脏"的强迫观念影响，洗手次数开始增多，这样一来变得难以适应集体生活，逐渐被周围孤立起来，这大概就是造成少年闭门不出的原因。

我耐心地等待少年仔细地把手指擦拭了几次后，开始和他谈话。

"你的感觉我十分理解。"

心理治疗成功的秘诀在于医师能够主动进入患者的内心世界。

"我以前也曾有过不把手擦拭几次，就感到心神不安的情况。"

我刚一说完，少年马上瞪大眼睛反问："真的吗？"

"当然啦，我以前坐电车的时候，只要抓到吊环，就有一种不干净的感觉，而且考试的时候经常想上厕所，搞得我狼狈极了。"

看见少年点头，我继续说：

"其实去了厕所，也没有那么多尿，可就是有一种不站在便器前面就不行的感觉……"

从少年期到青春期出现的异常行为，大多和性的潜意识有关，我记得读过这方面的书，便努力回忆着书的内容，进一步试探。

"但是，即使觉得厕所肮脏，却不会认为阴茎也脏，对吧？"

"对。"少年马上小声嘟囔了一句。接着我把自己在学校和朋友中被人称为神经质、常受欺负的事情一件一件地讲了出来。

"他们也说你那个地方小吗……"

那个地方是指男性性器吗？"没那么一回事儿。"我立刻进行了否定。

男孩子一到了十五岁左右，就开始频频留意自己的生殖器，同伴之间比来比去，也有一个人躲在一旁苦恼的人。

这个叫小林的少年仿佛有着同样的烦恼。

"为什么人家说你的那个地方小呢？你给什么人看过吗？"

"没有……"

少年先是否定，然后又用蚊子般的声音回答："但是，的确很小。"

"没那么回事，那只是你自己胡思乱想。"

我这句话好像使少年增添了些勇气，他开始结结巴巴地讲了起来。

据他说，他初二的时候开始自慰，从此养成了一天手淫几次的毛病。当然是躲在他自己的房间里进行，但是有一次他藏在桌子里的黄书和黄色录像被母亲发现了，母亲说他"令人作呕"，因此两个人大吵了一场。

从此以后，为了不让母亲发现，他开始边看电脑上的色情网页，边进行手淫。高一的时候，他在一本杂志上看到"自慰是一种玷污自己身体的行为，手淫过度的话，会推迟男性生殖器的发育"，因此受到了很大的打击。

从此以后，手淫不好这种想法变得更加强烈，但是只要一躺到床上或是坐在桌子面前，他就想进行手淫。他每次都想阻止自己，但最终还是做了。每次手淫结束之后，他都会被"继续自慰下去的话，自己的生殖器会发育不好"这种不安所折磨。

少年在担心自己生殖器不能健康发育的同时，对自己每天进行手淫的手感到非常厌恶，所以开始经常洗手。在此举遭到母亲和朋友的不断指责后，又被自己是否神经异常这种强迫观念所俘虏。

听到少年吞吞吐吐但颇具勇气的告白，我觉得很能理解。

"年轻的时候，我也和你一样。"

我不是特意迎合这个少年，我记起自己也是初三的时候，听说如果自慰过度会导致阴茎停止发育，有一段时间曾经非常担心。

"但是那些都是假话。都是为了让年轻人不再手淫，大人们胡编乱造的东西。"

在这一点上，我有绝对的自信。

实际上我从初中到高中这段时间，进行过无数次手淫，但是我的那个地方也不能称之为小，而且我当时的那伙朋友，现在谁也不会在乎这种事情。

"你就放心吧，我以前也进行过无数次……"

刹那间，少年好像觉得十分晃眼似的仰视着我，看着他那双执着的眼睛，我甚至想把自己的私处露给他看。

喏，如你所见，也不算小吧？

只要展示给少年看了，他一定会放下心中的包袱。虽说是心理治疗，但是要真做到这种份上，我觉得还是有些过火。

"所以根本就没有什么担心的必要。"

少年好像心中的一块石头落了地，他点了点头，但是男孩子为什么那么在乎自己生殖器的大小呢？

我们那时也是一样，和朋友一起去洗澡也要和对方进行比较，特想要知道自己生殖器官的大小，而且一脸那个地方大自己就是男子汉的表情。有的家伙总想夸耀自己那个地方的尺寸。我是从书上看到男性生殖器的大小和性能力毫无关联后，才放下心来的。

"你只是自以为自己那个地方很小而已。"

话音刚落，少年又问："那么手淫也没问题喽？"

"当然了。因为你还很年轻，那是非常自然的事情。"

我不由脱口而出，但是自慰毕竟不是一件值得推荐的事情。

"但是如果做过了头，会搞得头脑懵懵懂懂，身体也相当疲劳。所以怎么都想做的时候，也没有办法，但还是适可而止最好。"

我一边开导少年，一边觉得一个男孩子要长大成人也不是一个容易的过程。

刚开始进行心理治疗时，我遇到了一个叫夏美的女孩子，我发现女孩子内心深处存在着各式各样的矛盾纠葛，曾经觉得她们长大成人非常不易；现在接触到这个少年，我重新认识到男孩子长大成人的过程也十分艰辛。特别是作为男子，性生活在他们生活中占的比重很大，能否合理地解决这个问题，顺利地度过这个时期，会影响到男孩子今后的人生。

"总之，你不必太在意这些事情。"

我觉得自己眼下也只能这样去讲。

不管怎么说，这位少年现在已经差不多完全对我敞开了心扉。刚开始的时候，他总是和我保持着一段距离，所以我一直找不到问题的切入点，现在他相当主动地讲述他自己的事情。仅从这点来看，就可以说是一个很大的进步，但是我总感到不能完全释然。

"你还有什么感到困扰的事情吗？"

我开口又问，可少年却一直保持沉默，不久后垂下眼睛问：

"哦，那个多久进行一次合适呢？"

他用的代名词很多，其实少年想问的是多长时间自慰一次比较合适。

"那个……"

说实话，这方面我自己也不太清楚，就在我无以应答的时候，少年接着说：

"午休的时候，我只要对着桌子坐着，就想自慰……"

我也经历过和他一样的烦恼。大概是在十五六岁的时候，我只要一个人待在那儿，阴茎就会自然勃起，当我察觉的时候，我的手已经握住了那个地方。当时我也知道这样不行，但是我的手指却与思想背道而驰，开始动作起来，就这样沉溺到一种如醉如痴的快感当中。

"你说的的确很对。"

认真想一下，让年轻的男孩子一直坐在桌子面前本身也许就是一个错误。不去活动身体，而是要求男孩子们面向书桌一心一意地学习，这对一个健康的男孩子来讲，可以说是一种变相的体罚。

"因为在男人那个地方，仿佛栖息着一头野兽。"

"但是，我妈……"

的确有许多做母亲的，不了解男孩子那种异样的性冲动，一旦发现自己的孩子手淫，只会批评对方下流，我也有过类似的经验。

"不要紧的，不用理会自慰的次数，那个地方越强，就越想进行手淫。"

我说得非常肯定，但还觉得不够过瘾，继续大放厥词道：

"不手淫也无所谓，这类家伙才奇怪呢。这些家伙的确可能学习不错，那是因为那个地方软弱无能，这不是和女孩子一样了吗？"

看到少年眼睛里闪耀的光辉，我进一步说：

"所以说呢，那些考上一流大学的家伙，那个地方都非常无能。"

我自己没有考上一流大学，为了泄私愤，我这样一口断定，少年第一次露出了笑容。

自己这样说虽然有些可笑，但是这次的心理治疗称得上非常成功。

原因在于患者是个男孩子，我的经历虽然和他不完全相同，但是我也有过类似的经历。如果说同病相怜当然有些夸张，但是我们都被相似的不安困扰过，所以他的心情我很能理解，能够站在少年的立场上听他诉说烦恼。

当然对这个少年来说，他也把我当作有过同样烦恼的前辈来看待，所以把内心的秘密竹筒倒豆子般一股脑儿地说了出来。

不管怎么说，对我的指导露出笑容点头称是的，这个少年还是第一个。

"能够和你推心置腹地谈话，我也非常高兴。"

我情不自禁地把手放到了少年的肩上。

"你这些烦恼，每一个普通男子都会有，应该说你是一个非常认真的男子汉，所以烦恼比别人更多。但是，一切都过去了，那个地方的事情完全不必在乎。"

我觉得自己好像进入了一种兴奋状态，继续说：

"想做就做呗，你以自己性欲旺盛为自豪就对了。"

说到这儿，我一下子想起了自己看着冰见子医生的照片进行手淫的事情，当然这种事情是绝对说不出口的。

"不管怎么样，你做的事根本不足为奇，所以你要对自己充满信心。"

这个叫小林洋介的少年，似乎全盘接受了我的主张。他拼命地点着头，用和来时截然不同的声音大声答道："我明白了！"

"那么今天到这儿先告一段落，以后有什么问题的话，欢迎你随时来。"最后我用医生对患者的口气说道。

少年拿着背包站了起来，重又向我行了一礼，然后走了出去。

目送着他的背影，我心中涌起了一种挽救了一个少年的充实感，然后自言自语道：

"怎么样，这样的效果收取一万五千日元，也不算贵吧？"

我想下次见到凉子时，一定要把这件事情告诉她，心里觉得特别痛快。

情人旅馆

"北风君，今天晚上有空吗？"

说实话，今天晚上我本来约了过去护士学校的同伴们一起见面，但是冰见子医生既然约我的话，我当然不会拒绝。

"嗯，没什么事。"我随即回答。

冰见子医生轻轻一笑："那六点钟出去吧。"

我看了一下表，正好是五点半，还有三十分钟。我回到心理咨询室，通知朋友今晚不能见面的事情，然后把刚刚回去的那个少年的心理治疗结果记在病历上，这时六点钟到了。

我在更衣室脱下白大褂，换上一件白色开领衬衫和一件稍稍起皱的灰色夹克，来到接待处等候。接待处的通口小姐扔下一句"玩得高兴一些"，就走了出去。

她是看我因为冰见子医生的邀请沾沾自喜而故意讽刺我吧，我只是轻轻地举了下手让她过去。

她走了以后，当我想到总算只剩下两个人的时候，"让你久等了"，冰见子医生随声而到。

今天的冰见子医生穿着一件米色的高领套头毛衣，由于是无袖的，所以披着一件金黄色的大披肩，下穿一条白色的裙子。头发全部束在脑后，更显得鹅蛋形小小的脸盘像仙鹤一样高高扬起。

我心里觉得这好像是一个高贵的美女和一个仆人在一起的情景，但是冰见子医生却一副毫不在意的样子。

"北风君，你想吃什么？"

"我什么都……"

那还用问，只要是和冰见子医生在一起，我吃什么都感到幸福。

"那我们偶尔也去尝尝日本料理吧。"

冰见子医生自己把诊所的门锁上，坐电梯下楼后，截住一辆驶近大厦的出租车，自己先坐上去，然后说道："溜池。"

和冰见子医生两个人单独共进晚餐，从那天晚上赏樱以来，已经过了两个半月了。

我一边心中暗自欢欣雀跃，一边偷偷欣赏冰见子医生的侧脸。她目不斜视地问：

"今天的心理治疗怎么样？"

"那个叫小林的男孩子吧，进行得非常顺利。"

"是吗？这一定和你的专业对口。"

刹那间我怀疑我和少年关于自慰等一番谈话让她听到了，突然变得不安起来。

不会吧，我觉得冰见子医生不会听到我和那个少年的谈话内容的。

我们虽在隔着一堵墙壁的相邻的房间，但这毕竟是在大厦里面，而且我们的位置刚好在和墙壁相反的靠窗的那一边。

不用在意，我暗暗地提醒自己。这时冰见子医生说道："患者是男孩子的话，还是比较容易进行的吧。"

"啊，对……"

我第一次给那位十七岁的女孩子进行心理治疗的时候，的确略微感到有些紧张，其次是一位患有轻微躁郁症的三十五岁左右的女性患者，可是冰见子医生讲话的内容也是一而再、再而三地变化，我感觉自己好像一直在被她牵着鼻子走。

"对于女性患者，我不太擅长……"

"做到现在这样，已经很不错了。"

听到冰见子医生这样表扬我，我也感到十分欣慰，我想打听在给少年进行心理治疗以前，遇到的那个叫美奈的妓女的事情。

我离开之后，冰见子医生继续为她诊疗，她和那个鞭打她的男人最后怎么样了？还有就是她为什么会陷到这种被男人鞭打的窘境？

"那个……"

我不顾一切地开口问道："那个女性后来怎么着了？"

冰见子医生点头说道："看来你对她兴趣不小呀。"

接着她轻言细语道："那个女孩子，也真令人发愁。"

"但是，她后背的伤口伤得很重。"

"的确伤得很重，但是那是她自己要求对方进行鞭打的呀，所以没办法啊。"

据我刚才所闻，美奈说是被买春的客人打的，如果是她自己主动让对方打的，那么这件事的出入就大了。

"为什么她要做这种事……"

"那个女孩子的感情世界已经完全支离破碎了。所以她认为如果自己被狠狠鞭打一顿的话，可能于事有补，其实只是她一厢情愿的想法，靠这样的事情实在难以……"

冰见子医生的表情少见地变得阴郁起来，但是她们为什么会在诊疗当中大笑起来？当时从门诊室里传出来的笑声，绝对是冰见子医生和那个叫美奈的患者的声音。

"那个什么，我好像听到了笑声似的。"

"你听到了？"

冰见子医生回过头来，含笑对我说。

"那个，笑的原因在你呀。"

因为我的事情，冰见子医生和那位做妓女的患者哈哈大笑，这到底是怎么一回事？正当我不明就里刚要发问的时候，车到了溜池的十字路口，冰见子医生说道："请在前面那条小路往左拐。"

出租车按照她的指示向小路开去，开到第二条小路往右一拐的地方停了下来。

我们下车的地方前面就是美国大使馆，穿过这条路，在对面往前一点儿的地方有一座大楼，冰见子医生快步向那儿走去。

餐厅在那座大楼的地下一层，门口处挂着一幅写着"大吉"的门帘，掀开布帘进去以后，右手有一个能坐十个人左右的柜台，正前方好像是榻榻米的座位。

冰见子医生走进去后，柜台里一位女性用明快的声音说道："欢迎光临。"再往里一点儿有一个穿白衣服的厨师，冲着这边儿亲切地笑着。

看来冰见子医生好像是来过多次的熟客，她轻轻地举了一下手问道："可以坐在这儿吧？"在柜台靠里边的地方，我与冰见子医生依次坐了下来。

柜台里的那位女性好像是这家料理店的老板娘，四十多岁，穿着和服，她站在冰见子医生面前寒暄道："好久不见了，一直等候着你的光临。"然后向我稍微解释了几句后，问我"喝什么酒水"。

我从未在这种高级料理店的柜台前坐过，所以紧张得心怦怦直跳，看见冰见子医生点名"先来一瓶啤酒"，我也要了同样的啤酒。

除了我们以外，还有一桌客人是三个男人，好像一开始就发现了冰见子医生的美貌，交替着把目光投向我们这边。

我觉得自己配不上冰见子医生似的，所以愈发显得渺小起来，这时老板娘拿着啤酒和玻璃杯走了过来，帮我们倒好了啤酒。

"那么，辛苦了。"

冰见子医生稍微举了一下酒杯，我也随着她说了句"辛苦了"，然后一口气喝干了杯中的啤酒。因为还在想着刚才的事情，所以我又问了一次：

"刚才您说你们笑的原因是我……"

"对对，因为美奈说起她邀请你去玩儿，结果却搞得你惊慌失措、一副尴尬的表情……"

的确是有这么一回事，不过当时我与其说是惊慌失措，不如说是对她的邀请感到十分惊讶。

"因为她本身就是一个患者，却对我提出这么奇怪的事情……"

我生气地回答。冰见子医生一副宽慰的语气：

"我真想看看你那种尴尬的表情。"

我觉得有点儿没意思。

确实那个做妓女的美奈对我说过："我给你算便宜点儿，欢迎你来玩。"即使那个时候我的表情非常尴尬，也没有什么值得笑的呀。

无论是谁，在医院里听到患者提起这种事情，自然都会慌张失措的，听说了这种事情冰见子医生也跟着一起大笑，不觉得有点儿过分吗？

"我并没有什么……"

当我刚要反驳的时候，冰见子医生轻轻地用手势制止了我："我全都明白，我只想说，这正是你的可爱之处啊。"

我还是不能释然，老板娘又过来问："今天吃点儿什么？"我默默不语。

冰见子医生一边看着眼前的菜单，一边流利地点了海鳗刺身和蛤蜊清汤，还有酒蒸鲷鱼。我不知道点什么才好，正在我犹豫不决的时候，冰见子医生问我："要一样的东西，怎么样？"于是我连忙点头。她接着说："对了，把去掉鱼肉的中间那根鱼刺也拿来吧。"

随后老板娘又问我们啤酒之后还要喝点儿什么，"我要加冰块儿的清酒。"冰见子医生马上说道，随后又问我："你也喝一点儿吗？"

当然，对我来说只要是冰见子医生推荐的，什么都可以。

我本来担心自己对冰见子医生唯命是从的话，店里的人可能会看不起我，但是无论从知识还是经验来讲，所有的方面冰见子医生都比我强得多，所以我也没有办法。

这样我随着冰见子医生喝起了加冰块的清酒，但是我心中还是放不下那个叫美奈的妓女的事情。

"那个美奈为什么要做那种事呢？"

听到我再次提起美奈的话题，冰见子医生说："你对她十分感兴趣呀。"

"不是，没这么回事。我是觉得她这样下去的话不就不可救药了吗？"

"是啊，她已经不可救药了。"

由于冰见子医生回答得过于干脆，我被噎得第二句话都说不出来了。

"她现在好像在街上拉客呢。"

所谓拉客就是站在路边物色男性嫖客。美奈为什么沦落到这个地步？像她那么美丽的女性，应该还有其他很多像样的工作可以做啊。正在我百思不得其解的时候，冰见子医生坦率地说：

"能沦落多深就沦落到多深，这样也许对美奈更好。"

冰见子医生究竟是仁慈还是冷漠呢？她总是对因为信赖她而前来就诊的患者耐心地诊治，积极地鼓励，可是对于这个叫美奈的女人，却撒手不管："反正已经不行了，她想沦落到哪一步，就沦落到哪一步好了。"

如果听到冰见子医生的这种论调，本来就已经自暴自弃的女人不是要被逼入绝望的深渊了吗？我一下子觉得美奈好可怜，正在思索有什么方法可以帮她的时候，海鳗的刺身来了。

这时冰见子医生说："看到它就想到夏天已经来了。"老板娘回应说："我就知道您差不多也该光临了。"她们俩这样一来一去地交谈着，我一副若无其事的样子聆听着对话的内容，这时又送来了一个浅口盘子，里面摆着一条连着一层薄薄鱼肉的鱼骨头。

"这个这个，这个特别好吃。"

冰见子医生这么说着，把整个盘子推到了我这一边。

这都是些什么？海鳗的刺身和连着薄薄鱼肉的鱼骨头，别说是吃，就是看我都是第一次。

正当我感到踌躇、不知如何下口的时候，冰见子医生忽然伸出美丽的手指，拈了一块连有薄肉的鱼刺，送到嘴中嘬了起来。

有人认为不用筷了非常野蛮，但是冰见子医生做起来却让人觉得有模有样的，实际上享受这种连在鱼刺周围的薄薄的鱼肉，用嘴嘬是最好的方法。

"这是鲷鱼中间的那根鱼刺。"

经冰见子医生这样一介绍，我也照着她的吃法尝了一口，味道很淡，但很鲜美，的确是一品美味。

"真好吃啊。"

听到我的赞扬，冰见子医生点头说："这个下酒是最合适了"，接着饮了一大口加了冰块的清酒。

冰见子医生看起来像模特一样苗条，可是食欲却出人意料地旺盛。

接着酒蒸鲷鱼被端了上来，这次是一只较深的盘子，里面有一个眼睛圆睁的大鲷鱼鱼头。

"这个鱼头真不错。"

冰见子医生一脸满足地望着那只鱼头，一会儿用手里的筷子突然向鱼眼睛刺去，剥开鱼眼睛的表层，把黏糊糊、滑溜溜的鱼眼睛挑了出来，一下子送到口中。

她的动作与其说很快，不如说十分熟练，在我目瞪口呆地看着她的时候，只见她嘴里一阵蠕动，不久"噗"的一声，从她的嘴里吐了一个小小的白球，是那只鱼眼睛残存的部分。她喃喃自语：

"这是鱼当中最好吃的部分。"

但是冰见子医生的这种吃法，不知是大胆还是大方，看起来非常潇洒。看到海鳗和梅肉，就能感到夏天的来临，用手抓起连有薄肉的鱼刺嗑食，忽然挑出鲷鱼的眼睛，喝加冰块的清酒。这一切在我的眼中都是美食家的象征，我觉得冰见子医生的动作是那么干脆利落、潇洒漂亮。

正在我看得入迷的时候，冰见子医生说：

"怎么了？你快吃啊。"

"嗯，好。"

我也希望像冰见子医生那样姿态优美潇洒地进餐，但无论怎么努力还是笨拙得要命。但是我尽可能地模仿冰见子医生的样子来吃。这时一对男女客人走了进来，坐到了柜台的位子上，男客人向冰见子医生问候：

"啊，我们又见面了。"

好像是冰见子医生以前在这家店遇见过的客人。男客人非常亲切地搭着话，冰见子医生适当地应酬着，可能因为是美女所以特别受关注。

男客人拿一种探究的眼光打量着我，冰见子医生毫不在意地把头朝我这边靠了过来，问我"要不要来点儿米饭或者粥什么的"。

我对冰见子医生这种目不斜视的态度非常高兴，所以点了从未吃过的"甲鱼粥"。

"啊，对，那种粥很好吃。"

冰见子医生也挺赞成，但她本人却没有要什么，还是继续喝着手中的酒。

冰见子医生的确有些酒量，但是喝得这么快却很少见。

也许她今天身体特别好，或者今天特别想喝。我开始有些醉意，加上是第一次吃甲鱼粥，在我为粥的美味感叹时，冰见子医生告诉老板娘让她叫一辆出租车。

好不容易才和冰见子医生两个人梦一般地约会，难道就要曲终人散了吗？我忽然感到寂寞起来，因此变得沉默无语。此时，冰见子医生悄声问我：

"北风君，再去一家吧？"

“真的吗……”

我情不自禁地高声问道。冰见子医生点点头，并向刚才那个男客轻轻致意了一下，走出了店门。

“欢迎再次光临。”

在老板娘明快的声音中我们上了前来迎接的出租车，冰见子医生说：

“去六本木。”

从现在起究竟要到哪儿去？正当我忐忑不安地充满期待的时候，冰见子医生问我：

“你喜欢同志酒吧吗？”

说实话我几乎没有去过男同性恋酒吧，有一次一个前辈曾经带我去过，但我在那里怎么也坐不住，所以早早儿就回家了。

据前辈讲，男同性恋者既能理解男人的心情，又非常善解人意，但是我还是觉得有女人在的地方充满乐趣，且使人倍感精神。

但是冰见子医生去那种地方，还是出乎我的意料。

“你时常去同志酒吧吗？”我问。

冰见子医生点头回答：“偶尔吧。”接着又说，“在那种地方，没有那些烦人的男人，多轻松啊。”

的确像冰见子医生这样的美女，如果在一般的酒吧喝酒，会有很多男人过来搭讪，说不定反而麻烦很多。

“那个地方十分漂亮，而且审美情趣不错。”

当然我对冰见子医生去的地方，没有半点儿挑毛病的意思。

出租车从六本木的拐弯处向饭仓方向开了一小会儿，就到了一家叫"阿姆尼西亚"的酒吧。

我跟着冰见子医生来到地下一层，一打开正面镶嵌着窥视窗的大门，就看到里面地上铺满的红地毯，和周围黑色的墙壁形成鲜明的对比，令人感到好像进入了一个红与黑的世界。

但是，我在昏暗的灯光下凝神一看，里边并不是很大，入口处左边有一个椭圆形的柜台，右手并排有两三个情侣座。虽然已经过了晚上九点，也许这一带的夜晚才刚刚开始，所以在情侣座和柜台处才各有一对客人，冰见子医生在柜台中间的地方坐了下来，一个穿和服的好像妈妈桑的男性走过来说道："哎呀呀，欢迎光临。"

由于灯光很暗，我看不太清楚，但是他好像五十岁左右，不论从穿着到动作，都比真的女人还要有女人味儿得多。

"哟，今天是两个人……"

妈妈桑显出一副吃惊的样子，其实并没有半点儿吃惊的意思。

"来些什么？"他问。冰见子医生因为已经喝了很多酒，所以只要了一瓶法国南部生产的矿泉水，我点了妈妈桑推荐的、这家酒吧特制的鸡尾酒。

"我想看看北风君今天到底能喝多少。"

冰见子医生开玩笑似的说着，她的眼睛里染上了一层淡淡的樱花色，显出一种奇妙的妖艳。

然而这家酒吧取名为"阿姆尼西亚"，究竟是什么意思？这可是一个十分奇怪的名字，当我向妈妈桑打听时，他告诉我："这是冰见子医生给取的名字，意思是'忘却'。"

我觉得确实在什么地方听到过这个名字，我想起来阿姆尼西亚在精神科用语里，代表全部忘却和部分忘却的意思。

我不由得点头。"就是把在这里说过和做过的事情全部忘掉的意思。"冰见子医生对我解释。

原来如此，这个店名也充满了冰见子式的潇洒，真是这样的话，不就是说我在这里问什么都可以了吗？尽管有些失礼，我还是问："冰见子医生，您有没有喜欢的人？"

"没有啊。"她笑着回答。

"但是像您这样出众的人，绝对……"

"希望我有吗？"

"嗯……"我刚一回答，就听见冰见子医生说："就是你呀。"

"啊？……"

我差点儿从椅子上摔下来，慌忙重新坐稳身体，这时冰见子医生却反过来问我："你没有喜欢的人吗？"

"我……"

我眼下的确没有固定的女朋友，但是如实地告诉她，我又觉得有点儿窝囊。

"嗯，我有喜欢的人。"

"是谁啊？"

"远在天边，近在眼前。"我极想这样回答，却又没有这份勇气，只好沉默不语。"这种事，当然说不出口了。"妈妈桑从旁帮我说。

从那时起，我的酒意一下子涌了上来，后来的事情我就记不太清楚了。

冰见子医生、妈妈桑，还有一个身着女装的大个子调酒师相互聊着天儿，我的头脑开始混乱起来，进入了所谓的阿姆尼西亚状态。

我觉得这样下去不行，接连喝了很多次水。"我有点儿醉了。"我告诉冰见子医生，她却好像在等我说这句话似的。

"再去一家俱乐部吧。"

"现在吗？"

"我想带你去一个有意思的地方。"

事到如今，不管去哪儿，我都只好唯冰见子医生马首是瞻了。

但是她提出要去俱乐部，这到底是怎么一回事？

此俱乐部非彼俱乐部。虽然写出来字母都一样，但是位于银座等地有陪酒女郎的俱乐部，重音在第一个字母上；还有一种俱乐部，重音在第二个字母上，多数集中在涩谷或者六本木，是年轻人聚集的地方。

眼下冰见子医生所说的俱乐部，重音在第二个字母上，也就是后一种年轻人常去的俱乐部，包括饮料在内，一个人只要两三千日元，价钱很便宜，许多年轻人聚集在那里，异常热闹和喧嚣。

朋友带我去过一次，接连不断的音乐非常吵闹，我待了不久就走了。

高贵典雅的冰见子医生根本无法想象那种地方，可她怎么会主动提出要去呢？我半信半疑地坐在出租车上，车经过东急文化村，开到了圆山町。

这一带原来是人们常说的情人旅馆街，最近开了不少餐厅、酒吧，还有年轻人聚集的俱乐部，互相掺杂在一起，变成了一条躁动喧闹的狂欢街。走到这条街的中间，冰见子医生毫不犹豫地领我走进了一家地下俱乐部。

"欢迎光临。"入口处的男招待看到冰见子医生后行礼说，并满面笑容地接过了她的披肩，看样子冰见子医生和他很熟。

一进到里面，和我想象的一样，吵闹异常的音乐迎面袭来。男招待把冰见子医生带到了小二层的贵宾席。说是贵宾席，也只是四周围了一圈玻璃，中间有一个小小的桌子，不过从这里的确可以俯视下面狂舞的人群。

冰见子医生要了一杯可乐和朗姆酒混在一起、名为"古巴之川"的鸡尾酒，我也点了一样的。当我眺望着下面舞厅的时候，冰见子医生说：

"很热闹吧。"

音乐的音量之大，使得她说话时我不把耳朵贴近的话，就根本听不到。从舞厅正上方交叉落下的镭射照明如焰火一般，使人有一种头上遭受炸弹轰炸的感觉。

"您时常到这儿来吗？"

"偶尔吧，只限于我想来的时候。"

冰见子医生一边说着，窈窕的身体一边随着音乐的节奏左右晃动起来。

冰见子医生究竟怎么了？跳舞的大概都是十来岁、二十来岁的年轻人，不过好像也有三十多岁的。在那种黯淡的、炸弹爆炸一样的照明下，要看清每个人的脸非常困难。

后来我听冰见子医生说，这里播放的是所谓兴奋系列的恍惚音乐，效果如同服用大麻等兴奋剂一样，可以诱发人的恍惚，使人进入一种陶醉的状态。

放眼向舞厅望去，几十个人虽然围在一起跳舞，但实际上都是各跳各的，好像每个人都沉浸在自己的世界里。

"那么，这是一种疯狂状态。"

"对，大家都是想疯狂的时候才会来这儿。"

不愧是精神科医生的分析，冰见子医生是为了调查这种异常心理才来这儿的吧？可是她突然站了起来：

"那，我也去跳一会儿。"

"您在这儿跳？"

我慌忙问。她痛快地点了一下头。

"你也一起来跳吧。"

"不，不，我可不……"

我可没有在这里跳舞的勇气。

"那，我走了。"

冰见子医生动作优雅地站起来后，用少年时期练芭蕾养成的那种脚尖着地的步伐，分开拥挤的人群向楼下走去。

在这种无比嘈杂的环境里，冰见子医生这样高贵的女性真要去跳舞吗？我质疑的目光追逐着她的身影，这时她出现在舞厅右边，被狂舞的漩涡卷了进去。

一下子我觉得她十分抢眼，在如同炸弹连续爆炸般的令人恍惚的音乐里，冰见子医生开始扭动全身。

这不是冰见子医生。她不会做这种事情。我拼命地说服自己，但正在跳舞的又是如假包换的冰见子医生。

在不停闪烁的灯光下，跳舞的年轻人看上去都是一团团黑影，其中穿着无袖毛衣的冰见子医生，两只手臂高高举起，如杨柳扶风般左右扭动，腰肢也在前后摇摆，在我眼里只有她的身影异常鲜明，仿佛群魔乱舞之中的一个仙女，飘然舞动。

"冰见子医生……"

我不由自主地喊了起来，当然她不可能听见，但是她的动作却逐渐疯狂起来，好像一束越燃越旺的火焰。

说实话，我从没有想过冰见子医生会在这种地方跳舞。而且显得那么合群，没有半点儿不相称的感觉。

谈起意外，岂止眼下令我意外，刚才去的那家同志酒吧，现今在这种地方跳舞，这一切的一切都在我的意料之外。

望着狂舞的冰见子医生，我觉得自己对她越来越不了解了。

她究竟在想些什么，为什么会在这种地方狂舞？

眼前的情景也许并不真实，而是一种幻觉。

看着看着，我仿佛产生了一种错觉，这时舞厅里忽然不见了冰见子医生的身影。

她去哪儿了呢？我慌忙四处寻找，只见在贵宾席的入口处，冰见子医生的身影蝴蝶般飘然地出现在我眼前。

不是幻觉，我情不自禁地鼓掌欢迎她，她气喘吁吁地说："刚才一下子运动过量了。"说完一口气饮干了桌子上的那杯"古巴之川"。

"您跳得太棒了，真了不起，我大吃一惊。"

说实话，我觉得眼前的冰见子医生和平常完全不同，好像换了一个人一样。

"这种舞嘛，只要随心所欲地去跳就行了。你也能跳啊。"

"但是，要跟上那么快的音乐……"

"与其说跟上音乐，不如说音乐令人恍惚，能使每个人沉浸到自己的世界里，什么都不用想，只是一直跳舞。所以不管周围有很多人，都十分孤独。"

"孤独吗？"

"对呀，即便是一起来的，一跳起舞来也就变成一个人了。"

的确，那么多人一起狂舞，却没有任何人互相拉手、凝视，或者互相拥抱。这种景象也许正是所谓群体中的孤独。

"那，您也……"

"对，一跳起舞来，什么都忘干净了，我觉得非常放松。"

冰见子医生有什么非忘不可的事吗？我犹豫着要不要问她，她突然凑近我低声说：

"喂，咱们现在一起去饭店吧？"

"啊？……"

我不由扭头望去，冰见子医生那种谜一样的笑容，又浮现在她的脸上。

"这一带，是情人旅馆街吧。"

这一带的确有很多情人旅馆，如果想去的话，非常简单。

虽说环境如此，冰见子医生真的打算和我一起去吗？男女两个人一起去情人旅馆，就意味着双方同意在那儿做爱。如果我向她求欢，她会答应吗？

"但是……"

即便如此，冰见子医生这样高贵美丽的女性，怎么会对我这种男人以身相许？

如是这样，这又是冰见子医生那种独特的随心所欲，只是拿我开玩笑取乐罢了。

正当我半信半疑的时候，"好了，走吧。"冰见子医生说着站起身来。

即使我不敢相信，事情到了这一步，我也没有退路了。更确切一些说，我只能服从。

我被冰见子医生牵着鼻子一样，穿过舞厅里混杂的人群，来到外面，只见几十米远的地方就有一家闪烁着五颜六色霓虹灯的情人旅馆。

这一带聚集着不少餐厅、咖啡馆和情人旅馆，两个人走在一起谁也不会觉得奇怪。实际上虽说已经过了十二点，但路上还挤满了年轻人，大家都埋头忙着自己的事情，没有人留意我们。

从这种意义上讲，的确感觉很放松，但是这样直奔情人旅馆真的合适吗？

我不知所措，冰见子医生指着那处霓虹灯说："就去那儿吧。"突然她的步履有点蹒跚起来。

她好像真有点儿醉了，我不由分说地想要抓住她的手。"不要紧。"她说，接着又问，"北风君，你去过情人旅馆吗？"

我当然去过情人旅馆，但是对我来说太贵了，所以只去过几次，和凉子约会时几乎都是在我的房间。

"我以前确实去过一两次，但这一带我却不熟……"

我不想多说，冰见子医生却毫不在乎："不管怎么说，你来领路吧。"

男人被女人催着领路去情人旅馆，真是太窝囊了，既然她这么说，我也只好遵命了。

"那么……"

冰见子医生究竟有几分真心？我实在不太清楚，我领先一步，朝闪耀着霓虹灯的情人旅馆走去。

往右边走不远，就到了旅馆的门口，外面砌着一圈白色的石头，上面用红黄两色的霓虹灯显示着：休息四千日元，过夜八千日元。

我为了避人耳目，迅速走进大门，在一道玻璃门前停下，门自动开了，这时头顶上方传来了女性"欢迎光临"的声音。我不禁抬头望去，发现没人以后，走了进去。

一进去，就看到了前面"大厅"的标志，没有一个人影儿，在一旁宽阔的墙壁上，展示着所有房间的彩色照片。一共有二十间左右，其中空房有钥匙，以便客人挑选自己喜欢的房间。

"哦，原来是这样的。"

看着冰见子医生频频环视周围的样子，我明白了她还是第一次来这种地方。想要邀请冰见子医生的男士，一般不可能来这种地方。即使想要约她，也一定是去那种正规的城市饭店。

但是，冰见子医生为什么要主动来这种地方呢？我仍然不解其意。"要哪个房间？"我问。"那间不错吧。"她指着四层一个"过夜八千日元"的房间。

在情人旅馆的房间里，我们两个人在一起真的合适吗？我不知怎的有些害怕起来，但是就这样一直站在门口也不是那么回事。

于是，我咬牙拔下钥匙，这时大厅里边传来了女性的声音："收费八千日元。"

在大厅的标志下面，有一个只容一只手自由出入的空间，把规定的金额放进去以后，就可以自由去房间了。这也是动过脑筋的，可以避免客人和工作人员直接碰面，不知冰见子医生是否了解，她默默地站在那里。

"对不起……"

不凑巧我身上只带了六千日元，正当我不知如何是好的时候，冰见子医生总算察觉了我的窘境，她从似乎十分昂贵的米色手袋里拿出一万日元递给了我。

"十分抱歉。"

我拿过钱递进小窗里，很快找回来两千日元，接着又传来了女性的声音，"请慢慢儿享受"。

"真不错，而且设计得十分合理。"

冰见子医生频频发出感叹，我却担心起下面将要发生的事情。

总之，我们已经进了这种地方，我真的能和冰见子医生发生关系吗？

在电梯里，我望着她下巴的美丽曲线，紧张得好像连心跳的声音都能听见，但是冰见子医生却若无其事地抬头望着电梯里的楼层标志。

到了四层，电梯门一开，我们来到走廊，只见右边不远的地方，摆放了一尊白色的女性雕塑。经过雕塑一直走到最里边，就是401号房间。

我站在门前，把手中的钥匙插了进去，门很容易就开了。

一进门是脱鞋的地方，在那儿换上拖鞋往里走，是一个摆着宽大沙发、六张榻榻米大小的房间。关键的卧室在最里面，卧室中间放着一张双人大床，房间内播放着柔和的乐曲，枕旁的台灯发出红色的光芒，营造出一种妖冶的氛围。

"原来如此……"

冰见子医生充满感慨似的，频频环视着四周。

"噢，真令人作呕。"忽然听到她的喊声，我回头一看，只见冰见子医生正撩开沙发旁边的窗帘向里窥探。

我走上前去，发现原来窗帘后面就是浴室，在客厅里可以把浴室里的一举一动看得一清二楚。

我不由想象起窗帘后边冰见子医生一丝不挂地站在那里的情景，一下子头晕目眩起来。冰见子医生迅速拉上窗帘，开始检查起卧室的设备。

她先是摆弄着枕旁各式各样的开关，欣赏着不同开关造成的不同的灯光效果，接着又"哇"的一声叫了起来。

"太离谱了……天花板上都有镜子。"

冰见子医生右手挡着前额向天花板上望去，我又开始想象天花板上倒映出她的裸体，不由得全身一阵发热。

"那个女孩儿也是来这种地方啊。"

"哪个女孩子？……"

"那个美奈呀。"

我一下子想起了那个后背被鞭子抽打的妓女，难道冰见子医生是为了追寻美奈站街拉客的足迹，才来情人旅馆的吗？

等到冰见子医生坐在沙发上后，我才发现靠窗的那堵墙边有一个冰箱，我问：

"您想喝点儿什么？"

冰见子医生回头："噢，还有冰箱呢。"说着就打开了冰箱。

里面啤酒、果汁等横着摆了几排，如果一拿出来，客人就要付钱。

"真有意思啊。"

冰见子医生好像对房间的内部结构比对我的兴趣还大。

她又站了起来，走近作为屏风摆在客厅和卧室之间的那个柜子上的电视，一摁遥控，在传出嗲声嗲气的声音的同时，出现了男女纠缠在一起的画面。

"哇……"

冰见子医生发出了一声怪叫，却又目不转睛地盯着电视。

电视上的男人正从女人的肩膀舔向胸部，女人兴奋得朝后弓起身子，显出一副快要被快感淹没的样子。冰见子医生看到这里，走到电视机前一推，电视转了一圈，从客厅转向了卧室，看来从什么地方都能观赏电视。

"设计得真巧妙啊。"

冰见子医生对这种设计佩服不已，和这些比起来，我只想尽快和冰见子医生接吻。但是她好像全然没进入情绪，她关掉电视，仰头看着天花板自言自语：

"这样的话，即使发出奇怪的声音，谁也不会发现。"

"奇怪的声音？……"

"那个女孩儿被鞭打的时候，我想过为什么没人去制止呢……"

冰见子医生对那个叫美奈的女人，背部被人打成重伤一事，好像觉得不能接受。

"那个女人来了这个地方吗？"

"应该是吧。因为她说她在这一带站街拉客。"

的确，如果把街上勾引到的男人带到这种情人旅馆，整个房间密不透风，对方做出什么事情外面恐怕都无法知道。

"太过分了。"我刚要说，又咽了回去。

好不容易才进到旅馆，要是一直讨论这种事情，就会失去这么难得的机会。

在这种场合，作为男人我是否应该先说"我喜欢你"，然后再逼冰见子医生就范？但是事情一到眼前，我心中说不清是害臊还是恐惧，要不就是担心突然遭到冰见子医生的呵斥，总之种种不安搅在一起。

如此美妙的猎物从对面冲到了你面前，你到底在做什么呀？如果错过了这次机会，你就永远得不到冰见子医生了。

我给自己打着气，却又不知道怎么办才好。犹豫了半天，最后我终于不顾一切地说道：

"请问，我可以去洗个澡吗？"

也许没有男人在情人旅馆里问这么傻的问题，我先把衣服脱下来，冰见子医生说不定随后也会产生欲望。

"啊？……"

冰见子医生好像也吃了一惊，她斜了我一眼，然后说："请便。"这算是成功了吗，我鼓起勇气又说：

"您要不要洗个澡？"

"我不用了。"

冰见子医生说完站了起来，摇摇晃晃走进了卧室。

她怎么了？我有点儿不放心，看着她一下子瘫倒在床上。

"您不要紧吧？"

我连忙赶上前去。"没关系。"冰见子医生闭着眼睛说。

她还是喝多了，有些累了吧。我是第一次看到她这种睡姿。

在淡淡的灯光下，冰见子医生轻轻地俯卧在被子上，松软的头发披散在她侧卧的面颊上，两只纤秀的臂膀随意搁放在头两侧。无袖高领毛衣下面，穿着一条白色的裙子，羚羊一样的双腿在裙子里微微弯曲，裙子的下端略微有些上翻。我在这么近的地方欣赏她，她却没有一点儿戒心。

这样一来，冰见子医生不就是一头猎物吗？如果我现在上前袭击，这只羚羊会做出什么反应呢？

倘使我突然飞身跃上的话，她是一溜儿烟地逃走呢，还是手脚并用地向我反扑呢？

"机不可失，快往前冲。"

我鼓励着自己，但是最关键的时刻，却像被锁住手脚一样动弹不得。

眼下的我是狮子、豹子，还是一只猫？不对，狮子或豹子的话，看见猎物会猛扑上去，猫也不会犹豫。

但是，我在猎物面前却像被铁索捆住了一样，只能呆呆地站在那里，既迈不开腿又伸不出手。不要说狮子，连猫都不如，只是一只对人畜无害的宠物。

"真没出息。"

我骂着自己，其实我身体里面雄性动物的欲望正在熊熊燃烧。

我心中充满了欲火，苦于无法畅快地表达出来，陷入了一种进退两难的窘境，磨磨蹭蹭地凑到冰见子医生身边。这时我一边觉得自己完全像一个卑鄙的窥探者，一边站在床边，紧紧盯着她那双纵情伸展的双腿。

她那双练过芭蕾的修长笔直的双腿微微地弯曲着，使人感到姿势诱人，裙子的一角轻轻地掀起，更加勾起人的情欲。

冰见子医生躺在床上的这副模样，不等于是在诱惑我说，"请把我吃掉吧"。

到了这个地步，我还不敢向她求爱，我就不是男人了。

可是如果我的求欢被冰见子医生拒绝的话……我本身倒不会怎样，然而这之后在医院遇到她的时候，我该如何是好？她会不会从此讨厌起我来？如果就连我好不容易才做习惯的个人心理治疗也因此被撤换下来，我将来怎么办呢？

还是就此打住，死了这份贼心为好。这个念头从我的脑海里闪过的一瞬间，冰见子医生耳垂上小小的钻石耳环放出耀眼的光芒，搞得我恨不能一口咬上去。

然而，我和冰见子医生之间的距离如此之近，也不知道她察觉了没有。

她的确闭着眼睛躺在那里，虽然看起来好像已经进入梦乡，不过她也许只是因为酒醉而在床上休息。

那么，她应该感觉到了我两手撑在床边，在极近的距离逼向她。如果她明明知道这些还继续假寐，是否正在等待着我的行动？就像一个年长的女性，对着心存胆怯的男孩儿，默许般喃喃细语："快点儿来吧。"

想到这儿，我忍不住伸出手来温柔地抚摸起她的右肩。

一刹那，我以为她会拒绝我的爱抚，可什么也没发生。我不由得

140

添了一分自信,正在抚摸的右手慢慢地从冰见子医生的肩头滑向手臂。此时她好像刚刚察觉一样,轻轻地拧了一下身子,但并没有表示更多的拒绝。

我的信心又增强了一些,于是大胆凑近了她的耳朵。

我会被接受还是被呵斥,我一边心里"嘭嘭"跳着,一边噘起嘴唇,正当我觉得自己的嘴唇刚好亲到她耳廓的时候,她移动了一下上肢,耳朵灵巧地躲过了我的亲吻。

我紧接着又向她追去,刚要从背后抱住她的时候,她却很快地抽身而退。慌忙之中我朝着床上摔了过去。

大事不好,当我意识到的时候已经来不及了,冰见子医生以令人难以置信的敏捷坐了起来,边整理着散乱的头发边说:

"你怎么回事……"

听到她的问话,我无言以对。

"你不是要去洗澡吗?"

我刚才确实这样说过,可是见到冰见子医生突然躺在床上,我受不住那种卧姿的诱惑才跟上前的。

"快去洗澡吧,我在这儿稍事休息一会儿。"

冰见子医生的酒好似完全醒了,但她非但没有责备我的鲁莽,反而柔声劝我。

"那,我去洗了。"

由于刚才说过,我决定先去洗澡。

我从卧室穿过客厅来到走廊,向浴室走去。

一进浴室，门口是脱衣服的地方，旁边的架子上摆着淡粉色的女用浴衣和蓝色的男用浴衣，我看清以后脱下衣服，走进了浴室。

虽说没有洗澡的必要，我还是冲了一下身子，并把浴缸放满了热水。

我想起来刚刚一进房间，冰见子医生就把客厅的窗帘拉开，说在客厅可以把浴室的动静观察得一览无余，因此我试着从浴室朝外望去，房间那边黑乎乎的，什么也看不清楚。

不管怎样，冰见子医生好像还躺在床上休息。我放心地跨入浴缸，做了一个大大的深呼吸。

我爱慕向往已久的冰见子医生正在床上歇息，等着我的到来。洗完澡后我就穿着浴衣向我的可人儿走去，这次我一定要结结实实地把她搂个满怀。

大概，不对，应该说近乎百分之百，冰见子医生不会进行反抗。刚才我抚摸了她的手臂，虽然想要接吻时没有成功，但她也没显出非常生气的表情。在那一刹那她虽抽身躲了，可是却对我说"快去洗澡吧"，并表示"我在这儿稍事休息一会儿"。

冰见子医生当然也有自己的自尊心，第一次总要拒绝一下，这次肯定会让我如愿以偿。

但是，冰见子医生的肌肤是种什么感觉呢？应该是白皙、光滑、柔软……她的乳房和她的私处呢？还有就是当她的神秘之谷被我触到的瞬间，她会做出什么反应，是口称"不要"进行拒绝，还是反过来紧紧地抱住我的身体？

在我胡思乱想的时候，我的身体逐渐兴奋起来，两腿之间高高地隆了起来。

"讨厌的家伙。"

我训斥着自己那个不听话的部位，迈出浴缸细致地清洗整个身体。

随后要和冰见子医生共赴云雨，如果我的身体汗津津的可不行。为了不使冰见子医生嫌弃，我拼命地又擦又洗。

我在浴室里做了大约二十分钟美梦，我本人并不喜欢泡长澡，但我觉得时间越长，越能把自己身体的角角落落洗得干净清爽。

这样一来，冰见子医生肯定会接纳我的。万事俱备，只欠东风，我抱着这种心情出了浴室，穿上放在脱衣处架子上的浴衣。这件浴衣我穿上去有点儿短，反正接着只是和冰见子医生上床，我也并不在意。

换好浴衣之后，我把脱下来的衣服叠好放在一起，然后照了一下梳妆台的镜子。

由于刚洗完澡，头发有些乱蓬蓬的，我连忙用梳子梳好。因为泡澡时间很长，脸上微微泛红，再仔细照了一下，我发现胡子长出来一些，如果扎到冰见子医生的脸当然不行，我抓起梳妆台上的剃刀又刮了一遍。

准备齐当，我又想起应该喷点儿什么冰见子医生喜欢的香水，但由于手头没有，只好把镜子前的爽肤水涂上一些，然后准备回房。

"OK，全部就位。"

我给自己鼓着气，又用双手拍打了一下脸颊，忽然伸手到两腿中间一摸，却发现那个地方没有了在浴室时的那份刚劲。

这是怎么搞的，我和冰见子医生即将合二为一，我的紧张感由此不断增加，可我那个部位反而却小了下去。的确有前辈说过，将要和自己追求已久、无比向往的女性结合时，最关键的部位反而有时会出现萎缩现象，难道我此时也是同种情况吗？

"喂，打起精神来。"

我重新握住自己那个地方，轻轻地爱抚着，等到情况稍有恢复，马上蹑手蹑脚地向客厅走去。

冰见子医生在做什么呢？我悄悄地向卧室望去，由于光线暗淡，我看不出什么所以然来。

冰见子医生也许真睡着了。我进一步放轻脚步来到卧室，往床上一看，却没有冰见子医生的身影。

"咦？……"

我不由叫出声来，然后四处张望，冰见子医生刚刚还卧在上面的被子，已经叠得整整齐齐，房间里鸦雀无声。

"冰见子医生……"

我又喊了一声，从卧室到床周围，就连电视后面也找过了，但是连个影子都没有找到。

她究竟去哪儿了呢？我回到客厅，找了一下原来放在沙发一旁的她的手袋，手袋也不见了。

难道说我洗澡的时候，冰见子医生一个人回去了？

我慌忙冲向洗手间，也没有她的身影，再往放鞋的地方一看，冰见子医生穿的那双带着白色细带的鞋也没有了。接着我来到走廊，只有那座裸女塑像斜着竖在那里，周围没有一个人。

"她走了……"

我不由嘟囔出声，可还是感到难以相信。

冰见子医生刚才的确对我说过："你去洗一下澡吧。"然后边说，"我在这儿休息一下"，边上了床，她为什么突然走了呢？

是突然有什么急事，还是觉得待在这种地方心理上不舒服呢？总之，是来了个"金蝉脱壳"。

这一切我毫无所知，还在拼命清洗自己的身体，检查自己某个部位的刚硬程度，就连刚刚长出一点儿的胡子也刮得干干净净，我一个人傻什么呢呀？

"傻瓜……"

我责骂自己，但是冰见子医生的做法也太过分了吧？即便有什么急事，不也应该先跟我打声招呼再走吗？

"畜生……"

就在刚才，这里还躺着一只美丽的猎物，没想到却被她巧妙地逃之夭夭。与其这样，那个时候还不如鼓足勇气逼她就范呢。

我怎么会做出这种蠢事……一想起来我就觉得快要发疯，接着又出现了一个问题。

虽说房费冰见子医生已经付过，但是进来不到一个小时就出去，总觉得有些可惜。然而我一个人待在这里，又觉得如坐针毡。

难道冰见子医生真的就不再回来了吗？

生气之余我试着往她家里打了个电话，电话通了，却无人接听。

"她还没到家吧……"

不管冰见子医生去了哪里，一直待在这里我也静不下心来，我还是决定离开这里。

这样一来，我简直没出息到家了。

遵从冰见子医生的愿望，我们一起去了情人旅馆，她说她在床上休息一会儿，我才放心大胆去了浴室，正当我得意洋洋从浴室出来的时候，最为关键的冰见子医生却金蝉脱壳了。

我无可奈何地出了情人旅馆，一个人在深夜的大街上步履蹒跚地走着。

周围的年轻人不知能否察觉到我的沮丧，他们兴高采烈地聊着天，从大街往里拐进一点儿的小路深处，有些情侣正在情意缠绵地接吻。

在我这么失落的时候，又何必在我眼前如此甜蜜。我真想走上前去挥拳打散他们，可是又没有这份勇气。

但是，接下去我该做些什么呢？我想干脆就去色情场所混上一混，可这一带我不是很熟，而且身上又没带钱。

结果只好决定回家，到了涩谷车站，好容易才冲上了最后一班电车。坐到品川之后，我用尽口袋里所有的钱，才坐出租车回到了位于大森的住处，这时已经将近午夜两点。

一进房间，由于从晚饭起就不断饮酒，加上被冰见子医生中途抛弃的打击，我筋疲力尽地一下子瘫坐下来，可还是放心不下冰见子医生，就试着拨打她的手机。手机连续响了七八声，还是没人接，我刚想挂断，那边传来了女性的声音："喂，喂……"

"冰见子医生吗？"我不由问，"刚才您怎么……""对不起，对不起。"冰见子医生用异常开朗的声音解释。

"刚才我觉得有点儿不舒服，因为你正在洗澡，所以我也没打招呼就走了。"

"您哪儿不舒服啊？"

"只是喝多了一点儿，现在已经不要紧了。"

我本想不顾一切发两句牢骚，可是听她解释得这么清楚，我的气也就消了。

"还有托你的福，我今天算是开了眼界，谢谢。北风君，你现在在哪儿？"

"我现在在家……"

"是吗，我还担心你后来怎么样了呢。"我被她这副若无其事的态度噎得目瞪口呆。

"那你好好儿休息吧。"说完她就挂断了电话。

在这样一个夜晚，我怎么可能好好休息得了呢？听到冰见子医生这么解释，不知为何我也就接受了她的说法，我就这样一直躺在床上。

"笨蛋！"

我又骂了自己一句，越想越为自己的愚蠢生气。

适应障碍

在洒满夏日阳光的门诊室里，冰见子医生穿着一件开领的本色白短袖制服，正和一个患者面对面坐着。

每年七八月盛夏来临之际，冰见子医生都会变换打扮，上穿短袖上衣，下穿长裤。每当看到这种情形，我就会切切实实地感到夏天的到来。

一般外科或精神科的女医生，一到夏天都会穿上与之相似的白衣，但是冰见子医生的制服却好像是定做的，领子开得较大，因为腰上收了几道，裤子显得瘦长，冰见子医生一站起来，她苗条柔美的身材十分惹眼。

此时在花冢总院的门诊室里，面对冰见子医生坐着的，是一个名叫平山理惠的三十二岁的女患者。

她毕业于东京都内一所私立大学的英文系，毕业后工作了一年就辞职了，后来好像一直没有工作。在这期间，她曾经和一位男性同居，怀孕之后做了人工流产，后来和那个男人也分手了。从那时开始她精神上出现了异常，无论干什么都觉得十分空虚，几次割腕自杀，但是都没有成功。她诊断自己患了忧郁症，去不少精神科看过病，但是哪个医生都不相信，直到在花冢总院遇到了冰见子医生，终于承认她并开始接受治疗。到现在已经过了半年，因为她恢复得不错，总算可以出院了。

眼下，冰见子医生似乎正在就出院后生活上的注意事项对她进行指导，她本人只是低着头坐在那里。

"绝对不行啊。"

从冰见子医生严厉的声音来看，恐怕是提醒那个患者不能放纵自己。

这种情景我已经司空见惯，我喜欢在稍远一点儿的地方眺望她给患者治病。作为医生虽说是理所当然的事，冰见子医生在和患者接触的时候，总是一副坚定沉着的样子，干脆利索地对患者做着各种指示。

"听明白了吧。"

看着正在强调某事的冰见子医生，我忽然想起了喝醉以后在俱乐部跳舞、然后直奔情人旅馆躺在床上的她的身影。

那时的她和眼前的冰见子医生真是同一个人吗？或许俱乐部狂舞的她只是一种幻觉，而眼前的她才是真正的冰见子医生吧。

如果这两者是同一个人，那么冰见子医生就是具有两张面孔和双重性格的人。

这时我连忙训诫自己：

"究竟在想些什么呀。"

正当我为自己的突发奇想感到困惑的时候，冰见子医生转头向我望来，把病历递给了我。

"交给安达小姐。"

安达久美子小姐是花冢总院的社会福利工作人员，冰见子医生让患者找安达小姐咨询出院以后生活上有关的具体事项。

"谢谢。"

患者对冰见子医生行完礼后站了起来，使人有一种脚步晃悠、弱不禁风的感觉。我领着她来到走廊，她突然小声冒出一句：

"那个医生看起来气质真好。"

在医院里，冰见子医生的确有许多仰慕者，有些患者甚至因为想要她给自己看病，所以一直住在医院。

"唉，那个医生有没有男朋友？"

我一下子想起了和冰见子医生一起去情人旅馆的事情。"她的男朋友就是我。"我很想接上一句，然而却没有说出口来的勇气和自信。

"我不清楚。"我冷淡地回答，患者显现出一副"怎么这样"的表情往前走去。

我把病历交到了挂号处隔壁的社会福利室，又重新回到了门诊室。

午休之后的这段时间，前来就诊的人数较少，有四五人坐在椅子上等着拿药，尽头有一个年轻的男患者，正在和前来探视的女朋友叽叽咕咕地讲着话。

我一边沿着走廊往回走，一边想着刚才闪过脑海的双重性格的问题。

如果冰见子医生真是双重性格，又属于哪一个类型的呢？精神科所谓的双重性格，是指两个以上截然不同的性格，在不同的时间段里出现在同一个人身上。而且当不同的性格出现时，本人对自己当时的言行完全没有记忆。

关于双重性格的描写，英国的小说《哲基尔博士和海德》非常有名，小说里的人物是由于药物，人格才发生了变化。可是冰见子医生又怎么可能去服用那种药物。

总之，人在歇斯底里或疯癫的时候容易出现双重性格，即使是普通人中，有些人双重性格的特征也十分明显。但是在这些人当中，冰见子医生的症状可能也属于相当明显的。

我思绪万千地回到了门诊室，这次冰见子医生面前，坐着一个微微佝偻着身子的女性。

一看她的背影，我就知道是住在东楼病房 206 号的金子洋子太太。

从半年前开始，她陷入到一种认为丈夫虐待自己、不知何时会被丈夫杀死的恐惧之中，所以有一天深夜，她突然挥刀向丈夫砍去，后来被救护车直接送到了这里。

从那儿以后，她一直住在我负责的病房接受治疗，这几个月她的病情也相对稳定下来，开始反省自己以前的错误行为，我认为她可以出院了，所以让她来接受冰见子医生的特别诊断。

由于冰见子医生本身就是院长，当然了解所有住院患者的基本情况，然而患者人数很多，所以想要掌握每个患者病情的具体细节也十分困难。基于这种情况，对于那些近期内需要接受冰见子医生详细诊断的患者，护士们会根据自己的判断，把具体名单提交给她。

每星期一、五下午是诊治这类病人的日子，现在冰见子医生面前坐着的这位姓金子的女性，是今天的第三个患者了。

我走进门诊室的时候，治疗好像已经开始了一会儿，冰见子医生一边听着患者诉说频频点头，一边在病历上记录着。

"我再也不做傻事了。"

金子洋子太太今年应该四十二岁，有一个十三岁的女儿，她和女儿之间的关系好像不太融洽。刚住院的时候，她曾说丈夫和女儿都非常讨厌她，想要除去她的存在。也就是说，她患的是与家人处理不好关系的适应障碍，现在她已经从这种精神压力中摆脱出来，基本上恢复了正常人的思维方式。

"我丈夫也说希望我早日回家。"

在精神病医院住院的患者出院时，需要一个能够承担全部责任的保证人的同意，才能放心让其出院，由于金子太太的丈夫提出让她早日回家，这方面的问题也就解决了。

"可是，你一旦真回到家里，见到你丈夫和女儿，说不定又会重新产生那些无聊的想法。"

看起来冰见子医生认为现在让金子太太出院还为时过早。

"再住一段时间，好好儿治疗以后再考虑出院吧。"

"医生，请想想法子让我出院吧。"

对于患者的请求，冰见子医生干脆地摇头说：

"你现在出院还为时过早。"

冰见子医生的回答十分明确，实际上在让精神科患者出院的问题上难处很多。

比如一个医生，认为患者已经可以回归社会，同意他出院以后，如果该患者引发了什么事件，那么医生很可能要被追究同意患者出院的责任。

实际上，像大阪发生的无辜儿童惨遭杀害的事件等，一旦查明这些事件的犯人曾经住过精神病医院，那么同意犯人出院的精神病医院，就会受到人们的群起而攻。

我在精神病院工作，当然想站在医院一边辩护几句：任何一家医院都不希望让有犯罪可能的危险患者出院，而且对其听之任之。让患者一直住在医院里当然不会出差错，但是这样一来，患者就可能永远不能回归社会了。所以即使患者没有完全治愈，在很大程度上得到恢复之后同意患者出院，是为患者将来考虑的一项必要措施。

尤其是日本的精神病治疗，很久以前开始就一直被认为治疗时间过长。据我读过的书上记载，美国精神病患者住院的平均时间只有七天，与之相比，日本却长达三百三十天，即使和德国二十七天的平均住院时间相比，也长得离谱。

为什么只有日本的数据如此突出？其中最大的原因就是，日本的精神病治疗从根本上来说，与其说为了治疗患者，不如说主要目的是为了把患者从一般社会中隔离出去，社会上也没有养成一个接纳精神病患者的土壤。

因此，患者即使病情接近痊愈出了院，由于现实社会中没有那种根据不同阶段接纳患者的设施，加上一般人心中又没有宽容体恤接受这些患者的心理准备，在这种情形下突然把患者放到现实社会当中，不久之后他们就又会出现适应障碍。

前面提到的发生在大阪的事件就是其中最为不幸的例子，然而，倘若把患者一直留在医院之中，又会涉及患者的人权问题。

从这些方面考虑，医生们对患者的出院问题都是慎之又慎，但即便如此，冰见子医生一口回绝了金子洋子女士的出院要求，是不是也有些过于严厉了？

说实话，我对金子洋子女士出院一事还是充满信心的。

病历上的确记载着，由于明显的适应障碍和被害妄想症等原因，她的精神处于一种过度兴奋状态，引起了"精神综合失调症"。但是住院之后，经过服用抑制精神兴奋的药物，很快她就可以进行正常会话了，之后虽然有时会出现轻微的思维障碍，但是几乎再没有出现过幻觉和被害妄想。而且从她既往病史看，她也没有接受过精神病治疗的记录，这次经过半年的治疗，她已经完全恢复了正常，本人及被她伤害过的丈夫都提出了希望出院的请求。

这样一位患者，冰见子医生为何认为她出院为时过早，不允许她回家呢？说实话，类似这种程度的患者已经有几个人出院了，之后也没有收到他们引起事端的报告。

在我看来，金子太太完全可以得到出院许可了，事前我还对她说过："应该可以出院了吧。"

这天傍晚，我壮起胆子向冰见子医生问道："金子太太还不能出院吗？"

这时冰见子医生正在眺望窗外的黄昏，她回过头来望着我不耐烦地说："我说不行，就是不行。"

她语气严厉，让人没有回嘴的余地，我不由变得哑口无言，她碰到什么不愉快的事了吗？

换成平时，就是我的意见错了，"这件事啊""可是"……她会一边温和地点头说着这些，一边告诉我错在哪里，这次却让我完全抓不到要领。

当然，我已经习惯了她因一些琐事，情绪突然发生变化。加上我是护士，所以丝毫没有想要反对她的意思。通过直接诊断，冰见子医生认为患者还有必要继续住院治疗的话，我当然会服从她的意见，然而当我看到病历上她的医嘱以后，我又陷入了沉思之中。

"给现在的金子太太开利培酮 20 毫克，甲氧异丁嗪 300 毫克，甚至还有一天三次每次 6 毫克的氟硝安定安眠药。"

让患者服用这么多药的话，会造成神经功能低下，有时甚至会出现意识模糊的状态，住院时间肯定得延长，出院就更不用想了。

"为什么……"

我无法了解冰见子医生的真实想法，但突然想起了中川凉子负责的那个叫村松博之的患者。

我为什么突然会想起那个住在西楼病房的村松博之呢？一开始我觉得这种联想非常不可思议，但仔细一考虑，又觉得其实也挺自然。

这两个患者之间确实有一些共同之处。

首先，这两个患者的病情都得到了很大程度的恢复，而且不需要长期住院，但是冰见子医生却不同意他们出院。村松先生住在西楼病房，不由我负责，所以具体情况我不太清楚，但是凉子却断定让患者过多地使用不必要的药物实在是太奇怪了。同样，我负责的这位叫金子的患者，我认为让她出院之后，定期来看病拿药就可以了，但是冰见子医生却说她需要继续住院治疗。

而且，这位名叫村松的患者，原来的躁郁症几乎已经痊愈，后来由于注射和口服药物的副作用，病情仍在持续。另外，金子女士如果遵照冰见子医生的医嘱继续注射和服药，也会和村松先生一样，因为药物的副作用，使病情恶化起来。

冰见子医生究竟为什么独独不允许这两个人出院，并继续进行不必要的药物治疗呢？

此刻我真想说出那种不吉利的想法。

在这一点上，虽然我没有什么确凿的证据，但是我听说过某种传闻。一些精神病医院偶尔会让不需要住院的患者住院，给病情不重的患者进行不必要的注射和药物治疗，拖延患者的住院时间。也就是说，进行过剩治疗。难道说这两个人的情况也与之相近？

"不对，不对……"

冰见子医生绝不会做这种傻事。把她和那种极端恶劣的拜金主义医生混同在一起，本身就是一个错误。

实际上，对那些应该再稍微住一段医院的患者，冰见子医生也让其陆续出了院，换成了前来就诊的治疗方式。她说过，在医院里待的时间太长，患者会对医院产生一种依赖心理，这样恢复起来较慢，所以应该让他们尽可能早日回归社会。她把一部分患皮克病的病人移到一个名为"贝鲁西亚"的集体自由居住地，并积极指导他们停止服药，恢复正常生活，也是其中一例。这样一位医生，为什么只限于村松先生和金子女士两个患者，不让他们出院回家呢？

　　不知不觉中，我也染上了中川凉子以前提到的那种烦恼。那时凉子告诉我她感到十分不安，因为冰见子医生对患者进行不必要的注射和药物治疗，现在我竟和她感到了同样的不安。

　　到底有没有必要让金子太太服用这么多药物，并让她继续住院呢？从我至今的工作经验来看，我觉得根本没有这种必要，但是如果把这些疑问对一般人讲，却难以得到他们的认同。还是需要和对患者有一定程度了解、对注射和药物有一定知识的人商量，所以我觉得除了凉子，别无他选。

　　犹豫了半天，我决定当晚约凉子出来见面。地方还是上次我们见面时去的那家自由之丘的咖啡馆，时间是下午六点。

　　开始我用内线电话和凉子联系的时候，听口气她好像另外有事，"有一个和村松先生情况相同的患者，我想和你商量一下……"我刚提及此事，她突然改口说："那好吧，我去一趟。"

　　看来凉子至今仍然对冰见子医生的治疗方针存有疑问，我现在也抱有同样的不安，她因此很感兴趣吧。

　　"不许对冰见子医生的做法指手画脚。"我以前曾经这样指责过凉子，这次又因同样的问题约她见面，总觉得有点儿向她认输的味道，然而眼下不是顾及自己面子的时候。那天我提前十分钟来到咖啡馆等候她，二十分钟后凉子才姗姗来迟。

"对不起，我刚要出门的时候，一个患者忽然闹了起来……"

这种情况在精神病医院里经常发生，所以我无法指责凉子什么。我点头表示理解。

"你不吃点儿什么吗？"我边问边把菜单推给了她。

"那好，我就不客气了。"

上次我们在此见面时还是初夏，凉子穿着长袖衬衣，眼前她却穿着黑背心和白长裤，染成浅咖啡色的头发剪得短短的，显得十分清爽。

我曾经和她肌肤相亲。往事突然涌现出来，我被一种复杂的感情笼罩住了，凉子不知是否察觉了我的这种心情。

"我就要这个。"说着她点了番茄口味的意式面。

我点了自己最喜欢的奶油火腿意式面，又要了啤酒，当我们交杯碰盏一起饮酒的时候，我发现凉子好像比以前漂亮了。

"你和新男朋友处得不错吧？"

我半开玩笑地问。凉子停住了正在卷着意式面的叉子，"你说什么？"她反问。

"你再装傻，我也看得出来。"我想一针见血地指出，但是我要是真说出口来，我不就变成一只"败犬"了吗？而且我自己也和冰见子医生单独去了情人旅馆，差一点儿就接了吻。不论凉子变得如何漂亮，和冰见子医生的美貌相比，还差得远呢。

我真想把这些事情干脆告诉她算了，可还是把话咽了回去，大方地说："在这种地方见到你，感觉真不一样。"

　　平时在医院只能看到凉子穿护士服的样子，在外面见到时，可能就会产生一种新鲜感，但是凉子对这类话题似乎毫无兴趣，她问我：

　　"那个患者到底是谁呀？"

　　"嗯，其实是一个姓金子的女患者……"

　　我接着告诉凉子，金子太太觉得自己被丈夫、孩子讨厌，陷入了一种长此以往会被父女俩杀掉的恐惧中，有一天她举起菜刀向丈夫砍去，因此被送到了花冢总院。从那以后，她住了半年医院，现在已经几乎康复，但是冰见子医生却不同意她出院，而且还开出相当剂量的药物让她服用。

　　"冰见子医生也许有她自己的想法……"

　　"但是，她的想法本身有问题。"

　　凉子慢慢地摇了摇头。

　　"看来她是对你的患者也开始下手了。"

　　"什么叫开始下手？"

　　"冰见子医生给那个患者开了些什么药？"

　　我把病历上的药品名字都告诉了凉子，她使劲地点了点头。

　　"我是这样想的，冰见子医生是不是在做什么药物实验啊？"

　　"实验？"

　　"对，受制药公司委托，不是常有那种药物实验吗？"

　　的确有一部分医生把特定的药物和针剂用在患者身上进行实验，

从而了解药品的使用效果，观察药品的使用经过。

　　但是上述情况，使用的几乎都是由那些正规制药公司生产、已经得到厚生劳动省 ^① 承认的药品。对已经得到承认的药品，为什么还要进行此种实验呢？我在以前的医院工作的时候，曾经就此问题请教过一个医生，根据他的说法，有些药品在得到厚生劳动省的承认以后，还需要收集更多的临床资料。这样一来，不是把患者当成医疗实验的对象了吗？我感到十分不安。那个医生接着解释说，这些药品经过检验已经证明在临床使用上对人体无害，所以不用担心。但是由于使用的临床患者较少，所以才让患者使用，这不还是一种人体实验吗？当我问到这个问题时，那个医生一边笑，一边回答：

　　"任何治疗都含有实验的成分。"

　　乍听他说，我感到非常意外，但是仔细回想一下他的话，我开始悟出其中的道理。比如给患者开的感冒药，药的作用因人而异，有时过强，有时过弱，有时甚至完全不起作用。即使是同样的人，由于个人在不同的时间段在体能上存在着差异，所以实际上说不定总是包含着实验的成分。

　　但是使用新药的时候，和上述情况相比，实验的成分显然要多得多。还有就是只给极少部分人用的药，直接用在特定的患者身上，观察其使用的效果，这样可以发现至今没有发现过的副作用，同时还能了解到和其他药物合用时的禁忌。实际上根据报告，使用新药有时会

────────────

① 日本主管主管医疗、福利、保险和劳动等行政事务的中央行政机关。

造成患者病情恶化，甚至出现导致患者死亡的结果。

所以新药在成为人类救世主的同时，也有可能变成恶魔的代言人。这是医生接受制药公司的委托以后，经过患者实际服用，才能发现的情况。

眼下冰见子医生是因为这个目的，才让村松先生和金子太太服用过量的药物，延长他们的住院时间，从而观察药物效果的吗？

不，我怎么也不能接受这种看法。

"不可能有这种事，因为冰见子医生并没使用什么新药啊。"

给那两个患者开的药都是以抗精神病药物和镇静剂为主的，而且都是其他医院的常用药物。

"但是，观察药品混合使用的效果，也有这种实验啊。"

在学术讨论会上，围绕特定的疾病，为了发表治疗过程的论文，有时的确要进行这种实验，但是我不认为冰见子医生现在正在准备学术论文。

"不是这回事，会不会另有其他的什么原因？"

"其他的原因指什么？"

凉子重复了一遍这个问题，我也难以作答，这些药品几乎所有患者都在使用，所以原因好像另有所在。

"比如说，冰见子医生有她的私人目的……"

"什么目的？"凉子顾不上叉子上卷着意式面条，进一步追问，"是不是冰见子医生和这两个人有什么仇？"

"不会的，没这种事。"

冰见子医生以前好像并不认识这两个患者，也没有特别的理由仇视这两个人啊。

"但是，冰见子医生就是不希望他们出院。"

冰见子医生提出继续治疗下去，的确等于不让他们回家。

"在你分管的病房，还有没有类似村松先生这种情况？"

"也不是没有给患者用药过量的情况，但是没有村松先生那种程度的。"

也就是说，只对这两个患者进行着异常的治疗。

"如果只是这两个患者，我们想想看这两个人之间的共同之处，也许能够发现问题所在。"

吃完饭后，我们一边喝着冰咖啡，一边重新试着在记事本上罗列两个患者的共同之处。

首先，凉子负责的村松博之先生，今年四十四岁，是东京都内一家银行的职员。家人包括妻子和一个上初中一年级的儿子，病历上记载着他的主要症状是："失眠和疲倦导致不能集中精力工作，有时情绪起伏很大，容易因一些小事发怒。"

引发这病症的导火索是今年年初，当时村松先生十三岁的女儿在他面前因交通事故死亡，此后他的异常言行开始明显起来。也就是说，由于发生了意想不到的事故，他适应不了由此造成的精神压力，精神开始失常，这也是一种适应障碍。据他家里人讲，他从很小起就非常溺爱这次出事的女儿，失去了自己最心爱的女儿，是他这次发病的直接原因。

另一位患者金子洋子太太，今年四十二岁，很久以来就和丈夫及独生女之间关系处理不好，她一直认为女儿和丈夫讨厌自己。据她丈夫说，这些纯属被害妄想，随着这种被害妄想不断增强，她觉得这样下去，自己会被杀掉，所以有一天她突然从厨房里拿出菜刀砍向丈夫。

幸亏没出什么大事，金子太太被救护车从出事地点直接送了过来，住进了花冢医院，被诊断为由于适应障碍和被害妄想，导致精神过于兴奋，从而造成"精神综合失调症"。以后的事情正如大家所想，她由于和丈夫、女儿之间不够融洽，从而产生被害妄想，接着开始出现异常的言行。

"把这两个人放在一起比较，结果却是完全不同。"

正如凉子带着叹息说的一样，无论从家庭环境到引发病情的原因，这两个患者之间几乎都没有什么共同之处。甚至相反的地方更多。

"如果非要勉强拼凑的话……"

凉子手里拿着记事本，好像说给自己听似的自言自语。

"就是两个人都四十多岁，而且家里都是一个女儿。"

村松先生的确有过一个十三岁的女儿，金子太太也应该有一个年龄相仿的女儿。

"但是村松先生的女儿不是已经亡故了吗……"我喃喃自语。

"对了，"凉子拿着钢笔突然说，"哎，冰见子医生也是独生女啊。"

我的确听说冰见子医生是独生女，但是这与村松、金子两位患者又有什么关系呢？正当我冥思苦想的时候，凉子对我说："你听听看。"

"这三个家庭都有独生女，而且爸爸都非常溺爱女儿，对吧？"

我听护士长等人说起过，冰见子医生的父亲精一郎医生非常宠爱她。正是由于父亲的影响，冰见子医生选择了和父亲一样的职业，当了医生并且继承了她父亲的医院。

"这些和这两个患者有什么关系啊？"

"冰见子医生会不会因此嫉妒他们？"

"哪儿有这么可笑的事情。因交通事故而失去了独生女的村松先生，以及被女儿讨厌的金子太太，冰见子医生有什么理由嫉妒他们呢？"

"我说的不是这个意思，冰见子医生嫉妒的是那些被父亲宠爱的女儿。因为对她来说，宠爱自己的父亲已经过世了。"

"真是这样的话，是女儿有问题啊。但是现在受害者却是她们的父亲和母亲。总之，你的想法跳跃性太大了，我觉得还是另有什么理由。"

"那，是什么理由？"

被凉子当场这么一问，我也难以应对，我猜想也许这两个患者不知何时，对冰见子医生采取过批判或者反抗的态度，因此引起她的不满。即使他们可以出院了，也不让他们回家，甚至会让他们住更长时间院。我这样一说，凉子非常干脆地摇头否定。

"这样一来，不成了对这两个人的惩罚行为了吗？我觉得冰见子医生不是这种人。"

听凉子这么一分析，我也觉得不是没有道理。

"还是实验。"

"实验？"

"像哲基尔博士和海德那样，给患者使用各种药物并观察其变化。这两个人是冰见子医生选中的实验对象。"

"但是只有两例的话，即使在学会上发表了，也没有什么意义啊。"

"所以，这只是一种游戏。"

我不知自己是吓了一跳，还是心中不以为然，我重新向凉子的脸上望去。

"这种话你可真说得出来啊。"

照她的说法，冰见子医生单纯为了游戏，不让可以出院的患者出院，让患者服用没有必要的药品。那么聪明的一位医生，绝不会做出这种蠢事来。

"你可不可以再找些比较着边儿的理由？"

"我的话不着边儿吗？……"

凉子轻轻抱起了双臂。

"但是在精神科，如果想那样做，能够做出各种各样的事来。比如对那些因抑郁症而闷闷不乐的患者说，你的性格本身有问题，使其没有退路，再不断让其使用大量的药物，搞得患者的病情越来越恶化，可能最后的结果是患者回归不了社会。还有就是通过点滴，每天给狂躁症的患者注射大量强烈的镇静剂等，使患者意识变得模糊起来，最后也许终于变成一个废人。那个，就像那种脑颅手术……"

凉子好像一下子想不起来手术名称了，因此我提醒说："脑白质切除手术。"

"对，对。就是那个脑白质切除手术。只要进行了那项手术，患者就完全变成一个废人了吧？"

以前确实有过脑白质切除手术，说得准确一点儿，就是脑叶白质切除手术。我曾听前辈们讲过，那时还没开发出如今这些抑制神经兴奋的药物，对于性格异常者，以及难以治愈的精神综合失调症患者，还有那些强迫症状很重的患者等，会进行这种手术，有些国家甚至对犯罪者和政治犯等也曾实行过这种手术。

大脑前面的额叶，本来是指挥思维与情绪的中枢部分，通过手术去掉这个部位的话，自然会导致人的智力低下，有时甚至连人格都会遭到破坏。而且一旦进行了这种手术，永远都不可能恢复正常。

关于这个手术，曾有一个电影名为《飞越疯人院》，引起过很大的反响，由于在医学伦理及人权问题上都遭到了强烈的批判，现在这个手术本身已经遭到禁止。

随着治疗精神病药物的不断开发，让患者服用药物，就可以起到充分的治疗作用，当然也是废止这种手术的原因之一。

现在凉子竟把这个手术与冰见子医生相提并论，并怀疑她开始进行一种游戏。

"绝对没有可能。"

我坚决地否定了凉子的意见。即使是推测，也不该说出冰见子医生利用职务之便、对已经治愈的患者进行药物游戏这种愚蠢的话来，但凉子竟然说了出来。

"就是开玩笑，也应该有个限度吧。"

"正是因为她的做法可疑，所以我才说出自己的看法。有什么不对的？"

凉子葡萄酒可能喝多了些，毫不客气地反驳了我。她十分厉害，我们分手的原因也是她这种偏激造成的。

说起来，当时我和凉子好了正好将近一年。那天晚上，我们见面吃过饭后，在我的房间做了爱，要回去的时候，"给钱"，凉子说着伸出了双手。她要的当然是回家的路费，不巧那时我手里几乎没剩什么钱。"对不起。"我边说边把一千日元递给了她，她却回了我一句："小气鬼。"

我还是没有回嘴，她却连一句"晚安"也没有，就要从我的房间出去。"喂，"我叫住了她后责问说，"你怎么能说我是小气鬼呢？"接着开始吵架。如果那时我给了她出租车费，可能就没事了，可是正巧是发薪的前一天，我本来就没钱，又请她吃了晚饭，那时真是一千日元也舍不得花。况且凉子和我的工资几乎差不多，却总是要求我负担，是不是有些不讲道理。

围绕着这件事我们开始争吵，我说"给钱"这种说法真粗俗。"当然了，那位高贵的冰见子医生才最适合你，有本事你去追她啊。"凉子又说了一大堆刺激我的话，结果两个人大吵起来，从那以后，我们俩的关系就完了。

也许那时我们之间的恋爱本身已经接近尾声，或者动不动就为点儿鸡毛蒜皮的小事大吵大闹。尽管如此，我还是希望能重归于好，只是又无法马上说出口来，凉子当然也不是能主动道歉的女人，这样时间一久，我们之间的关系也就无可挽回了。

现在又能和凉子见面并在一起吃饭，共同讨论患者的事情，还是拜冰见子医生那种异常治疗所赐，但即使这样，我也不允许她说冰见子医生对患者进行药物游戏。

"你这种说法，过于极端了。"我再一次提醒着凉子，"你把冰见子医生形容得如此恶劣，那你还不如辞职好了。"

"你让我辞职的话，我辞也可以啊。"

凉子将错就错地答道，我也觉得自己有些说过头了，叹了一口气。

"但是这样下去的话，我们这儿说不定也会变成诚星会那样的医院。"

"怎么可能……"

我被凉子说得瞠目结舌，不由瞪了她一眼。

诚星会是关东北部的一家精神病医院，半年前大范围的违法诊疗被人发现，后来被查封了。

在那里，几乎不让住院患者出院，为了节省看护时间，竟用工具绑住患者的手脚，而且让患者大量服用药物，证据确凿。甚至有小道消息说，医院一般让那些高龄的老年痴呆症患者，在住院三个月左右的时间里死亡。这其中也当然包含着家属希望医院对这种需要人护理、非常麻烦的痴呆老人，进行适当处理的自私要求。

实际上，表面上对这些患者护理周到，暗地里把他们送上死路，非常简单，万一因为用药过量导致患者提早死亡，家属就是有些疑问，也不会有人继续追究下去。医院把这些不再被人需要的老人，合法处理掉了，家属只有可能高兴，绝不可能因此怨恨医院。

如果精神病医院成了这些自私自利家属们的帮凶，那么这种地方根本不能叫作医院，只能说是一个道貌岸然的受雇杀人的地方。

当然这种性质恶劣的医院极为少见，一般的医院都会竭尽全力、实事求是地治疗那些需要护理的患者。

花冢医院当然也是这些医院之一，因此才有很多患者聚集于此。把自己工作的医院和诚星会相提并论，这对一个在同样医院工作的护士来说，绝对不能容忍。

"你听好了，如果你再说这种话，我绝不会再保持沉默。"

"怎么了，你也用不着这么生气呀，我只是说我们医院千万不要变成那样而已。"

凉子仍然两手抱胸，一副失望的表情。

说实话，男人对那些不能成为做爱对象的女人可以非常冷酷；但是对心存做爱希望的女性却硬不起心来，总是十分温和。我对凉子已经失去了做爱的念头，而且即使我要求，她也不会答应。在我决定不再对凉子心存幻想的时刻起，我一下子又变回了态度坚定的男人。

"听好了，今后在这件事上，我不允许你再说冰见子医生的坏话。你只要在她手下工作一天，就不应该对她说三道四。"

不知是否被我的气势压倒，凉子开始沉默起来。这样一来，我的气焰更加高涨。

"现在即使我们不明白，但冰见子医生有她自己的想法，她这样做是不会错的。"

我在大放厥词的同时，心中突然出现一种不安。

"这件事情，你不会对别人也提起过吧？"

"别人？"

"医院以外的人，比如说对你哪个朋友……"

"我从没说过啊。"

凉子坚决地摇头否定。

"这样最好，总之，这件事就作为我们之间的秘密好了。"

"我知道了。"

看着乖乖点头称是的凉子，我对凉子刚刚绝望的感情又有点儿死灰复燃，我的语气缓和了一些：

"我觉得你也真是左右为难……"

"但是，你不也一样吗？"

此话不知是讽刺，还是同病相怜的共鸣。不管怎么说，凉子确实多少也在反省自己。

"以后找机会，我也再问一下冰见子医生。"

我刚想结束谈话，凉子问：

"哎，冰见子医生的母亲现在做什么呢？"

"什么意思？"

"她母亲还健在吧，还是和她父亲一样已经去世了？"

"这个，还……"

说实话，有关冰见子医生母亲的事情我几乎一无所知。

但是，我没听说过她母亲已经过世，所以现在应该还健在吧。至于她母亲住在哪里、怎样生活，具体情况我也不清楚。

"不是和冰见子医生住在一起吧？"

"应该不会。"

冰见子医生位于松涛的公寓，因为给她送资料我去过一次，并没有和母亲住在一起的痕迹，而且至今为止，我也没有从她嘴里听到过类似的话题。

"但是，母亲一个人，女儿一个人。一般不是经常见面，或者住在一起吗？"

听凉子这样一说，我的确也觉得有道理。但是不知是什么原因，在冰见子医生的身上完全看不到她母亲的影子。

"在医院里，也没见过她母亲吧？"

看到我点头，凉子自语道："是吗？"

"也许冰见子医生和她母亲之间关系不好。"

"为什么？"

"因为从没听到过关于她母亲的一言半语。一般的母女，两个人会一起去旅行啦，女儿也常会母亲长母亲短的。"

"这件事和眼下的事情有什么关系？"

"因为金子太太也是母女关系处得不好，所以冰见子医生才不让做母亲的回家。"

"那么，村松先生又是怎么一回事？"

在这件事上，凉子好像也找不出什么恰如其分的理由。

"即使冰见子医生和她母亲关系不好，也没有道理把毫无关系的金子太太硬留在医院呀。"

"听你一说，我也觉得如此。"

我们试着进行了各种各样的推测，结果还是和当初一样，陷入了一个绕不出去的迷宫。

从和凉子见面的第二天起，我决定再仔细地向冰见子医生打听一下金子太太的事情。可事实上一到医院，每天都因照顾患者的工作忙得昏天黑地，总是找不到适当的机会。

当然，金子太太本来就是冰见子医生直接治疗的患者，加上负责护士是我，可以向她打听一下："让这个患者现在出院，是否还为时过早？"但是半个月前，我试探过一次，却被她一句"不行"给否定了。

经过反复的考虑，我算准了冰见子医生的查房时间，以家人来电询问为借口问道："金子太太什么时候可以出院啊？"

刹那间冰见子医生望了我一眼，反问我："你想让她出院回家，是吗？"

"不，我……"

慌忙之间我的语气含糊起来，冰见子医生只说了一句"请按我的指示去做"，就来到了下一个患者的面前。

这样一来，我根本没机会问"为什么让患者服这么多的药"。即便问了，她马上会回我一句："你想对我的做法指手画脚吗？"没准儿当时就被她炒了鱿鱼。

总之，在眼前这种情况下，只能按冰见子医生的要求让患者继续服药，除了静静地守候，别无他法。

我改变了自己的想法，第二天是去赤坂冰见子诊所的日子。

和往常一样，冰见子医生下午才来，来了以后一直忙于诊治患者。下午五点刚过，挂号处的电话响个不停。

由于无人接听，我到挂号处看了一下，没见通口小姐的身影，也许是去洗手间了，于是我拿起电话，听筒另一边传来了稍稍嘶哑的女性的嗓音：

"北风君？"

被对方突然一叫，搞得我说不出话来。

"我是美奈呀，你听出来了吧。冰见子医生还在看病吗？"

"嗯，是啊。"

"那么，请你转告她一下，今天晚上六点半我没问题。对了，待会儿我要和冰见子医生约会，你不一起来吗？"

"不，我……"我连忙拒绝。

"那好，麻烦你转告冰见子医生一下。"说完美奈就挂了电话。

冰见子医生和患者美奈约会，让我感到意外，或者说不可思议。

这两个人虽然认识，但一个是医生，另一个是患者。听刚才的电话，好像是约好一起吃饭，这在医患之间十分少见。如果是询问病情，患者来医院就行了，况且之后还能拿药。

由此看来，冰见子医生和美奈已经超越了一般的医患关系，难道她们之间有什么特殊关系吗？

美奈虽说在一流企业工作过，现在却在涩谷、六本木一带拦街拉客，也就是说是个妓女。这是美奈自己讲的，冰见子医生也清楚。

这样一个妓女和冰见子医生为什么会……

我一边疑惑不解，一边向门诊室走去，冰见子医生正好刚给一个中年男人诊断完，患者向她行了一礼正要从房间走出去。

我告诉目送患者离去的冰见子医生："刚才桐谷美奈小姐来了电话，说今天晚上六点半没问题。"

冰见子医生没有朝我这边看，只点头说了句"哦"，然后说"叫下一位吧"。

我通知了通口小姐，回到了办公室，重新思考起美奈的事情。

至今为止美奈来过诊所几次，一般隔一个月左右，她好像想起来了，就出现在诊所。特别是上一次，她在街上拉的客人是一个性虐待狂，从她的后背到臀部遍布着被鞭子抽打的血淋淋的伤痕，她找冰见子医生为她疗伤。

之后，冰见子医生突然约我去吃饭，接着去了同志酒吧，在涩谷的俱乐部狂舞以后，又去了附近的情人旅馆。在那里，冰见子医生好奇地打量着四周，同时喃喃自语："美奈来的就是这种地方啊。"

冰见子医生那天去情人旅馆，与其说是为了和我欢娱，不如说是想了解情人旅馆内部的样子。进一步讲，冰见子医生其实是想了解美奈的生活吧。

然而，这位叫美奈的女性的确非常与众不同。

美奈和我差不多大小，却叫我北风君，甚至对我说："欢迎你来玩，我给你算便宜点。"似乎把我当成了小傻瓜。

美奈来冰见子诊所就诊是从一年以前开始的，主诉症状是失眠和情绪不安，被诊断为"精神压力障碍"，她是从什么时候开始和冰见子医生亲近起来的呢？听刚才那个电话的语气，好像很早以前就开始不时和冰见子医生见面，冰见子医生为什么会和这种女人交往呢？

美奈的病情虽说轻，但也是一种精神病，而且还是个妓女，这些事情冰见子医生比其他人更为清楚。美奈对冰见子医生抱有好感，才会向她邀宠，但是冰见子医生和美奈交往，又有什么好处呢？

不管怎么说，精神科的女医生和妓女在一起，实在是一种奇妙的组合，她们俩一起吃饭的时候，会聊些什么话题呢？

我想起刚才美奈在电话中"你不一起来吗？"的邀请。

如果我真说"我去"，并能到那里和她们俩一起吃饭，不就可以听到她们之间的谈话了吗？现在我忽然发现拒绝了美奈的邀请有点儿可惜，可是冰见子医生不邀请我说"一起去吧"，我仍然去不了。我思绪万千地回到了门诊室，冰见子医生正在病历上频频地写着什么。

她面前的这位女患者，正在诉说失眠、盗汗、心悸、头痛等症状，她患有严重的抑郁症，最近又产生了自杀的想法，所以这段日子隔四五天就来一回。她被诊断为"更年期障碍"，今天也是冰见子医生都开完了药，她还在那儿喋喋不休地诉苦。冰见子医生看见了我，马上把病历递了过来。

"下次，你给这位患者进行一次心理治疗，时间你们自己商量一下吧。"

冰见子医生说完，好像治疗已经结束似的站了起来。

患者随之也站了起来，因为她一直看着我。

"那么我们定一下下次的时间吧。"我说。她惶恐地点了点头。

等我和患者商定好下一次治疗的日期和时间、重新回到办公室时，冰见子医生已经从更衣室走了出来。

将近下午六点，快到医院关门的时间了，冰见子医生现在回去也无可厚非。"我先走了。"她出门时对我抬了下手。

平时我总是回答："您辛苦了。"今天我从美奈那儿知道了她的去处。"您走好。"我改口说。她笑着点了点头。

我暗自期盼她也许会约我一起去吃饭，但她却毫无此意，她穿着一条黑色的连衣裙，随着斜斜的裙摆悠悠晃动，冰见子医生走了出去。她的背影还是那么窈窕，纤细的腰肢下，臀部的曲线却出人意料地丰满，我再一次为在情人旅馆让她金蝉脱壳一事感到后悔。

冰见子医生为什么至今还独身一人？为何选来选去，竟会选中美奈这个妓女约会？

冰见子医生的身影消失之后，我问旁边的通口小姐：

"冰见子医生为什么不结婚呢？"

她没有回答我的问题，反问我："你喜欢冰见子医生吗？"

那还用问，我不由分说点点头。

"那你就试试向她求婚啊。"她接着说。

"开什么玩笑。"

我这种人即使开口求婚，冰见子医生也不会认真考虑的。

"反而说不定会成功呢。"

"这样说未免对冰见子医生有些失礼吧。"

"像她那种人，普通人求婚也许根本行不通。要不就是极为出色的男人，要不就是你这种仆人型的……"

"喂喂，少说这种没礼貌的话。"

"对不起，但是冰见子医生内心深处说不定有什么苦恼，或者创伤什么的。"

"创伤？"

她双手一直松松地抱着手臂。

"她年轻的时候，不知因何事开始不再相信男人，或者变得讨厌男人，从此以后开始躲避男人……"

"有这种事？"

"我不十分清楚，但这种事会一直影响此后的人生，是吧？"

年幼时期由于某种事件开始不信任男人，还有受到精神性外伤的女性，此后的人生会受到各种各样后遗症的困扰。在精神科的领域里，把这些称为"心理外伤后的精神压力障碍"（PTSD），现在好像有多种治疗方法。

其实桐谷美奈就是在十岁的时候，遭到附近男孩儿的关押及强奸，因此形成了精神上的外伤。根据病历记载，此后她从放荡不羁的男女关系，发展到站街卖淫都是出于这个原因。

与此相同，如果冰见子医生在幼年时期也受过什么精神上的外伤，她性格上的异常，或者某种言行令人难以理解也就不足为奇了。

"但是，像冰见子医生那种出身良好的大小姐……"

"这与出身毫无关系。"

如果真是这样，以前的伤害会给现在的她留下什么阴影，我也搞不清楚。

"具体来说，是怎么回事呢？"

"因为根本不相信男人这种东西，所以不可能结婚，因为讨厌男人，所以开始喜欢女性……"

"那，是同性恋？"

"当然了，我觉得这种事也有可能。"

突然，我的脑海里浮现出冰见子医生和美奈约会之后，来到涩谷的情人旅馆在床上互相拥抱的情景。

"怎么会……"

冰见子医生怎么可能和那种女人搞同性恋。那样一来，她不就和一个向许多男人出卖肉体的妓女肌肤相亲了吗？

"绝不可能有这种事，她怎么会和桐谷美奈这种……"

"我也没有说冰见子医生同性恋的对象就是美奈呀。只是觉得这种事也有可能罢了……"

我越想越不明白，而且知道的事情越多，就越搞不懂冰见子医生的真相，我的脑海只剩下一片混乱。

"不管怎么说，不会有这种荒唐的事情。"

我在对通口小姐说的同时，也在提醒自己。

无法治疗

从七月到八月这段盛夏的季节里，我和平常一样往返于花冢总院和冰见子诊所之间，继续着自己的工作。

这段时间里，如果说有什么特别可提的，就是八月盂兰盆节休假时，我回了一趟静冈的老家，母亲提醒我差不多到结婚的年龄了，建议我去相亲。

说实话我也有点儿动心，但是考虑以后，我还是回答说"我离结婚还早着呢"，拒绝了母亲的好意。虽说我已经三十一岁了，但还想继续眼前的独身生活，况且冰见子医生还没结婚，我怎么能先于她结婚呢？其中当然还有一层深意，就是那天虽然她最后不辞而别，但是和她一起去情人旅馆的事情，却一直萦绕在我脑海中久久不能忘却，既然她和我一起去了那种地方，我还想继续努力下去。

另一方面，说到医院的变化，还是关于村松先生和金子太太的事情。村松先生至今还在西楼病房，几乎处于卧床不起的状态，好像一直让他服用精神安定剂和抗抑郁药等。七月底他太太曾经询问过，他住院到底需要住到什么时候。

听凉子说，村松太太觉得一直待在家里，情绪低落，所以很想外出工作，由于弄不清丈夫村松的病情，很难作出决定，所以才有此一问。

凉子马上去问了冰见子医生，得到的却是"今年之内没有可能"的回答。凉子不肯罢休："不是已经可以出院了吗？""你是不是想对医生指手画脚？"冰见子医生教训了她一句。

"那个医生，神经完全不正常。"

凉子语气中的怒火比以前更旺，我其实也不是没有同感。

说到这儿，我想起了自己负责的金子太太，她丈夫也曾来打听："因为我想离婚，希望能够征求本人意见，我太太现在究竟是一种什么状态？""患者本人还在住院，意识也不太清醒，所以没有能力进行这种对话。"冰见子医生的回答极为简单。

但是说句实话，金子太太意识朦胧是由于服药造成的，不减轻药量，还把她说成是重病号，这种做法根本不对。

我和凉子都觉得不能接受冰见子医生的做法，而且异常程度仿佛和夏天的酷暑一般，愈演愈烈。

另外，还有一件事也非常出乎我的意料，就是五月初我进行第一次心理治疗时，那个十七岁的叫片山夏美的女孩儿，八月底也住进了医院。

以前进行心理治疗的时候，我了解到夏美因为讨厌母亲，动不动就对母亲进行反抗，还有啃指甲、扎耳洞等自残癖，服装也非常艳俗。但是通过和她直接交谈，我发现她并不是个坏孩子。只是年龄刚好处于反抗期，加上对有外遇的母亲产生的厌恶感，使她出现了一时性的异常言行。

我只给夏美做过一回心理治疗，从那以后她就没再在诊所出现过，我还以为她已经好了。没想到夏美后来怀了孕，八月底做完流产手术之后，由于和男友分手等原因，服用了大量的安眠药想要自杀。幸亏抢救及时，没出什么大事，由于她有在精神科治疗过的记录，所以就被送到了这里。

刚好我那天调休，第二天到了医院，才发现她住在我负责的病房，我吓了一跳，夏美本人也感到很亲切，跟我聊起天来。

因此，她知道了我不是医生，而是护士的事，由于我给她进行过心理治疗，两个人推心置腹地谈过话，所以她觉得我十分可亲。

"我再也不做那种蠢事了。"

夏美非常后悔，说起话来也有条不紊。我一看病历，发现给她开的神经安定剂和镇静剂药性很强。刚住院时还说得过去，现在她的病情已经稳定了，用得着吃这么厉害的药吗？

我带着疑问打听："还要多久，夏美就可以出院了？""还是再住一段时间医院为好。"冰见子医生答。

"但是……"

夏美原本就是个聪明的女孩儿，而且想去上学，可能的话，我想让她尽早出院。

"不能让她边上学边来医院治疗吗？"我接着问。

冰见子医生冷淡地说，"那个女孩子，就是让她回家也没用。"

"可是，她好像很想回家……"

"那么，你把她领回你家去。"

这种不着边际的话，冰见子医生有时张口就来。

我把夏美领回家去的话，算怎么回事。我眼下住的地方只有一间八张榻榻米大小的房间，外加厨房和浴室，也就是一室一厅，这么狭小的空间，我怎么能和夏美住在一起？还有，和这么年轻可爱的女孩子住在一起，我本人当然是再欢迎不过，但是夏美肯定不会愿意。而且夏美才上高二，如果和这么年轻的女孩住在一起，别人很可能会误会我诱骗少女，这些方面不知道冰见子医生是怎么想的。

她当然是在开玩笑，但是这种事情也可以张口乱说，我觉得不知何处她还是有些奇怪。而且这也不是现在才开始的，更让我放心不下的是，她最近特别固执己见，根本不理我们的意见。

冰见子医生为什么变得如此顽固？不论是村松先生、金子太太，还是这次的夏美，她对他们进行的治疗常人都无法想象，而且当我们针对这些治疗提出疑问时，她非但不予说明，相反面露不快。这种独断专行的治疗最近特别明显，看来她的头脑也许真的有些异常。想到这里，我赶紧摇头进行否定。

"怎么可能，不会有这种事的。"

精神科的医生如果疯了，到底该由谁来治疗精神病患者呢？精神上出现异常的人，怎么治得好精神异常的患者呢？

我拼命说服自己，但还是不能打消"也许"这种想法。

因为整天都在和精神病患者打交道，我们有时也会忽然产生一种错觉，仿佛自己精神上也出了毛病。虽然认为自己很正常，其实在不知不觉中已被数量占绝对优势的患者同化，陷入了精神异常者的群体，这样就会变得分不清异常和正常的界限。这种错觉或者是幻想，体现着少数服从多数的原理，也可以称之为"近朱者赤，近墨者黑"。

冰见子医生现在是否也走进了由这些精神病患者建造的迷宫当中去了呢？

"不可能，冰见子医生不会犯这种愚蠢的错误。"

我在坚决否定的同时，却总也不能摆脱从心底里逐渐涌出且不断加深的不安。

不管冰见子医生如何，我们首先应该做好自己的本职工作。还有即使冰见子医生有些异常，除了村松先生和金子太太，她对绝大多数患者的治疗都十分得当。从医院的整体情况来看，可以说并不存在什么问题。

而且冰见子医生一直很器重我，现在仍让我担任着冰见子诊所的个人心理治疗。我不知道她是否知道我有些疑问，但她绝对非常信赖我。

对这样一位医生，就算我多多少少有些疑问，但也绝不会背叛她。

九月中旬我去冰见子诊所的时候，她也对我说"那个病人现在才来，你好好儿听一下她的情况"，继续让我进行个人心理治疗。

患者名叫川口贵子，年龄四十八岁。两个月以前，因更年期障碍引发了抑郁症，已经来此治疗过几次。当时她举出了失眠、盗汗、心悸、头痛等症状，并说自己为严重的忧郁症所苦，有时会忽然想要去死。所以冰见子医生跟她约好了下次的治疗时间。

但那之后，她因为身体情况恶化的原因，在约好的时间没来就诊，说是忙于去其他医院的内科和妇科看病。天气凉快以后，川口太太也有了些精神，所以又想来诊所继续治疗。

她一直脸色发暗，下巴很尖，大概是妇科的荷尔蒙治疗等有了一定的疗效，她近来稍微丰满了一点儿，眼神也平和了一些。

只是一旦开始讲话，她就开始不断诉苦，说活得空虚，动不动就说，"像我这样的人，死了的话更好"，所以冰见子医生建议她继续接受心理治疗。

至今为止我已经对近十个患者进行了个人心理治疗，而且也有了一定的自信，但是我的患者几乎都是十多岁到二十多岁的年轻人，像这样四十多岁的女性还是第一次。

面对这样一位年长且患有更年期障碍的女性，听完她的烦恼以后，我能否成功地为她排忧解难？心理咨询师的工作当然以倾听对方倾诉为主，必要时加以指点。似乎察觉了我的不安，冰见子医生宽慰我："不要紧，你很适合中年的女性患者。"

这话是什么意思？我觉得无法接受，冰见子医生却轻轻地眨了眨眼睛，对我摆摆手，好像在说"去吧"。

冰见子医生乍看上去，容易被看成是充满睿智、思维敏锐的人，其实她本质上十分开朗，喜欢诙谐。现在也是一样，看到我为难的样子，她好像觉得很好玩似的。

我确实不太擅长应付年长的女性，反过来说，这样也许才更有干头。我边想边朝心理治疗室走去，患者已经用半卧半躺的姿势等在床上了。

和往常一样，我坐在了旁边的扶手椅上，开口道："请放轻松一些，您有什么心事，不用客气，请随便谈谈吧。"

患者穿着一条白色的连衣裙，外罩一件淡蓝色的开身薄毛衣，她微微闭上眼睛，开始时还有些客气，不久就像决了堤的洪水一样，滔滔不绝地说了起来。

她唠叨的主要内容是，她一直围着在公司工作的丈夫屁股后面转，全心全意照顾整个家庭，专心抚养子女。自从半年前女儿结婚离开娘家以后，她突然觉得自己至今所做的一切毫无意义，所以失去了生活下去的气力。

"不知怎的，一切都空虚得不得了……"

我觉得她说得有点儿夸张，但是就本人而言，千辛万苦养大的女儿出嫁后的那种寂寞，再加上儿子上大学后也离开了家，至此她用心经营的温馨家庭，一下子就土崩瓦解了，所以陷入了一种深深的空虚之中。

在更年期心理障碍中，这种失落感常常成为导火索，使很多人陷入到严重的忧郁状态之中。

我记起自己在书上看过，要想让患者克服这种虚无感，应该指导患者把更年期当作人生第二个开花结果的时期来接受，并以此为新的起点。所以我鼓励川口太太："从现在起，可以说人生真正意义上的收获期已经来临，你应该不顾一切地追求人生快乐，这才是你最佳的选择。"她再三地端详着我，然后说：

"医生，能把你的手给我看看吗？"

她突然想起了什么？我徐徐地伸出了右手，川口太太好像看手相一样仔细地看了一会儿，最后竟把我的手慢慢贴在了她自己的胸上。

连衣裙的领口开得很大，沿着领口我可以瞄见她雪白丰满的胸部。

在心理治疗的过程中，这种举止合适吗？我虽然有些不安，但是川口太太这样一直闭着双眼握住我的手，我又不方便把手抽回来。在我感到不知所措的时候，她终于缓缓地把我的手放了回来，好像一觉醒来似的，目光平和地低语：

"谢谢……"

我不知道如何回答是好，便沉默不语。川口太太又问：

"医生，你今年多大了？"

"三十一岁……"

"你如此年轻，却这么善解人意，我家的那些孩子，根本不听我说话。"

听她唠叨是我眼下的工作，我回家的话，也同样不听母亲讲话，川口太太在这方面好像会错意了，她继续凝望着我：

"我还想接受您的心理治疗，下个星期来可以吗？"

"好啊，星期二或是星期四……"

我没有理由拒绝，只好点头称是，川口太太又围绕已婚女人的一生最为无聊等，喋喋不休起来。

我继续扮演聆听的角色，可是她的话却没有尽头，在谈话进行到五十分钟的时候，我打住她的话头，"下次再谈吧"，说着结束了治疗。

"那么，我星期二再来。"

目送川口太太离开以后，我来到了门诊室，只见冰见子医生独自对着桌子。她好像在填写和治疗费用有关的资料。"怎么样？"她抬起头来问。

"她对我谈了很多事。"

我说起我的手被川口太太握住一事，冰见子医生轻轻笑道："看来你还是蛮受欢迎的……"

"但是，我……"

"如果你和她约会，她一定非常高兴。"

不知道冰见子医生这句话里有多少认真的成分，她若开玩笑，我也不甘服输地回嘴：

"真可以和患者约会吗？"

"可以哟。"

她回答得也太痛快了，我感到自己顿时变成了一只泄了气的皮球。仔细想一下，她和那个叫美奈的患者一起吃饭，如果我和忠有更年期障碍的女性约会，也就不足为奇了。

"你想跟她约会吗？"

"不……"被她当即这么一问，我的语调有些含糊不清。

"这种类型的女性，能与北风君这样的青年约会，说不定就能痊愈。下一次，你不真试试看？"

"等一下，您说什么呀。"

对一心想逃避的我，冰见子医生解释说：

"川口太太的女儿嫁人虽说是个原因，但真正的问题在于中年夫妻之间的关系十分冷淡。丈夫没有把我当女人看，这样下去我什么美好的回忆都没有就了此一生，这种焦虑才是川口太太发病的根本所在。如果能和北风君这样的年轻男孩约会，她就会重新焕发青春，心态也自然好转。"

这不就是让我做被丈夫冷遇女性的护花使者吗？

"真正意义上的治疗，不仅指在医院打针吃药等，还要根据患者的需要，给予他们心灵上的满足。所以和寂寞的女性约会，如果她提出抱紧她，你就紧紧拥搂住她，说实话就是做爱也……"

一旦想起一个话题，冰见子医生就会在脑海里将这个话题无限地扩展开来。

"和妇科进行的荷尔蒙治疗相比，有一个出色的恋人，治疗忧郁症的效果也许更好。"

我也是这么想的，但是让我现在就扮演恋人的角色，我可受不了。

"那个患者下星期还来，再给她进行一次心理治疗以后，我想她会平静下来。"

"到时你们俩出去一个小时左右，一起去喝喝茶也不错嘛。也就是进行约会治疗，值得试一试。"

听冰见子医生这样一说，那她和美奈在外面见面，可能也是一种约会治疗吧。见面时不管谈什么内容，只要能让美奈把内心深处的想法说出来，大概就有益于她的治疗。

"但是，我……"

说得明白一些，我现在最希望的不是和那位夫人约会，而是和冰见子医生约会。如果能再和她一起喝酒，向她表达我的感情，我该多么高兴啊。

说实话，五年来我一直对冰见子医生充满了憧憬和爱慕，上次偶然和她一起去情人旅馆，她衣冠不整的睡姿，点燃了我心中的欲火，从此不能平息下去。

最近一段时间里，我怎么着都想和冰见子医生单独相处一次，以便向她诉说我心中的无限爱恋。

但是，这种事又不能轻易开口。我受雇于人，所以觉得自己说出口来非常失礼，因此一度断了此念，今天没准儿是唯一的机会。因为门诊室里只有我和冰见子医生两个人，而且她刚谈到约会治疗的话题，我趁机提出和她约会，也许不会显得十分唐突。

"那个，我可以插一句吗？"

冰见子医生转过头来，一副询问发生了什么的表情，我一口气说了下去：

"可能的话，您可以赏光再和我一起吃个饭吗？"

"和你？"

"每次都是您请客，您能让我请您吃一顿饭吗？"

听到这儿，冰见子医生露出了微笑。

"哪儿用你付钱呀。别说这些了，什么时候好？"

"什么时候都可以，只要您有时间，我什么时候都有空儿。"

冰见子医生翻开放在桌子一旁的记事本。

"那就下星期二一起吃饭吧，地方由我来定。"

"真的吗？"

我控制住自己欢欣无比的表情，深深地低头致谢。

"太棒了，下星期二我要和冰见子医生单独约会。"一天里我不断在心中重复着这句话，从冰见子诊所回到了家。

第二天，我从早上起来开始，包括去花家总院的路上，甚至在查房的时候，我都是笑容满面地在心中一直叨念同一句话。

护士长和同事们看见我满脸挂笑的样子，心里也会明白吧。不，和他们相比，我更希望凉子能注意到我的表情。

只要她问我："怎么啦，遇到什么好事了？"我就假装有点儿不愿意似的告诉她。

"下星期我要跟冰见子医生约会。"我说完以后，不知道凉子脸上会有什么表情。

我脑子里转着各种念头，沉浸在幸福当中，关于即将到来的约会，我仔细考虑着自己的作战方案。

首先，吃饭的地方冰见子医生说由她来定，我就不用操心了，问题在于吃饭以后。找一家情调不错的酒吧，当冰见子医生微微有些醉意的时候，我准备邀她去上次的涩谷那家情人旅馆。但是如果太突然，她容易一下子拒绝，还是先去那家跳舞俱乐部，让她在那儿尽情地狂舞之后，对她说："您累了吧，去不去休息一会儿？"借机把她带到情人旅馆。

当然在这之前，先要告诉冰见子医生我是如何地喜欢她。不行，如果吃饭的时候提起此事，显得太没有情调了。也许在俱乐部时告白时机最佳。在异常喧嚣的噪音中，只有脸挨着脸才能交谈，这样就可以像恋人一样接近她。

无论如何，我绝不能重蹈上次的覆辙，一旦有了机会不能胆怯，甚至可以考虑霸王硬上弓的方法。不用顾虑因此被炒了鱿鱼等等，只要如实地把我热切的思念转达给冰见子医生，她一定也能明白我的心。

在这之后，如果能和冰见子医生燕好，极度激动的我说不定会当场晕倒。就是做爱困难，至少也要和她接吻。

当然到了约会当天，早上醒来就要认真地泡澡，连头发也要洗得干干净净。服装挑选我所有衣服中最贵的那件驼色外衣，里面是竖条本色白的衬衫，内裤是一个月前买的印花短裤。虽说颜色有点儿艳，可这才是决定我今生今世一大胜负的内裤。

自从和冰见子医生定好了约会时间，我就像等着去春游的孩子一样，每过一天就在日历上划掉一日，翘首以待这一天的到来。

我左盼右盼，总算盼到了星期二。我穿上事先选好的内裤和西装，去冰见子诊所上班。

上午和往常一样，前来就诊的患者向我咨询病情及服药的一些问题，然后预约冰见子医生下一次的治疗时间。因为我是护士，自然不会直接诊治病人或发放新药，主要围绕着眼前的治疗进行说明。

在这段时间里，诊所里只有我和挂号处的通口小姐，眼见着没有了患者，通口小姐问：

"今天有什么好事吗？"

看来我是喜形于色了。"没有……"我不由得含糊答道。"是和冰见子医生约会吧？"她一语击中要害，我只好点了点头。

"是吗？祝你过得愉快。"

通口小姐还是以往那种讽刺的口吻，却没有什么恶意。

"是你和冰见子医生两个人吗？"接着她又问了一句，我假装没听见。

这天下午，冰见子医生和往常一样出现在诊所，她对我和通口小姐招呼了一句"早上好"，就换上白大褂开始为预约的患者看病，没有什么特别的不同。当然，我知道她不会忘记约会，可总有点儿不安。

这样到了下午四点，上星期预约的那位叫川口的患有更年期障碍的女患者来了，我向心理治疗室走去。

她穿着一件小花的连衣裙，肩上披着一块淡粉色的围巾，比起上次来，年轻得让人有些不敢相信。

"身体怎么样？"我问。"托您的福，好多了。"川口太太快活地答道，并从床旁边取出一个纸袋。

"这是一件衬衣，我觉得您穿一定很合适。"

"不不，这样的礼物……"

"没问题，您穿一下试试吧，我可是花了半天的工夫才找到的。"

我不知道收下这种礼物是否合适，如果是送给护士中心的那还说得过去，送给个人的礼物就有些让人为难了。

患者特意送我礼物，也是她的一片心意，如果我无缘无故地加以拒绝，也许非常失礼。我转念一想，就收下衬衣放在手边，调整了一下情绪，开始心理治疗。

也许因为是第二次，川口太太自己主动说了起来，而且内容也比上次达观多了。

上次她还三番五次地诉说不知道为什么而活，继续活下去非常空虚等等，这次她却提起她决定不再以家庭和丈夫为自己的生活目标，要以自己为中心，为了使自己生活得幸福快乐，要改变现在的生活方式。

"在百货公司，我为您挑选礼物的时候，心里特别高兴。"

我觉得她的转变好像有点儿过头，但是本人因此恢复了健康的话，也不是一件坏事。

"喂，医生，下次我们两个一起吃饭好吗？"

"这样不……"我慌忙嘟囔说。

"可以吧？请你考虑一下。"她毫不在意地强调说。

在准备和冰见子医生约会的日子里，竟有人对我说起这种事，我觉得实在富有讽刺意味。川口太太接着又谈起了关于她的朋友有了外遇的话题。

我究竟是在进行心理治疗，还是单纯在陪人聊天，我自己也搞不清了，但是川口太太的确变得比以前开朗多了。她眼前这种状态，与其称为更年期障碍引起的忧郁症，不如称为狂躁症更为恰当。

不管怎么说，上次心理治疗确实起到了作用，我想起冰见子医生说过，"你很受中年妇女欢迎"，这话一点儿也不错。

我心中升起一种想要炫耀又不尽相同的感觉，这次治疗也是五十分钟结束的。

"下周我还同一时间来，可以吗？"

说实话，我觉得川口太太没有继续治疗的必要了，但是现在就拒绝的话，又显得对快要痊愈的患者有些不负责任。

"再做一次，然后结束这个疗程吧。"

说完，我希望川口太太赶快离开，我满怀企盼地看了一下表，已经快五点了。

冰见子医生不会忘掉今天的约会吧？我开始有些不安，便探头探脑向门诊室望去，正好冰见子医生那边的治疗也刚结束，她对我招了一下手。

不知什么事情，我走向前去，冰见子医生递给我一张纸条。我慌忙打开一看，上面写着"我先出去，六点半请到这儿来"，接着就是饭店的名字和电话号码。

不错，冰见子医生并没有忘记我们今天的约会，我心中的一块石头落了地。"明白了。"我说，冰见子医生没事儿人似的向更衣室走去。

不到二十分钟，冰见子医生神态自若地对我和通口小姐招呼了一句"那我先走了"，就走了出去。

冰见子医生身着黑色衬衫和米色套装，胸前淡蓝色的丝巾我第一次见，没准儿是为了和我约会特地戴的，我任凭自己的想象随意翱翔。

"你不一起去，不要紧吗？"通口小姐问。

"不要紧，一会儿我们就在一起了。"我抑制住想要如此回答的冲动，只冲她笑了一笑。"怪人……"她丢下一句后就走了出去。

幸好今天已经没有患者了，我到厕所把乱蓬蓬的头发整理好，一到六点就离开了诊所。

青山一带我没怎么去过，但是那家餐厅就在青山大道稍微往里拐一点儿的一座大楼的二层，所以我马上就找到了。和我猜的一样，是一家意大利餐厅，座位之间的竹帘好像屏风一样把彼此的空间隔离开来，给人一种安全隐秘的感觉。

我向周围巡视了一圈，冰见子医生好像还没来，我被带到餐厅中间的位子坐下，等了大概十分钟，冰见子医生出现了。

"抱歉。"

就这一句话，一下子就把我带进了飘飘然的约会气氛当中，冰见子医生迅速看着餐厅侍者拿来的菜单。

"北风君喜欢些什么？"

"没什么特别的，我和您要一样的东西……"

冰见子医生点点头，大概点了披萨饼和意大利面条，还要了羊肉，具体内容我没听清。接着她又选了一瓶红酒，当酒倒进玻璃杯后，我们轻轻地干了一下杯。

"谢谢您。"说完，我又接了一句，"我心里特别高兴。"

这是我心情的真实写照，但是冰见子医生却不知为什么小声地笑了起来。

"现在已经不是工作时间了，所以你用不着这么紧张哦。"

总算如愿以偿，能够再次和冰见子医生见面约会，但是说实话，该聊些什么我自己也不太清楚。

　　如果是医院或患者的事情，在医院说就可以了，除此以外，我又一下子找不到什么话题。当然，最近看过的电影、电视及体育等，似乎有很多内容可聊，但是冰见子医生和我之间，无论是个人爱好还是鉴赏水平都相距甚远，所以很难聊到一块儿。

　　冰见子医生能去俱乐部那种地方跳舞，想来她也不会去思考特别深奥的问题，但是一下子涉及性方面的话题，我又觉得有失检点。

　　不管怎么说，最先上的披萨饼特别好吃。"味道好极了。"我夸赞。"这么薄的披萨饼很少见吧。"她边说边用刀子把比萨饼切开。光是欣赏她那优雅的动作，我就觉得无比幸福。

　　"您经常光临这家餐厅吗？"

　　"嗯，有时吧。"

　　不愧是冰见子医生挑选的餐厅，环境优雅，侍者服务周到，播放的好像是意大利歌曲，我虽然听不懂，也能感到乐曲潺潺流进我的心里。

　　但是，餐厅里的人是怎样看待我和冰见子医生之间的关系呢？冰见子医生他们当然都认识，问题是我，他们知道我是在同一家医院工作的护士吗？他们会把我当作冰见子医生的男朋友看吗？或者把我当成一个年轻的情人，也说不定只是把我当作一个跟班儿。

　　正当我理不清思绪的时候，冰见子医生问：

　　"今天那个进行心理治疗的患者，怎么样了？"

我点头表示不错，告诉她那个患者这回健康开朗多了，接着向她请教，我是否能够收下患者送我的衬衣这种礼物。

"当然可以啦，对她来说挑选礼物也是一种治疗。"

冰见子医生竟有这种想法，我感到十分佩服。

"精神科虽然规定，不能对患者产生好感或厌恶感，绝对不能对患者抱有个人情感，但我个人则不这样认为。"

说到这儿，冰见子医生用叉子把意大利面卷了起来。

"人都是人，所以在某种程度掺杂一些个人感情，也是没有办法的事啊。不能什么都是照本宣科，有人情味的治疗才更自然。"

我突然想起了村松先生和金子太太的事情，心中产生了一种复杂的情绪。

对这两个人，还有新住院的夏美，冰见子医生或许也是在个人感情的支配下进行治疗的。我忽然变得不安起来，试着问："您对美奈小姐，也是这样的吗？"

"应该是这么一回事。"冰见子医生点头肯定。

冰见子医生和美奈一起吃饭，的确已经超出了一个医生的职责范围，应该说是一种私人接触。

"这也是一种治疗吗……"

"对，说治疗也可以称之为治疗。因为那个女孩子非常寂寞。"

"她是个害怕寂寞的人吗？"

"她是做妓女的，当然是了。"

事情是这样的吗？我陷入沉思。

"但是，那个女孩很难治，她的人格已经完全崩溃了。"

"崩溃了？"

"她属于病态的精神分裂性气质，非常不容易……"

德国有一位著名的精神病医学家克雷奇默曾经说过，人的性格特征，可以分为分裂气质、躁郁气质、粘着气质三种。

其中分裂气质的人，表面上不擅长社交、十分安静且非常认真，同时具有感情细腻、神经质的特点。但是有时却毫无理由地变得对周围极不关心、冷淡无情，甚至性格走向极端的分裂。与此相比，躁郁气质的人，富有社交性，感情深厚，性格也十分开朗，有时会出现意志十分消沉的情况。粘着气质的人体格健壮，坚韧不拔，对什么事情都非常执着，缺少灵活性。

但是，这是一种非常古老的分类，现在进行的性格分析更为复杂一些，首先把分裂气质很强、呈现病态的人，另外称为精神分裂病症，据说容易变成精神综合失调症。另外，认为循环气质的人，容易患上躁郁症。

如果美奈患的是精神分裂症，那她会变成什么样子？

"在病历上只写着精神压力障碍……"

"如果写上精神分裂症的话，会被别人误解。其实不仅是她一个人，那些被人们认为有些异常的人，说不定多数都有精神分裂症。"

冰见子医生喝着红酒，脸上带着柔和的微笑。

有些异常的人，指的是谁呢？冰见子医生虽然面带微笑，但是说不定她是在指自己呢。

开什么玩笑，冰见子医生不是这种性格。我这样提醒自己，同时又想起感情细腻，非常神经质，有时会毫无理由地变得对周围极不关心、冷淡无情等特征，这些也不是没有和冰见子医生重叠在一起的地方。

"但是……"

在和冰见子医生约会这种千载难逢的日子，聊些医院和疾病的话题，未免有些可惜。

为了调整自己的情绪，我喝了一大口红酒，没承想被呛得一下子咳嗽起来。

"唉呀呀，红酒是要慢慢品的，一边欣赏酒香，一边饮酒。"

听冰见子医生这样一说，我一边捂着自己的胸口，一边低头道歉，"对不起"，总算喘过气来。

"我现在特别希望喝得一醉方休。"

从昨天晚上起，我考虑的作战方案就是开始时尽量多喝，然后借着酒劲儿向冰见子医生表达自己的爱慕。这个方案进行得好像有点儿过头，结果呛到了自己。我下定决心问：

"您喜欢唱歌吗？"

"说不上讨厌，怎么了？"

"如果您愿意的话，吃完饭我们去卡拉 OK 好吗？"

这也是我左思右想制定出来的行动计划，如果去卡拉 OK 包房，那么就能进入二人世界，还可以并排坐在一起。虽然我唱歌不很拿手，但可以抛砖引玉地先唱上一两首，冰见子医生说不定就会变得十分放松，唱起歌来。接下来能够进行男女对唱的话，是最好不过的了，我可以乘胜追击直接邀请她去情人旅馆。

这很可能只是我自己的如意算盘，但也是目前我能设计出来的最好的情节了。

冰见子医生就去卡拉OK一事，没有给我明确的回答，而是用刀子切着烤羊这道主菜，然后静静地把肉送到口里。

能被这么一位貌若天仙的美女品尝，这只羊也太幸福了。我一边希望自己能变成那只羊，一边再次问道：

"怎么样？卡拉OK里有碰不到任何人的包房。"

听到这儿，冰见子医生放下刀叉，轻轻地端起酒杯说：

"你这个人呀，真奇怪。"

"奇怪？"

"说实话，是奇怪。"

冰见子医生是否已经看穿了我的阴谋。

我想这下可坏了，但她能跟我一起去的话，是否说明我多少有些希望呢？

正当我琢磨不定的时候，甜品被送上来了，接着是咖啡。

在这期间，冰见子医生问了些我个人生活上的事，我告诉她我住在一间八张榻榻米大小、带厨房的房间，里面只有一张两用的沙发床、一张小桌子和一组壁柜。桌子上摆上电视和电脑就已经挤得满满当当的了……

冰见子医生不时地点一下头，当我告诉她我房间的墙壁上挂着她的照片的时候，"你真傻。"她苦笑着说。

"你不会找一个更漂亮的女演员的照片挂上吗？"

"不，比起那些女演员来，您漂亮得多。"

借着红葡萄酒的酒劲儿，我开门见山地说。冰见子医生好像想要结束这种对话，望着收银台说："差不多了，我们走吧。"

是我惹她不高兴了吗？我变得不安起来，冰见子医生早把浅蓝色的头巾系在胸前，站了起来。

如果就这样离开餐厅，我特意策划的卡拉 OK 之行也就完蛋了。从冰见子医生付完账出了餐厅，走楼梯下到大楼一层为止，我一直随从般跟在她的后面。来到外面大路上以后，我又一次试着问道：

"那个，您能跟我一起去唱卡拉 OK 吗？这次我来请客。"

"在什么地方？"

"很多地方都有，离这儿最近的在涩谷……"

冰见子医生望着车水马龙的青山大道，仿佛考虑了一会儿。

"那我们去一会儿吧。"

"太谢谢您了。"

我掩饰着自己高兴得想要跳起来的情绪，深深地鞠了个躬，接着奔到大道上截了一辆出租车。

"请到涩谷的东急大道。"我对停下来的出租司机说。

让冰见子医生先上以后，我也跟着上了车。

在关好车门车子启动的一刹那，我实实在在地感到，离实现自己梦想的那一时刻，总算又向前迈进了一步。

东急大道的卡拉 OK 包房，我三天前就已经预先去探查过一番。

在那里有两个人专用的包间，沙发也挺漂亮，房间的情调也不错。

晚上的涩谷非常拥挤，我们十分钟左右到了设有卡拉OK包房的那座大楼。在入口的接待处，我告诉对方两个人，拿到麦克风和账单以后，朝指定的五层的包间走去。

冰见子医生还是第一次来卡拉OK包房吧，她跟在我后面，进了房间以后非常好奇似的东张西望。

"北风君，你经常来这种地方吗？"

"不，我极少来。但是，我觉得您可能没怎么来过，所以想让您来参观一下……"

接着我问一直站在那里四处打量的冰见子医生：

"您喝点儿什么饮料？"

"来点儿果汁一类的东西吧。"

这样一来，她就根本不可能喝醉了。我要了兑水的双份威士忌，用内线电话下了单。

"这儿设计得非常方便合理。"

"您来这种地方，还是第一次吧？"

"当然啦。"

"那您在卡拉OK唱过歌没有？"

"没有。"

冰见子医生的回答无精打采。

总算在包房里进入了二人世界，但接下去该如何是好呢？首先的问题是让冰见子医生坐下来。

"那个，您愿意的话，休息一下吧……"

我最先坐到了 L 型沙发的最里边，冰见子医生查看了一下座位，然后慢慢地坐了下来。

"这里相当狭窄呵。"

从座位上向上仰望，的确只有一条细长的空间，难免会给人一种狭窄的感觉。

"从外头往里看，差不多也能看个大概……"

冰见子医生的目光转向用玻璃做的一整扇门，只有中间部分画着一些草木，上下的部分都是透明的，所以想要窥探的话，肯定都能看得一清二楚。

"年轻人是来这种地方的呀。"

冰见子医生发表感慨的时候，服务生端着果汁和兑水的威士忌进来，并把东西放在了小桌上。

"请慢用。"

服务生说着飞快地瞥了冰见子医生一眼，走了出去。

这时，终于实现了真正意义上的二人世界。服务生走后我喘了口气，但是下面该如何进行才好呢？冰见子医生的确就在我的身边，就在我伸手就能够到的位置，可是我总不能一下子就扑上去吧。

不管怎么说，我抓起桌子上的兑水威士忌先喝了一口。冰见子医生问：

"你不唱一曲什么吗？"

"不，我没有什么特别……"

与其唱歌，不如和冰见子医生亲近，但是我也不能这样露骨地表达我的心声。

"您唱一曲怎么样？"

"不用管我。你唱吧。"

听她这样一说，我不唱也不行了。我翻着厚厚的歌本，决定第一首歌就唱它了，我把松田圣子的《甜蜜的回忆》输入以后，站了起来。

随着画面上出现的歌词，我刚一起唱"令人怀念的疼痛"，竟然就唱不出声了，可能是过于紧张的缘故，我慌忙又喝了一口兑水的威士忌。

说实话，我唱得并不怎么样，按照凉子的说法，"你选的歌虽然过时，但是那种尽心尽力去唱的精神还是值得赞赏的"。但是从第二首歌开始，我找回了一些乐感，唱完之后，冰见子医生鼓起掌来。

"不错，不错，表情非常生动。"这番话是在表扬我，还是在讽刺我？正当我扭头的时候，画面上出现了"八十分"的分数。

"真棒啊，但是评分标准不高。"冰见子医生说完后又问，"下一首唱什么？"我选择了 X JAPAN① 的《FOREVER LOVE》。

这次我稍稍习惯了一些，正当我充满感情唱了起来的时候，冰见子医生一边偷笑，一边鼓掌。

我唱的歌动不动听暂且不管，冰见子医生似乎听得非常开心。这也使我很兴奋，乘胜要求道：

---

① 日本著名的重金属乐队。

"请您也来唱一首吧。"

"不，我想听你唱歌。"

听她这样一说，我也无计可施。我唱起了事先准备好的一首《红色的摇摆舞》。

这时我觉得醉意涌了上来，开始时还能跟上节奏，中途唱到"你说你不喜欢接吻，其实是言不由衷"的时候，我指向冰见子医生，并闭上一只眼睛，她掩嘴窃笑起来。

看来我最初的计划，把冰见子医生带到卡拉OK包房逗她开心这一招，进行得非常成功。

我继续喝着后来点的威士忌，差不多是我唱自己最拿手的、歌手桑田圭佑的《心爱的艾丽》的时候了。

这首歌刚一开始，我就充满感情地唱道："我曾经使你哭泣，曾经冷遇过你……"

冰见子医生从中间开始用一副强忍笑意的表情看着画面，我不顾一切地沉浸在歌词的世界里。"更加笑起来，亲爱的，英俊潇洒的我在你眼里……"我摇头摆手地纵情歌唱。

接着是最后两句："艾丽，我亲爱的，你如此甜蜜……"第一遍我是按照歌词唱的，但是到了第二遍，我毅然改唱："医生，我亲爱的……"到了第三遍的时候，我下定决心不管发生什么我都不在乎了，便把歌词改为："冰见子，我亲爱的，冰见子……"一口气仿佛绝唱一样。

在这中间，冰见子医生一直在小声偷笑，到了最后终于忍不住弯下身子，捂着肚子大笑起来。

看起来我充满热情的演唱有了回报，我的得分高达"九十"，我拿着麦克风，双手举高，做出万岁的姿态。

拭了一把脸上的汗水，我坐回沙发，冰见子医生双手鼓掌道："真棒啊，你唱得很不错。"接着又称赞说，"不管怎么说，你唱得真有意思。"

如此快活的冰见子医生我还是头一回看到，她的话语令我的情绪更加高涨，我又喝了一口兑水的威士忌，为她叫了一杯口味偏甜的鸡尾酒，请求说："请您唱一首吧。"

"不行，我五音不全。"

这种事绝不可能。冰见子医生从小就学习钢琴和芭蕾，所以不可能不会唱歌。

"您是不喜欢在这种地方唱吧？"

"不是这样的，只是这里没有我能唱的歌呀。"

"不论什么，我会尽力去找，您想唱什么呢？"

"那就唱《枯叶》吧。"

我觉得好像是一首法国歌曲，就拼命在外国歌曲栏目中寻找，总算找到了。

"您唱这首可以吗？"

"可以是可以……"

冰见子医生好像还想推辞，这时音乐的旋律流荡开来，她霍地站起身来，频频眨了几次眼睛，唱了起来：

"这是我们唱的小曲……"

我一点儿也听不懂，她好像是用法语在唱。

说实话，我虽然不明白歌词的意思，但是歌曲的旋律却好像在哪儿听过，正如歌名《枯叶》一样，曲调中包含着些许的悲秋和虚无缥缈的感觉。

这就是那首名为《枯叶》的歌曲啊。冰见子医生右手拿着麦克风，左手微微扬起，凝望着空中的某个地方唱着。

"这是小曲……"

冰见子医生歌声清亮而充满穿透力，音量之大和她的身体极不相符，使人思秋的情绪愈发浓重起来。

如果换在平时，我会拍手叫"好"，由于此时她的身姿过于动人，我只有呆呆傻傻地望着她了。

说句心里话，这么优美的歌声就我一个人在这种地方享受实在太可惜了。

这时冰见子医生已经唱完了法语，又用日语唱了起来。

"时光流逝，静静飘落的秋叶，和我的梦想重叠在一起，一个人活下去的悲伤……"

不知怎的，冰见子医生好像在诉说自己的心事一样。

"暮色渐浓的秋日，金色枯叶洒落一地，燃烧的爱情转瞬即逝，秋叶般落下……"

正当我思索恋爱是否如秋叶一般的时候，歌声继续。

"那天被你相拥在怀时的誓言，转瞬间变成了泡影，如同褪色的落叶……"

冰见子医生将歌曲的最后一段重复唱了三遍以后，轻轻地向画面行了一礼，两只手握在一起缓缓地坐回了沙发。电视屏幕上一下子出现了"九十二分"的高分。

"太棒了……"

分数在画面上逐渐消失，我还是第一次听到如此甜美、感情丰沛、沁人心脾的歌声。

"您就是成为歌星，也不会有人吃惊的。"

"哪儿有这种事……我五音不全。"

冰见子医生一边苦笑，一边喝起了果汁。

"您唱得这么优美，还说什么五音不全……"

如果冰见子医生五音不全的话，那我是什么呀？即使开玩笑，也该有个分寸啊。

"医院的工作人员，只有我听过您的歌声吧？"

"大概……"

"太好了，我最喜欢您……"

我说完之后，才察觉到自己脱口说出了"最喜欢您"这句话，慌忙捂住了嘴。

即使我是为冰见子医生让我听到她的歌声一事，脱口说出这句话，我还是被自己的大胆震惊。然而她却好像什么都没发生一样，坐在沙发上微笑。

这就表明，冰见子医生听这种话听得太多，以至于听麻木了吧。

总之，我发现自己兴奋过头了，于是道歉说"对不起"，为了掩饰羞怯，我喝了一口兑水的威士忌，向卡拉 OK 的画面望去。

刚刚听过冰见子医生的歌曲，再也没有我抛头露面的机会了。

"您喜欢法国歌曲，是吗？"

"也谈不上，只是这儿的歌我不适应。"

"因为这儿过于随便的歌太多了。"

"与其这样说，不如说这些歌词特别无聊。"

的确，和《枯叶》的歌词相比，现在的流行歌曲只是把听上去好听的词语排列在一起，没有什么内容。

"已经够了。"

冰见子医生轻轻地摆了摆手，向门口望去。

她想回去了吗？我突然变得不安起来，又喝了一口酒。

如果她现在就回去，我至此为止的努力不就都成了泡影了吗？虽说两个人同处一个卡拉 OK 包房，但是不要说接吻，就连手都没握上一下。此时无论如何也要留住冰见子医生，然后邀她去情人旅馆，今天最大的误算就是冰见子医生一点儿都没醉。对着如此清醒的冰见子医生说"一起去旅馆好吗"，说不定她会大怒而归。

有没有什么更好的方法呢？而且还得抓紧时间。我飞快地动着脑筋，却想不出适当的词语，我受不了了，一下子伏倒在沙发上，把脸埋在沙发上说：

"冰见子医生，我有一个请求，和我，您和我一起再去一次……"说心里话，我都不明白自己在说些什么，只是一口气说了下去，"请

209

和我去旅馆吧，就是以前那家情人旅馆……"

"……"

正如我预料的一样，冰见子医生什么也没回答，我鼓足最后的勇气喊道：

"我，我喜欢您！"

我终于坦白了自己对她的所有感情，这时我有一种血液不断从全身流出的虚脱感，我继续伏在沙发上，这时我感到肩膀处手指轻轻的碰触，我听见了冰见子医生的声音：

"北风君，别这样啊。"

别这样是指我伏倒在沙发上的样子吗？这样想着我慢慢地抬起头来，冰见子医生的面孔就在我的眼前。

"我知道了……"

知道什么了？我飞蛾扑火一样试探：

"那个……您真的和我一起去旅馆吗？"

"行啊。"

由于答应得过于爽快，我不禁"嗯？"了一声，再一次确认道："真的可以吗？"冰见子医生缓缓地点了点头。

"就去以前那家情人旅馆，这样可以了吧？"

让我一直忐忑不安的事情，就这么轻而易举地达到了目的，我真没想到冰见子医生会如此简单地答应了我的请求。我遭遇狐仙般地想入非非，冰见子医生把歌本放回桌上，拿起了围巾。

"谢谢您。"

向一起去情人旅馆的女性致谢，我自己也觉得有些奇怪，不知冰见子医生是否已经下定决心，她"腾"地站了起来。

我也拿着麦克和账单随她出了卡拉OK包房。

在走廊尽头坐上狭小的电梯，在通往一层柜台的途中，由于过于欢喜，我不由得乐歪了脸，冰见子医生却若无其事地直视着正前方。

电梯门总算开了，我说了一句："请稍等一下。"在柜台结完账以后出了大楼，冰见子医生正在那儿等我。

"在这边儿。"

从卡拉OK所在的大楼到前边的情人旅馆，我已经事先探好路了。

我想挽住冰见子医生的手臂，又没这份勇气，就附和着冰见子医生的脚步并肩走在一起。

这一切是否有些过于顺利了。我心中仍然残存着一抹不安，同时又极想向周围的行人大声宣布：

"我怎么样？我要和如此美貌的医生一起去情人旅馆喽。"

在情人旅馆的入口处，闪烁着和以前一样的黄、红两色的霓虹灯，周围过往着年轻的男女。

刹那间我胆怯起来，然而此时犹豫不决的话，就会错过大好良机。往前冲，我命令自己走进了和白色围墙连着的大门，冰见子医生也跟了进来。

我们刚一站到门口，门就自动开了，同时传来了"欢迎光临"的声音，门也随之关上。我心中的一块石头总算落了地，走向前台看着镶嵌在墙壁上的房间的彩色照片。

"要这间好吗？"

我寻找着上次那间401号房间，可惜已经有人了，所以我拔下了稍远一点儿的406号房间的钥匙。当我向大厅走去时，冰见子医生正要从挎包中拿钱。

"别这样，让我来付。"

上次的房钱的确是由冰见子医生付的，这次是我请她来的。再让她付房费的话，就太丢男人面子了。

我急忙向窗口递过一万日元，立刻找回来两千日元，同时传来了一句："请尽情享受美好时光。"

这时刚过晚上十点，已经变成了过夜的费用，我觉得有点儿贵，又不能表现出来，我们坐电梯来到四层，打开了406号的房门。

房间的布置和上回的几乎一样，墙壁是浅米色的，只是壁柜从左边换到了右边，再往前走就是卧室。

冰见子医生也许因为是第二次来，没有显出什么惊讶的样子，只是站在房子中间。

"我有点儿醉了。"

我本想借机紧紧搂住冰见子医生，但转念一想，这种事急不得，就问她："您想喝点什么吗？"

"不，我不用了。"

冰见子医生说完向卧室望了一眼，然后坐到了沙发上，我也并排坐了下去。"太高兴了。"这句话我刚要说出口，冰见子医生一下子站了起来。

"我先去冲个澡。"

我边点头边向后望去，还真有一个窗户，上面挂着花边窗帘。和以前的房间一样，我可以从这儿窥视浴室里的动静。

我的心情一下子变得激动起来，冰见子医生立刻有所察觉，她叮嘱我："不许打开窗帘。"接着单手拿起挎包，身影从走廊消失在浴室当中。

于是我竖起耳朵倾听，浴室里传来了淋浴的声音，隐约可以感到窗帘那头有人影的晃动。

现在我一打开窗帘，就能看到冰见子医生的裸体。一想到这儿，我就感到全身一阵燥热，但是我严守自己的诺言，只能靠听觉感受她冲澡的声音。

不管怎样，已经到了这一步，也没有什么可着急的了。上次是我在浴室的时候，冰见子医生来了个金蝉脱壳。今晚相反，冰见子医生先去了浴室，所以她这次不会再逃掉了。

然而，冰见子医生还真就随我来了。开始时我还觉得就是一起去卡拉OK包房也是件难事，没想到她简简单单就答应了，现在还跟我一起来了情人旅馆。还有，令我意外的是，她并没有怎么显出犹豫或迟疑的表情。

这样看来，冰见子医生也还是喜欢我的吧。可直到刚才，她始终是一副淡淡的样子，从这点看，我又觉得她与其说喜欢我，不如说可能是对我穷追不舍的追求感到无法拒绝，才顺从了我。

无论怎样，我现在和冰见子医生同在一家情人旅馆，却是一个不可否认的事实。等一会儿冰见子医生从浴室回来，我一定会冲上去紧紧地抱住她不松手。

这个时刻一分一秒地迫近。只要想到这点，我就会由于喜悦和紧张变得有些窒息。

冰见子医生又在做什么呢？我一边被打开窗帘偷看的想法诱惑，一边竖起耳朵细听，刚才听到的淋浴声已经消失了。

冰见子医生已经从浴室里出来了吗？还是她正在穿内衣，她不会就这样不辞而别吧？我心中突然升起一种不祥的预感，慌忙打开门冲到走廊，这时我眼前站着的正是身穿粉色浴袍的冰见子医生。

"怎么了？"

被她这样一问，我只好语无伦次地回答："没什么……那个……"

"这件浴袍是旅馆的，很奇怪吗？"

"不，非常合适。"

我慌忙答道。冰见子医生把头发从后面轻轻地盘了上去，身体周围飘散着一种刚刚洗过澡的清香。

"你也去冲个澡为好。"

被冰见子医生这样一说，我听话地说："好。"

冰见子医生已经洗过澡了，我去冲澡也是理所当然的，这是男女上床之前的一种礼仪。在这一点上我没有什么想法，只是我一想到一个人去浴室，上次被冰见子医生中途溜掉的那种窝囊感觉又回来了。

"那个，我去一下浴室，您等我一下。"

由于担心，我叮咛了一句，冰见子医生笑出声来，"不要紧，你慢慢儿洗吧。"

冰见子医生似乎也想起了上回的事情，虽然她说"不要紧"，但我还是放心不下。

无论如何，这次我要快去快回，我脱了衣服，马上推开了浴室的门。

没错，冰见子医生刚刚在这儿冲过澡，浴室的瓷砖地板还有喷头上都还残留着那时的水迹。一想到这些水，曾在冰见子医生美丽的肌肤上流淌，我就感到它们好像宝石一样光彩夺目。

但是，我也不能一直对这些水珠恋恋不舍。我先要淋浴。

因为早上泡了澡，已经洗得十分干净，所以现在我没有什么特别要洗的。只是刚才喝得有点儿醉了，冲个澡刚好可以醒酒。

我由肩到背，由胸到背地冲着水，当水冲到双腿之间的时候，我忽然想起要检查一下自己的那个地方。虽说还没达到极限，却也已经相当坚硬，朝左右摇晃了两下，龟头碰到两边大腿上发出噼啪、噼啪的响声。

这就不要紧了，我给自己的东西鼓劲，可还是担心冰见子医生那边的情况，就从浴室反向房间窥探。

挂着的窗帘加上房间里非常昏暗，所以我看不清楚，但是沙发上没发现冰见子医生的身影。

她不会又回去了吧？刚才她还身着浴袍，不可能脱了浴袍回去吧？

但我心中还是充满了不安，急忙出了浴室擦干身体，穿上了浴室门口准备的和冰见子医生那件相配的深蓝浴袍，向房间走去。

"冰见子医生……"

我忍住没有喊出声来，巡视了一下四周，还是看不见冰见子医生的身影，正在我脑子里一片空白、以为她又溜掉了的时候，屋子尽里头传出了一声"在这边儿呢"。

一点儿不错，是冰见子医生的声音，而且是从卧室里传出来的。

我按捺不住心中的喜悦和释然，蹑手蹑脚地走进了卧室，在昏暗的灯光下，只见冰见子医生正在床上休息。

"她在，她在等我。"

我一边心中自语，一边接近大床，冰见子医生把被子拉到了下巴附近，一副仰面朝天闭目养神的姿势。

我被她静静的睡姿吸引，走了过去，在暗淡的光线中，看着她白净挺拔的鼻梁，我的体内突然涌起一股难以克制的欲望，我一口气压了上去。

"冰见子医生……"

我自己已经分不明东南西北，脑子里只想着怎样把嘴唇压到她的唇上。

冰见子医生把脸避开，躲过了我的突然袭击，我继续纠缠着，她突然一副认命的样子，停止了躲闪，刹那间我的嘴紧紧地覆在了冰见子医生的唇上。

如假包换，我正在和冰见子医生接吻。我的双唇的的确确压在了她那滑润柔软的嘴唇上。一想到这儿，我不由得心怦怦乱跳，头脑开始发热，呼吸也困难起来。

这是和我爱慕已久的冰见子医生接吻呀。我自己虽然身临其境，却有一种如同在梦中般无依无靠的感觉，这时我在心里发出呐喊：

"高兴，太高兴了……"

就这样仿佛过了三十秒钟。不，实际上也许只有十秒。当我想更加用力吻她的时候，冰见子医生一下子把脸错开，离开了我的嘴唇。

我慌忙想要继续索求，冰见子医生推开了我的脸，低语道：

"就到这儿吧。"

是我强人所难了吗？我好像有一种自己被人嫌弃的感觉，身体慢慢地缩了回来。"对不起。"我道歉说。

因为冰见子医生一直一言不发，我只好垂头丧气地待在床边，这时昏暗中传出了冰见子医生平静的声音：

"好好儿地睡到被子里来。"

"可以吗？……"

我好像一只食物被暂时收起来的狗一样，总算得到了主人的允许。我哆嗦了一下抬起头来，慢腾腾地爬上了床。

现在我和冰见子医生一起躺在床上。这虽是板上钉钉的事实，但我还是难以置信。世界上真有如此美事？我一个人可以独占这种幸福吗？前面是不是有什么陷阱在等着我？我心怀不安地试探：

"那个，我可以摸摸您吗？"

过了一会儿，冰见子医生答：

"可以啊。"

既然得到她正式许可，我也不用再客气了。我这样提醒自己的同时，慢慢儿转过身体，轻轻地抱住了冰见子医生。

"好柔软啊……"

这是我抱住冰见子医生之后的最初印象。

冰见子医生看起来苗条纤瘦，可能是她骨架子小的原因，实际上她身上很丰满。

这么柔软、充满女人味的身体，被我的两臂抱了个满怀，她光滑黑亮的头发微微地触到了我的鼻尖。

我把脸又贴近了一些，对着头发下面那只秀美小巧的耳朵诉说：

"冰见子医生，我喜欢您，我太喜欢您了。"

我一下子搂紧了她，冰见子医生说：

"你别抱得太紧了。"

我可能做什么都过分用力。由于过于欢喜，不想让冰见子医生再次溜掉，结果不论是接吻还是拥抱，都用力过大，过于激烈。

我稍微减轻了一些手臂上的力量，接着轻声说：

"那个……"

我想脱去冰见子医生的浴袍，可次次都去征得她的同意，也许有点儿可笑。

我缓缓地将身体往后挪，在胸前留出一个空间，把手伸进去解她浴袍的带子。我尽量放慢动作，当我用双手解开带子露她的胸部时，她的两只乳房一下子从衣服里蹦了出来。

真了不起，我终于看到了冰见子医生的乳房。

我以为冰见子医生会训斥我，但是她什么也没说，因此我的信心大增，我凝视着她的乳房，乳峰虽说没那么大，却高翘挺秀。

我凝视了一会儿，我的手好像被吸过去一样，轻轻地触摸了一下她的乳头，接着就一下子把脸贴到了她两个乳房之间。

目睹了如此美丽的胴体，我怎么可能无动于衷。就是说我粗暴也没办法，因为让我忍耐克制本身就是一个错误。我一边提醒自己，一边用双腮在她温暖的乳房之间来回磨蹭，这时从头上传来了冰见子医生的声音：

"你是不是想快点做爱？"

冰见子医生一眼就看穿了我的欲望。我当然想跟她共赴巫山。想和她做爱，想得我几近疯狂。

一起去吃饭，一起去卡拉 OK，然后来到情人旅馆，这一切都是因为想要跟她做爱，我咬牙坚持到现在，只有这一个目的。

只是"你想做爱吧"这句话从冰见子医生口中说出，我听到后却感到有点儿害怕，或者说胆怯。听她这样说，我当然很高兴，但是她一下就揭穿了我的企图，我也有些困惑。

受她问话的感染，我慢慢儿把脸从她柔软的胸部移开，冰见子医生还是仰面朝天闭着眼睛躺在那里。

我想起来了，从一开始冰见子医生就完全没有半点儿神志迷乱的样子。从走进旅馆到踏进房间，自己若无其事地去冲澡，一个人先上床休息，到说"来这边儿吧"，还有当我由于兴奋用劲抱紧她时，她责备我"不要用这么大的力"。

由此看来，冰见子医生不愧是长我几岁的女性，或者由于医生这个职业，她总是一副处变不惊的样子，态度一直是淡淡的，没有半点儿慌张的地方。

再有就是至今为止冰见子医生一直被众多男人追求、爱慕。具体情况我虽然不是很清楚，大学附属医院里的医生们就不用说了，听说包括大学教授，甚至非常有名的企业家都曾经追求过她，说不定她的性经验因此十分丰富。

尤其是她的指导教授，他们在一段时间里确实有过关系，听说那个教授现在还对她穷追不舍。

这么多的男人和冰见子医生之间，究竟有过何种关系，又是如何进行性爱生活的呢？当然这些人既有地位又有钱，女性经验也非常丰富，所以肯定能使冰见子医生得到充分的满足。

但是，我必须超过他们。我的确既没地位也没钱，性经验也少得可怜，但是我拥有青春。在这一点上我不会输给任何人。冰见子医生也一个劲儿夸我年轻，所以我绝对不能输给他们。

"我一定，绝对努力。"

我激励自己，脱去了浴袍和内裤。

因为已经得到了冰见子医生的默许，所以也用不着踌躇。我边想边往两腿中间望去，令人难以置信的是，我最关键的部位却缩成小小的一团。

世界上真会出现这种不可思议的事情。

直到刚才，我的那个地方还生龙活虎，精神抖擞。至少在淋浴的时候，还是那样坚硬雄壮。

然后我终于吻到了冰见子医生的双唇，并结结实实地把她拥入怀中，当我把脸贴在她双乳中间的时候，我那个地方却萎缩下去，变得毫无用处。

　　不对，到那时为止，它还保持着相当的硬度和刚劲。问题可能出在那之后，当我开始回想冰见子医生以前的男女关系的时候。

　　当我把脸掩埋在冰见子医生丰满的双乳之间，我想象着和她有过关系的各种男人。不管什么样的男人和冰见子医生发生过关系，我一定要超过他们，比他们更威猛有力。因为我比他们年轻，所以绝对不能输给他们。

　　当我这样激励自己的时候，我的那个地方却开始萎缩、变小。

　　这究竟是怎么一回事，我也不太明白。我这种争强好胜的情绪可能变成敌人，成了一种负担。不管那些人如何有钱有地位，女性经验如何丰富，拥有取悦女性的技巧，都不能战胜我的年轻。我绝对比过去的任何男人都要做得出色。我在这样想的同时，其实也对他们的阴影产生了怯意，感到了不安，心里悄悄地出现了也许会输给他们的担心。就是这一瞬间的软弱，夺去了我那个地方的威武和强壮，使它变得畏缩而没出息。

　　可是，这个家伙太过于认真了吧。好不容易从冰见子医生口中说出"来吧"二字，它却一副垂头丧气、毕恭毕敬的样子，怎么搞的？！

　　"喂，打起精神来。"

　　我一只手攥紧自己的家伙，悄悄儿地摩擦起来。

　　现在正是机会，那个地方如果不能坚挺，还有什么价值。快点儿站起来，加油！我在心中喊道，可是事与愿违，我越着急，那个地方就变得越小。

"畜生……"

我咂了一下嘴，更加激烈地揉搓起来，冰见子医生问：

"怎么啦？"

"没什么，那个……"

说实话，我现在真想哭，但是这种事情我怎么可能对她张口。

"请等一下。"

让我觉得尴尬的是，此时我和冰见子医生在床上相对而卧，上身近得几乎肩都挨在一起，但是小腹以下却分开一段距离，我的右手紧紧握住两腿之间的家伙。

一半靠近、一半分开，这种姿势相当奇怪，我想冲刺，可最重要的部位却不能勃起，没办法我只好尽量不让她发现，拼命刺激那个地方以求恢复，一副痛苦奋争的姿态。

眼前我两腿中间的部位小而无用，就是嘴烂了我也绝不愿意说出口来。

"快，快点儿……"

我边命令另一个自己，边拼命摩擦，但是不知道怎么了，那里却没有半点儿勃起的意思。渐渐地冰见子医生似乎也发现了我的举动异常。

"北风君，"从昏暗的灯光中传来了冰见子医生的声音，"不用这么为难。"

冰见子医生难道发现了吗？发现了我那个家伙不起作用，还是我手忙脚乱刺激那里的时候，她才察觉的？我陷入深深的羞辱之中，屏住呼吸，什么也说不出来，冰见子医生又说：

"你不用着急。"

看来根本不是什么怀疑，冰见子医生已经知道了我的现状，正因为知道了，才对我这么说的。

"那个……"

就在刚才，我那个地方还非常精神抖擞，十分刚硬，且一直保持着应有的大小。我很想解释一下，可是即使说了刚才的情况，对现在这种没出息的状态也于事无补。

就像做坏事的孩子被发现后一样，我缩成一团，尽量使自己体积变小。冰见子医生又说：

"你休息一会儿吧。"

"嗯……"

我不由分说抬起了头。休息一会儿，意思是说冰见子医生也一直这样陪着我吧。对于关键部位突然萎缩这样一个没用的我，她还肯和我一起在床上吗？

"真的吗？"

从冰见子医生一言不发、却没有起身的情况来看，她确实会留在我的身边。

"对不起。"

我不由在床上低头致歉。

现在除了耐心等待以外，别无良策。就这样我和冰见子医生偎依在一起，我全身感受着她的温暖，慢慢儿地我的心态变得平和起来，逐渐得到了解放。

最令我高兴的是冰见子医生叫我"不用着急"，并对我说"休息一会儿吧"。

她在告诉我这种时候不能过分着急，只要休息一下就会恢复。

不愧为比我年长的女医生，或许该说是非常了解男人、经验丰富的女性。

冰见子医生为什么如此温柔体贴？她和我一起来到情人旅馆本身就是一个令人难以置信的奇迹，还和我一起上了床，默默地接受了在关键时刻不能勃起的我。

搞不好我是在做梦吧。

不管怎么说，事情发展到这一步，我也用不着继续装腔作势了。一切尽在冰见子医生的眼中，所以我也不用再十分难堪地东躲西藏，还是如实地告诉她为好。

"我是不是很奇怪？"

"什么奇怪？"

听她一问，我豁出一切说：

"那里变得这么小了。"

刹那间，冰见子医生轻轻摇了下头：

"这种事情，不必在意。小，不是也很好吗？"

"但是……"

"男人总觉得东西都是越大越好，其实和这些事情毫无关系。小也有小的可爱之处。"

是这么一回事吗？我还是搞不懂，但是冰见子医生的一番话，使身处地狱的我感到自己好像被菩萨或者别的神仙救了。

"那么，没有勃起……"

眼前这种状态也可以吗？我犹豫着正想发问，冰见子医生干脆地告诉我：

"这样就可以了。"

我松了一口气，做了个深呼吸，突然有一种接受冰见子医生性爱心理治疗的感觉。

说起来这种情况虽极为少见，但诊所里也有患者谈起自己的勃起障碍。这种障碍最近被称为 ED，由 Erectile（勃起）和 Dysfunction（功能紊乱）两个词的开头字母组成，其中有各种各样的情况。

首先，是出生以后没有成功进行过一次性交的一次性 ED，或者称为原发性 ED，还有就是那种有性交的可能性，但是由于各种理由不能进行性交的二次性 ED，也叫后天性 ED。一般来说，几乎所有的患者都是后天性 ED。在这些患者当中，有些人有正常的勃起能力，但是由于精神上的种种原因，不能做到完全勃起，这种情况称为机能性 ED；由于与勃起有关的神经或血管方面造成障碍，以及由于荷尔蒙分泌异常等引起的称为器质性 ED。

到精神科就诊的患者当中，有些人也患有机能性 ED，实际上，几乎所有不能勃起的男性都是这种类型。

这时我也意识到这一点，不觉大吃一惊。

这样说来，有一星半点的知识也起不了什么作用。岂止如此，正是由于这些一知半解的知识，事情才会变成这样的吧。

这时我想起了 ED 在精神科中是作为神经性障碍进行分类的。也就是说 ED 是不安障碍造成的。

如果事情如此，我又有什么不安呢？

终于实现了和冰见子医生接吻的愿望，把她紧紧地搂在怀中，正要准备冲刺的时候，我的脑海里突然出现了与冰见子医生有过关系的形形色色的男人面孔。这些人我当然没有亲眼见过，但是都是些既有地位又有钱、在男女关系上也是身经百战的老手。想到这里的时候，我想我绝不能输给他们，因此才会产生可能输给他们的不安。我在这两种想法之间不停摇摆的时候，两腿中间的家伙才迅速变小。

还有一种可能，就是我终于触摸到了爱慕已久的冰见子医生，我的男性象征就要打开她那扇神秘之门长驱直入。在想到这儿的一瞬间，由于过分激动，我的关键部位开始颤抖，由于敬畏变得缩头缩脑起来。

不管出于什么样的理由，我的那个地方突然被一种临时性的神经不安症所袭，陷入了不能勃起的状态，这一点是千真万确的。

对于这样的我，冰见子医生在言语和态度上尽量安慰我。究竟能否奏效，我自己也不十分清楚，此时冰见子医生是个大夫，我是一个患者，这么说毫不过分。

和缓而平稳的时间就这样一分一秒地过去了。

我从后面轻轻地依偎着背冲着我的冰见子医生躺在那里，右手还在抚弄着我腹下的家伙。

但是，我已经不那么焦灼不安了。

我之所以可以做到这点，是因为冰见子医生刚才对我说过"不用着急""小也很可爱"等话。她在知道我那里萎靡不振、没有出息时，还一直在床上陪我。

这究竟是爱还是只是一种治疗？不，是哪种我都不在乎。只要冰见子医生没有嘲笑我，把我当成小傻瓜，自然而然地接受和承认了我，我就已经十分高兴了。

不仅如此，她还给我打气说"这样也可以啊"，因此我才能渡过难关，没有产生羞耻或者低人一等的感觉。

我边告诉自己，边把手重新伸向两腿之间，轻轻地抚弄了一下，我的手上好像增添了一点儿重量。

最前边渐渐产生了一种蠢蠢欲动的感觉，与此同时，我感到那个地方在慢慢勃起。

"没准儿……"

没准儿已经不要紧了，这样一想，我又平添了一份安心和自信，关键的部位逐渐开始涨大。

缩小的时候一下子就变小了，恢复时或许也能一气呵成。

我怀着半信半疑的期待，加劲儿刺激我那个地方。它变得更加粗大坚硬起来，总算达到了完美的程度。

"太棒了……"

我控制着自己想要欢呼的情绪，又确认了一次，绝对没有问题了，这时我在冰见子医生肩头轻语：

"那个……"

已经大起来了，这句话我怎么也说不出口，冰见子医生依然背冲着我。这时她问：

"不要紧了吗？"

我握着两腿之间的家伙点头称是，冰见子医生慢慢儿地换成仰卧的姿势，在昏暗的光线中喃喃细语：

"那，可以啊。"

刹那间，我怀疑起自己的耳朵。

冰见子医生是说我可以和她结合了吗？当然，此刻她躺在床上，我那个地方也变得坚硬粗壮，现在正是机会。

我虽然这样想，但仍是犹豫不决。

我最为在意的是"那，可以啊"这句话的真实含义。这的确是允许我进攻的意思，但是和那种自发的要求感觉还是有些不同，令人有那种由于男人过于渴望、不得已才同意的感觉，或者说你想做就做的一种自暴自弃的感觉。

但是，不管是什么意思，能够得到爱慕已久的冰见子医生，只有眼前这个机会。如果错过了这次机会，不知何时才能再有机会。理智已经退居第二，我再也控制不了从身体内部不断涌出的那股欲望，我爬起来，从上方偷偷地窥视着冰见子医生的表情。

她还是刚才的姿势，一副事不关己的样子，合着眼睛脸朝上躺在那里。浴袍保持着我解开以后的状态，从脖颈到胸部的柔软肌肤和两个乳峰在暗淡的光线下，凸出白色的曲线。

就这样一口气压在冰见子医生身上就可以了。掀开从头到脚盖在她身上的被子，慌里慌张地从她腰上拉下她的内裤，大大地分开她的双腿，然后把我生龙活虎的东西一下子插进去。

仅仅想象这种鲁莽的画面，我两腿之间的家伙就变得更加威武，我命令着另一个自己：

"很好，往前冲。"

就在这一瞬间，我发现自己的那个东西挺立出来，却没有进行任何预防措施。

对于仙女般的冰见子医生，我能否毫无防备地做爱？在我想到这点的同时，她问：

"你不用安全套吗？"

"用。"在这千载难逢的时刻，我不由得回答。

在这种饭店，枕头旁边一定备有安全套。实际上我上床的时候，想到过这一点，曾经想找，但是找之前我的那个地方已经变得萎靡不振，也就没必要找了。现在一切准备就绪，我向枕边摸去，忽然想起在调节光线的控制台附近应该放有类似的东西。

我抬起上身把它够到手里，然后急急忙忙地套上。

"好了，这下没问题了。"

我在心里自言自语后，向冰见子医生道歉："对不起。"

"戴上了吧？"

"对……"

这么说我可以开始了吧？我像得到入学通知书的新生一样点了下头，蹑手蹑脚地掀开了盖在冰见子医生身上的被子。我以为她还会提什么要求，可她什么都没说。我平添了一份勇气，把被子一直掀到脚底，她的全身一下暴露无遗。

从雪白的胸部到挺秀的乳房，从纤细的腰肢到逐渐丰满起来的柔美曲线，一一展现在我眼前。接着我看到掩藏在深处的三角地带，以及尽情伸展的苗条的双腿。

在我心里，感觉像在瞻仰一座从云雾之中缓缓现身的婀娜多姿的山峰，望着这充满神秘的美丽景致，我不禁垂下了头。

面对如此漂亮的玉体，像我这样的俗物，真能毫无顾忌地侵入吗？

但是，事情到了这一步，我只有硬着头皮往前冲了。开弓没有回头箭。

"往前冲。"我虽然下定了决心，可还是有些犹豫。

此时我该以何种姿势和冰见子医生结合在一起呢？说实话，我只知道男上女下的正常体位，因此我必须托起她修长的下肢左右分开。

我可以做这种有失体统的事情吗？虽然头脑还在犹豫，但我的下半身已经开始行动，山崩一般一下子压到了冰见子医生身上。

接下来我也搞不清自己都做了些什么。

总之，我先是全身覆在冰见子医生身上，两臂紧紧地搂住她，在短兵相接的瞬间，我那个地方一下变得狂暴而勇猛。"别这么粗暴。"我听到了冰见子医生的叮嘱，不由得停下了动作。

无论如何，太过慌张不好。我把身体稍稍往后移了一下，然后慢慢儿地抬起冰见子医生的双腿，就在瞥见草丛深处的一刹那，我的大脑顿时变得一片空白，一个劲儿地将下身向她那里蹭去，艰难地寻找着前行的道路。

"啊……"我仿佛听见冰见子医生小声呻吟了一下，这更加激起我的欲望，我不顾一切地往她身体深处挺进。

第一次进入冰见子医生身体的真实感觉，不知是应该说"总算"还是该说"棒极了"，和冰见子医生合二为一的成就感，使我脑海里一片茫然。

"我终于进去喽。"我发出了呐喊，全身在充满疯狂的喜悦同时，我感到她里面的温暖正在一点一点地将我那个东西紧紧抓住。

在这种火热、如醉如痴的快感里，我那个东西不断膨胀，根本无法在里面安静片刻，好像被扔进热锅里的银杏一样，前后左右不停跳动，最后终于忍不住喷薄而出。

与此同时，我雪崩般瘫倒在冰见子医生上面，全身紧紧地抱住了她，我清晰地感到体内的精子一点点儿向外流淌。

我就这样一动不动地趴在她柔软的身体上，沉浸在快感之中，这时我察觉到微微的蠕动。冰见子医生低语：

"已经可以了吧？"

"是。"我打算回答，却说不出话。

射精的确已经完毕，但是可能的话，我想这样子再多待一会儿。虽说我的关键部位开始变小，但我还是希望在冰见子医生的体内多停留一下。

但是，冰见子医生的欲望已经冷却，或者说从一开始就没有燃烧起来。她慢慢儿地转动着身体的方向。

没办法我只好配合她，从她身体上下来，躺在了她的右边。

此时我一下子陷入了发泄以后的空虚当中，冰见子医生坐起身来，背冲着我说：

"我去浴室了。"

我不由惊慌失措起来。

虽说做完爱以后还压在她身上，她可能是有些烦，至少身体分开以后，我还希望能再互相依偎一会儿。

但是，冰见子医生很快就穿上浴袍一走了之。

目送着她去了浴室以后，只剩下我一个人躺在床上，我久久回味着刚才的情景。

冰见子医生确实非常出色。她的肌肤跟我想象的一样柔软，抱起来好像一团丝绸一样。她关键的部位温热湿润，远远不止这些，可惜我只享受了短暂的片刻，就控制不住一泻而出了。

简直可以说没出息。我本人并没有早泄等病，但只要一想到和爱慕已久的冰见子医生结合在一起，就觉得兴奋无比，欲望异常高涨，因此失去了自我控制的能力。

对于这样的我，冰见子医生又是怎么认为和感觉的呢？不管怎么说，我一下子抱住她，接下来翻云覆雨，就已经觉得十分满足，极为满足，满足得不得了了。

如果说我还有什么愿望的话，就是希望能和冰见子医生多待一会儿，共同享受做爱的余韵。在做爱之前，她对我是那么温柔体贴，因此我以为做爱之后，她也会躺在我怀里一段时间，互相体味对方身体的温暖。

但是，"已经可以了吧"，冰见子医生只是这样简简单单的一句话，就起身离开了我。

这也许是我的一厢情愿，可能一做完爱，冰见子医生就觉得如释重负，或者松了一口气吧。有一点是非常明确的，眼下她正在浴室里边冲澡，把和我做的痕迹冲洗得干干净净。

果真如此的话，她真是因为喜欢我才以身相许的吗？

我脑海里闪过各式各样的念头，越想越觉得糊涂，总之，我和冰见子医生发生了关系。我那个东西的的确确进到了所有男性憧憬渴望的冰见子医生的身体里面，并且得到了满足。

如果听说了这件事，医院里所有人都会大吃一惊，骚乱不已，从那一刻起，我会成为大家羡慕的对象，成为全日本最幸福的人，这一点是不会错的。

正当我任思绪随意飘扬、一个人沉浸在美梦当中的时候，冰见子医生好像从浴室出来了，从客厅里传来了她的声音。

"差不多了，我们回去吧。"

看来是我一个人做白日梦做得入了迷。冰见子医生去冲澡我是知道的，然而我以为离回去还早着呢。可是她已经穿好了衣服，一副随时都可以出门的样子。

"请等一下。"

虽说两个人之间已然云消雨闭，但是一个人留在情人旅馆里也太寂寞了。

我慌忙从床上爬起来，把用过的安全套用纸巾包好，可是又觉得扔掉非常可惜，就又把这团东西放回了枕旁，然后匆忙穿上短裤，准备向浴室走去。

转念一想，这样一来，和冰见子医生做爱的痕迹就会全部消失，所以我没去冲澡就穿上了浴袍，然后拿起了枕旁那团东西，最后还是决定把它扔掉，然后向客厅走去。

冰见子医生已经在套装上围上了围巾，手袋放在膝盖上，正在看着电视。她看的不是情人旅馆里那种常见的毛片儿，而是一般的电视节目。

我加紧穿上丢在浴室门口的衬衣裤子，稍微梳了一下头，重新回到了客厅。

"可以走了吧。"

听到冰见子医生的问话，我点头作答，但是可能的话，我还想再拥抱亲吻她一次。

于是我站到了冰见子医生面前，可当我的脸刚一靠近她，她马上就把脸挪开了。

"亲热得够多了，已经可以了吧。"

这样一来，我梦想中的那种罗曼蒂克的告别是难以实现了。我无可奈何地穿上外衣，这时冰见子医生已经走出了房间。我跟在她的后面，两个人一起进了电梯，我微微低了一下头。

"谢谢。"

我是为今晚和她度过了如此美好的时光而致谢的，但是冰见子医生却偷偷地笑了。

"你怎么了，突然……"

"那个，因为我太高兴了……"

听到我的话，冰见子医生嘟囔了一句"原来如此"，然后她望着电梯间的墙壁说："做爱就那么好吗？"

"当然。"

"即使是我这种身子……"冰见子医生话音刚落，电梯就到了一层，门开了。

"即使是我这种身子"到底是什么意思？

我回头望去，冰见子医生一副若无其事的样子出了电梯，向饭店门口走去。

只要一出了这家饭店，我就再也没有机会跟她耳鬓厮磨了。我变得不安起来，试探着问：

"您还会再见我吗？"

冰见子医生目不斜视地点头说：

"一定还会吧。"

我刚想再追问一句，冰见子医生一脸演出到此结束的表情，站到了门前，同时头顶上传来了"感谢您的光临"的声音，门开了。

从这里向外踏出一步，就是晚上的涩谷。我们俩从饭店白色墙壁环绕的大门走了出去，大家好像都在忙自己的事情，谁也没有看我们一眼。

我们沿着与来时相反的方向通过和缓的下坡，穿过文化村来到了大路上，冰见子医生说：

"那，我从这儿叫车走了。"

冰见子医生的家离这儿不远，打车的话，用不了十分钟。

"那么，再见……"

我怀着对冰见子医生今晚以身相许的感谢和希望再次约会的期待，深深地低下了头。

"晚安。"

冰见子医生为了回应我，也轻轻地点了下头，然后马上背过身来扬长而去。

我望着她的背影穿过人群，向路过的出租车招手，接着坐上了车后，长长地叹了口气。

与和冰见子医生结合的漫漫长路相比，分手却如此简单干脆。我真希望我们分手时能有一些缠绵悱恻、依依惜别的场面。冰见子医生对我真的没有半点儿留恋吗？

我拖着做爱后倦怠的身体，一边向涩谷车站走着，一边回想着临分手之际，冰见子医生说的那句话。

"即使是我这种身子"这句话究竟是什么意思？一瞬间，我感到其中有一种自暴自弃的含义。冰见子医生讨厌她如此完美的身体吗？还是她对自己的身体有自卑感呢？

我终于实现了和冰见子医生做爱的愿望，但是，我却有种她进一步消失在大雾深处的感觉。

人格异常

一件事情的发生，有时可以从根本上改变一个人的想法和看法。

九月底我和冰见子医生做爱一事正是如此。此后，我对冰见子医生的印象，当然也包括我个人的心情，都发生了天翻地覆的变化。

首先，当初我对冰见子医生的渴望，使我觉得她是一种难以得到的、高高在上的遥远的存在，自己只能从山脚下远远地仰视着她。而今我总算实现了自己的愿望，折下了这枝高不可攀的花朵。说实话，得来之易让我本人都感到吃惊和困惑。

从实际感受出发，冰见子医生的身体和我想象的一样，有着世界上没有的匀称、柔软，甚至有一种仙女的感觉。我全身心拜倒在她美丽的肌肤之下，我的那个东西深深地挺进她的身体，到达了巅峰。我就像一个溜入美丽花园的采花贼一般，把那个神秘的乐园搞得一塌糊涂，然后充分地享受着那甜美的蜜液。

和冰见子医生结合以后，我无论是走在街上，还是去医院的路上，都有一种错觉，仿佛自己走在和以前完全不同的世界。

幸好做爱的第二天，秋老虎失去了余威，一天都秋高气爽，我开着自己的车在八号环线上向北行驶，嘴里还不停地哼唱着。总有一种想向路上行人喊叫和搭话的冲动，告诉所有人"我终于和人人都向往、崇拜的冰见子医生结合在一起了"。特别是一想到昨晚的事，我就安静不下来，甚至冲着在十字路口和我并排的司机，也会送去一个灿烂的笑容。

这种激昂的情绪在到达医院之后，更加高涨起来。无论是在走廊上碰到同事或患者，甚至遇到办公室主任和医生们，也想"说实话……"如此这般地向他们炫耀昨晚的事情经过。

我这种不可抑制的兴奋，好像传染给了来往的人们，在医院员工专用的出口前面，我偶然遇到了凉子，她斜着眼睛瞄着我说："你怎么搞的，干吗一直这样傻笑？"

说实话，我真想把和冰见子医生做爱一事告诉凉子，虽然谈不上复仇，但是我想看一看当这个曾经冷遇我的女人听到"我和比你出色几十倍的冰见子医生睡觉了"这句话后，是怎样一副吃惊的表情。

不管怎么说，我整个人兴高采烈、欢欣鼓舞地来到了医院，马上就要见到冰见子医生了。

那天冰见子医生于早上九点出现在东楼病房的护士中心，和大家打过招呼之后，听完前一晚值班人员交待交接事项，又听护士长汇报今天的日程安排。

整个过程和以往一样，冰见子医生也没有什么特别的变化，要说变化只有一个地方不同，就是她穿了一个夏天的短袖制服，从今天起换成了秋天的长袖制服。

和这些琐事相比，我更在意冰见子医生的表情，最初与她目光相接的是，我和大家一起道完"早上好"、抬起头来的时候。那时为了回应大家，她环视了一遍周围，她和我的视线刹那间碰到了一起，但是她马上就若无其事地移开了目光，当时谁也没有察觉，只有我从她飞快地移开视线的动作上看出她想起了昨晚的情形。不，也许称我希望如此更为准确。

冰见子医生和护士长说了两三句话后，就开始去病房查房，这时我终于可以接近冰见子医生了。

和平时一样，我一手拿着病历，向冰见子医生汇报我负责患者的情况，并转达患者的要求和希望。她边听边不断点头，有时检查一下患者用药的种类与剂量。

在这段时间里，我期待冰见子医生在跟我说话的时候，羞得红起脸来，或者一副了然于心的表情点点头，但她却和往常一样，冷淡地听我说完话后，干脆利落地下着指示。与此相反，时不时脸红心跳的反而是我，有时听错她的指示，甚至看着她臀部的曲线，又回想起昨晚搂紧她时的感觉，头脑发起热来。

结果在查房的途中被冰见子医生提醒了一句："你没问题吧？"接着又被她纠正我写病历时的错字，简直没有半点儿称心如意的地方。

冰见子医生为什么能够做到如此沉着冷静呢？昨晚她和我一起去情人旅馆的时候，行为是那么放荡不羁，可是现在她却能沉着镇静、脸不变色地和我共同工作，真称得上是一名冷静的医生。

也许对冰见子医生来说，昨晚发生的事没有什么特别值得大惊小怪及害羞的，只是日常生活中随时发生的事情，且是一桩不会在她心中留下半点儿影子的小事。

我现在的愿望就是和冰见子医生再约会一次，重新确认一下彼此之间的爱情。

我们俩的身体的确是结合在一起了，但由于我过分紧张，即使是恭维，我当时的举动也谈不上得体。冰见子医生可能因为和我是第一次，好像也没怎么投入。如果再有机会和她上床，我肯定能沉着冷静、温柔体贴地与她做爱，说不定能使她得到满足。

岂止如此，要是做不到这一点，我作为一个男人，从此就会颜面扫地。

虽说我们已经有过一次关系，我不会像那次那样手忙脚乱了，但这样下去的话，我总有一种冰见子医生早晚会离我而去的不安。从那天以后，我在医院见到冰见子医生时，她的态度总是那么冷静，我感觉她仿佛把我们之间的事情已经忘得一干二净了。

无论如何，我希望能在近期内和冰见子医生再约会一次，可是在花家总院，我们几乎没有单独谈话的机会。周围总有患者或其他员工，即使我们有时可以单独待上几分钟，在工作环境中，也没有开口约她的可能。

我们俩能够说些私房话的地方，还是以冰见子诊所为首选，但是接下来的一个星期，诊所患者很多，所以找不到说话的机会。

这样过了一个星期，过了十天，我变得越来越焦躁不安，没办法只好对着挂在墙壁上的冰见子医生的照片手淫。

以前我只要手淫就可以满足，但是一想起刚和真正的冰见子医生接触过，她雪白的裸体和芳草深处给我的感觉就会复活，这样一来，我对她身体的渴望相反会变得愈发强烈。

冰见子医生此刻究竟在做什么呢？在我对她充满思念、无比痛苦的时候，她是一个人在看书呢，还是在静静地休息？其实我不太了解女性心理，她们有时是否会因为想起过去的男友，被热烈的思念所俘虏？

"也许……"

这时我的脑海里忽然浮现出性冷淡这个词。我一边想着怎么会，一边又觉得冰见子医生可能真是性冷淡。正是由于没有快感，所以她才总能保持那副不冷不热的样子吧。

但是，冰见子医生那样的人怎么会是性冷淡呢？她从小被父母宠爱，是在物质生活极其优越的环境下长大的大小姐。况且从青春期开始，她的年轻和倾国倾城的美貌，就吸引众多男性不断地追求她，其中被她挑选出来的那些男性，也会如获至宝般怜惜、呵护她。

这样一位女性怎么会性冷淡呢？不对，所谓性冷淡只是表面上的一种错觉，实际上根本不同。可能由于我做爱的方法不甚高明，所以她才没有快感，她也许是一位非常成熟的女性。

真是这样的话，我实在有些沮丧，但是事情果真如此吗？

比如，当我那个东西总算重现男人雄风时，她对我说"那，可以啊"；当我的局部勇猛威武起来，她却问我"你不用安全套吗"；刚一做完爱，她就匆匆离开跑去冲洗……由这些判断可知，她始终保持着一种冷静清醒的状态。

果然她没有产生快感。如果不是因为性冷淡，她怎么会这样呢？

若真是如此，冰见子医生又是怎么变成性冷淡的？书上常写，第一次性体验不成功的话，有人会因此厌恶性交，幼年、少年时期异常的性体验也会一直影响以后的生活，还有男女性生活不和谐等种种原因。冰见子医生有过类似不愉快的过去吗？

不管怎么说，若真如此，也不是冰见子医生一个人的责任。

而且我会变得更加干劲十足。假使冰见子医生没有体会过性爱的眩晕，我会用我的爱竭尽全力为她疗伤。能否成功我不知道，可那会进一步加深我对她的爱，这样我也有了努力的方向。

我想着想着逐渐兴奋起来，一边在脑海里描绘着再一次跟冰见子医生肌肤相亲的画面，一边自慰。

虽然达到了高潮，结果只留下一片空虚。

我不想在想象的世界里，我希望在现实的生活中，和冰见子医生真真实实地做爱。

"明天，就是明天，不管发生什么，我都要对她开口，试图约她出来。"

抱着这种想法，第二天我来到了花冢总院，一件意想不到的麻烦事正等着我。虽说麻烦，却不是我和冰见子医生之间的问题，是和患者之间的问题，但对我们之间的关系产生了一些微妙的影响。

引起麻烦的是，我负责的病房里那位叫金子洋子的患者。

她今年年初在家里陷入被丈夫杀害的被害妄想，便拿起菜刀砍向她的丈夫，结果被救护车送到这里直接住了院。

其后医院的治疗产生了效果，她的意识障碍已经得到恢复，我觉得她夏天就可以出院了，她丈夫那边也提出了希望她出院的要求，但冰见子医生一句"还为时过早"的诊断，她就一直住在医院里。

夏天结束的时候，她丈夫想要和她离婚，提出和妻子进行一次长谈的希望，也被冰见子医生拒绝了。

在我看来，金子太太已经恢复正常，可以让她出院了，但是冰见子医生却固执己见，还继续让她服用过量的治疗精神病的药物，现在应该说药品副作用造成的精神障碍更严重些。

就这件事，我曾向冰见子医生请教过一回，但是她一句"按我的指示去办"，就把我驳了回来。

前前后后发生了这么多事后，那天她丈夫又提出了要直接来医院拜访冰见子医生、了解他太太情况的要求。

我把这件事情告诉了冰见子医生，她随后把会面时间定在一周后的星期五，并当场修改了患者服药的内容，加上了更为厉害的安眠药。

说实话，让患者服用这么强烈的药物，在药的副作用下患者的神志会变得越来越迷糊，根本得不到恢复。"是不是有点儿过于强烈了？"我担心地问。

但是，冰见子医生一边写着别的东西，一边回答"没关系"。

那时，我以为自己和冰见子医生关系非同一般，所以有些事应该以诚相待。

"这样下去，那个患者不就要变成废人了吗？"

冰见子医生仍然一言不发。我不耐烦起来，不管不顾地说：

"她真变成了废人，也没关系吗？"

"没关系呀。"

听到这种离谱的回答，我一下子变得目瞪口呆，冰见子医生突然站起身来，不管文件散乱了一桌子，径直从房子里走了出去。

是我把她惹怒了吧？冰见子医生为什么只对这个叫金子的患者使用如此不可思议的药物，这不是明摆着医生在亲自制造病症吗？在某种情况下，就是指责医生在把患者当作实验动物进行治疗，也无可争辩。

更令人惊讶的是，当我问她"她真变成了废人也没关系吗"，她居然回答"没关系呀"，大大方方地承认了事实。

哪有公然承认这种事情的医生。以治病为本的医生把患者治成废人，可以说是一个重大的医疗事故。而且还不是最近频发的那种医疗事故，是明知故犯的医疗事故，这是不折不扣地在预谋犯罪。

冰见子医生离开以后，我一个人被留在门诊室里，心中渐渐涌起一种悲哀的感觉。

在我和冰见子医生发生关系、变得越来越喜欢她的时候，为什么偏偏要发生这种事呢？

我在金子太太的问题上如果一直和冰见子医生争执下去，那么我和她之间的关系会越来越糟。即便不会变成凉子和她之间那样，她也会对我产生戒心，说不定还会疏远我。

我总算如愿以偿，和冰见子医生发生了关系，怎么也不能因为此事和她疏远起来。我终于和渴望已久的冰见子医生合二为一，做不到毫不吝惜地放弃这种关系。

如果有人问我，冰见子医生和金子太太你选哪一位，我当然会选冰见子医生。如果对方责问我还配不配做个护士，我将无言以对，但是我首先是一个男人，而且是一个恋人。作为一个男人，我选择自己所爱的人，难道不应该吗？

虽说这个理由有些牵强，但我还是会屈从冰见子医生的。

"金子太太的事情，不用再想了。"

我这样告诫自己。但是我一看到一直昏睡躺在床上处于半昏迷状态的患者，又觉得自己做了一件极不道德的事情。

总之，我要不营救的话，这个患者将变成一个废人。但是我若救她的话，我和冰见子医生之间就会一拍两散。

"我究竟该怎么做才好呢？……"

我应该选择冰见子医生，还是金子太太？问题不只如此，从医疗的角度来看，还关系到是否实行人道主义的问题。

我还是理解不了冰见子医生这个人。她当然是一个优秀的医生，非常认真地治疗患者，但有时对于极少部分的患者却进行着超乎寻常、不合情理的治疗，这到底为了什么？也许那一瞬间，她脑子出了毛病，或是她性格上有异常的地方；要不就是有什么打算，故意这样做的。

不管怎么说，这样下去的话，冰见子医生会和我慢慢疏远，也许再也没有亲热的机会了。如果要避免这种情况，最好的方法还是和冰见子医生单独见面，好好交换一下意见。

所以，第二天当冰见子医生结束上午的治疗、刚要站起来的一刹那，我试探道：

"您可不可以和我再约会一次？"

冰见子医生猛地回过头来，盯着我的脸看了一会儿，反问：

"你想见我？"

"对。"

我回答得干脆，冰见子医生慢慢点头表示知道了。

"好啊。"

"真的吗？什么时间合适？"我兴奋得尖声问。

冰见子医生停了一会儿，告诉我："下星期四的话……"

"谢谢。"

我终于成功了，和她约好了下次见面的时间，"太棒了！"我克制住自己想要喊叫的欲望，低头向她致谢。冰见子医生腋下夹着一些文件，若无其事地扬长而去。

我望着她的背影，修长的双腿上面丰满挺翘的臀部左右摇摆，我想象着下次抚摩那里的时刻，身体不由得热了起来。

"我成功了，非常顺利……"

我不由得笑出了声，没有想到冰见子医生这么痛快就答应了我的要求。特别是前几天，我曾因质疑她对金子太太的治疗，弄得彼此之间一触即发，因此我更感到有些意外。

虽然发生了这些事情，冰见子医生的气量没有我想象得那般狭小，或者她是公私分明，不把工作和约会混同一起。

不过，我的心绪却的的确确变成了多云转晴。

第二次约会的时间和第一次一样，也是冰见子医生去冰见子诊所的日子。

可是到了那天，她忽然以花冢总院患者人多、事务繁忙为理由，通知我们说她来不了了。在这种时候，事先预约的患者由我进行诊治，先决定下次就诊的日期，按照以前的药方，给希望拿药的患者开药。当然严格来讲，这是违反医师法的，但至今为止并没出过什么问题。

与这些相比，让我最为在意的是与冰见子医生之间的约会。事前我们约好晚上六点半，在以前去过的那家位于银座的意大利餐厅见面，订座不会因此被取消了吧？

我心不在焉地听着患者诉说病情，心思完全没在上面，但又不方便给在花冢总院忙于工作的冰见子医生打电话确认。她没有联络我，说明今天的约会应该没有变化。

这样想着，到了六点，我正要从诊所出去的时候，挂号处的通口小姐问：

"又是去约会？"

我的举动又被她一眼看穿了。"为什么？"我反问。"你穿着最好的外套，一直面带笑容，谁见了都会一目了然。"

女人的第六感觉还真是厉害。和这种女人在一起工作，真是麻烦死了。"我先走了。"说完，我就走出了诊所，从赤坂见附坐地铁往银座赶。

上次我们已经做过爱了，所以这次就没有去卡拉 OK 等培养感情的必要了。

只要一吃完饭，我就可以邀冰见子医生去旅馆，说不定她会依我。今晚我绝不能失败。为此我昨晚好好儿睡了一觉，早起又喝了那种非常有效的强身剂。在戴好安全套叫她完全放心的情况下，我要让有些性冷淡倾向的她，充分体会到性爱的欢愉。

我边胡思乱想，边在银座站下了地铁来到地上，朝着自己的目的地，那座大楼三层的餐厅走去。

正是晚餐时间，餐厅里非常拥挤，当我走近上次和冰见子医生坐过的靠窗的座位时，一个女人突然向我招起手来。

那是谁呀？我十分纳闷儿，仔细一看原来是桐谷美奈。

在冰见子医生坐的座位上，为什么会坐着美奈？我呆呆地发着愣。

"吃了一惊吧？"美奈问，接着展颜一笑。

"今天冰见子医生不舒服，来不了了。所以我就替她来了，明白了吗？"

我嘴上说着明白，心里却没那么容易接受。

"但是，冰见子医生对我什么也没……"

"她觉得如果突然通知你取消今天的约会，你肯定会垂头丧气，所以才没对你说。换成我，你不满意吗？"

"……"

在本人面前我难以出口，美奈是诊所的患者，而且还是一个妓女。这样一个女人和冰见子医生比较本身，就是一个错误。

"我明白了，你不满意。"

看来美奈迅速察觉了我的想法。

"那，我回去就是了。"

"不，请等一下。"

人家特地来了，让她回去，我一个人留在这儿也不是回事。

"你可以留在这儿。"

我一边点头，一边想起了在门诊室看到的美奈的后背。她的肤色比冰见子医生稍黑一点儿，上面爬着数条被鞭打的伤痕。鞭伤治好以后，她的后背是什么样的呢？我正在猜想的时候，美奈说：

"今晚冰见子医生请客，所以你放心好了，我们俩大吃一顿。"

"这样做……"

我觉得有些羞愧，美奈却毫不在乎。她飞快地看着酒单，要了葡萄酒。"正餐，我们就点这个套餐好了。"她指着菜单接着说。

一万日元的套餐，我说不出话来，美奈一个人决定以后，问我：

"今天晚上你也打算和冰见子医生去旅馆吧？"

她怎么知道这种事？我惊得目瞪口呆。这时美奈点燃了一支细长的香烟，吸了一口，又说：

"今天晚上和我一起去试试？"

"啊？……"

一起和她去情人旅馆，就是在那儿和她做爱的意思吧。

我重新望着美奈浓妆艳抹的面孔，这时一整瓶红葡萄酒被送来了，被侍者分别倒入玻璃杯内。

"首先，干杯。"

在美奈的催促下，我跟她碰了下杯，但是，事情怎么变得这么不可思议？我还是理解不了，就试着问：

"那个，冰见子医生今天为什么……"

"我不是说了吗，她突然觉得身体不舒服了。作为女人，会出现很多临时情况吧。"

她是在说例假的事吧。如果是这回事，冰见子医生直接告诉我就行了。她平时总是那么冷静，开口说这种事情，我想她也不会犹豫，为何要让美奈来替她呢？

"你和冰见子医生是什么关系？"我问美奈。

她反过来将了我一军："你觉得呢？"

美奈虽然这样问我，可我只知道她是冰见子医生的患者，是在六本木、涩谷一带站街拉客的妓女。

"你们是朋友关系吧？"

"当然，也可以这样说。"

我知道她们之间关系密切，超过了一般的医患关系，但是把和我一起去情人旅馆的事情都告诉了美奈，她们之间岂不是非常亲近？

在我一个人苦思冥想的时候，美奈说："来，别想那么多没用的事了，多吃点儿吧。"

听她一说，我准备伸手夹向头盘的时候，美奈问：

"北风君，你喜欢冰见子医生什么地方？"

以前也是这样，我极不满意她这种把我称为北风君、好像称呼小孩一样的叫法，而且"喜欢什么地方"这种问法也非常失礼。那还用问，冰见子医生的全部我都喜欢。我默不作答，她又问：

"你肯定非常尊敬作为医生的她吧？"

那当然了。

"嗯。"我刚一点头，美奈一副正中下怀的样子。

"那么，对冰见子医生的治疗，你有什么疑问吗？"

我一下子想起了那个叫金子的患者，但是我不明白美奈为什么要问这种问题。

难道美奈知道我和冰见子医生之间，围绕患者的治疗方针意见不统一吗？她是听冰见子医生说起这件事，想来纠正我的想法的吧。

"没什么，这种事情……"

我的回答十分暧昧，美奈手持刀叉接着说：

"但是站在护士的角度，有时会有这样做是否合适的想法吧？"

我刚要点头，又慌忙摇起头来。这种事不应和美奈这种外人谈论。即使她和冰见子医生关系不错，但我不小心说漏了嘴，从她那儿传到冰见子医生耳朵里就不好了。

"我们只是按照医生的指示去做。"

我的话音刚落，美奈涂着浓重眼影的眼睛显出了笑意。

"不愧是北风君呀，口真紧。你口这么紧，我也就放心了。"

我不知道她是在表扬我，还是在嘲笑我，我不清楚她真正的意图。

"你为什么要问这种问题？"

"因为精神病医院里有各种各样的患者。而且医生也糟得一塌糊涂。"

美奈突然之间怎么说出这种话来？我被她说呆了。她啜着葡萄酒说：

"有些医院非常恶劣，病人住院以后病情反而越来越重。"

我想起美奈来冰见子诊所就诊之前，曾在别的地方住过一段时间医院。

"我住的那家医院简直就是一座监狱。病房被锁得牢牢的，刀子、带有电线的一类东西都不能带进去，打火机、玻璃制品也不行。窗户只能打开一点儿，吃药时必须有护士在场，还要检查是否全部服下，连嘴里面都不放过。其他的病房还有病人被带子绑起来的，简直就是一家地地道道的强制收容所。"

我一点儿也不知道美奈有过这样的经历。

"晚上一到九点，全体病人一律服药，然后只能关灯睡觉。由于药的副作用，病人非常口渴，疲倦得连声音都含糊起来，即使想发牢骚，也发不出来……"

当时的痛苦好像重又回到了美奈身上，她眼睛睁得大大的，颤抖着嘴唇继续诉说：

"由于我不是被强制住院的，情况要好一些，那些强制性住院的患者真可怜啊。有些患者从没去过外边，几年来一直住在医院里。几乎所有病人都是因为服药，身体变得越来越坏，而且不管到什么时候都得不到出院许可。"

我仿佛在听金子太太、村松先生的事情一样，心情不觉有些沉重。

在花冢医院只有极少的患者身上出现了这种情况，不像美奈过去所在的医院那样，是有组织进行的。

"你在那儿住了多长时间？"

"住了三个星期，要了我五十万日元。好像经济越不景气，精神科就越赚钱。"

不管经济景不景气，花冢医院可没有过这种贪图暴利的行为。

"那，你从那儿出院以后，就来了这儿吗？"

"对，我求家人做我的担保人，然后总算得以出院，那段时间里我身体非常不好，过了三个月左右，我才恢复了一点儿气力，所以来到了冰见子诊所。"

美奈初次来到冰见子诊所大约在一年半以前，那时我还没去赤坂的诊所工作。

"那你为什么来这家诊所呢？"

"大概因为我的头脑虽然清楚，却睡不着觉，觉得别人好像都在说我的坏话，和酒吧的人也发生了冲突。我觉得这样下去不行，所以开始寻找病院。类似以前那家医院的地方我绝对不干，正当我寻思不知什么地方有好医院的时候，我听说赤坂的冰见子诊所有一位非常漂亮的女医生……"

的确，很多患者都是听到这个传闻前来就诊的。

"那，结果如何？"

"当然非常好了。我可以说是被冰见子医生拯救过来的。"

在美奈的病历上确实记载着以下的内容：

上小学的时候，被附近的男孩儿强暴，因此形成了精神外伤引起的压力障碍（PTSD）。青春期以后，变得自暴自弃，开始和各种各样的男人游戏人生。

"冰见子医生非常耐心地听我诉说，而且告诉我那不是我的过错，我也是被害者，她是站在我的立场上为我考虑的。"

至今为止，我一直认为美奈被冰见子医生惯坏了，是一个非常跋扈的"讨厌的家伙"，听了她的话之后，才发现美奈也有种种辛酸的经历。

由于不了解这些事，我对美奈一直非常冷淡，觉得有点儿对不住她，但是我还是不理解她为什么要做妓女这行。她毕业于名牌大学，而且长得也不错，曾经在一家一流企业工作过一段时间。不知什么原因，她开始出卖自己的肉体。而且这之前，为什么要在病历上毫不掩饰地写下"妓女"等字眼呢？

我十分在乎，因此问她："病历上那样写，你不觉得不好吗？"

"为什么？"美奈反问。

"可以换一些别的说法……"

"那么，怎么说才合适？"

突然听她这么一问，我也被难倒了。"写没有工作，或者职业不固定，不也可以吗？"我说。"可是妓女就是妓女呀。"她反驳道。

话虽这样说，但是妓女这个词感觉太坏了，而且非常陈腐。

"那样的话，写风俗小姐，或者泡沫乐园小姐，怎么样？"

我刚说完，美奈就左右摇着手说："不行，不行。"

"一般这种小姐，都在固定的店里，且卖艺不卖身，很多女孩儿只用手进行性服务。我可是如假包换地出卖自己的肉体。"

我觉得这种事没有什么值得炫耀的，美奈接着说：

"我自己没有店面，是在街上拉客的。也就是所谓的暗娼，所以妓女这个词，对我来说恰如其分。这个词才是卖春女子的意思，非常符合娼妇的身份。"

既然她说得如此明白，也轮不上我再说三道四了。

"那，冰见子医生也认同这种说法……"

"对，冰见子医生也说妓女这个词对我最为合适，最能表现我目前的心理状态。"

"心理状态？"

"对，也就是说卖春对眼下的我最为合适。"

真是不可思议的言论。出卖身体对目前的自己最为合适，而且连冰见子医生也同意此种想法。

"但是，像你这样能干的人为什么要做这种事……"

"因为这样做对我来说最轻松。"

"轻松？"

"正是如此，我觉得和男人在一起最适合自己，或者说最能放松。"

"但是，把自己的身体让不喜欢的男人……"

"所以才合我意啊，这样可以省掉恋呀爱啦等一切麻烦事，把我的身体献给所有想要我的男人。"

美奈又抿了一口葡萄酒。

"绝大部分的男人，其实也不需要恋爱的，他们心中只是想要跟女人做爱而已。"

"没这种事情。"

"不对，你嘴上说喜欢冰见子医生，其实不也就是想跟她做爱吗？只要能发生关系，你也就满足了……"

的确，我觉得自己比谁都爱冰见子医生，但最终目的仍然是做爱。只要关键的性关系能够成立，事实上我就觉得达到了大部分的目的。

"所以说不管是小流氓，还是社会上举足轻重的人物，男人都是一样的。"

根据病历上的记载，美奈曾经也是一家一流企业董事的秘书，后来因董事胁迫她发生关系，所以才辞职。从那以后，她了解到男人们追求的只是女人的身体，如此一来，美奈觉得以出卖自己的青春和姿色为职业最有干头，所以投身于色情场所之中。

"但是，你干这一行，身体就会被人玷污……"

"那也没关系，因为我的身体已经被人玷污了。与之相比，当我看到那些贪婪地爬在我身上的男人时，我会产生一种感动。"

"感动？"

"对，即使我这种身子也这么受欢迎……"

我一下子想起来从冰见子医生口里也说过同样的话。冰见子医生也是和我做完爱之后，在分开前我向她道谢的时候，"即使我这种身子也……"这样喃喃自语的。

这两个人口中吐出同样的话语，难道说她们俩对做爱都抱有同样的看法？不止如此，她们俩是否有过相似的经历？

但是，我憧憬的冰见子医生怎么可能和妓女美奈有同样的经历呢？事实上，美奈由于在幼年时期受到过精神外伤的影响，变成了向男人出卖肉体的妓女；冰见子医生出身良好，现在从事医生这个高尚的职业。所以在现实生活中，这两个人从事的职业天差地别，她们不可能有过同样的经历。

"冰见子医生知道你是主动出卖自己身体的吗？"

"当然知道啊。而且她十分理解我的心情，并表示赞同。"

我对她的话半信半疑。美奈接着说：

"不愧是医生，她告诉我在相当长的一段时间里，我可以继续做下去。只要我觉得这样可以使精神上感到放松，因为这是治疗我的病的最好方法。"

冰见子医生这样讲，是作为医生对美奈的关心，还是对她有着什么特殊的感情？我头脑里更加混乱起来。美奈眼里现出一种探究的目光。

"你非常看不起我吧？"

"没有，没这种事……"

"没关系，我明白你想什么，但你别把我当成傻瓜啊。"

"我怎么会把你当做傻瓜呢。"

美奈好像不想再听我辩解，喝了一口酒，然后看了一下手表。

"时间差不多了，那我们走吧。"

"我们还要去哪儿？"

"旅馆呀，你不是想去旅馆吗？"

"没有，没什么……"

如果是和冰见子医生去，当然不用说了，我并没有和美奈一起去的打算，但又说不出口，所以我只好沉默无语。

"放心吧，我不会跟你要钱的。"

我又不是因为钱的原因才不想去的，美奈已经很快站了起来，向收银台走去。

没办法我只好跟在她后面。美奈付了现金，拿了发票以后一边走向电梯，一边跟我说：

"不用担心，因为今天的事情冰见子医生也知道……"

"知道什么？"

"和你一起去旅馆的事呀。是她要我和你一起去旅馆的。"

"连这种事都……"

在我发呆的时候，电梯来了，我不自觉地被吸进了电梯。

事情究竟会向什么方向发展？首先我心里非常明白，应该在这儿和美奈分手，然后回家。我原来想见冰见子医生，但是没有见到，此时应该打消做爱的念头回家。

然而，听到美奈的邀请之后，我又不自觉地跟在她后面，想要随她一起去，对方虽说是个妓女，但是身材和长相都相当不错，不知情的人看到她，肯定会觉得她是一个颇具魅力的女人。这样一个女人邀我去翻云覆雨，我一下子变得晕晕乎乎也是很正常的。

而且我今天和美奈一起去旅馆的事，据说冰见子医生知道并且同意，所以也不会因此得罪她，更何况是她叫我去的，遵从她的安排也许不是坏事。我被自己的想法弄得目瞪口呆，我怎么是这么一个容易变心且贪恋女色的家伙。

正当我思绪起伏的时候，车已经到了涩谷圆山町的一家旅馆前面。这儿比上次和冰见子医生去的那家情人旅馆要大一些，入口处也宽敞了不少。

美奈好像经常出入这里，她径直走了进去，我也随着跟到了里面。大厅正面流淌着一条小小的瀑布，天花板上的蓝色照明，使人感觉好像进入了海底世界。

在瀑布的右边仍然装饰着各式各样的房间照片，美奈从中拔出一把钥匙，走向电梯。

房间是201号，在走廊的尽头，一打开门就是饰有水晶灯的客厅，再往里走就是卧室。

美奈平时就是在这种地方和客人睡觉吧。在我窥视卧室的时候，

"我喝醉了。"美奈说着坐进了沙发，舒展了一下身体，把黑色开司米毛衣脱了下来，一下子露出了白嫩的肌肤和黑色吊带小衣，我不禁看入迷了。

"北风君，你先去冲个澡吧。"

美奈说完，噗嗤一声笑了出来。

"放心吧，我不会逃走的。"

她在说什么呀……更过分的是，冰见子医生怎么把这种事情也告

诉了美奈？！我极不开心，但事已至此，我再抱怨什么也为时已晚了。好吧，今天我就让美奈好好儿尝尝我的神武之处。我鼓励着自己向浴室走去，简单地冲了一下，只把前面洗了洗。

我关键的部位精神饱满，今晚一定可以。

"全靠你了……"

我对自己的私处自语，然后穿上壁柜里的男用浴衣，回到了房间。

刚一进屋，就听到美奈的声音："这边儿呢。"这声音和时机都和冰见子医生极其相似，我不由得吓了一跳。

一张宽大的双人床，在枕旁那盏红色台灯的光线下，我看到美奈已经在那儿休息了。

这种妖冶的气氛使人觉得万事俱备。对我来说，这种准备过于周全的环境并不适合我，尤其对方以一种"欢迎光临"的态度等待着我，相反会令我坐立不安。

其实和冰见子医生初次做爱的时候，也是因此失败的，然而今天的对象是美奈。她不过是个妓女，我就没什么可紧张的了。我一边给自己打气，一边缓缓地上了床。

说实话，我和泡沫乐园的小姐睡过几次。只要给那种小姐钱，就能发生关系，非常直截了当。我去过几次，觉得毫无乐趣可言，也就失去了兴趣。再说像我这种低工资的护士，也不可能经常出入那里。

"那个……"我知道这是个奇怪的问题，可还是忍不住问：

"你为什么，会跟我做这种事情？"

话音一落，美奈把脸转向了我：

"因为多次承蒙你的关照。"

关照是指在冰见子诊所的事情吧。如果这样，我觉得自己只是做了一个护士该做的事情。这时美奈突然伸过手来抓住了我的男性象征。

"是这个东西吧……"

美奈好像品评一般用手抚摸着，接着一边重新把它握紧，一边自言自语：

"这家伙进到冰见子医生的身体里去了。"

我想起来它虽然进去但马上就败下阵来的事情。美奈问：

"冰见子医生做爱做得棒吗？"

我赤身裸体上床以后，还是第一次被人问这种问题。

"到底怎么样？"

由于关键部位握在美奈手里，我不得不答：

"嗯，特别……"

"真的？"

她再接着问下去的话，我非常为难。美奈说：

"真实的情况，是你只顾自己进行了吧？"

被她说中要害，我只好点头，美奈重新握紧了我那个东西：

"好啊，我要折磨折磨这个冒犯了神圣的冰见子医生的家伙。"说着她激烈地摩擦起我那个地方，结果使它一下子暴胀起来。我扭动着身体，美奈的手却紧随不放。

"住手。"我忍不住叫了起来，可是美奈却似乎更加来劲儿，她加快了手指的速度，我一个控制不住就喷射了出来。

不愧是妓女或者说行家里手，她手指的动作真的相当精彩。

我慌忙用纸巾包住了两腿之间的地方，然后又用浴衣遮住，美奈问：

"好不好？"

当然非常好，我没有进入她的体内就被她送上了天，实在有点儿可惜。在我重新调整自己呼吸的时候，美奈轻声笑了一笑。

"我恨透了这个家伙，所以就好好儿欺负了一顿。"

"恨？"

"对，我一想到这家伙进到冰见子医生的体内……"

我的确和冰见子医生发生了关系，即使如此，也没有被美奈这般指责的道理。我和冰见子医生之间是男女关系，而冰见子医生和美奈则同为女人，这两种关系完全不同。

"喂，冰见子医生究竟怎么样啊？"

我不知道如何回答是好。刚刚射完精，我的头脑还处于呆傻的状态。美奈又问：

"冰见子医生得到满足了吗？"

说心里话，我觉得她并没有快感。"没……"我嘟囔说，美奈在旁点头：

"我就说呢……"

美奈到底是什么意思？她好像是说，我当然不能使冰见子医生得到满足。

我一脸的不高兴。美奈从床上坐了起来。

"但是，能够得到如此出色的冰见子医生首肯，和她做爱不是很好吗？"

那是当然，我不知道如何向冰见子医生致谢才好。即使没有使她产生快感，我只要触摸到她的肌肤，就十分满足了。

"看来冰见子医生还是挺喜欢你的。"

"我？"

"因为你一要求，她不是就答应了嘛。"

"那倒也是……"

"冰见子医生十分器重你呀。"

听美奈这么一说，我心里也很高兴，但她具体指哪方面呢？

"但是，我也做不了什么大事。"

"不能这么说，你除了冰见子诊所的工作以外，还负责花冢总院的病房吧？你知道如何与患者及其家属打交道，知道如何引导他们，这些都很重要。"

"引导？"

"医生只负责给患者开药，实际上服侍患者打针吃药、向他们说明治疗方法，并设法让他们接受，这些不都是护士的工作吗？"

"可是这些事情，其他护士也一样在做。"

"那不一样，你负责的病房里有极其棘手的患者吧。这是因为冰见子医生相信你，所以才让你负责的。她说西楼病房的那个叫什么来着的患者，不久也要转到你那儿去。"

美奈说的难道是那个叫村松的患者吗？把他也移到我负责的病房

里，冰见子医生究竟想干什么？按照美奈的说法，好像是因为冰见子医生很信任我，但其实还不如说，她只是把那些有问题的患者一股脑儿地都推给了我。

事实上这真的称得上是信任吗？不，为什么美奈会知道这些事情呢？

"冰见子医生连这些事都对你说呀？"

"是啊，不行吗？"

不管对不对，冰见子医生连住院患者的事情都告诉美奈，我实在不知道她在想什么。

"你知道那个即将从西楼病房搬去的患者是什么样吗？"

"我不知道。"

美奈回答得很干脆，她是真不知道，还是假装不知道呢？不管怎么说，美奈肯定从冰见子医生那儿听到许多情况。

她把这些话又转告给我，她是不是有什么打算？

"冰见子医生相信我当然很难得，但是我也是有些事能做，有些事不能做……"

"你是想说刚才讲的那类患者你接受不了吗？"

"不是……"

美奈直接这样曲解我的意思，我很为难，关于让我接受那个患者一事，我希望有一定的说明。

"这种事情还是应该由冰见子医生直接告诉我……"

"那么，冰见子医生如果直接指示你来做，你肯定会答应吧？"

我不知道自己究竟能服从到什么程度，如果冰见子医生亲自拜托我，恐怕我是难以拒绝。

"我知道了。"

美奈一副谈话已经结束的表情下了床。

我的目光随着她的背影转动，一边觉得不可思议。我跟美奈为何会谈起这种话题，至少这不是一对男女在情人旅馆里应该谈论的话题。

就在我这样坐在床上发愣的时候，美奈回来了。

"快结束这么麻烦的话题吧。"她说完，又坐在我旁边低语，"还想要吗？"

美奈想说什么？正在我还没明白过来的时候，她细长的手指已经触到我的两腿之间开始爱抚。

"刚才那样，满足不了你吧？"

美奈似乎完全读懂了我的心思。刚才靠她那双巧手，我虽然发泄了一次，但是仅仅如此，并不能使我得到全部的满足。然而我不知自己能否恢复到最初的状态，有点儿担心。美奈迅速攥紧了我那个地方，随着她的手指慢慢滑动，它又逐渐硬了起来。

"你看看，又大了吧？"

美奈一副夸耀的口吻，她把一个不知何时准备好的安全套戴在了我那东西上了。她的手法不愧高超，或说技术熟练。我心里顿时产生了一种莫名其妙的佩服。"这样一来就可以了。"美奈边说边仰身躺下，好像在说"快来"一样捅了捅我的腰眼儿。

我觉得自己的一切好像都在她的支配之下，正当我想从上面覆住她的时候，"等一下……"美奈说。

在这种时刻喊暂停的话，我可受不了，在我焦躁不安的时候，美奈往自己腰下垫了一个枕头，把她的臀部抬高了一些。"来，这下行了。"她说。

这样一来，两个人的私处的确可以贴得更紧，然而女性过于主动的话，我那个地方却会变得垂头丧气。在这之前，我只有插入一个念头。当我那个东西碰到她那里的时候，美奈又下了一道旨意：

"别这么粗暴。"

我想起了冰见子医生也说过一样的话，尽量轻柔地将我的东西插入了她的里面，前后摆动着腰部。美奈微微喘了起来：

"啊……好棒。"

一听到她的娇喘，我浑身立刻变得炽热不已，狂暴地进行冲刺。美奈的叫声大了起来。

我一边觉得这大概就是娼妇的演技，一边又被这种声音刺激，动作更加激烈起来，不久就结束了一切。

"啊……"

我小声喊了一句，一下子扑倒在美奈柔软的胸上，美奈用双手抱住了我。

在这一瞬间，女人身体的温软使我遍体通泰，我觉得自己马上就要融化在其中。

至今为止，有多少男人把自己的欲望发泄在美奈的体内了呢？正在我胡思乱想、头脑发呆的时候，美奈悄悄地移开了脸。"已经可以了吧？"她问。

看样子美奈的欲望好像老早就消退了。我顺从地撑起了自己的身体，美奈说：

"我去浴室了。"

说着她一转身就离开了我，从做完爱分开身体的方式，到马上去浴室冲洗的行为，都和冰见子医生极其相似。

可能的话，我希望再多抱一会儿她柔软的身体，为什么这两个人都这么匆忙地离开我去浴室了？

这种欲望迅速消退的特点，说不定是卖身女子独有的。但是，冰见子医生也是一样，不只美奈一个人反应如此，是我的做爱方式有问题吗？

我一个人漫无边际地思索时，美奈回来了。

"你还不起来吗？"

我连续发泄了两次，说实话还真的感到有些疲倦。

察觉了我的疲倦似的，美奈说："好啊，你休息吧。"我仔细一看，发现她身上只穿着胸罩和内裤。这样看着看着，我突然想起了以前她背上的伤痕。

"那个……"

我觉得直接问可能没有礼貌，但还是忍不住问出了口：

"你背上以前那些伤口，治好了吗？"

"对了，你过来偷看来着吧。"

我想强调我没有偷看，是偶然碰上的，但没有开口。

"早治好了。你看吗？"

美奈坐在床上没起来，一转身就把背冲向了我。

虽然灯光有些暗淡，但是她的后背十分平滑，一点儿鞭痕都找不到了。

"那种事情，你时常会碰到吗？"

"那次特别，那个家伙是个神经病。"

美奈说她是被一个性虐待狂的客人鞭打的，可是冰见子医生后来却告诉我，是美奈自己让客人打的。

"真够你受的。"

"没什么的，而且也轮不到你操心呀。"

美奈一边说着，一边重新系上胸罩。

"怎么样？我的身体。"

"当然……"我想说不错，又羞于启齿，只好保持沉默。

她又问："我和冰见子医生哪个好？"

把冰见子医生和美奈两个人的身体进行比较，这种狂妄的事情我怎么做得出来。这种比较本身对冰见子医生就非常失礼，况且在整个过程中，我一直处于一种忘我的状态，根本就不可能进行比较。

"那我……"

我把不知道这个词咽了回去，美奈立刻就发觉了。"也是，你怎么说得出口。"她说。

知道这样，你当初不问不就行了，我暗自想着。

"你这家伙真幸福。享受了冰见子医生和我两个美女……"

她说的确有理，没有比我更幸福的了。当我低下头来正要坦诚地向她道谢的时候，她接着说：

"但是，这并不代表我们爱你。"

美奈时常会吐出一些意想不到的话来。在我好不容易神清气爽、心情愉快的时候，她仿佛算计好了似的，一下子就把我的好心情破坏殆尽。

"但是……"

美奈是一个妓女，不爱一个人也许照样能够做爱，但是冰见子医生不同。即使她没有燃烧起来，但肯定对我还是抱有好感，才会许身于我的。

我变得有些不快："你跟冰见子医生不相同。""一样的。"美奈立刻接着说。

她的说法过于武断。

"哎？……"我嘟囔出声。

"冰见子医生根本不是因为喜欢你，才和你发生关系的。"

"但是，和不喜欢的男人，那种事情怎么……"

"我理解你希望这么想。但是，事实根本不同。"

这是什么意思？我一下子理解不了，只好沉默不语。

"虽然不喜欢对方，女人有时也能以身相许。"

说实话，我从来没有想过这点。

"男人只要和女人发生一次关系，马上就误以为对方是自己的女人了。这就是男人自以为是的地方。但是，女人却没有男人那么单纯。"

我还是接受不了。美奈一边穿着黑色吊带小衣，一边说：

"你知道冰见子医生为何和你发生关系吗？"

"……"

"因为你那么拼命地追求她，让她觉得你特别可怜。而且她觉得当时的情况也很是……"

"凑巧？"

"也就是说随心所欲。只是情欲有点儿萌动而已。"

美奈凭什么可以这样武断，一口咬定这些？我拼命地追求冰见子医生，她只是出于无奈，才许身于我。而且还是一种随心所欲，根本不是因为喜欢我或对我抱有好感。美奈和冰见子医生关系再怎么亲近，也不该对我如此无礼。

"这件事你是从冰见子医生那儿直接听来的吗？"

"冰见子医生虽然没这么说……"

"那，你这么说不太随便了吗？"

谈话变得愈发复杂起来，在我穿上短裤和衬衫的时候，美奈走出了卧室。

"到这边来慢慢儿说吧。"

看起来美奈好像还没有说够。我当然也从做爱的亢奋中清醒过来，有许多事想向她打听。

"你喝点儿什么？"

因为美奈打开了房间里的冰箱，"啤酒"，我顺口说。她拿出一罐啤酒，帮我倒进了玻璃杯。

"给，老爷。"

"别用这种怪里怪气的称呼。"

"但是，男人不都喜欢被人吹捧吗？"

这也是妓女的技巧之一吧。不过这都无所谓，我更在意刚才那些话。

"为什么你总显得好像和冰见子医生很亲近似的？"

"不是显得亲近，我们真的十分亲近。"

即使她这样说，我还是不相信。我继续喝着啤酒，美奈拿出了一瓶矿泉水。

"我们俩是朋友。"

"这我知道。"

"而且还极为亲密……"

美奈这种故弄玄虚的说法，使我联想到她们可能是同性恋，我觉得有些害怕，想问又问不出口。美奈主动说：

"我们非常相爱。"

冰见子医生和美奈相爱，也就是说她们真是同性恋。

怎么可能会有这种事？！我怎么也不会认为像冰见子医生那样的人，会爱一个妓女。

我不太了解女同性恋是怎么回事，但是根据杂志上得来的知识，好像是说女子之间，拥抱在一起，相互爱抚对方的私处。

我只有这种程度的知识，但我怎么也想象不出冰见子医生会和美奈做这种事。果真如此，不就等于那么美丽的冰见子医生，和与各种男人交媾的美奈肌肤相亲了吗？

冰见子医生根本不会去做如此肮脏下流、污秽不洁的事情。那么一个难以接近、高高在上的冰见子医生，怎么可能会爱美奈这种女人？

"不对……"

我大声地坚决叫道。冰见子医生和美奈是同性恋，这是假的，假的，绝对的假话，是美奈随便编造出来的。我刚要这样说，美奈好像早已料到了似的。

"你当然不会相信。不对，是不想相信吧。非常遗憾，这是真的。"

"但是，冰见子医生一句话也没提过……"

"因为这种事情没必要告诉你……"

我还是难以相信。据说从很久以前开始，就有众多男子主动接近冰见子医生，她也跟其中几人有过亲密关系，现在和我也产生了一些瓜葛。这样的冰见子医生千挑万选的，怎么也不会挑到美奈的头上。

"冰见子医生身边有许多……"

我刚说到这里，美奈抢先说：

"但是她谁也不喜欢。"

"怎么会……"

"也就是说她讨厌男人。所以才和你也睡觉了。"

美奈在说什么呀。她说冰见子医生讨厌男人，因为讨厌男人才跟几个男人都发生过关系。委身于我也是同样的理由，那我还有什么面子可言。

"不对……"

我还要继续反驳，美奈用染着粉色指甲油的细长手指制止了我：

"女人之所以游戏人生，都是由于没有真正所爱的人。如果有的话，就不会做这种事了。"

我认为和几个男人同时发生关系的女人，都属于水性杨花、偏好男色的女人。同时和几个女人发生关系的男人，归根到底也是因为好色。

但是，按照美奈的说法，女人和男人不同，和多数男人发生关系的女人是因为不喜欢男人。正是因为没有特别喜爱的男性，才会我行我素地游戏人生。

"那么，你也……"

"对，男人这东西没有一个是我喜欢的。所以我才从事现在这种职业。"

美奈的意思是说，正是由于没有自己喜爱的男人，才干上卖春这个行业。听她这样一说，我的确也觉得很有说服力。如果真有喜欢的男人，肯定难以做到委身于不相识的男人。

我刚要点头称是，美奈的话已经等着我了。

"你也许不知道，女人真喜欢上对方的话，心里只能容下一个人，只有一个人。某种意义上说，女人是一种笨拙的动物。"

"笨拙？"

"对，男人都认为能够做爱的女人多多益善吧。然而女人不同。不可能像男人那么灵活，女人只要有一个喜欢的人就足够了，其余的都无所谓。"

听到这儿，我想起了泡沫乐园等地的小姐那种令人扫兴的态度。从表面上看，她们的确把身体给了男人，一副服侍男人的样子，其实她们把自己的心包藏得严严实实的。客人都属于那类其他的、无所谓的男人，所以才做得了这种事务式的服务。

"但是，冰见子医生……"

"冰见子医生也是一样。"

美奈一口肯定道。

"所以冰见子医生才不结婚。她周围有那么多杰出的男人围着她转，但她还是谁也不嫁。"

"但是，亲密关系……"

"我当然也知道她和其中几个有过关系。虽然有过关系，还是喜欢不起来。她想喜欢一个，却没能喜欢上。"

"为什么……"

美奈霎那间显出我令人头痛的表情，叹了口气说：

"因为性爱不和谐呗。男女之间性爱不和谐绝对不行。不和谐的性爱做起来就和做体操一样……"

那样一来，我和冰见子医生之间的性爱，不也成了体操一样的东西了吗？

"男人只要射精就能满足吧。女人的好坏暂且不谈，男人只要发泄出来，情欲就能一时回落。然而女人不同，没有男人那种分明的界线，因此极为复杂难办。"

"那……"

男女之间的确有些不同，然而我还是丢舍不下冰见子医生。我希望还是她对我多少也有些喜爱或者是好感什么的，才和我发生关系。

"那么，冰见子医生最爱的是？"

"是我呀。"

美奈马上接口，一刹那，她那不太丰满的胸脯好像高高地挺了起来。

"就是说，冰见子医生和你是同性恋……"

"对，说明白一点儿，我觉得她对男人没有兴趣。"

我最后的一线希望也被她拦腰斩断，不由自主变得垂头丧气。冰见子医生对男人失去了兴趣，难道是同性恋的原因吗？而且对方不只是一个患者，还出卖自己的肉体，冰见子医生为什么会喜欢上这么一个女人呢？

"但是……"

我刚一嘟囔，美奈慢慢儿吸着一支细长的香烟说：

"我们都是这种命运。"

"命运……"

"我们之间谈过很多，所以心里明白。"

"明白什么？"

"这是我们两个人的事情，所以难对你讲，因为我有我的、冰见子医生有她的秘密……"

我一下子想起来病历上，关于美奈过去曾经受过年轻男孩儿的性虐待，因此变得自暴自弃的记载。

"那么冰见子医生也同样……"

美奈如同一个得胜将军，缓缓点头：

"当然啦。"

"当然？"

"她爱的只有一个，她只爱一个人。"

"一个什么人？"

"已经死了，不在这个世上了。"

"她爱着一个过世的人？"

那是谁呢？是传闻中那个曾和她在同一门诊部工作过的医生，还是那个对她穷追不舍的青年企业家，或者是十分宠爱她的亲生父亲？

在我冥思苦想的时候，美奈口中冒出来一句低语：

"我不会说，说了也无济于事……"

美奈说着把手中那支刚吸了一口的细长的烟摁掉了。

"也就是说，我们是同一类人。所以同病相怜，或是说彼此同情，互相抚慰对方心灵上的创伤。"

"什么创伤？"

"有许多创伤，也包括后背上的创伤。"

我一下子想起了美奈背上那血淋淋的鞭伤。美奈是说冰见子医生背上也有同样的伤口。

"不会吧，冰见子医生也……"

"有哇，在背上……"

"为什么会有那种伤痕……"

"是我弄上去的。虽然没有我的那么严重，然而是冰见子医生叫我打的。"

美奈竟然抽打美丽的冰见子医生的后背。她默默无语地让美奈去做这种大逆不道的事情。

"不会吧，冰见子医生的背上……"

"但是，确实是有。"

美奈骄傲地一口咬定。

"看到我的伤痕，冰见子医生也希望受到鞭打。她也想弄伤自己的身体。"

"弄伤自己的身体？"

"对，她也是，我也是，有时会无比厌恶自己的身体，觉得肮脏……"

我拼命地摇着头。我确实能够理解美奈嫌弃自己身子不洁的感觉。她幼年时被人强暴，并因此走上卖淫的道路。她有时想要虐待自己的身体是可以理解的，但是，冰见子医生为什么非要虐待自己不可？她为什么会讨厌自己高贵的白瓷一般的肌肤，为什么觉得自己肮脏？

"不可能，我不信，"

"你不相信也没什么，但这是千真万确的。"

"……"

"我们两个人赤裸着身体，互相舔舐彼此的伤痕。"

"舔舐？"

"对，打的时候不是会一直叫疼嘛，打完之后接着互相舔舐，嘴里一边说着'对不起，对不起'，一边从上到下为对方舔舐所有的伤口。"

我不禁想捂住双耳。冰见子医生和美奈赤裸着身体，用鞭子互相抽打对方，然后再互相舔舐彼此的伤痕，我根本不想听到这种事情。在白嫩皮肤上凸现出来的红肿伤口，有时甚至是渗着血迹的伤口，两个赤裸的女人相互舔慰的画面，与其称为母豹，不如说是两条互相缠绕在一起的受伤的蛇。

"太奇怪了，你们疯了。"

我忍不住喃喃自语。美奈回答：

"对，是疯了，我们都疯了。"

让她这样一说，我再也无话可说。

我垂下了头，忽然感到一种如此下去，会被她们这种疯狂卷入的恐怖，于是抬起了头。美奈察觉了我的心情，她说：

"今天我说得有点儿过了。"

的确，我也觉得不想听到的话仿佛听多了似的。

"差不多了，我们走吧。"

我当然也想回去。我立刻站了起来，又朝美奈讲述这段瘆人经历的黑漆漆的卧室里瞥了一眼。

用药过度

在和美奈度过了那离奇古怪之夜的几天之后，我的头脑里还是一片混乱，始终恢复不了正常的感觉。

特别是从美奈那儿听来的事情，实在超出了我的想象范围，诡异而不可思议。

尤其令我困惑的是关于冰见子医生的印象，到那天为止我一直认为她是一个冷静而充满智慧的医生，听到她和美奈是同性恋，而且还相互鞭打对方，舔舐彼此的伤口等，前后两种印象截然不同。我不知道该如何修补这两者之间的落差，所以一直陷入于深深的苦恼之中。

和我的这种烦恼相比，我在医院的生活还是和往常一样，日子一天天平淡地过去。

比如第二天，我在花冢总院等到冰见子医生看完病以后，刚想告诉她昨天的事情："昨晚美奈小姐……"她马上接口说："对了，昨天对不起了。"

我觉得冰见子医生是因为昨天的爽约向我道歉，因此我点了下头，但是转眼之间，她就好像什么也没发生过一样从诊室消失了。

冰见子医生道了歉，其实也算可以了，但是说实话，我还是希望她能多少告诉我一些爽约的原因，以及为何会让美奈替她而来。另外，我很想直接向她打听一下美奈所说的那些事情。

但是，在医院里没法儿打听这种事情，而且只要我不去问，冰见子医生也不可能开口去说。那个离奇的夜晚好像一场梦一样，离我越来越远了。

就这样，我在花冢总院的生活，当然也包括在冰见子诊所的工作，没有什么特别的变化，但也不是说和从前完全一样。

其中最重要的是，自从那晚我得知冰见子医生和美奈是同性恋以后，受到了很大的打击，从此以后，我看冰见子医生的目光的确发生了变化。比如，以前我看到她精神抖擞、身着白衣的身姿，总会在脑海里描绘她雪白的肌肤和饱满的胸部等，但是现在却会想象她和美奈纠缠在一起的画面。有时甚至想象她们相互鞭打，舔舐彼此的伤口，疯狂地拥抱在一起，爱抚对方的神秘之处，从而进入高潮的场景。在我的脑海里，这与其说是两只美丽的母豹子纠缠在一起做爱的场景，不如说是两只白色的母豹子相互伤害、临终前痛苦的画面。

冰见子医生怎么能够在做了这些事情之后，白天来到医院时，又一副神清气爽的样子对待周围。不对，也许正是有了那些怪异的时光，她才能顺利地扮演一个冷静的女医生。

总之，我知道了冰见子医生的真实面目。说实话，我对美奈的话至今仍有一些怀疑，但是冰见子医生的体内，的确流淌着一股常人难以理解的令人脊骨发凉的血液。

这种不安重现于金子太太的丈夫要来医院探望妻子的三天之前。

那天早晨，冰见子医生突然指示，让金子太太服用更多的抗精神病药物。

金子太太本来就服用着大量的安眠药和抗精神病药物，再加上这些强烈的药物，她自然会变得卧床不起、意识模糊。

其实，她初期的精神错乱已经治愈，本来只要停止服药，出院之后就能恢复正常生活，但是眼前只能说是故意通过药物，让她陷入异常的状态。

让我给她注射这些药剂，监督她服药，我心里感到非常难过。患者已经意识不清，脸上也失去了生气，为什么还要让她服用这么多的药物呢？

关于这个问题，比我后来的负责同一病房的中村护士也问过我，我被问得哑口无言。

我的意见当然和她相同，也反对让患者服药。但"正如你所说"这种话却不能从我口里说出。"她的被害妄想症还没有完全治好……"我只好站在冰见子医生的立场进行解释，用这种暧昧的说法把事情糊弄过去。

但是，这样一来，不是变成为冰见子医生的错误治疗助纣为虐，和冰见子医生一样变成罪犯了吗？

刹那间，"罪"这个字闪过我的脑海，我开始慌乱起来。

这毕竟还是犯罪吧。让明显快要痊愈的患者服用不必要的药物，导致其病情日益加重，不论是谁，都会认为这是一种犯罪的行为。

"我不能这样助纣为虐。"

我心中的另一个自我高声喊叫，但是我究竟怎么做才好？首先我应该向冰见子医生提出停止用药，但是事情到了这一步，我觉得她根本不会接受我的意见。

更让我不可思议的是，冰见子医生在进行这种极为异常的治疗时，没有半点儿犹豫，冷淡地对我下达指示之后就走了。望着她的背影，我渐渐觉得她与其说是个医生，不如说是一个冷血的生化电子人。

这样下去，情况十分不妙。我心里一直惦记着这件事，转眼就过了三天，终于到了金子太太的丈夫来医院探病的日子。

那天冰见子医生和往常一样，上午九点开始查房。

我也按照惯例一只手拿着病历，在冰见子医生需要时向她介绍患者的病情，若她有新的指示，便把这些记在病历上。话虽这样说，基本上都是冰见子医生问："没什么不舒服的吧？"患者只答一个"是"字。有时也会有患者提出"我感到身体很疲倦"或者"睡不着觉"等。

听着这些回答，冰见子医生一一点头，有时她也会一边询问，一边向下一个患者走去。

今天出现问题的是一个叫平林的男患者，前一天晚上他因酗酒而大声喧哗，使得附近的患者睡不了觉。一般病房的患者，只要得到允许，可以外出去医院周围的便利店，平林去那儿买酒回来偷喝。幸亏只是醉酒，没有出现打架或暴力行为等，但也还是违反了医院的规定。

冰见子医生在检查了病人是否按时吃药以后，警告说："下次再做这种事的话，就把你转到特殊病房里去。"那个患者听后，格外地垂头丧气。

又查了两个病房以后，冰见子医生来到了金子太太所在的东楼206号病房。

这是一间女子四人病房，金子太太住在最里面靠窗的一个病床。

床的周围挂着白色的帘子，打开帘子，金子太太几乎是一副仰卧的姿势躺在那里休息。早上查房时躺在床上的患者非常少见，由于连日来大量服药，金子太太好像已经起不了床，她眼皮微睁，慢慢地朝这边望来，没有半点儿想要表达什么的意思。

金子太太明显处于意识模糊、话不成句的状态，冰见子医生仅仅看了一下患者的表情，就接着问我：

"她先生几点来？"

"说是中午，见完患者以后，我把他带到您那里可以吗？"

我征求冰见子医生的意见，她点点头，向下一个患者走去。

这天的查房和往常一样平淡地进行着，没有什么特别的事情。

只有一件事和往常不同，就是冰见子医生亲自过问了金子太太的丈夫来医院的时间。

来精神病科探病的家属本来就极为少见，有些家属即使来了，也是向护士打听一下患者的病情而已。

但是，这次金子太太的丈夫提出要向冰见子医生直接了解他太太的病情，他以前也要求过前来探病，但是却被冰见子医生拒绝了，所以一直拖到如今，没准儿这件事情冰见子医生有些在意。

金子太太现在的状态，当然是大量药物的副作用所造成的，可以称得上是一种医疗过失。她夏天时就曾主动要求出院，但是现在连话都说不出了。她丈夫看到这种状况，会怎么想呢？我觉得他当然不会发现是药的副作用所致，希望不会引起什么麻烦事情。

我非常担心这些。冰见子医生查房以后，开始为门诊的患者看病，中午时分回到了院长室。

金子先生来访的时间大约在半小时后，也就是中午十二点半。

那时刚巧我在员工食堂吃饭，所以让他在接待室等了十分钟左右，我一进去，他立刻站起来："我叫金子，我妻子一直承蒙您的关照。"他低头行礼。

今年年初，金子太太拿菜刀砍伤丈夫被送到医院的时候，我当时没在花冢总院，所以今天和她先生是第一次见面。金子先生身材修长，身穿灰色西装，戴着眼镜，我虽是个男人，也觉得他非常英俊潇洒。

根据病历记录，金子太太今年四十二岁，他先生比她大一岁，今年四十三岁，在横滨一家商社工作。

我告诉他我的名字，然后接着说："那现在就去病房吧。""对不起，给您添麻烦了。"金子先生充满歉意地回答。

家属探望患者，其实并不费事，但是却被冰见子医生几次以"现在病人状态不好"为由，拖延至今，所以他才会觉得自己有些强人所难。

走廊里因为刚刚结束午饭，有的患者摇摇摆摆地走着，送餐车来回经过，四周显得有些嘈杂。

我领先一步在前带路，金子先生跟着我沿着走廊向 206 号病房走去。

病房的门开着，透过门口可以看见门附近的患者坐在床上，金子先生在门口稍稍停了一下。

不知是由于不习惯精神病医院的气氛，还是因为即将见到妻子有些紧张，在我目光的敦促下，金子先生一边东张西望，一边慢腾腾地向房间里面走去，来到了里边靠窗的病床前面。

于是，我朝他轻轻地点了点头，并打开了窗帘。深秋午后的阳光透过百叶窗洒满了整个病房，金子太太微微侧着身子在阳光下休息。

"金子太太。"

我唤了她一声，她慢慢地看向我，然而视线不聚焦，且目光浮游不定。

"你先生来了，你先生……"

金子先生走到床前替下了我，他凝视着自己的妻子，这下金子太太反应了过来，直直地望着金子先生，金子先生一下子扑到了枕旁。

"洋子……"

他抓住妻子的两只手腕，轻轻地左右摇晃。

"是我，我……"

仿佛为了回应他的摇晃，金子太太的嘴唇动了一下，但是却说不出完整的话来。

"明白吗？"

金子先生继续呼唤妻子，他一边用手轻轻抚摩妻子苍白而略显浮肿的脸颊，一边低语："怎么变成这样……"

他是在说金子太太消瘦而毫无生气的样子吧，眼下这种情景与其说是由于病情所致，不如说是因为服用了大量不必要的药物。可惜这种事情我也无法开口。金子先生接着双手撑在床上，深深地低下了头。

"对不起，都是我不好。"

金子太太似乎明白似乎又不明白，好像在看什么少见的人一样，一直凝视着她的丈夫。

"你受苦了吧……"

看着金子先生对他太太喃喃细语的样子，我只说了一句"完了以后，请到护士中心来"，就出了病房。

只剩下金子夫妇二人时，他们会讲些什么呢？金子先生好像有好多话要说似的，但是他太太目前这种状况，说什么也没用，因为她几乎不会有什么反应。

金子先生这次探病的目的当然是谈离婚问题，看来也不会如愿以偿了。

但是，金子先生对他太太的病状好像毫无疑问，更加出人意料的是，他依偎着失去生气、意识模糊的妻子，一边说"都是我不好"，一边深深地低下了头。

如果因为被妻子用菜刀砍伤，想和一直住在精神病医院的妻子离婚，金子先生看到妻子病情严重可能会感到吃惊，但不会那样深深地低下头来道歉的吧。

总之，人们常说夫妻之间的关系很难明白，仅从他们刚才见面的情景来看，真像一对相亲相爱的夫妻。

正当我脑海里转着这些事情整理病历的时候，金子先生回到了护士中心。他略微弯着腰，一副无精打采的模样，仔细一看，我发现他在病房哭过，眼圈有些泛红。

"那么，现在去不去见医生？"

我征求着他的意见，他点了下头。"金子先生希望见您。"我打电话通知院长室。

"请到第一门诊室来。"

"我这就带他去。"听到冰见子医生的指示，我回答说，并回头望去。金子先生低声道：

"承蒙您的关照……"

我是关照了他太太，其中最大的关照就是那些有意让她服用的药物。

"没，没有。"我口气暧昧地回答，然后把他带到了一层正前方左边的第一门诊室。

敲门进去以后，发现冰见子医生已经坐在了办公桌旁边的椅子上。一刹那，金子先生好像被揍了一下似的停住脚步，行了一礼。

"请，请坐。"

冰见子医生的声音和往日一样镇静，等金子先生坐好以后，她问：

"已经见到您夫人了吗？"

"嗯，刚才……"

"我想您可能有些吃惊，近来她一直处于异常的兴奋状态，所以给她注射了少量的较强的镇静剂。"

目瞪口呆，正好形容我眼下的状态。金子太太平时总是安静而稳重，根本谈不上什么处于异常的兴奋状态，而且把她逼到现在这副样子的，正是冰见子医生错开的那些药物和针剂。

她可真说得出来"因为患者过于兴奋"这类话。"根本不是！"我拼命抑制住自己脱口而出的冲动，不知冰见子医生是否察觉到我这种情绪，她继续说：

"我本来希望您来的时候，您夫人能有一定的好转，但是看来她有精神分裂症的潜质，而且时常发作，所以很难……"

此时我真想告诉金子先生，他太太根本就没有精神分裂症的潜质。冰见子医生一脸无辜地继续说：

"您好像几次提出过要来探病，因为我听说您想提出离婚。"

"对不起……"

"现在如果提出这种话题，更加容易引起您夫人的兴奋状态，说不定病情又会发作。"

冰见子医生显出真心担忧的样子，皱起眉头。

"您还希望离婚吗？"

"不，我自己并不是特别希望离婚，只是我父母和亲戚们都说还是离了为好。"

在不知内情的人看来，突然举刀向丈夫砍去，之后又一直住在精神病医院，一般人的确都会建议和这样的妻子分手为好。

"以您夫人的现状，我认为得到她本人离婚的同意很难。"

"我知道，我也这样想的。"

金子先生一直低垂着头，过了一会儿他总算抬起头来，用一种坚定的口吻说：

"今天见面以后，我改变了主意……"

"改变了什么？"

"全都是我的错。是我做得不好，事情才会变成这样。我应该向妻子道歉，是我害得妻子痛苦不堪。"

这时，金子先生突然说了一句"对不起"，然后从口袋里掏出手绢，捂在眼睛上后继续低下头来。

这究竟是怎么一回事？当初金子先生因希望离婚提出探视妻子的时候，我以为他们之间的爱情已经完结。对拿刀砍向自己的妻子，失去爱情也情有可原。

但是，看到金子先生在病房探望妻子的样子，还有刚才在冰见子医生面前表现出来的悔不当初的情景来看，说他怨恨妻子，不如说他仍然爱着妻子。

既然这样，他为什么还要提出离婚的要求呢？可能正如他本人所言，是他父母和亲戚们主张他离婚的，但是原因只是这些吗？

从金子太太的病历来看，某天晚上，她突然陷入一种丈夫虐待自己、不知何时会被丈夫杀死的恐惧当中，所以举刀向丈夫砍去，结果被送到花冢总院，当时就住进了医院。从那时的情况来看，是妻子单方面怨恨丈夫，因此引起了这种突发性事件。但是，事件背后是否还隐藏着什么特别的原因呢？

对于急救患者，医院只问一些和刚刚发生的事件有关的事情，因为要马上开始抢救，所以不会详细询问事件发生的背景，病历上也就没有相关的记录。在这方面，我应该早一点儿向患者询问原因。不愧是冰见子医生，又领先了一步，连夫妻之间的内情也有所了解。

然而，金子先生讲的"应该向妻子道歉"这句话，究竟指的是什么？为什么作为被害者的丈夫，现在却要向妻子道歉呢？

金子先生继续说道：

"可能的话，等病情好转以后，我想接妻子回家。因为责任在我。"

这时，一直单手拿笔眺望窗外的冰见子医生，盯着金子先生问道：

"现在，您孩子怎么着了？"

这对夫妻之间的确应该有一个上中学的女儿。

"暂时还跟我住在一起……"

"还想让您夫人，回到那种地方去吗……"

刹那间，金子先生好像中弹一般低下头去。从侧面望去，刚才我第一眼看到的那个英姿飒爽的中年男人已经踪影皆无，不知怎么搞的，我觉得他像一个苦难深重的殉难者。

看起来金子夫妻之间隐藏着病历记录以外的复杂关系。冰见子医生是否已经知道内情？她冲着低垂着头的金子先生教训说：

"现在，首先要把你那边的事情处理好了。等那边的问题解决了以后，请再来一次。"

她的话音刚落，金子先生就抬起头来："但是，那种事情……其实从一开始，就没有发生过您所说的那种事情。"

"这可不清楚。"冰见子医生缓慢而坚决地摇了一下头，"总之，您夫人的病情您现在已经了解清楚了吧，所以今天就到这儿吧。"

说完，她就像一切都结束了一样站了起来。

"医生……"

金子先生还想抓住她说下去，但是冰见子医生却毫不理睬地离开了门诊室。

房间里只剩下了我和金子先生，我觉得应该对他说点儿什么。当我呆立在那里的时候，金子先生也一副垂头丧气的样子，哑口无言。

冰见子医生和金子先生之间究竟在什么地方上意见发生了分歧？不，与其说意见分歧，不如说金子先生否定的事情，冰见子医生直到最后也没接受他的说法。这种误会又是怎样产生的呢？

午后的阳光斜射进来，我把百叶窗放了下来，试探着问：

"您家里有什么问题吗？"

"没……"金子先生缓缓地左右摇着头，"冰见子医生现在还在怀疑我。"

"怀疑，怀疑什么？"望着不想作答的金子先生，我又试着问道：

"刚才你们谈起孩子的话题，你孩子有什么问题吗？"

金子先生仍然保持沉默，过了一会儿微微点了下头：

"您有没有孩子？"

"没有，因为我还没有结婚……"

"那么您可能不会明白，孩子是多么可爱，特别是女儿……"

这种程度的事情我当然也知道。特别是父亲疼爱女儿更是理所当然的了。与此相同，母亲就非常疼爱儿子。

实际上就是现在，每次我一回家，母亲都会烤我喜欢的竹夹鱼给我吃。

这种理所当然的事请，为何目前对金子夫妇来说，变得如此重要。

"那么，现在家里只有您和您女儿两个人吧？"

"由于我太太不在家，只好两个人过了。"

我一下子回想起冰见子医生刚才"还想让您夫人，回到那种地方去吗"的反问，冰见子医生一向语气平和，这种责问式的严厉语气相当少见。

"冰见子医生为什么说让您太太回家不行？"

"不，我也不明白。"

望着轻轻叹气的金子先生，我又产生了新的疑问：

"非常冒昧，刚才您对冰见子医生说过，'都是我的错''我应该向妻子道歉'。你究竟做过什么错事？"

"没有，我没做什么。虽然我没做什么坏事，但是冰见子医生却说不好……"

"那，为什么？"

"……"

金子先生一言不发，这样一来，我不就成了一个不知内情，只知道执行冰见子医生错误治疗的、没有眼泪的冷血护士了吗？

"我是一个护士，为了掌握患者的情况只好这么做。根据不同的情况，我的护理工作也要相应变化，我会竭尽全力，所以您能把情况都告诉我吗？"

胜负在此一举，但是金子先生已经一副不想再听下去的样子，他激烈地摇着头说：

"别说了，请别说了……"

然后过了一小会儿，从他口里突然蹦出一句：

"我只是宠爱女儿而已。"

金子先生的话让我越听越糊涂。特别是刚才蹦出来的那句"我只是宠爱女儿而已"。这到底是什么意思？做父亲的宠爱自己的女儿，本来就无可厚非，他为什么要特别强调这一点？

"请冷静一下。"

我安慰着由于兴奋、脖子上青筋颤动的金子先生。

"听您刚才的介绍，您并没有错，所以根本不用介意。但是我想问的是，您太太为什么要拿刀砍您？病历上记载的是突然发作，但我觉得是否还有更深一层的原因？您可以把事情告诉我吗？"我对继续保持沉默的金子先生说。

他微微点了点头："我的确爱过妻了。但她有时欺负起女儿来异常地歇斯底里。由于她做得过于离谱，我开始袒护女儿，让她不要说得这样难听。真理，这是我女儿的名字，什么错事也没做。正说着，我妻子突然从厨房里拿出菜刀向我和女儿砍来。我女儿腿快先跑了，我想制止她，她却直直地挥刀向我砍来，结果被她砍了两刀，这两处受伤缝了十针。"

金子先生把左手小拇指上残留的伤口递给我看。

"我妻子当时简直就是一个疯子。她平时老实本分，那时却鬓发乱摇得像个疯子，由于我手上喷出血来，我才叫了救护车。"

这时我才了解了事情的起因，但有些事情我还是摸不着头脑。

"但是，您太太平时那么老实，为什么冲您做出如此激烈的……"

"对呀，所以我那时如果不是单单指责妻子，而是稍微体贴地宽慰她一下就好了。而且还和女儿站在一起一块指责她。"

"指责？"

"对，我说你以后不要再说这种无聊的事了，这句话好像愈发激怒了我妻子……"

"那么，无聊的事情是？"

"说起来不好意思，我和妻子之间的关系不太好。不对，我并不是不喜欢她，但是我妻子好像不喜欢我……"

这时，金子先生右手轻轻拍了一下额头。

"我妻子好像不喜欢我过分宠爱女儿。她一说女儿什么，我就为女儿辩护，而且女儿也站在我这一边。所以她觉得我们故意欺负她，我们排斥她、讨厌她这种被害妄想越来越严重……"

"但是，父女之间的关系本来就不错呀。"

"我也这么想，但是我妻子却非常奇怪，总是觉得有一天自己会被女儿取而代之……"

"不会吧？"

父女之间的关系再怎么亲密，和夫妻之间的感情也完全是两码事，怎么会把二者混同在一起呢？

这时，我忽然想到了一种异常的关系。

"是不是你对女儿的喜爱，是一种特殊的喜爱……"

"请等一下。"

金子先生激动地摆着右手。

"我女儿才初中二年级啊。即使我再怎么宠爱女儿，又能做什么呢？最多也只是抱抱她而已。"

"但是，冰见子医生觉得……"

冰见子医生确实好像说过，不能让金子太太回只有父女两个人在的家。

"那个医生很奇怪，是个神经病。"

突然听到金子先生攻击冰见子医生，我心里不安起来。

"她想的事情极不正常。从我妻子刚刚住院到我不久后前来探病，每次她都刨根问底地追问我的家庭关系，结果我妻子变成了眼下这个样子，都是由于我的过错……"

这时金子先生对我说："医生，"然后又慌忙改口称我，"护士先生。我家里的那位，难道就没有什么好的治疗方法吗？这次我一定把所有事做好，我十分希望我妻子能够早日出院。"

金子先生说完深深地低下了头，我无言以对。

金子太太现在已经恢复得相当不错，眼前的一切症状，可以说都是由于冰见子医生错误用药造成的。因此，金子先生如果真心希望治愈妻子，最佳的方法是冲破一切阻碍，把妻子强行带回家。金子太太眼下当然是处于意识模糊的状态，所以有个身强体壮的男人把她扛出去后，可以相当简单地逃走。为了实现此项计划，工作人员，其实最重要的就是我，只要睁一只眼闭一只眼，让他们蒙混过关，这件事就能办到。

如果真正为患者考虑，这个方法最好，而且事关患者的生命，可以说是从事这项工作的人义不容辞的责任。不仅如此，虽说不用上纲上线到人道主义这么夸张，但是作为在医院工作的护士，这是责无旁贷的。

这件事应该尽早告诉眼前的金子先生。我虽然这样想，但心里还是一直犹豫不决。我曾经一度想要张口告诉他，却又咽了回去。"真没出息，快说，快说……"正当我想说又说不出口的时候，金子先生无声地站了起来。

"总之，我太太请您多多关照。我只有靠您了。"

即使金子先生这样说，我也只是一介护士，只能服从冰见子医生的指示。

不对，只要义无反顾地把这种上下级关系抛开，坚决和冰见子医生的错误做法进行抗争，一切就能得到解决。就是做不到这一步，只要装作给患者服药，而实际上不让她服用就可以了。做到了这一点，金子太太就会好起来，然后找机会逃脱，一切就都解决了。

想虽然这样想，我却没有付诸实施的勇气，只好默默不语。金子先生问：

"那个，我是不是说了什么失礼的话？"

"不，没有什么……"

"那么我走了，今后还要承蒙您的关照，请多多费心……"

金子先生接着对我行了一礼，然后一转身，朝医院走廊方向走去。他显得比实际年龄老些，冲着他微驼的后背，我喃喃自语：

"对不起。"

望着金子先生的背影在走廊尽头消失，我深深叹了口气：

"好了，结束了……"

我不禁低语，发现自己的话有些驴唇不对马嘴。其实这件事与其说结束了，不如说问题只会变得越来越严重。结束谈话以后，我松了口气，总算渡过了金子先生来访这个难关。

"但是……"

我不紧不慢地走回护士中心，途中我心中暗想：金子先生虽然回去了，但是此时我有必要再确认一下冰见子医生的想法。好坏姑且不论，今后她打算怎么治疗金子太太，此时我更需要仔细了解一下她的想法。

来到走廊拐弯的地方，我突然调转方向，走上刚才路过的、通往二层院长室的楼梯。

这还是我第一次事前没经联系突然闯去院长室，但是现在我也顾不了那么多了。

来到院长室门前，我按响了门铃，院长秘书深田小姐走了出来。

"有什么事吗？"

"我想见院长，现在，马上……"

也许受到了我急迫表情的惊吓，"请等一下"，她从头到脚打量着我说。

她可能进去和院长商量了一下。马上就出来了。"请。"她打开门说。

一进院长室，先是秘书的小房间，再往里走是一间宽敞的房间，摆着一套会客用的沙发、茶几以及一张大桌子，院长坐在桌子对面的椅子上。

冰见子医生好像在写什么东西，她单手拿着笔，一副"怎么了？"的表情抬起了头。

"那个，金子先生刚刚回去。"

"哦……"

冰见子医生冷漠地点了下头，什么都没说，我只好站着说。

"金子先生几次提出希望他太太能早日痊愈，以便出院。"

"你是怎么回答的？"

"我没说什么，只是听他说而已……"

"你要说的就是这些？"

"不，请等一下，我很想请教一下金子太太的治疗方针……"

冰见子医生微微一笑，刹那间类似冷汗一样的东西顺着我的后背流了下来。

这种微笑我好像什么时候见过。在那个四月的月夜，冰见子医生在墓地口衔樱花时绽出的微笑，和眼前的微笑是一模一样。我突然觉得冰见子医生处于一种疯狂的状态，而且正亲自把这种疯狂辐射给周围。那种一半微笑、一半困惑的表情浮现在我的脑海。当我如痴如梦继续凝视着冰见子医生的时候，她突然收回了微笑，表情变得和平时一样。

"金子太太的事情你最清楚吧。你了解她的病情、治疗和住院的情况，并在此基础上进行护理，所以我非常信赖你。"

"但是……"

冰见子医生信赖我，我自然很高兴，可是一直这样下去的话，我很难做。我努力压抑着这种情绪。

"还是说，你不愿意？"

"不是……"

我沉默了一会儿。可是我就此收兵，结果就又和以前一样了。我不禁斥责自己。

"只是金子先生很诚恳，他几次提出希望他太太早日痊愈出院。"

"不行。"

突然，冰见子医生威严的声音响彻了整个院长室。

"还不能让那个患者回家，不，她根本回不去。即使问我为什么，你也明白不了。因为这只是我自己的独断专行而已。"

"独断专行？"

天下哪有这样不讲道理的事情。我不顾一切地问：

"但是这样一来，不是能治好的病人也治不好，能出院的病人也出不了院，而且病情越来越重……"

"这有什么不好的？"

我被她的话惊得目瞪口呆，这时她又恢复了往日那种平静的口吻：

"不是所有来医院的人，病情都可以好转或痊愈的。"

"但是……"

"我没心思跟你争论这些。总之，你只要忠实地执行我的指示就可以了。因为我是那么信赖你……"

就这样，我在冰见子医生美丽的双眸注视下，不由自主地点了点头。

不管怎么说，我都反抗不了冰见子医生。在她那双美丽的凤眼注视下，一句"请按我的话去做"，我立刻就会变得像斗败了的公鸡一样垂头丧气。

特别是这回"我是那么信赖你"这么一句话，我就连"不"也说不出来了，唯有点头称是。

况且冰见子医生还是第一这么说。上回美奈曾经说过冰见子医生非常信赖我，没想到还真是这么一回事。如此一来，我还怎么能背叛她呢？

我从院长室出来，一边在走廊上走着，一边提醒自己，可是回到病房以后，看到卧床不起的金子太太，我的疑问又重新冒出头来。

"真的可以这样下去吗？一直置之不理的话，金子太太就会变成一个废人。"

我在冰见子医生和金子太太之间摇摆不定，一天又过去了。

说起来，近来我很容易疲倦，精神上也焦躁不安。我才三十一岁，却因失眠开始服用安眠药，早晨起床时身体倦乏，有时不想立刻起床。我也觉得自己有问题，可能是由于金子太太一事的辛劳，还有和冰见子医生、美奈之间的异常关系，使我在精神上受到折磨，我才会这么容易疲倦的吧。

但是，一个精神科的护士自己精神上存在问题，这也太不像话了，如果别人知道的话，我只能成为大家的笑柄。

在护士中心的角落里，我边享受午后的阳光，边呆呆地冥思苦想，突然传来了一阵慌乱的脚步声，在我手下工作的护士仓田武奔了过来。

"北向先生，不得了了。"

"怎么了？"

在我扭头望向他的同时，护士中心的其他护士也一齐把目光转向了他。

仓田武望了一下周围，然后来到我旁边耳语：

"片山小姐不见了。"

"什么叫不见了……"

"她好像逃走了似的。"

片山夏美是住在东楼 201 病房十七岁的高中生，今年初夏，我在冰见子诊所为她做过心理治疗。

这个夏美是今年住进花冢总院的，八月她做了人工流产之后又跟男朋友分了手，受到了打击，由于自杀未遂被送到了我们这里。

经过三个月的治疗，我觉得她精神已经恢复稳定，可以出院了，可冰见子医生却认为还应再住一段时间。

对夏美的过度药物治疗就是从那时开始的，那时我觉得夏美的判断能力几乎完全正常，但是冰见子医生却给她开出大量的抗焦躁药和镇静剂，结果由于药物的副作用，夏美身上出现了嗜睡、倦怠、口渴等症状。

我发现了这个情况，曾经问过冰见子医生是否用药过强，她只说了一句"没问题"，对我的提醒根本不予理睬。

这种情况和金子太太完全相同，只是夏美的药量只比一般多一点儿，而且夏美自己也想再住一段时间医院，所以我也就没有特别在意。

但是这一个月来，夏美常说想要出院，并正式提出了申请，但是冰见子医生却怎么也不放她出院。她开始焦躁不安起来。

这个夏美突然无缘无故地从医院逃跑了。

"不会有错吧？"

"她的衣服、鞋子和书包全不见了。上午有朋友来看过她，所以她大概和那个孩子一起出去了……"

"外出许可呢？"

"当然没给过她，北向先生听说过吗？"

我也不记得给过她许可。

"她会不会是到哪儿玩去了？"

"不会，我觉得她肯定逃走了。那个女孩子应该做得出来。"

我马上赶到夏美住的 201 号病房，床上的确空空如也，而且被子叠得整整齐齐。

这是一间四人病房，夏美的病床在一进门右边，被白色的布帘挡得密不透风，好像谁也没有察觉她跑了。"她的朋友好像来过。"旁边一个四十多岁的女性也只是这样说，现在才显出吃惊的样子。

夏美果真逃走了吗？护士长加上我，从病床上的架子到旁边的小桌子，还有床下都仔细搜查了一遍，衣服就不用说了，夏美非常喜爱的书包、书，还有光碟等，只要看得见的东西都不见了。

隔壁的特护碰巧看到夏美和朋友走在走廊上，夏美穿着自己的衣服，手里只拿了一个书包，她朋友手上好像拎着一个大袋子，当时以为她们是去医院的小卖部，也没觉得有什么奇怪。

"看来是错不了了。"

除了特别病房的病人，一般的患者，特别是在查房和接受治疗以外的时间，可以在医院里面自由走动。当然天气好的时候，也有患者来到院子里享受日光浴。虽说禁止外出，但只要得到许可，也可以去附近的便利店购买日常生活用品等。

所以想要外出的话，也可以自由出入，至今为止也不是没有逃走的患者，但是多数患者都在治疗当中，即使稍微出去一会儿，因为还要服药，所以一般都会回来。

但是，从夏美的情况看，明显是有计划地逃跑。

"管理太松了。"

如果夏美真是逃跑，就应该马上通知院长，冰见子医生知道了这件事，会怎么说呢？

夏美和一般的患者不同，是冰见子医生极感兴趣的一个病人，所以难以立刻对她启齿。

"再等一会儿试试看。"

就这样又等了一个小时，我们到医院附近也找了找，还是没有夏美的影子，这时快到白班交班的时间了，没办法我只好让护士长向冰见子医生报告了。

十分钟左右后，冰见子医生出现了，她先检查了一下病房的情况，然后回到护士中心，对护士长以下站成一排的护士们问：

"你们有没有察觉她逃跑的迹象？"

她巡视着大家，首先必须回答的就是直接负责夏美的我。

"没，没发现这种情况……"

虽说没有发现，但我也逃脱不了监管不力的责任。

"她按时服药了吧？"冰见子医生继续问。

我很困惑。表面上夏美当然一直是在吃药，但她时常向我发牢骚："真要吃这么多药吗？"

"如果吃不下，不吃也可以。"面对她的满腹牢骚，有一次我的确这样说过。

因为我觉得开给夏美的药实在太多了，也许正是这个原因，夏美没有按时服药，或是把药扔了。

但是我还是回答："我觉得她把药都吃了……"

冰见子医生马上追问："你确认了吗？"

对有不按时服药毛病的患者，护士要站在一边督促患者把药全部吃下去。

"是……"我点头，但是冰见医生好像立刻察觉到我其实没有确认。

"你的监管太松了。"

冰见子医生斜了我一眼，接着对护士长指示：

"尽快和她家里联系，告诉办公室给她办理出院手续。"

说完这句话，她一转身大步流星地走了。

护士中心重新恢复了平日里的喧闹，仓田护士在我身旁嘀咕：

"冰见子医生生气了。"

冰见子医生认为需要住院治疗的患者却偷偷逃跑了，她发火生气也是不可避免的。因为逃走的夏美，万一在什么地方因喝酒而引起事端，负责收治她的医院也难脱其责。

"如果她确确实实回了家，就好了。"

仓田似乎十分担心夏美的去向，对我来说，却更担心因此失去了冰见子医生的信任。

虽说我的勤务时间已经结束，但是我负责的患者不见了踪影，我也不可能就这么回家。

按照冰见子医生的指示，我从病历上查出了夏美家的电话号码打了过去，是她母亲接的电话，只有"没有回家"一句话，也没有显出什么吃惊的样子。

"如果夏美回了家，请马上跟医院联系。"我说。"那个孩子不会回来的。"她母亲冷漠地答复。

也许因为母女俩常年关系不好，做母亲的对女儿已经不抱什么希望了。

下班一个小时后，我去食堂吃了点夜宵，然后又回到了护士中心，还是没有来自夏美家的任何消息。

夏美究竟去什么地方了呢？我觉得她可能在来看她的朋友家里，

可是又无法取得联系。

眼下我也无事可做，只好把夏美的病历又从头看了一遍，仍然没有查出夏美失踪的任何线索。或许应该说，我只是没有发现而已。

但是，在金子先生来看望他太太的同一天，夏美却逃走了。这两个人之间并没有什么关系。这只是一种巧合，可是仔细想一下，也有点儿不可思议。

东楼病房的金子太太、夏美，还有西楼病房的村松先生，我把这三个人的情况按顺序想了一遍，马上注意到一个问题，他们都是冰见子医生负责治疗的患者，住院时间和使用的药物都超过了正常的范围。

当然，在冰见子医生负责的患者中，也不是没有我觉得用药过多的情况，但这只是一时的，不久就会恢复到适量，有时药物的减少幅度还会很大。

只有金子太太、夏美、村松先生三个人，从住院起药量就异常之大，而且情况一直持续到现在。

"为何只对这三个人这么……"我想着想着，突然注意到一种奇特的人物关系。

如果村松先生作为丈夫，金子太太作为妻子，夏美作为他们的女儿，这三个人放在一起也没什么可奇怪的。这三个人当然姓氏不同，彼此之间也没有任何关系，但是放在一起的话，确实能够组成一个家庭。

在我意识到这点的时候，值班护士叫我：

"电话，院外电话。"

说不定是夏美家打来的。我急忙拿起话筒放到耳边。"是北向先生吗？"突然传来了一个年轻女孩的声音。

我觉得很耳生。"我是北向……"我说。过了一小会儿，"北向医生？"对方问。从略显娇嫩的声音，我一下子听出了是夏美。

"出什么事啦？你在哪儿？"

听到我一连串的问话，夏美沉默了一下，突然冒出了一句：

"对不起。"

我觉得此刻发火并不是办法，于是我把语气放温和了些。

"你眼下不在家里吧？"

"那个，我在朋友那儿……"

正是和我预料的一样。我环视了一下周围，发现大家都在注意电话这边的动静。我用教训的口气说：

"你不打算回医院吗？"

"我不回医院了，我不回去也可以吧？"

虽然听到夏美这样问，由于大家都在竖着耳朵偷听，因此"可以"这个词我根本说不出口。

"为什么……"我反问。夏美的语气斩钉截铁：

"这件事我只能对您说，一直在医院住下去的话，我觉得自己真会发疯的。"

我无法回答，夏美继续说：

"我怕那个医生。"

"怕？"

"我再也不想接受那个医生的治疗了。"

我刚想点头表示赞成，立刻又缩了回去。

"对不起，我这么随意妄为。但是，我觉得只有您能够理解我，那就这样……"

"喂，等一下，你……"

"我再跟您联络。"

说完这句，夏美就挂断了电话。我拿着发出忙音的话筒，在想到这下我可有麻烦了的同时，心里又悄悄松了一口气。

不管怎么说，夏美平安无事和她不想再回医院的事情，我必须通知冰见子医生。

我马上给院长室拨了个电话，冰见子医生好像已经回去了。我想她大概在家，打了过去也没人接。幸好为了应付紧急情况，我问过她手机号码，所以我接着打了她的手机，冰见子医生接了。

"我是北向，您现在说话方便吗？"我问。冰见子医生可能是在外面，周围一些嘈杂声随着她的声音一起传了过来。

"可以啊，怎么啦？"

"嗯，和片山夏美联系上了。"

"她回家了？"

"没有，她好像在朋友那儿，看来还是计划好了跑的。她说不再回医院了……"

"为什么？"

听到冰见子医生的问话，我无法作答，只好一言不发。

"她是不是对医院有什么不满？"

"她也没说清楚是什么理由……"

"那个女孩怕我吧？是由于害怕才逃跑的吧？"

冰见子医生的推测就像听到了我和夏美之间的对话一样准确，我惊慌失措起来。

"是这么回事吧？查房的时候，我一看那个女孩儿的眼睛就明白了，一定是这样的。"

不愧是冰见子医生，我十分佩服她敏锐的观察力。

"你也是个没用的人……"

"啊？是说我吗？"

我慌忙问道。冰见子医生干脆地说：

"这件事就算了，她不回医院就不回吧。如果她再和你联系，你就把这话告诉她。"

这样过了一会儿，冰见子医生的口吻变得十分感慨，她说：

"这下好了。"

"什么意思？"

"是啊，她不在了就好了。就当作我们让她出院的吧。"

说完，冰见子医生径自挂断了电话。

冰见子医生到底想说些什么呀？患者逃走了，她却说这下好了，究竟是什么意思？冰见子医生这种自暴自弃的说法，使我愈发地糊涂了。

突然死亡

随着年末的临近，医院也开始忙碌起来。

一般的医院，在年末年初的长假之前，要把重要的手术和检查全部进行完毕，还要处理出院患者的种种事宜，因此变得极为繁忙。

在精神病医院，原本就没有什么大的手术或检查，因此不似一般医院那么繁忙，但是随着患者在新年长假前后住院、出院，还有临时回家等，需要办理各种各样的手续。特别是患者本人希望回家的时候，患者的家属是否同意接纳，在临时回家期间会不会出现问题，各个方面都要慎重考虑，所以正确地进行判断非常重要。基于诸多方面的考虑，让患者留在医院最为安全，但是年底也有十人左右出院，还有同样人数的患者可以临时回家。

然而，村松先生和金子太太不要说出院，就是临时回家，当然也不在考虑的范围之内。

我从一开始，就没对他们能够临时回家抱有希望，实际上他们目前的情况也根本回不了家，所以让他们在医院过新年，我也没有什么异议。

与之相比，让我大吃一惊的是中川凉子的辞职。

十二月中旬刚过的时候，凉子突然约我见面，等我一到自由之丘那家以前经常约会的咖啡馆，凉子脱口说出了一个爆炸性新闻："我干完今年就辞职。"

"为什么？"我不禁问道。

"在这种医院里我再也干不下去了。"她说。

"因为村松先生的事情？"

"当然了，这次要把他移到东楼病房的事，你已经知道了吧？"

"不，我没听说。"

"不可能吧，冰见子医生已经明确告诉我了。"

即使凉子这样说，我也没听说过，凉子不管不顾地继续说：

"另外，还有两三名患者的治疗也非常奇怪，无论如何，我再也不能在那个医生手下工作了，她的做法实在异常。"

凉子的心情我也十分理解。

"我本来想只要保护好村松先生就可以了，但是他被从西楼病房移走的话，我也没有必要继续待在这家医院了。总之，再在这儿工作下去的话，连我的神经都会出毛病。"

要强的凉子由于兴奋，脸渐渐红了起来。

"那个，辞职一事，你是什么时候决定的？"

"我以前就考虑过，真正下决心是一个星期以前吧。"

"就是因为村松先生的事情？"

"对，这样一来，我也解脱了。从明年开始他要搬到你那儿去了，请多关照。"

"这种事情你不说，我也会……"我慌忙接口。

凉子用一种冷淡的口吻接着说：

"这件事不也正合你意？"

"哪儿有这回事……"

"冰见子医生和你不是同伙吗？"

"同伙？……"

凉子怎么会说出如此恶心的话？冰见子医生和我是同伙，这种讲法对冰见子医生也太没有礼貌了。岂止如此，这同样也会给我带来麻烦。

"注意你的用词。"

"随你便，反正我就要辞职了。我不在的话，你也很爽吧。"

"唉，等一下。"

凉子每说一句话，都使我感到十分气愤。

"辞职以后，你打算做什么？"

"我会去其他一些更正规的医院。"

"什么叫正规？在哪儿？"

"离这儿很远，说不定是千叶那边的医院。"

护士这个职业，只要想工作，找一家医院应该相当容易。

"那，以后就见不着了……"

得知凉子就要离开了，我突然觉得寂寞起来。

"像我这样一个傲气十足的人，如果不在了，你心里不是也能松口气吗？"

"没那么一回事，况且你想做的事情充满了正义感。"

"事到如今，再奉承我也晚了。"

"你上班的医院定下来的话，告诉我一声好吗？"

事情发展到这一步，我也没有再去追求凉子的打算，然而我们毕竟曾是相亲相爱的情侣，所以我还是放心不下。

凉子在告诉我她辞职的理由之后，留下一句充满关怀的赠语"你也多加保重吧"，就起身走了。

好像用尺子进行过精密计算一样，在凉子和我见面的两天后，冰见子医生对我下达了把村松先生移到东楼病房的指示。

"二十五号以前，完成移动病房的工作。"

患者的病房和负责护士，多在月底进行调整，在除旧迎新的年末，进行大幅度的调整也没有什么不自然的。但是，原来住在西楼病房的患者，没有什么特殊理由，被移到东楼病房，还是很少见的。而且还是金子太太对面的病房。

可能是出于把两个患者放在一起便于管理的考虑吧。冰见子医生嘱咐不安的我："你一定要好好儿看护他们啊。"

不久前，由于夏美的逃跑，我以为自己已经失去了冰见子医生的信赖，这次她把有问题的村松先生让我管理，是否说明她仍然相信我？或者因为她觉得我听话，能够一声不吭地遵从她的旨意护理患者？不管怎么说，我心中涌起了一种被冰见子医生一点点儿拖入陷阱的感觉。

好像察知了我这种心态，第二天，在护士部门为凉子举办的送别会上，她看准机会在我耳旁轻轻说了一句：

"看样子，你已经逃不掉了。"

"什么？"

凉子已有了些醉意，她的目光中呈现出一种少见的多情。

"冰见子医生一直看好你，你已经是她的同路人了。"

"傻话……"

我想对凉子说，少用这种演歌世界里的词语，但是她的确一语道破了事实。

"我已经幸运地逃出了火口。但是村松先生的事情，还请你多多关照。"

凉子喝了一口手里拿着的红酒，接着说：

"那个人，你只要对他说一个名字，他就会睁开眼睛。他只对这个名字有所反应，你记住了。"

说着凉子轻轻地对我眨了一下眼睛。

"就是瞳字，瞳孔的瞳。"

"瞳？……"

"对，这是村松先生亡故了的女儿的名字。只有呼唤这个名字时，他的脸上才会出现表情，别忘了呀。"

凉子说完以后，就跑到西楼病房的工作伙伴当中去了。

不愧是凉子，那么了解村松先生的事情。在很长的一段时间里，她一直在和冰见子医生那种我行我素的治疗进行抗争，并且拼命地保护患者，所以，她才能比谁都清楚村松先生的病情和嗜好。这样一个凉子离开以后，所有的重担今后都落在了我一个人的肩上。一想到这些，我就会不安起来，心情久久难以平静。

"怎么办……"

如今再说这种话为时已晚，在和冰见子医生抗争这件事上，凉子曾是我的战友。凉子首先对冰见子医生那种异常治疗发出了疑问，并告之于我，寻求我的支持。开始时我并没有认真对待，可是在听她讲述这些疑问的过程中，我也觉得不可思议起来，从那时起，我对金子太太及夏美的治疗，也开始抱有疑问。

如果不是凉子那么强烈地表达出她的看法，我至今都不会察觉这些问题，即使察觉了，说不定也不会这么关心这个问题。

在这种意义上，说凉子唤醒了我的良心也不过分。

这样一个凉子离开医院以后，今后我只好独自进行抗争了。无论有什么疑问，再没有可以商量的对象，我必须一个人孤军作战。

"我真能扛得过去吗？"

至今为止，凉子一直和我抱有同样的疑问，说实话，我以为我们会并肩作战下去。反对冰见子医生做法的不是我一个人，凉子的反对甚至更加激烈，更加愤怒，她这种情绪使我感到十分安心，精神上也放松了不少。

这个凉子走了之后，我认为不可能立刻找到取而代之的志同道合的战友。就是我想寻求共同抗争的伙伴，可大家都忙于自己的事，再有即便我想发动他们反抗院长，也没有人会赞同我，而且只能给对方带来麻烦。

在这种环境中，我还能毅然决然地抗争下去吗？

"快了，从下周开始，金子太太及松村先生都成了我负责照顾的患者了。"

想起来我就紧张，同时开始怨恨在抗争中半途撤退的凉子。

医院的日程安排和我的紧张感毫无关系，所有事仍旧按部就班地继续进行，十二月底病房的调整全部结束。

按照原定计划，松村先生搬到了我负责的东楼病房，重新进行了一次检查。

检查的结果是血压有些偏低，有轻微的贫血症状，心电图等其他项目都没有异常。

可能由于一直卧床不起，松村先生脸色苍白，皮肤干枯，四肢出现了轻度的肌肉僵硬和萎缩的现象。而且意识反应较为迟钝，因为有大小便失禁的危险，所以需要使用尿布。

他搬到我这儿那天，我凑近枕边对松先生说："从今天开始，我负责你的护理，我叫北向。"他很好奇地看着我的脸，慢慢儿点了下头。

"以前的那个凉子小姐已经不在这儿了。"

我这样一说，他脸上似乎现出了一丝悲哀，他环顾着四周，不久眼角里渗出了泪光。

是否因为凉子一直尽心照顾他，所以他舍不得凉子？

"我也会努力照顾你的，请放心吧。"

我想起来凉子说过，只要呼唤他女儿的名字，他的面部表情就会变得栩栩如生。我鼓励他："打起精神来。"然后又唤了一声"小瞳"。

话音刚落，松村先生的眼睛里顿时现出了神采，他直直地望着我，脸上微微出现了笑容。

"太好了，你喜欢小瞳吧？"我继续问。

"嗯……"松村先生发出声音，并使劲儿点头。

对于松村先生来讲，由于交通事故去世的女儿，似乎仍是最可爱、最难以忘怀的存在。

但是，他对妻子和另一个儿子几乎没有反应。为什么只有女儿才能引起他如此强烈的反应？

他女儿去世已将近一年，望着仍然陷入寻求女儿面影迷宫之中的松村先生的表情，我真想问一句："为什么你独独只对女儿，有这么深厚的感情呢？"

调整完病房以后，金子太太和松村先生隔着一条走廊，住在彼此对面，我同时照顾着这两个患者，总觉得古里古怪。

说实话，这两个病人都不费事。说起费事的患者，其他还有很多，其中有些不听话的患者，有时真想把他们捆绑起来。

在特别病房里，有一位叫中井的患者最为典型，他有时候故意把房间弄得乱七八糟，甚至在病房内小便，而且声称这些都是突然产生的幻听、幻视所致，遭到制止以后，也是一副毫不在乎的表情。即使没有他这么严重，由于陷入各种各样的被害妄想，有些患者会说饭菜里有虫子，或者深夜里听到孩子的哭声等，常常因此吵闹不休。

松村和金子太太本身就并没有重病，只是由于用药过度，陷入了精神病的状态而已。虽说在病历上松村先生患的是"躁郁症"，金子太太是"综合失调症"，但实际上只是一时性的被害妄想症。

本来像这种较轻的病情，根本就不需要住院，所以也不可能由于病情恶化或周期性发作，出现胡吵乱闹等情况。在这种意义上说，他们是最容易管理的患者了。

但是，面对这种不必住院、服药的患者，每天迫使他们住院吃药，在某种程度上比管理那些吵闹的患者，更加消耗精力，也更容易累。

让两个因服药而失去精气神的患者继续吃药，我觉得自己简直就是一个随意操纵他人生命、损害他人尊严的地地道道的坏蛋。

在这种情况下，我究竟能看护这二人到几时？想着想着，我心中的不安更加强烈，而且从那时起，我开始失眠。

再继续下去的话，恐怕我的脑筋会变得比患者还不正常。从今往后，不管注射也好，药物也好，我干脆全都把它们扔了，并偷偷放这两个人回家好了。

这种诱惑突然浮现在我的脑海里，然后又渐渐消失。

从年底到新年伊始，今年竟有一个星期的连休，关于这一期间的工作安排，由于许多人都有各式各样的希望和要求，所以调整起来非常棘手。

一般来说，结婚生子的员工都希望这段时间能够休息，所以总要独身的人来填补他们的空缺。我当然也是其中之一。护士长进行了艰难的调整之后，结果我是年底三十号、三十一号，新年的一号、二号工作，从三号开始放假，恢复自由身。也就是说，大家都想休息的除夕到元旦之间我都要工作，可以说是抽中了一支下下签，但其实我心里并不怎么在乎。

因为元旦即使休息，也是回父母家吃年糕汤，在家无所事事地看看电视而已，没有什么特别想做的事情。况且，我想回静冈父母家的话，什么时候都可以回去，没必要新年时慌里慌张地赶回去。当然若是有女朋友，还可以和她一起去国外旅行，我身边现在谁也没有，所以还不如工作来得爽快。

看到女护士们接连向我道谢，听着"对不起""抱歉"这些话，我心里就已经觉得十分满足了。

另一方面，医生那边的工作日程又是怎样安排的呢？我十分关心，就看了一下那边的勤务表，冰见子医生和我一样，年底一直要工作到三十一号的除夕，元旦那几天休息。之后由从大学来的圆山医生值到一月二号，然后上正常班的佐藤先生继续值班。

"年底我和冰见子医生在一起……"

年底时，护士们当然都集中在护士中心，医生虽说是值班，却不用像平时那样去查房。只要来了医院就行，只为紧急或异常的患者诊治，其余的时间在医院里或是在附近，只要地点明确就可以了。

在年底的假日里，能跟冰见子医生一起工作，在心中微微泛起波澜的同时，我又觉得有点儿紧张。

"从元旦开始，冰见子医生打算去哪儿呢？"

冰见子医生总共休息四天，在这期间，她是在松涛的豪华公寓里度过，还是和美奈一起去旅行，或者和平时不住在一起的母亲共同欢度？我虽然想象不出来，但不知为何，我对冰见子医生的新年计划十分上心。

　　说实话，我在等待冰见子医生的召唤。

　　自从今年秋天首次和她去情人旅馆做爱以来，一直就再没有单独见面的机会，终于定好了约会时间，结果前来赴约的却变成了美奈。那时，我意外得知冰见子医生和美奈也有关系，这件事使我备受打击，同时还听说冰见子医生和美奈是同性恋，冰见子医生非常信赖我等，这些反而增加了我的心理负担。

　　其实就是从那时起，我开始失眠，有时不服安眠药的话，就睡不着觉。

　　总之，我希望近期内能和冰见子医生单独见面，以便我一诉衷肠。如果能和那美丽的身体再次结合，说不定我所有的郁闷不快都会一扫而空，失眠也就自然好了。

　　在医院里，冰见子医生工作起来还是那样干脆利落，可是工作一完她就马上回家，我根本没有见缝插针的机会。

　　很明显，冰见子医生在回避我。但也只是没兴趣和我一起去情人旅馆而已，好像并没怎么回避作为护士的我。

　　通过她让我护理那个名叫松村的有问题的患者，以及经常听我汇报金子太太的病情，就可以知道这一点。

　　也就是说，她不是把我当作一个男人，而是作为一个护士来信赖的。

但是只有这些的话，远远满足不了我的要求。不管怎么说，就是我不配做冰见子医生的男朋友，难道就不能成为一个她最信赖、最喜爱的比她年少的男人吗？我希望她能主动对我宣泄她的各种烦恼和不愉快的事情。

我虽然比她年轻不少，但我也有我的力量，也能给她一个可以依靠的肩膀。

总之，我渴望进入冰见子医生的生活圈。不论在精神上还是肉体上，我都希望与她进行更深一步的交往。

我的忍耐已接近极限，倘若得不到这些，我恐怕不能再按照冰见子医生的吩咐，对松村先生和金子太太继续那种治疗了。说酬劳也许比较奇怪，冰见子医生如果不给我一定的奖励，我已经没有动力再支撑下去了。

大概是察觉到了我这种心情，除夕之夜，我刚一值完白班，好像算计好了一样，冰见子医生打来了电话。

"北风君，愿意的话，咱们一起去对面的那家店喝杯茶吧。"

我当然没有半点儿异议，正求之不得。我赶到医院前面唯一一家开张的连锁餐厅，没过十分钟，冰见子医生就出现了。

她是餐厅对面医院的院长，所以餐厅的员工好像都认识她，她却一副毫不在意的样子，坐到了窗边我对面的位置上。

她脱去了白大褂，身穿米色的开士米毛衣和一条黑裤子，肩上披着一块大披肩，并没有怎么精心打扮，却仍像是从时装杂志里走出来的模特一样俊俏潇洒。

我很想向周围宣布，我等的是一位如此出色的女性，但不巧的是，除夕之夜的餐厅几乎没什么客人。即使这样，坐在前面的学生也一直往这边张望，死盯着冰见子医生的背影。

冰见子医生当然不会理睬这种视线，她向服务员要了咖啡，然后凝视着我说："辛苦了。"

这是对我在医院工作一年的慰劳吧。"哪里，哪里……"我微微低头回礼。

可能因在医院对面的餐厅里单独见面，我紧张得声音有些梗塞，冰见子医生的纤纤秀手拿起玻璃杯，喝了一口水后问我：

"你新年不回父母家吗？"

"唔，我三号回去。"

"你父母身体好吗？"

"很好。"我回答。"真不错啊。"冰见子医生慢慢点头，然后喃喃自语。

很久以前冰见子医生的父亲就已经病故了，想到这儿我朝她看了一眼，她美丽的侧脸上多少带着一抹寂寞。

"您从明天起准备怎么过啊？"

"是啊，怎么办呢……"

冰见子医生脸上现出一种与己无关的微笑。

"您不去哪儿玩吗？"

"你觉得出去玩玩儿好？"

冰见子医生的这个问题，我根本无法回答。在我默不作声的时候，服务生端来了她要的清咖啡和我要的奶咖啡，我刚要端起来喝，她说："明年好像流年不利，所以也许一动不如一静吧。"

"您怎么知道？"

"我自己知道。"

她作为一个医生，在除夕之夜为什么把我叫了出来，选医院前面的连锁餐厅这种地方喝咖啡？

冰见子医生从今晚到明早应该值班，所以不能离医院太远，但是和我见面一起过年，岂不是太寂寞了吗？

"您已经用过晚餐了吗？"我问。

"还没呢，可是没什么食欲。"冰见子医生轻轻摇头说。

"你肚子饿吗？"她接着问。

"不饿，我刚才在食堂吃过了。"

医院的好处在于即使放假，想吃饭的话，事先预订一下就有饭吃。今晚是除夕，所以除了普通饭菜之外，还有荞麦面以及豆沙、栗子馅儿的甜点，对单身的我来说，这些就相当丰盛了。

"那，你喝点什么吧。"

我正好有点儿想喝酒，于是要了一杯红酒，"明天不发年糕吧？"冰见子医生问。

今年新年的时候，给每个患者都发了年糕，结果一个患者被卡在嗓子眼里的年糕弄得十分痛苦。幸好救回他一命，但是做了气管吸引及人工呼吸等，刚过元旦就搞得众人手忙脚乱的。此后，医院意识到把年糕发给那些高龄而神志不太清醒的患者，是一件非常危险的事，所以从明天的元旦开始，不再给患者们发年糕了。

"您放心，炊事班已经说了不给患者发年糕了。"

冰见子医生放下心来点了下头，重又望着我说：

"从明天起我就休假了，你一定要负起责任来。"，

"明白了。"

我新年一号、二号都值班，所以看护方面我肯定会尽心去做，我希望冰见子医生能够放心。

"我能联络到您吗？"

"有什么事的话，你打手机找我就行。"

我点头称是，冰见子医生好似想起来什么一样。

"东楼 206 病房的金子太太，她丈夫在正月连休期间，可能前来探病，你一口回绝了吧。"

"不能让他们见面吗？"

"说什么你也要推掉。"

刚才还目光平和的冰见子医生，眼睛里一下子恢复了医生的严厉。

她也许是想嘱咐我这些，才把我叫出来的。我当然会按照她的意思去办，问题在于她对金子太太和村松先生的治疗方法。

"那个……"我犹豫再三，试探着问，"金子太太和村松先生，还是用原来的药吗？"

"对呀，我不是说过了嘛。"

"但是药的剂量……"

"我知道你想说什么。你只要按我说的去做就好了，明白没有？"

我觉得自己不能就此退让，但是冰见子医生心里明白她用药异常的话，那我说什么也不管用。我想等她那严峻的表情稍微缓解一些再问。

"从明天开始，您打算去哪儿？"

"也许去京都……"

知道她不在东京，我突然不安起来。

"是和令堂大人去吗？"

"和那个美奈……"

一听到这个名字，我的心跳就加快起来。冰见子医生爽快地说：

"下次，我们也好好儿见上一面。"

这是什么意思？是说和我一起去吃饭，还是和我一起去情人旅馆？

"那，我先走了。"

对着正在发愣的我，冰见子医生伸出右手好像要和我握手似的。

我也不由自主伸出手来，她微笑着轻轻地握了我的手一下。我不明白自己是在和天使握手，还是在和恶魔握手。正在我享受她手掌的温暖时，她又轻轻把手抽了回去。

"那么，我休假期间，一切都拜托了。"

"好……"

我望着冰见子医生的眼睛点头答应。她就像舞台上芭蕾舞演员结束表演一样，"哗"地一转身，迈着轻盈的步履向门口走去。

新年一号、二号都很暖和，天气晴好，一副风和日丽的新年景象。

这两天我都值白班，医院里也没有什么特别的变化，感觉和天空一样平稳。

住院患者吃完早上的新年料理以后，通过电视享受着新年的气氛，一部分患者从早上开始就在卡拉 OK 厅里唱歌。

问题就出在卡拉 OK 厅里，一个四十岁的狂躁症患者和一个五十二岁的被害妄想症患者吵了起来，我去给他们调解，总算平息了这场争吵。

可这些都是些微不足道的小事，我最在乎的是初一正午刚过，金子先生就打来电话问："我现在可以去看我太太吗？"

"患者眼下病情不够稳定，所以请等稳定一些以后再来。"按照冰见子医生的嘱咐，我如此这般地回绝了他。

金子先生的口气里略带遗憾，又聊了一会妻子的病情，这才挂了电话。然而冰见子医生怎么知道他会来电话呢？他年底时是否来过电话，提出过元旦期间想来探望妻子的要求？

挂断电话以后，因为自己说假话拒绝了金子先生的来访，我心里很不舒服。更令我担心的是，村松先生的太太来的电话。

一月二号早上九点左右，突然来了一个电话。"我是松村的妻子。"对方说，"我想去看看我的丈夫。"村松先生和她太太之间关系一直不好，他太太几乎没来探望过他，现在为什么突然想起要来探望他呢？我感到有些纳闷儿，问道："有什么事吗？""因为昨天晚上我梦见了我丈夫。"她答道。

说起昨天晚上，不就是元旦的晚上？也就是说是新年最初的梦。金子太太如果梦见了她住院的丈夫，不正代表了他们夫妻和谐美满吗？总之，因为不是噩梦，我很想让他们见面，若问冰见子医生意见的话，恐怕还是一个"不行"。想到这里，我还是以患者病情不够稳定为由，拒绝了村松太太的要求。

"那么明天呢？"她又问。"等新年连休结束以后，到下星期再说吧。"说完，我就挂断了电话。

这两件事情，虽然丈夫和妻子各有不同，但是新年时想要看望自己的伴侣，都是出自一种仁爱体贴，我对自己无情地拒绝了他们的要求，感到十分别扭。

但是从整体来看，医院并没有出现大的问题，从年底到正月，一直平稳如常，到了元月二号晚上，我终于从工作中解放出来，恢复了自由之身。

在这期间，没有医生查房。我每天都巡视一遍住院患者，把自己认为必要的事情，记入到每个患者的病历上。

比如，东楼 202 病房一位叫森下的四十岁女患者，从十二月中旬开始，由于多发性痉挛紧急住院，使用了抗癫痫药和镇静剂等以后，病情已经得到控制。但是除夕晚上又开始发作，所以被移到了监护室，并需要把灯光调暗，保持绝对的安静。即使这样，还有一些不安定因素，特别是清理排泄物和给患者换衣服等刺激，都有可能再度引发痉挛，所以必须小心慎重。尤其是这种病一旦发作，就会连续不停，有时甚至能够导致死亡，为了防止复发，必须极为小心谨慎地进行护理。

还有一个就是东楼 203 病房叫北村的十八岁女患者，她身高一米五八，体重却只有二十七公斤，患的是所谓的拒食症。从住院开始就以"我很胖"为由，拒绝进食，因为危及到了生命，所以只好从年底开始绑住她的四肢，强行进行点滴。但是只要稍不留意，她就会活动身体，把点滴管拔出来，或者随便将送来的饭菜扔掉。特别是由于她母亲的参与，她曾服用过一些药店卖的精神安定剂等，为了让她停止服用这些药物，养成把医院的饭菜吃完的习惯，必须予以监督。

再就是西楼 204 病房叫江口的二十岁女患者，她有割腕癖，已经割过四次手腕。但是她每次只能割到静脉，因为一见到血，她立即就会晕过去，所以没出什么大事，可不知她何时会再次割腕。医院里当然禁止带入刀子之类的物品，但是不能保证她不会用玻璃碎片或朋友带进来的小刀等进行割腕。在注射和药物的作用下，现在患者的情况虽然比较稳定，但是对这个患者也要进行严密的监视。

以上是我发现需要注意的患者，另外，有些患者虽然看起来状态不错，但也不能保证他们不出现一些突发性的异常举动。

我把这些都记入病历，然后向接班护士转达，但还是担心，这样是否就万无一失了。因为元旦假期很长，缺少人手，所以绝不能小心大意。

三号早晨，八点钟我曾经睁过一次眼，去了趟厕所，接着又睡过去了，真正睡醒时已超过了中午十二点。

我平时七点钟起床，今天显然起得很晚，但是昨天晚上，我和一同值班的仓田一起在品川附近喝酒喝到深夜两点，所以自然起不来了。

再说回家也就是静冈，所以也不用着急。

我先去泡了澡，然后吃了冰箱里剩的三明治和奶酪，简单地收拾了一下房间，三点钟开车启程。

据电视报道，三号是返城高峰，果不其然，回城的路很塞，但是出城的路却空得不能再空。看来没准儿两个小时我就能到家。我一边哼着和冰见子医生在卡拉OK时唱的那首《亲爱的艾丽》，一边轻快地开着车。

车外晴空万里，四点钟我开过了御殿场，看到了右边被夕阳染红的富士山。

不愧是名山富士，我觉得世界上不会有比它更加美丽的山峰了。每次看到富士山，我都会为自己出生于静冈县感到自豪。没有比我的家乡更加风光明媚、温暖宜人的地方了。

"要不然德川家康怎么会选择这个地方隐居。"

这是我编出来用于自夸的口头禅，每次我只要一说，全国各地不论在哪儿出生的人，都会"唉"一句，毫不犹豫地接受我的说法。

可能出于温暖宜人、适合居住的原因，静冈县人常被人说过于文静老实。从好的方面理解，是稳健谦和；从坏的方面理解，就是老好人，有些呆傻。

其实我也有这种特点。"你不能再精明一点儿？"以前我曾被凉子这样责备过。凉子的确非常能干，她是山梨人，正像人们所说的甲州人一样，精明强干、追名逐利，永远一副积极进取的样子。

但是，这种地方差别究竟从何而来？说不定是由地方的贫富差别造成的，总之，从向阳一面仰望富士山和从背阳一面仰视富士山的人，个性当然不一样了。

"是不是？富士山。"

我一边喃喃自语，一边轻快地踩着油门，眼前一片夕阳西下的富士山的景色。我到家时是下午六点，天色已经完全黑了，家里的灯光温暖地迎接着我。

"怎么这么晚，你干什么来着？"母亲跟我发了句牢骚，"我马上预备晚饭。"说着就动起手来。

我家里除了父母，还有一个弟弟，另外有一只叫"蝴蝶"的狗，这家伙朝着我就扑了过来。虽然一年只能见上几次，但是它和我非常友好，从手、胸到脸，一路舔了过来。

和狗玩了一会儿，然后用手机和朋友聊上一阵，晚饭就好了，全家围着桌子坐好，母亲先给父亲和我倒了一些酒。

"恭贺新年。"

为了我，家里特意把拜年推迟了三天，我们喝起屠苏酒来。我父亲是一个刚直不阿的公务员，所以人很没意思，可能正是拜此所赐，我们家庭才和谐圆满。

这种家庭气氛也不错，我这样想着的时候，母亲先从亲戚的女儿结婚谈起，然后把话题引到了我身上。"你怎么样？"母亲问。

我一下子想起了冰见子医生，但是这种事我怎么能说出口呢？

"还早呢。"我答道，"附近有一个姑娘不错，你不见一下吗？"母亲又旧话重提。

我一边含糊不清地回答，一边喝酒吃饭，一股醉意涌了上来。

九点刚过一点儿，我去见了一个在与造纸有关的公司工作的初中同学，在他那儿一起喝起了烧酒，回家时已过晚上十二点。

我径直走进快成了储物室的我的房间，裹上母亲准备好的电热被就睡了。

虽然我觉得没有什么，可能从年底一直工作到年初还是相当辛苦吧。我一下就睡死了过去，直到觉得有人摇我才睁开眼睛，我看见母亲站在我枕头旁边。

"儿子，医院来电话了。"

"怎么搞的，这个时间……"

我看了下表，才早上六点，周围漆黑一团。又不是我值班，为什么要叫醒我。我极不高兴地拿起了话筒，是东楼病房河野护士长的声音。

"村松先生刚刚去世……"

刹那间，我一句话也说不出来，把刚刚听到的话在脑子里又重复了一遍，我问：

"你说什么……"

"刚才，也就是十分钟之前，村松先生停止了呼吸。"

话筒那边传来了同样的话语，我还是不能相信。

"怎么搞的？"

"不清楚……"

"怎么会……"

昨天，准确地讲已经是前天了，我白天值完班从医院出来的时候，村松先生还静静地仰卧在床上睡觉。虽然觉得把他叫醒不好，但是心里总像有什么事似的。"从现在起我要回父母家，三天以后我就回来。"我忍不住对他说。他仰望着我，轻轻表示明白了。

村松先生怎么死了？他有什么理由死啊？

"不清楚？！请你说得再详细一点儿。"

"他刚刚去世，我也不太清楚，是心肌梗塞，或是恶性症候群……"

"值班的医生呢？"

"佐藤医生马上就赶去了，进行了各种抢救，但是都没用。"

佐藤医生虽说是精神科的医生，但是人工呼吸等一套急救措施还应付得来。他赶去都没用的话，更说明松村先生突发的疾病之猛。

"通知院长了……"

"唉，说起来，我刚给她家和手机打过，都没人接听。所以我想你可能知道……"

护士长是认为院长非常信任我，还是觉得我和院长之间有什么特殊的关系？

"我也不知道什么……"说完后，我想了一下又说，"那我也试着找找看。"

"拜托了，尤其是死者的善后和联络家属等事宜都……"

我一下子想起了元月二号，村松太太曾经说过："我梦见我丈夫站在我的枕旁，所以我想见他。"

那是村松太太的预感吗？如是那样，那时让他们夫妇见见面就好了。

　　总之，现在一定要尽快找到冰见子医生，服从她的指示。

　　冰见子医生除了院长专用的手机以外，还有一部私人手机。护士长曾打过院长专用手机，但是没有人接听。

　　幸好冰见子医生的私人手机号码我也知道，我试着打了一下，那边也没人接。

　　我突然想起了从元旦起，冰见子医生说要和美奈去京都的事情。

　　她们现在仍在京都，还是又从京都去了别的什么地方？

　　不管怎么说，在这种紧急关头，院长不在总不是回事。我又拨了一次她的手机，还是没人接，然后我又往她东京的家里打电话，也没人接。

　　"到哪儿去了……"

　　虽说院长不在，其实当时值班的医生已经赶过去确认了患者的死亡，所以这方面应该不会有什么问题。但是村松先生不是一个普通的患者。这种说法虽怪，但是他属于用药过度，也就是所谓的过度治疗而引起异常状态的患者。

　　如果村松先生的死因与药物使用过量有关，那麻烦就大了。

　　我逐渐不安起来，继续打着手机，和刚才一样，只有接通手机的声音，却没人应答。

　　无可奈何，我看了一眼旁边书架上的时钟，正好六点十分，外边还是一片黑暗。

　　冰见子医生还在休息吧。眼下时间还早，正在休息也是理所当然，但是医院说不定什么时候就会发生紧急事件，她是否有些掉以轻心。我当然也理解总是被电话追着的感觉十分不舒服，但只要是在经营医院，这也是没办法的事。

"你在干什么呢？"

我不由脱口而出，同时我脑海里浮现出和美奈一起躺在床上的冰见子医生的身影。我怎么也想象不出同性恋者是如何交欢、如何一起睡觉的。她们现在是在大饭店的床上两个人抱在一起，还是互相舔舐着彼此背上的伤口？

突然，我心里有一种说不清的秽亵感觉，又拨了一次手机。

"我绝不允许这种为所欲为的做法，我一定要把你叫起来。"

我一边自言自语，一边继续拨打手机，突然手机里传来了冰见子医生的声音：

"喂，喂……"

听到她的声音，我大大舒了口气，然后一口气说了下去：

"冰见子医生，是我，北向。"

"怎么啦？这个时间……"

大概还没睡醒，冰见子医生的声音显得语气低沉、口齿不清。

"不得了了，刚才村松先生去世了。东楼205号病房的村松先生……"

"怎么回事？"

冰见子医生的声音顿时变得清晰起来。

"我不清楚，值班的佐藤医生赶去看过，由于事出突然，所以都在找您，请您马上跟医院联系一下。"

停了一小会儿，冰见子医生说：

"我知道了，我马上就回医院。"

"现在，您在哪儿？"

"京都，但是中午前我能赶到。"

这样沉默了一会儿。"北风君，你现在在哪儿？"她问。

"我在静冈父母家。"

"那你能不能立刻赶回医院？"

"要我去吗？"

"你在静冈的话，回去肯定比我快。回医院后请把村松先生的病历保管好。"

"怎么保管……"

"你去护士中心把病历拿出来，自己保管起来。"

为什么要做这种事？我不明白冰见子医生的真正用意，但她又追加了一句：

"你明白我的意思了吧？"

"……"

"没问题吧？拜托了。"

冰见子医生这样恳请我还是第一次。

"我明白了。"

我话音刚落，电话就被挂掉了。我仍拿着手机呆呆地站在那里。母亲穿着睡衣走了过来。

"怎么啦？发生什么事了？"

"医院里的一个患者死了……"

我又看了一眼时间，然后说：

"我马上要回东京去。"

"这怎么行？你昨天晚上才刚回来呀，现在不是元旦休假嘛。"

"是休假，但是我不去不行。"

这话一半儿好像是在说给自己，我推开母亲回到了我刚才睡觉的房间，开始穿起散落在床周围的衣服。

当我穿完衣服，作好出发准备的时候，又过去了三十分钟。

昨天晚上我到家时已是晚上五点多，在家里待了才半天多一点儿的时间。

"你真的打算回去吗？"

"无论如何我要回去一趟，如果形势稳定下来，我还会再回来。"

我挣脱了要我吃完早饭再走的母亲，径直上了车。

现在不到七点，我一直朝东京开的话，说不定九点左右就能赶到。冰见子医生那时当然还到不了，在这之前，我必须把村松先生的病历保管好。

但是她为什么要我这么做？我边开车边思考。

家属追究患者死因时也许会惹出问题。难道冰见子医生是要隐藏病历上记载的药物和注射内容，还是打算篡改一部分病历？

我任自己的思绪不断飞扬，最后还是坚决地摇了摇头。

"别再去想这些无聊的事情。"

总之，保管好病历是冰见子医生的最高指示，我是他最信赖的护士，所以一定要竭尽全力做到这一点。

我一边这样提醒自己，一边拼命朝东京方向开去。

经过东名高速的静冈加油站，在接近沼津时，天开始放亮了，左边可以隐隐约约看到富士山。昨天我来静冈时看的是夕阳夕照的富士山，现在黎明中的富士山又逐渐从黑暗里显现出来。

我心中仿佛有一种宿命的感觉，于是一个劲儿向前飞奔。

我突然赶回医院，大家都会大吃一惊吧。不会，因为我是负责护理村松先生的护士，听到消息马上赶了回来，也不足为怪。

我一定要仔细保管好村松先生的病历。因为他已经死了，不再需要任何治疗了，病历由我保管，谁也不会觉得奇怪。

这样想着，我脑海里忽然浮现出辞职不干了的凉子的身影。

凉子如果知道松村先生的死讯，又会怎么想呢？

我一路胡思乱想，开到医院时还不到九点。虽说正是新年连休最后的返城高峰，由于我出发得很早，所以没被卷入大塞车的行列。

我直接把车开到医院员工的停车场，然后向东楼病房的护士中心走去，只有一个比我后参加工作的护士在，四周鸦雀无声。

"村松先生呢？"

"已经移放到太平间去了。"

我刚要去地下，突然想起病历的事情，便从架子上取出了病历。

我急忙翻到最后一页，上面是佐藤医生的字，死亡时间为凌晨五点五十分，上面记载的死因是"怀疑急性心力衰竭"，上面还写着注射了强心剂，使用了氧气面罩，进行了人工呼吸等等。

我拿着病历朝位于医院地下的太平间走去，太平间的门开着，里面有一个中年太太和一个十二三岁的男孩，还有就是河野护士长。

"对不起……"

我鞠了一躬进去，走到放在床上的遗体前面。

村松先生的遗体脸朝上放在床上，脸上盖着一块白布，我慢慢掀开白布，露出了松村先生的面孔。

我原以为由于突然出现呼吸困难，他当时的表情可能相当痛苦，但是眼前的他，表情却十分柔和，安静地闭着眼睛。

"村松先生。"

我不由喊出声来，轻轻地摇动着他的肩膀。

他的脸色苍白，鼻孔和嘴巴里都塞满了脱脂棉，看上去好像随时可以睁开眼睛站起来的样子。

"怎么回事……"

"对不起。"说完我又补充了一句。

死者家属和护士长，都会以为我因为村松先生去世时，不在他身旁而向他道歉，其实完全不同。当然道歉中也包括这层意思，但是最主要的是让他服用过量的药物，并延长他的住院时间，结果把他逼到了如此可怜的境地。我心中深深的歉意，也包括自己的不中用，都使我觉得非常难过，我深深地低下了头。

"抱歉……"

我再怎么向他道歉也不够，当我赖在那里不走的时候，护士长轻轻捅了一下我的后背。

我回头望去，护士长的眼睛好像在说"到外边去"，我重新把白布盖到了村松先生的脸上，双手合十以后向走廊走去。

我先向死者的家属行了个礼，然后出了太平间。护士长正站在前面不远处等我。

"什么事……"我问。护士长边向电梯间走，边告诫我：

"你最好不要在那里待太长时间了。"

"但是，我是负责护士……"

"我知道。但是你在那儿道歉总是不好。"

"我只是由于在休假，当时没在患者旁边，所以觉得对不起他……"

说到这儿，我们已经来到了电梯前面，我和护士长一起进了电梯。

我们要去二层的护士中心，电梯开始启动，看到楼层显示数字，由地下一层变到地上一层，护士长说：

"那位太太，眼下相当生气。"

"生什么气？"

"由于村松先生是突然去世，她认为医院方面可能有什么过错。她希望医院解释清楚为什么会搞成这样。"

"但是……"

村松先生和他太太以前关系一直不好，实际上村松先生住院以后，他太太几乎没来看望过他，他住院的时间不断延长，他太太也没提过意见。

这位太太现在怎么突然发起怒来了？猛然间收到丈夫死亡的通

知，说不定会因此受到惊吓，但是她怎么说出医院方面可能有什么过失这种话来？

"那位太太，元旦时提出要来看她丈夫，是真的吗？"

二号早晨，村松太太的确提过这种要求，当时我根据自己的判断拒绝了。

"因为事出突然，所以我只是告诉她，等村松先生的病情稳定以后再来。"

"但是，那位太太说她告诉院方自己梦见了村松先生，所以想来探望他。"

"是这么回事，只是我认为得到冰见子院长的许可以后，会更好些……"

电梯门开了，我们在二层下了电梯，向护士中心走去。

"不管怎样，不要出什么麻烦才好。"

护士长最先听到村松太太的抱怨，好像受到了很大打击，深深地叹了口气。

我们回到了护士中心，仓田和冢本两个护士都在。今天是这两个护士和河野护士长值班，我装作无所谓的样子试探：

"冰见子院长会来医院吧？"

"她电话里说十点以后到。"

听到护士长的回答，我松了一口气。虽说一切都要等冰见子医生来后决定，可是村松先生为什么会突然死去？我急于知道今天早上的情况。

"他病情突变是什么时候的事？"

"是与村松先生同屋的松井先生，来通知我们他很痛苦的时候。"

"确切的时间是五点刚过一点儿。"

仓田护士接着河野护士长的话继续回答。

"于是我们马上赶到病房，看到村松先生弓着背在痛苦地呻吟，就立刻通知了值班的佐藤大夫……"

看起来，从发现松村先生出现异常到医生赶到的这段时间很短。

"接着按照医生的指示给他进行了人工呼吸，并给他戴上了氧气面罩……"

"由于本院抢救能力可能不够，医生提出要送往大学附属医院进行抢救……"

"我们立即拨打了119，就在救护车即将到达的时候，村松先生停止了呼吸。"

护士长和仓田护士轮流进行着说明。

"那，就这样……"

"救护车的人员也进行了诊断，也说不行了……"

看来和我接电话时想象的一样，村松先生突然而至的病理发作来势相当凶猛。

"即使这样，村松先生还是坚持了四十分钟左右。"

我在家里昏昏沉沉埋头大睡的时候，村松先生却一个人孤独地和发作的痛苦进行斗争。

"应该是心肌梗死吧？"

听到我的问话，护士长隔了一会儿答道：

"唔，这是首先值得考虑的死因，但是心电图等却没发现什么异常情况。"

"是吗……但是，我觉得他常常出现心律不齐的现象。"

"但当时他只是躺在床上休息。"护士长说完以后，突然露出一句，"不会是恶性症候群吧……"

恶性症候群是指过度使用大量的治疗精神病药物，容易出现的突发性病变，如果治疗晚了，甚至会夺人性命。

"不会吧……"

我怎么也不能接受村松先生死于恶性症候群的说法。这种在使用精神病治疗药物时出现的重大副作用，最近本来就特别引人注目。其主要的症状有原因不明的高烧、盗汗、心动过速、血压变化过大，在自律神经系统出现以上症状的同时，还会出现肌肉异常僵硬、吞咽困难、失声、意识障碍等症状。还有进行血液检查的时候，会出现白血球增加、高肌酸激酶症、血清里含铁量下降等情况。

这些我记得非常清楚，因为在精神病医院，患者由于恶性症候群死亡的话，就会作为严重的医疗事故，追究治疗和护理的责任。实际上，此种恶性症候群在治疗神经综合失调症和躁郁症的时候，由于使用抗精神病药和抗抑郁症药容易产生，甚至能够导致死亡。据说有两种药治疗此病有效，但是必须及时，否则就没有意义了。

不管怎么说，如果村松先生真的死于恶性症候群，那么指责医院造成了重大医疗事故，也是无可奈何的事，但我丝毫没有这种感觉。

"我最后护理村松先生是一月二号的傍晚，我没有发现他出现发烧等异常情况。"

我说完以后，心中还是残存着些许的不安。

"他确实出现了四肢肌肉僵硬的现象，那是由于他长期卧床不起的原因。另外，他也会出一些汗，但是却没有心动过速的情况，说到意识障碍，他和平时一样……"

除此之外，由于没有量过血压或者进行血液检查，所以不能绝对排除他患的不是恶性症候群。

仿佛发现了我的不安，护士长说：

"昨天根据我的观察，他的病情相当平稳，和平时比并没有什么变化。"

"那么，佐藤医生呢？"

"他也说应该不是恶性症候群，但是由于病来得很急，所以大家都把主要精力放在心脏抢救、人工呼吸、戴氧气面罩等方面，这已经是竭尽了全力。"

看来村松先生是在佐藤医生也不十分了解的情况下，突然去世的。他的死因是个问题，同时村松太太非常生气一事，也叫人十分担心。

的确是我拒绝了她想来探病的要求。"等新年连休完了以后，再请示一下冰见子医生。"那时我是不紧不慢地如此回答的。事情弄成这样，为何不让他们夫妇早些见面，村松太太极为愤怒也是可以理解的。

"那个，我去向他夫人道歉吧？"

"不行，还是不去为好。"护士长这样说，"等冰见子院长来了以后再说。"他边说边向窗外望去。

医院里发生的所有事情，其实最后还是要由院长负责。即使是部下犯的错误，院长也逃脱不了责任。

冰见子医生当然已经充分认识到了这些事情，她回来以后将怎样处理？不对，说是处理，由于村松先生已经死亡，所以问题是怎么向死者家属交待他的死亡，使他们能够接受医院的说法。

"您眼下在哪儿呀……"

我在心中默念，看到手表表针已经指向九点半，按护士长的说法，冰见子医生坐的是七点半从京都出发的新干线，所以十点过一点儿就能赶到医院。

一切事情都要等她到达以后再说。想到这里我吐了口气，不由觉得饿了，就向食堂走去。

我一到食堂，"咦，你这么快就回来了？""村松先生去世了，是吗？"食堂的大婶们七嘴八舌地问了一连串的问题。我一边随便点着头，一边问：

"我还没吃早饭呢，有什么吃的吗？"

"对了，村松先生的早饭正好还剩在这里。"

"哎？……"

我觉得这玩笑也开得太过头了，无奈我饿得前心贴后背的，只好吃起她们端出的饭菜。大婶接着问：

"哎，那个患者的死因是？"

"关于这一点，我也不太清楚……"

"一个几乎整天都躺在病床上的人，怎么会突然死了呢？"

食堂的大婶觉得奇怪也有她的道理。我没法接茬儿，这时从护士中心传来"院长到了"的消息。

我把饭菜暂且放在那里，拿着村松先生的病历向医院大门赶去。

但是，没有看到冰见子医生的身影，听保安说她去院长室了，我赶紧冲到二层敲响了院长室的门，里面传出了"请进"的声音。

我一进去，冰见子医生正在衣帽箱前系着白大褂的纽扣。

"是我，北向……"

冰见子医生立刻回过头来，看着我慢慢儿地表示赞许，她说："你还是为我赶回来了。"

"嗯……"

我答应了一声，接着把夹在腋下的病历递给了冰见子医生，她伸手接了过来，道了声"谢谢"。她的目光非常温柔，我放下心来，然后她坐在院长专用的桌子前，开始翻阅病历。

她看的好像也是今天的部分，也就是从一月四号早晨起的抢救记录。

等着她看完病历，我接着说明：

"村松太太已经赶到，她似乎对村松先生因何而死，也就是死因存有疑问。"

冰见子医生看着病历点点头。

"你说了什么了吗？"

"没有，佐藤医生也说现在还不完全清楚，我也说不清……"

"佐藤医生在哪儿？"

"我想他在门诊部。"

冰见子医生马上拿起电话，好像找来佐藤医生听电话。他们简单地寒暄了以后，她就一直在听佐藤医生描述村松先生死亡前后的情况。这样说了五六分钟以后，冰见子医生放下话筒，转头望向我。

"死者家属还在太平间呢吧？"

"对方提出想要见您，我想他们正等在那里。"

"那么……"

冰见子医生说着站起身来向门口走去。我跟随她，两个人并排向地下室走去。

冰见子医生打算现在就去见村松太太，会出现什么样的情况？我非常不安，但是她却毫不在意地快步走着，同时问：

"从年底到年初这段时间里，他有没有发烧、肌肉僵硬等明显症状？"

"我认为没有。"

我只好如此回答。看来冰见子医生也在担心村松是否染上了恶性症候群。

来到太平间，除了刚才就在的松村太太和他儿子以外，又多了一个四十岁前后的中年男性。

我觉得他长得很像松村先生，这时他自我介绍道："我是村松的弟弟。"

冰见子医生向他行了一礼，然后走到病床跟前，冲着遗体鞠了一躬，然后掀开了盖在村松先生脸上的白布。

村松先生的脸色还是那样苍白，只是双颊比刚才塌陷了一些，死相变得更加明显起来。

冰见子医生轻轻地触摸了一下他的脸颊，又像号脉般摸了摸他的手腕，然后慢慢把白布重新盖到死者脸上，双手合十表示哀悼。

在这期间，周围一直保持着沉默，在冰见子医生双手合十完毕转过身来的同时，村松太太一步跨上前去。

"医生，我丈夫为什么死了？为什么非这样突然死亡不可？"

在村松太太紧盯不放的目光下，冰见子医生一言不发，村松太太接着说：

"我丈夫身体哪儿都没有问题，却让他住了将近一年的医院，最后竟是这种下场，你怎么向我交代？你对我负得起这个责任吗？"

正当村松太太上前要抓住冰见子医生白大褂的时候，"嫂嫂。"村松先生的弟弟用责备的语气喊道。

听到这个声音，村松太太松开了手，但还是用充满仇恨的目光瞪着冰见子医生。

"对不起，因为事出突然，她现在情绪处于兴奋状态……"

村松先生的弟弟充满歉意地说道，可是这句话却使村松太太的情绪更加激愤起来。

"把这么一个健壮的人杀死，难道这里是杀人医院吗？"

"嫂嫂……"

村松先生的弟弟再次劝告他嫂子，同时我也轻轻拽了一下冰见子医生白大褂的衣袖。

　　我觉得再说什么，事情也不会有所好转。我刚想建议冰见子医生还是抽身离去，在继续喊叫的村松太太面前，她又向村松先生的遗体行了一礼，然后转身走了。

　　"杀人犯……"对着径直离开太平间的冰见子医生，村松太太大声叫道。冰见子医生却好像没有听见一样，表情漠然地走在走廊上。我跟在冰见子医生身后，比她迟一步走到电梯，这时她站在电梯前面，望着楼层显示喃喃自语：

　　"今年就是流年不利。"

　　冰见子医生在除夕之夜，确实说过这样的话。

　　"但是……"

　　我很想说没这回事，但是看着她严厉的面孔，我又什么都说不出来了。

保存证据

冰见子医生的生日会，是在一月过了大半个月的十九号晚上举行的。

其实她的生日是第二天，即一月二十号，但总习惯于在前一天的十九号举行。地点在离医院五分钟路程、一家叫"棠陀"的餐厅。

生日会最初是由医院办公室主任带头组织的，开始时只有五六个人，后来人数慢慢增加，今年增至三十人左右，但还是愿意参加的人参加，不是医院的什么正式活动。实际上，冰见子医生自己并不喜欢大肆操办，所以晚上当人们工作结束以后，从五点钟开始陆续集中，一般在六点钟左右开始。

首先是这家餐厅做的生日蛋糕隆重登场，大家一起唱"生日快乐"歌，冰见子医生在大家的歌声中吹灭蛋糕上的蜡烛，庆祝仪式结束，然后就成为大家自由吃喝的餐饮会了。

参加费用为两千日元，但这点儿钱远远不够，其余的部分都由冰见子医生来负担，所以在某种意义上，可以说是冰见子院长自费招待员工的一种聚会。

这天晚上，冰见子医生身穿胸前带有图案的淡蓝色连衣裙出现了，当她带着略显羞涩的笑容吹灭了蜡烛之后，向大家说："由衷地感谢今天大家特意为我欢聚一堂。"

于是全体鼓起掌来，接下来立式自助餐开始。

我是从四年前开始参加冰见子医生的生日会的，平时有些人即使在同一家医院工作，也只是知道彼此的长相，没有说过话，所以生日会也就成了某些人的社交场所。

明天是冰见子医生的三十七岁生日，话题偶然集中到这个月出生的摩羯座的人身上。

山羊是这个星座的象征，然而摩羯座人的精神特质却和山羊纤瘦的外表截然不同，他们能够忍耐任何困难，性格坚韧不拔，一旦想要做成某事，一定能够坚持到底，同时性格中还隐藏着一种如火的激情。

冰见子医生乍看上去，的确显得十分纤细柔弱，但实际上却经营着这么大的一家医院，所以她性格中肯定具有坚韧不拔的精神。

但是，我听到身后的院长秘书深田小姐说："摩羯座的守护神是土星，土星原本是一个天使，但不久后变成了恶魔，所以说摩羯座的人拥有天使和恶魔的双重特性。"她的话莫名其妙地在我心里打下了深深的烙印。

热热闹闹的场面持续到将近八点才结束。

我和仓田等同事打算接着再去喝一杯，但是我心里却期待着冰见子医生的召唤。"北风君，完了之后一起去涩谷吧。"只要她勾勾小手指头，我肯定会欢天喜地跟随她去。

时间一点点儿过去了，然而冰见子医生却好像毫无此意，八点钟一过，她就叫了一辆出租车，在办公室主任等人目送下，没有一点儿留恋的意思，潇洒地绝尘而去。

冰见子医生每逢生日，大概都要应酬各行各业的人士。尤其明天，她会和美奈或者其他好友一起过吧。我一路上胡思乱想，和三个同事一起来到了自由之丘车站附近的一个酒吧。

在酒吧里，我们一边喝着加冰的烧酒，一边聊着生日会的事情。"冰见子院长是什么血型？"仓田突然问道。

我以前听说她是 AB 型，所以就说了出来。"那，她可能是双重性格吧。"仓田自言自语说。照他的说法，AB 型的人非常敏感，且缺乏社交性，性格易变，所以双重性格的人居多。

真是如此吗？但是血型和性格没有关系，据说这在医学上早已得到了充分的证明，这只是外行人随意编造出来的一种说法。我这样一说，仓田也表示赞成，他说："但是，冰见子院长怎么说都给人一种 AB 型的感觉，因为她永远是一副从容不迫的样子，越是显得沉着冷静，内心深处说不定就越充满了激情……"

仓田当然不知道我和冰见子医生之间的关系，但是听他这么一讲，我也觉得有些道理。

"北向先生，你什么血型？"

"O 型……"

"我说是吧，北向先生除了 O 型，不可能是别的血型，当然，我是在夸奖你。AB 型的人和 O 型的人在一起也许很合适……"

我们聊了一些无关紧要的话题，第二天是冰见子医生的生日，却出了一件大家意想不到的事情。

那天，也就是一月二十号的早晨，护士中心早晨的会议结束之后，我就跟着冰见子医生到各个病房查房。

和往常一样，她挨个问患者："没有什么不舒服吧？"患者一旦点头，就走向下一个患者。途中曾路过村松先生住过的空床，一站在前面，就会使人重又想起他的死亡。

查完我负责的病房以后，因为有护士来叫，冰见子医生好像返回了护士中心。

之后，我解答了我负责的患者的一些问题，又回到门诊部，正当我整理新患者病历的时候，突然收到通知，要我马上到二层的护士中心去。

出什么事了？我在半路上遇见了做陪护的大婶，和她聊了一会儿昨天晚上生日会的情况，回到护士中心时，看见冰见子医生站在 X 光照片观察箱前面，旁边并排站着三个穿便服的男性，正在那里看着片子。

这些人都是四五十来岁的男人，穿着灰西装，打着素净的领带。

他们是些什么人？我觉得不可思议，便走向前去，医院办公室主任看见了我，在走廊上向我招手。

"发生了什么事？"

办公室主任把食指按在嘴上，表示要我安静点儿似的，说："是从检察院来的。"

"从哪儿来的……"

我没明白他的意思，追问了一句。办公室主任放低声音说：

"村松先生的太太认为她丈夫死因不明，所以把医院告了。检察院的检察官和律师眼下到这儿收集证据来了。"

"突然来的吗？"

"对，来之前打过电话，他们大概认为，如果放任不管，医院会把证据隐匿起来。"

冰见子医生正对那群男人说明什么，她精巧的侧脸在X光照片观察箱灯光的映衬下，显得异常苍白。

"他们把村松先生的病历、护士日记、X光照片，以及各种各样的检查数据，都复印了一份。"

"怎么会这样……"

"你是负责村松先生的护士，他们也要问你一些问题。"

听完办公室主任的话，我又一次向身穿灰西装的男人们望去。

据办公室主任说，中间那个站在冰见子医生对面的是检察官，屈身向前看X光照片的是书记员，书记员左边是律师。

冰见子医生和他们又谈了十分钟左右，然后关了X光照片观察箱的灯，微微行了一礼，走出了房间。路上，她的目光和我刹那间交汇在一起，然后她若无其事地走了出去。

律师把复印好的资料放在纸口袋里后，看着我说：

"您就是北向先生吧。"

"对。"

我点头道。他告诉我由于对村松先生的死因有所怀疑，希望我给他们介绍一下村松先生年末年初的情况。

"没有出现什么异常的症状……"

从年底到元月二号之间，我负责护理村松先生，他和往常一样，没有出现发烧、局部疼痛等药物副作用，我认为没有什么异常。

"患者的心脏好像突然出了问题，有什么前兆没有？"

"没有什么……"

"会不会是什么药物的原因呢？"

我知道他是在问我药物是否过量，但是我觉得他们不是医疗方面的专家，所以否定说"没有"。

"明白了。"

他相信得如此迅速，我觉得有点儿没劲，他们似乎没有打算像警察和检察官那样直接调查这件事情。

"可以了。"

律师说完以后，又问："佐藤医生是精神科的专家吧？"

我刚一点头，他就和其他两个人对了一下目光，他们接着打算去见村松先生死亡时值班的佐藤医生吧。

总之，他们现在做的只是搜集一些资料作为证据，但是被和检察院同来的人询问，并不是一件令人愉快的事情。至于村松先生的死因，我不认为有什么值得怀疑的地方，但是被他的家属告上法庭，总有些令人担心。

在这件事上，冰见子医生又是怎么考虑的呢？正因为她是院长，所以不得不严肃对待此事。

我突然有些担心起来，就往院长室打了个电话，和平时一样，先是秘书深田小姐接的电话，过了一会儿，冰见子医生拿起了电话。

"那个，我刚才也被问了一些问题，您那边怎么样？"

"说的是呢……"

冰见子医生好像在考虑其他事情，所以回答得含糊不清，突然她像想起来什么似的：

"正好，你现在来我这儿一趟。"

是心有灵犀一点通吗？冰见子医生好像也想和我见面。我直接向院长室走去，深田秘书好像已经知道了，"请，"她边说边指向里面。我照她说的进了院长室，只剩下我们两个的时候，"那个……"我刚想开口，冰见子医生一切了然于心似的点着头。

"吃惊了吧？"

冰见子医生父亲创下的这家有名的花冢医院，如今有检察院的人出入，当然非比寻常。

"我也吓了一跳。"

冰见子医生双手抱臂坐在椅子上。

"今天的事情没对外人讲吧？"

"嗯……"

我绝对不会对其他人讲的，只是今天检察院来人一事，医院的很多员工都知道了。即使我闭口不谈，也避免不了其他员工向外扩散。

"村松先生的病历、检查数据和 X 光照片，都被他们拿走了吗？"

"只是复印件，我说请，就全交给他们了。"

不愧是冰见子医生，气魄非凡。

"下面会怎么样呢？"

"不清楚。"

冰见子医生面无表情地回答。

"你和以前辞职的那个中川凉子，还在交往吗？"

听她突然一问，我吓了一跳。现在当然没有交往了，但是冰见子医生知道我和凉子交往过，仍然让我感到非常意外。

"没有，我和她已经不……"

"那，联系呢？"

"当然有，她现在工作的医院我找一下，应该能够知道……"

冰见子医生在充满冬天明媚阳光的窗口眺望了一会儿，然后保持着同样的姿势，突然冒出一句：

"没准儿是那个女孩怂恿村松太太……"

"怂恿？"

"对，最好把医院告上法庭。"

不会吧，凉子和村松太太联合起来状告医院？我觉得即便是凉子，也不会做到这种地步。

"这种事情绝对……"

"村松太太一直不喜欢她丈夫。女儿亡故以后，村松先生因躁郁症住院的时候，他太太甚至说，烦人的丈夫不在家，让她感到非常高兴……当然，丈夫的突然死亡，肯定使村松太太受到了打击，加上考虑到将来，她可能一下子变得不安起来。即使是这样，立刻将丈夫的死亡作为医疗事故，把医院告上法庭，做得也太过分了。"

冰见子医生话语中的怒火逐渐增加，她的声音变得有些刺耳。

"在村松太太的背后，肯定有那个女孩支持。如果不是这样，她不会把问题搞得这么大。"

"那些人是这样说的吗？"

"怎么可能，他们才不会说这种事呢。但是，患者若起诉医院犯有医疗过失，没有相当充分的理由很难立案。他们既然想这么做……"

说实话，这方面的情况我不太清楚，但是把村松先生的死亡作为医疗事故来对待，大大出乎我的意料。他的死因确实至今也不十分明确，但是要以医疗过失为由把医院送上法庭，也要有相当过硬的证据才行。

在这一点上，村松先生的死虽然非常突然，但也不能肯定就是院方的过错。当然，同样的症状如果是在大学的附属医院，进行恰当及时的抢救，说不定能够救活，但是我们医院也尽了全力，不论是佐藤医生还是护士们，都最大限度地发挥了自己的能力。然而，还不到一个月就把医院告上法庭，连检察院的人都卷了进来，这种做法是有些夸张。

"的确有些奇怪。"

"绝对是那个女孩偷偷把事情告诉了村松太太，并怂恿她的。"

平时一贯从容镇静的冰见子医生，这样毫无保留地表现自己的好恶，十分少见。这说明她内心里受到了很大的冲击。

"但是，现在还不能正式决定立案吧。"

"当然，往后还要进行各种调查，才能决定是否能够正式控告医院……"冰见子医生的目光又飘向了远方，"那个女孩，从前就反对村松先生的治疗方针。"

的确如此，我的想法也是一样，所以只好微微点了点头。

"她对我也发过几次牢骚，我觉得她大概是因此辞的职……"

不愧是冰见子医生，感觉如此敏锐。

"那么，是凉子把这些事情捅给了村松太太，对吧？"

"元旦的时候，村松太太突然说梦见了村松先生，提出要来探望他对吧？说不定也是受了那女孩的唆使。"

"对不起，我拒绝了村松太太的要求……"

我连忙表示歉意。冰见子医生用手制止了我。

"这没多大问题，关键是那之后，他的去世……"

她是想说"太糟糕了"，轻轻摆了摆头。

"那并不是因为药物的副作用，只是那时凑巧发作了……"

"那，还是心肌梗塞？"

"当时在场诊断的佐藤医生是这么说的，应该如此吧。即使对方说三道四，也不会有什么问题。"

"但是，病历上写的是怀疑为心力衰竭。"

"那当然了，对于这种突然死亡，不管多有名的医生，也很难作出完全正确的判断，怀疑这种写法很诚实。"

听冰见子医生这样一说，我也的确觉得那些人的目的也许就是要把村松先生的死亡与用药过量联系起来。

"病历上所有的药物和针剂都记录在案呀。"

"但是，不要紧。"

冰见子医生的口气里充满了自信，她到底有什么退敌之策？把那些人称为敌人可能有点儿过分，但是村松先生的家属一方，如有凉子支持，就会变成强敌。不管怎么说，村松先生住院期间是凉子亲自护理的，所以凉子比谁都熟悉他的事情。冰见子医生长期对他使用异常的药量，导致他的病情更加恶化，人们当然会认为她要求没有住院必要的患者住院，最后造成了患者的死亡。如果他们以此状告医院，那么医方的处境将会相当艰难。

"但是，真会闹上法庭去吗？"

我还是感到不安。冰见子医生却是一副冷静的样子。

"即使上了法庭，也是民事诉讼，用不着这么担心。"

我不太理解，据冰见子医生解释，医疗纷争分为民事诉讼和刑事诉讼两种，如果是刑事诉讼，警察就会参与；而民事诉讼则是患者和医院之间的事情，即便官司输了，医院只要付赔偿金就可以了。

"如果对方真希望如此，我们这边也请好律师就不打紧了。"

看来冰见子医生是准备从正面迎接对方的挑战。

"如果医院每次都因这种事情被告上法庭，谁受得了啊。"

最近的确有许多医院出现了丑闻，所以患者变得十分敏感，这点能够令人理解，但是近来患者一方也做得有点儿过分，有些明显的不治之症也要追究医院的责任，搞得不亦乐乎。

实际上，我负责护理的患者当中，也有患者由于自己不注意养生或过于任性搞坏了身体，却反过来向医生、护士发难。

"我们也在竭尽全力为患者服务啊。"

这时电话响了起来，冰见子医生拿起了电话。"嗯……对……明白了。"她答完之后，放下了电话。

"刚才那些人好像回去了。"

"那，是拿着病历和各种资料的复印件……"

刹那间，冰见子医生的嘴唇浮起一丝笑容，她低语道：

"那些病历，是另外的东西。"

"另外的东西？……"

"那些病历是我重新写的。"

"那，不是原来的病历……"

望着微笑的冰见子医生，我想起了村松先生去世的那天早上，她嘱咐我"把病历保管起来"，我按照她的指示赶到医院，抽出了病历并交给了她。

"在那之后，您重写了一份？"

"我觉得也许会发生什么麻烦的事情。"

不愧是冰见子医生，什么都策划得如此周全，这些我连想都没想到过。

"但是，我修改的只是村松先生住院期间的用药剂量。"

看来冰见子医生对开给村松先生的异常药量，还是有所担心的。

不管死因如何，她大概是觉得只要修改了这一部分，以后就不会有什么问题了吧。

"但是，这样做真的不要紧吗？"

"不要紧，因为谁也不知道呀。"

那些人是突如其来到医院的，马上提出要复印病历，自然不会怀疑病历是假的了。他们突然进行抽查，根本不会想到会有这种小动作的。

"这件事，我只告诉了你一个人。"

说实话，我受到冰见子医生如此信赖还是头一次。医院里有那么多员工，她都置之不理，只把事情的真相告诉了我。只是听到这个真相以后，我就觉得非常可怕，心理负担极重。

"我绝对不会外传……"

"谢谢，我只相信你一个人。"

冰见子医生这样一说，的确满足了我作为一个男人的骄傲。冰见子医生重新望着一片忠心的我，突然想起什么似的说：

"下次，找个时间一起去吃饭吧。"

冰见子医生生日那天，出人意料的骚乱当天就平息了下来。说得再准确一点儿，也就是一个小时左右的事情，在这段时间里，那些人把他们认为必要的资料复印之后，整理好放在车上就走了。

后来听办公室主任告诉我，这一系列的行为，在法律上称为"保存证据的手续"。这个词听起来十分严厉，据说通过对这些证据的调查，最后决定村松先生的家属是否能够起诉医院。

总之，那些人离开之后，医院又恢复了往日的宁静。

但是，这天在员工食堂里，这件事当仁不让地成了主角。

"这种事情是突然而至的啊。""死者家属状告医院也太过分了。""不管死因如何，也没有其他的抢救办法了。""又不是什么医疗过失，应该没问题吧。"

由于大家都在医院工作，所以大多数人的意见都集中在批判死者家属的做法上。

"因为这种事情，我们医院被人质疑，真受不了。""冰见子院长太可怜了。"还有就是这种同情的论调。

听着这些话，我基本上没有发言。有人问我"你怎么想"，我只是暧昧地表示赞同而已。

说实话，这些人当中只有我知道冰见子医生改写了病历。因此我沉浸在这种优越感当中，同时也警告自己不能草率开口。

午休结束以后，我干完了当天的工作，傍晚和仓田护士一起吃了晚饭，在回家的路上又打了一会儿弹子球才回到家里。当我一个人躺在家里的两用沙发上看电视的时候，突然一个念头闪过我的脑海。

这次的事情真没问题吗？大家都认为是死者家属单方面有问题，但是，知道冰见子医生改写病历的只有我一个人。一想到这里，我又被一种新的不安抓住。

我确实很受冰见子医生信赖，但是换一种角度看，我不是已经完全和她站在了同一战壕、成为她的同伙了吗？

"也就是说，你和冰见子医生是同谋。"

凉子以前对我说过的话，重新浮现在我的大脑里。

不管怎么说，现在我已经完全成了冰见子医生的同谋。村松先生去世那天，是我最先把病历交给了冰见子医生的，知道她篡改病历的只有我一个，我并没有提出异议。

如果以后追究冰见子医生的责任，或者打官司时出现了什么问题的话，作为篡改病历的同伙，我是否也会被法庭追究责任？

我越想越觉得不安，甚至有些害怕起来，一个人在房子里坐也不是，站也不是。

"怎么办……"

我忐忑不安地环视着四周，突然想起了凉子。

也许正如冰见子医生当初说的那样，凉子和村松先生的家属有过接触，我认为有必要先确认一下。

我马上从沙发上爬起来，用手机拨通了凉子的电话。

"铃铃铃……"听到对方电话已经接通，我想凉子的电话应该没变，但是无人接听，不久就自动转成了录音电话。于是我先自报家门，然后寒暄道："好久不见了，你好吗？"接着告诉凉子我急于见她，说完挂断了电话。

在这种关键时刻，凉子跑到哪里去了？也许是和其他男人约会去了。

琢磨着这些无聊的事情，过去了半个小时，我试着又给她打了一次电话，还是没人接，正当我想挂断的时候，"喂，喂"，电话里传来了凉子的声音。

"你好吗？"我脱口而出。

"是你呀……"是凉子的声音，"怎么啦？"她接着问。

"村松先生去世的消息，你听说了吧？死者家属想要状告医院。"

凉子沉默了一会儿，然后低语：

"即便如此，又怎么样……"

"即便如此，又怎么样……"我不由重复了一遍凉子的话，她是说就是发生了这种事，也用不着大惊小怪的。

不久前，因为怀疑自己工作的医院治疗上存在问题，凉子曾把病历等重要资料复印之后带了出来。今后说不定还要打官司，为什么她却是一副见怪不怪的样子。

"你一点儿也不吃惊吗？"

"我有什么可……"

听到她满不在乎的回答，我一下子火了起来：

"我知道了，你就是他们的同谋。"

"同谋？"

"你去见的村松太太，并怂恿她状告医院，对不对？"

"你说什么呀，我听不明白。"

面对凉子声音里那种古怪的镇静，我更加急躁起来：

"你骗人，你和死者家属是一伙的。冰见子医生也是这样说的。"

话音刚落，隐约传来了凉子"咦……"的声音。

"那个冰见子院长是这样说的？"

"死者家属不会突然提出这种事的。他们背后有你，对不对？"

"冰见子院长真是这样说的话，那我非常荣幸。"

"荣幸？"对方不回答我。"究竟是不是？"我又逼问了一句。

凉子反问道："你是怎么想的？"

被她出其不意地一问，"怎么想……"我嘟囔着，然后说，"当然是像冰见子医生所说的那样。"

"如果你那么想，也无所谓。又何必再来亲自问我呢？"

"那，真是你……"

"对，你愿意那么想就那么想呗。"

这样一来，我们之间还有什么话说。我没料到凉子会大大方方地公然承认。

我叹了口气，用教训的口吻说：

"你是否认为应该背叛冰见子医生？"

"我没有背叛什么。"

"你认真想一下，你自己做的事情。"

"你也最好考虑一下你自己做的事情。"

"我做的事情？"

"对，你让本来没有什么大病的患者，长期服用大量不必要的药物，最后害死了患者。"

"不对，死因不是因为药物的副作用，只是心力衰竭……"

我觉得在这一点上我必须清楚地告诉凉子，但是她乘胜追击：

"那件事总会水落石出的。不能否认至今为止的治疗方法确实奇怪。你做了那个恶魔医生的助手……"

"你怎么能用恶魔这个词。我绝不允许。"

"你不允许，也没关系。"

我越兴奋，凉子就越冷静，她说：

"你差不多也到了该适可而止的时候了。"

"适可而止？"

"对，差不多是应该停止跟在那位疯狂的女医生后面，一味听她调遣，狼狈为奸地帮助她进行错误治疗。"

"不对，冰见子医生的许多治疗都非常出色。"

"但是，她对几个人进行的治疗十分奇怪，那么一来，治疗还有什么意义？金子太太也是她的牺牲者。"

被她这样一说，我的自信也略微受到了打击。

"你清醒了一点儿吗？"

"不……"

凉子的话，虽说一部分的确击中了要害，而且我也批评过冰见子医生，但是我却半点儿都没有从她身边离开的打算。不管怎么说，我是冰见子医生最信赖、最倚重的男人。

"我一定会保护冰见子医生，和你对抗。"

说完我就挂断了电话，成大字形躺在床上仰望着天花板。

"这个混蛋的家伙……"我不禁脱口而出，随后大喊，"随你便！"

凉子和村松先生的家属站到了一起，这一点看来不会有什么错了。

"我终于站到了和凉子对立的立场上了。"

以前我和凉子就有合不来的地方。当时即便我们是恋人，而且已经有了肉体关系，两人之间还是常常处于一触即发的状态，一旦有什么不能容忍的地方，马上就会爆发战争。我们分手的导火索就是在我没钱的时候，给了她一千日元，她却说我"小气"。

在那之后，围绕着村松先生的治疗，凉子向我诉说不满，因我也有同感，我觉得二人又开始彼此接近，但始终没能重归于好。

我跟凉子恋爱以后，发现她凡事都从感性出发，为人做事过于严厉且太过直接。她的特点就是一切事物都要黑白分明，不知道这点是女人的特点，或只是凉子个人的特点。

不管怎么说，我和凉子的确合不来。非但如此，从今往后我们只能成为站在敌对立场上的战士。

在这一点上，我在感到自豪的同时，又觉得有些不安。

因为凉子一旦站在村松先生家属一边，可能会成为相当强大的敌人。如果只有死者家属，可以强调所有都是正当的医疗行为，但是有凉子这种了解医院内情的人存在，不知她会说出什么事情。

"究竟要不要紧呢……"

我不安起来，突然想和冰见子医生通个电话。一是为了报告凉子的事情，还有就是想借她的声音，来使自己安心。

已经过了十一点，这时打电话可能有些失礼，但是我还是不顾一切地给冰见子医生打了电话。

因为我想还不到午夜。电话响了几声以后，冰见子医生接了。

"是我，北向，这么晚给您打电话，实在抱歉。"

"怎么啦？"

冰见子医生可能以为又发生了什么紧急事件，反应相当快。

"刚才，我和中川小姐联系上了。"

冰见子医生好像一下子没有反应过来。"谁？"她问，然后说，"噢，那个女孩啊，怎么啦？"

"她好像是和村松先生的家属站到了一起。虽然没有什么证据，可刚才她也对医院的做法大肆攻击了一番，她还说早晚会水落石出等等。"

冰见子医生一言不发，保持着沉默，不久她突然嘟囔了一句："我知道了。"

由于她一直不说话，我又问："怎么办？"她不禁吐出一句："你说怎么办？什么都没法儿办。"

的确像她说的一样，没有什么好办法。

"唉，就这样了……"

冰见子医生好像已经作好了思想准备，她换了一个话题：

"北风君，你现在在做什么呢？"

"我在家里。"

"你家应该在大森吧？"

不错，我住在从大森车站走路十分钟左右的一个简陋的小楼里，房子是一室一厅。

"有什么事吗？"我追问了一句。

冰见子医生过了一会儿问道：

"你现在能到我这儿来吗？"

"啊，是您的住处吗？"

"对，你应该知道吧。"

当然，我曾经把医院的一些资料送到她公寓去过。

"我去您家，真没问题吗？"

"你要多长时间？"

冰见子医生的公寓位于松涛，从我这儿出发，因为天色已晚，所以用不了多长时间。

"有三四十分钟就可以了。"

"那，你会来吗？"

"我真可以去吗？"

"当然了，我不是说了嘛。"

我觉得她的语气很随便，没准儿已经有点儿醉意了。

"那好，我现在就出发。"

冰见子医生答应了一声，可她是真心实意的吗？我还是觉得莫名其妙，随手挂断了电话。

不管怎么说，冰见子医生召唤我，我不能不去。我就如同为救主人性命火速赶去的家臣一样，立刻在衬衫外面套上一件格子毛衣，围上围巾就出了房间。

我的车停在走路两分钟远的公共停车场。我往那儿赶的途中，不觉看到了头顶上的月亮，今夜竟带有一种奇妙的红色。我觉得很不吉利，同时发动了引擎。

避开繁华街去松涛的话，也许三十分钟就够了。我一踩油门，动

369

作粗鲁地离开了停车场。

深更半夜地把我叫去她家，究竟是怎么一回事呢？

是不是在村松一事上有什么要商量的？即使如此，也用不着这种时间把我叫出来，明天到医院以后再商量也不迟呀。

这种时间把我叫去，冰见子医生也真够为所欲为的了。这种为所欲为也有点儿过分了吧。但是，我对此并没有什么不满。在这种时间段里，能够与渴望已久的冰见子医生单独相处，是求之不得的事情。

说不定今天还能跟冰见子医生云雨一番。

"傻瓜一样……"我暗自责备自己。

如果我兴冲冲地赶到那里，"你做什么来了？"她一句话，兴许我又得马上灰溜溜地回去。

"不管怎么说，冰见子医生确实患有焦躁症。"

我一边自言自语，一边在夜晚的马路上一路狂奔。从大森走过环七线，沿着246号线向涩谷方向开去，接着进入山手大道就可以开到松涛。这是我事先设计好的路线，因为快到十二点了，所以车开起来畅通无阻。中途在三轩茶屋附近由于修路，稍微堵了一下，但还是和我预先估计的一样，三十分钟就到了冰见子医生的公寓。

由于周围是安静的住宅街道，所以路上行人很少，我把车停在了公寓旁边，在公寓门口摁起了301号房间的门键。

"来了。"冰见子医生的声音立刻传了出来。"是我，北向。"说完，门自动从里面开了。

冰见子医生住的公寓，是建在高档住宅区的一座三层小楼，不是很大，但是建筑本身十分坚固、漂亮。电梯是冰见子医生和邻居合用，我在三层下了电梯，向左一拐就是冰见子医生的房间。

我按响了门铃，"请进"，由于只闻其声，不见其人，我自己打开了门，门口放着一双拖鞋。我明白是让我换上的意思，我穿上拖鞋向里走去，客厅的门开着，一个宽敞的客厅出现在我的眼前。

以前我来这儿的时候，在门口就把资料交给了冰见子医生，今天是第一次进到里面，客厅大概有十二三个榻榻米大小，地上铺着昂贵的地毯，地毯中间一组 L 型的沙发环绕茶几放在那里，沙发对面摆着一台三十英寸大小的液晶电视。其他还有餐具柜，摆放装饰品的古董架等等，许多贵重的物品和水晶杯并排陈列在那里。

令我大吃一惊的是，冰见子医生只穿着一件浅蓝色半透明的晚礼服，她从沙发上下来，坐在地毯上，双腿随意舒展。茶几上放着装满了奶酪的盘子，还有一个三百毫升左右的酒瓶，玻璃杯中有一种淡红色的液体。

如此放松妩媚的冰见子医生，我还是第一次见到。

我觉得自己好像误看了什么不该入眼的东西，不由停住了脚步，冰见子医生轻轻地转过身来向我招手：

"到这边儿来。"

听到她的召唤，我不得不走向前去。

照她说的，我在她身旁的沙发上坐下来。"喝不喝？"她推给我一个玻璃杯。

是那种淡红色的液体，我轻轻放到唇边喝了一口，酒精味十足，非常甜腻。

"这是梅子酒，好喝吗？"

看来冰见子医生刚才一个人喝的就是这种酒，她似乎有点儿醉了。

"吃点儿什么吗？"

"不用，我不饿。"

"坐到这儿来吧。"

依她所言，我从沙发移到了地毯上，冰见子医生那种甜美的香气向我逼来。

她到底怎么了。深更半夜的只穿一件晚礼服一个人在喝酒，还让我坐在她的旁边。我感到此时的气氛十分怪异。

"喝酒。"

冰见子医生从瓶子里直接把酒倒给我，她的手有些颤抖，把酒洒在了茶几上。

"哎呀呀……"

她伸手去拿茶几上的纸巾，刹那间我从她的晚礼服中窥见了她暴露的胸部。我慌忙移开了目光。

"唔，您是否有什么事……"

"没什么事，只是突然想和你一起喝酒了……"

听到她的回答，我觉得轻松多了，没有比和这样妖媚、不太清醒的冰见子医生一起喝酒更幸福的事了。我坐直身子，一边给她倒酒，一边问："您是什么时候开始喝的？""一个小时以前吧。"她答。

看来，她是在我打电话前不久开始喝的，但是她喝的速度也太快了。平时总是一副威风凛凛的样子，今晚她的脸颊却像被樱花染过一般满面粉红，眼角也流荡着醉意朦胧的波光。

"您喝了不少了吧？"

她豪爽地点点头。

"今天是爸爸的忌日，所以傍晚时我去扫墓了……"

突然而至的麻烦事，再加上父亲的忌日，冰见子医生想必非常伤心，我心中充满了同情。她说：

"但是，给爸爸扫墓以后，我心里舒服多了。"

"您父亲的墓地在哪儿？"

"在高轮，那里也有樱花。"

冰见子医生的语气逐渐开朗起来。"想看我爸爸的照片吗？"她边问边站了起来。

她举止稍微有些摇晃，我很担心，她却径直走进了里屋，我等了一会儿，她拿着照片回来了。

"这是我爸爸……"

听她一说，我仔细看了看，在细长的镜框中，有一个戴礼帽的高贵绅士，和身后一个穿着校服的少女，手牵手地站在那里。绅士微笑着，少女好像觉得阳光有点晃眼似的，稍稍向右偏着头微笑。不用说这就是冰见子医生和她父亲。

"真漂亮啊。"

对我来说，上一代的院长以及冰见子医生芳龄十几的照片，都是第一次看到。

"这是您多大的时候？"我问。

冰见子医生樱花色微醉的面容浮起了笑容。

"十三岁吧……"

"在哪儿拍的？"

"在学校前面，爸爸送我上学的时候。"

我听说冰见子医生毕业于名门私立女子学校 K 女学院，老一代院长精一郎先生大概非常宠爱女儿，时常会亲自把她送到学校。

"我在学校前面下车，刚要走的时候被爸爸叫住了，司机给我们拍了这张相片。"

照片上道路旁边的树丛后面，的确能够看到校舍一样的建筑。

"您父亲真是一位出色的男人。"

"爸爸当时四十二三岁吧，是医院刚刚建起的时候。"

照片中的父亲略带羞涩地笑着，鼻子、眼睛都长得非常英俊，说他是位演员也会有人相信。人们常说父亲英俊的话，女儿一定会很漂亮，眼前这对父女给人的正是这种感觉。

"您父亲个子很高吧。"

"那是因为他戴着帽子，可他也有一米七三，和你差不多吧。"

"不，比我高。"

我身高一米七二，听冰见子医生谈起我和她父亲差不多高，我有些诚惶诚恐。

"那个……"

我一直有一个很想知道又不便开口的问题，就是冰见子医生名字的由来，我试探着问：

"冰见子这个名字是您父亲取的吗？"

"对，好像源自卑弥呼，你也知道吧？"

我记起来卑弥呼应该是日本古代邪马台国时代的女王的名字。

"取一个发音和古代女王一样的名字，好奇怪吧？"

"没这回事。"

我认为冰见子医生才称得上女人中的女王。

"您有兄弟姐妹吗？"

"我有过一个弟弟，但五岁时死掉了……"

"那么，您父亲一定非常宠爱您吧？"

"对，爸爸特别慈祥，总说我是他最珍贵的宝贝女儿。"

看起来冰见子医生是想在她父亲忌辰的日子，找一个人和她好好儿聊聊有关父亲的回忆，所以才把我叫来的。不对，与其说互相聊聊，不如说她希望的是一个能够默默倾听她回忆的人。

当然，只要冰见子医生高兴，叫我做什么我都愿意。

"爸爸带我去了很多地方。"

优秀的父亲和美丽的女儿，这两个人走到哪里恐怕都会非常引人注目。

"那，去的是银座等……"

"我说的不是那些地方，是京都呀，或者外国。"

"外国？"

"纽约、巴黎我们都去了。"

说起被父母带着出去玩，我只去过附近的海边或者山上什么的，不愧是冰见子医生，去的地方都和我截然不同。

"是去那些地方旅游吗？"

"不是，不是有国际学术会议吗？爸爸要去那里开会，所以叫我顺便跟他一起去……"

国际性的医学学术会议，的确是在世界各地召开，冰见子医生的父亲却把她也一起带去了。

我心里一半惊讶，一半羡慕，这时冰见子医生又站了起来，从里面的房间拿出几本相册来。

"你愿意的话，翻翻吧……"

茶几上放着的一本相册的封面上，用红色油性粗笔写着"巴黎1981年"，另一本的封面上写着"纽约1982年"。最初那本写着1981年，当时冰见子医生十四岁，那么1982年就是她十五岁的时候，她这么小年纪就开始去国外了呀。

翻开相册，我看到在巴黎的凯旋门和埃菲尔铁塔下面，冰见子医生和父亲一起，满面笑容地伸手做出 V 字的照片；还有在餐厅摆满了饭菜的桌子前，父女俩脸贴脸的照片；再有就是以纽约的自由女神为背景，父女俩手拉手并排眺望大海的照片。

真像新婚旅行一样，我心中暗想，突然我发现所有照片都是这两个人的，没有冰见子医生母亲的身影。

"那个……"我觉得自己似乎不该多嘴，但还是忍不住问道，"您母亲呢？"

“唔，我母亲没在。”

听到冰见子医生不带感情的回答，我进一步试探：

“那，就你们两个人……”

“对，因为爸爸是这样说的。”

我一边点头，一边觉得非常不可思议。

不管女儿多么可爱，哪有把妻子扔在家里去国外的呀。而且在国外的时间又较长，要说和谁同去的话，一般不是应该先带妻子去吗？

“那，您母亲呢？”

“因为我母亲讨厌旅行。”

若是这样，也不是不能理解，但是为什么冰见子医生说起她父亲时总是称“爸爸”；一说到她妈妈，却永远称呼“母亲”，好像在讲别人一样。

如果再问下去，我觉得不够礼貌，就继续看起了照片。

“您显得非常高兴。”

在饭店的游泳池内，身材窈窕但还没长成大人的冰见子医生身着泳装，一脸笑容拉着长满胸毛、体格健壮的父亲的手。

在下一页上，有一个貌似冰见子医生的年轻女孩，拍的像是在浴室淋浴的背影。我一翻到这张，冰见子医生苦笑说：

“是爸爸在我不知道的时候偷拍的。”

这种姿势一般他人的确难以拍到。

“爸爸洗完先出去了，他偷偷照的。”

看来这是一个我无法想象的世界，冰见子医生当时已经不小了，还跟父亲一起洗澡吗？

我心中一下子升起一股怪怪的感觉，但是，冰见子医生却毫不在乎地说：

"你觉得很怪吧。可我从小就一直和爸爸一起洗澡。我的头发也一直是爸爸给我洗……"

冰见子医生的父亲是把年幼的她放在膝盖上给她洗头发的吗？洗完以后是共同在饭店的房间休息的吗？当我想入非非时，冰见子医生想起什么似的说：

"对了，那个村松先生也是这样。"

这话是什么意思呢？我不明白冰见子医生想说什么，她合上了相册。

"直到他女儿死亡为止，他一直都跟女儿一起洗澡。他认为这是天底下最快乐的事情，每晚早早儿回家，叫女儿和他一起去洗澡……"

父女之间真这样做吗？我觉得这是一个我无从想象的世界。

"你有姐妹吗？"

"没有，我只有一个弟弟。"

"那你可能理解不了。前不久有个女孩，到了二十岁还跟她爸爸一起洗澡呢。"

"到了二十岁，还那样？"

"起初不知道，爸爸一叫，女儿就高高兴兴地一起去洗，但慢慢地就会觉得有些怪。到了小学四五年级，大多数女儿突然开始变得不愿意了，就不再和父亲一起洗澡了。"

"那，是孩子提出来的？"

"对，是出于一种本能，觉得不能再这样了，所以开始拒绝。如果女儿什么都不说，做爸爸的无论女儿多大，都愿意和女儿一起洗澡。"

"但是……"

我刚要开口，冰见子医生很快点头说：

"对，我们很奇怪，做法异常。"

冰见子医生突然称自己异常，我感到很困惑。

"年龄很大了，还在一起洗澡，那就奇怪了。"她强调了一遍，继续说，"最近，有许多父亲特别依赖女儿吧。"

果真如此吗？我不太清楚，只好保持沉默。

"前不久我参加过一个婚礼，女儿的父亲在通往圣坛的红地毯上，居然哭得走不动路了，看着准备去度蜜月的女儿，父亲又哭了起来，最后他竟然冲着出发的二人大叫'早点儿回来呀'！不管怎么说，这种做法都太离谱了。"

我很少参加婚礼，所以也没见过这种场面，做父亲的对女儿的感情过于执着的话，女儿也会感到棘手。

"奇怪吧？"

"嗯……"

"大家都会称赞这种父亲温厚慈祥，这绝对错了。这种温厚慈祥一旦走错了一步，父亲就会变成恶魔，把女儿毁掉的恶魔呵。"

这时，冰见子医生突然"咚"的一下砸向茶几。

"我绝不原谅这种父亲。我不原谅爸爸，绝不原谅。"

听着听着，我觉得冰见子医生所说的父亲就是她父亲本人。

"那个，您父亲……"

冰见子医生马上说：

"当然，就是个恶魔。"

"怎么会……"

"爸爸是个恶魔，正因为他是恶魔，我……"

这时，她突然如同摆脱了附体的恶魔般安静了下来，过了一会儿，她慢慢儿把头发撩起来，喃喃自语：

"睡觉吧。"

冰见子医生是什么意思？我愣在了那里，她朝门开着的方向望去，"到那边的房间……"说着站起身来。

她是说对面房间里有床，到那边去的意思吗？我揣摩着她说的意思，门那边传来了她的声音：

"到这儿来。"

我如同被催眠般站了起来，向客厅尽头的走廊走去，眼前的房间关着门，再往前的房间半开着门，从里面透出来微弱的灯光。

我就着微弱的光线走进房间，左边有一张大床，冰见子医生已经躺在上面了。

这里是卧室吧，我观察着四周。冰见子医生又小声说：

"进来……"

她的态度如此明确，上床大概也没什么问题。我脱得只剩一条内裤，又往床上望去，冰见子医生轻轻俯卧在床上，白皙的脖子露在外面。受到此情此景的吸引，我从床边蹑手蹑脚地爬了上去。

柔软而温暖，这就是冰见子医生的床给我的最初印象。我暗地里想，她在这么舒服的地方睡觉，在我钻进被子的一刹那，她一下子抱住了我。

刹那间我感到有些疑惑，接着慢慢地用双手环抱住她，她全身紧紧地贴在了我的身上。

怎么回事？冰见子医生如此主动还是第一次。

我搂着只穿了一层薄薄内衣的冰见子医生，胸前传来了她的声音：

"抱紧些……"

既然她这样说了，我也没什么可犹豫的了。我加大了双臂的力度，把她紧紧地拥在了我的怀里，我浑身上下都是温香暖玉的感觉。

我终于又把冰见子医生抱到了怀里，她的肌肤如此光滑柔软。

我像做梦一样抱紧了冰见子医生，她把脸依偎在我的胸前呢喃：

"爸爸……"

没错儿，她刚才叫的是"爸爸"，她在叫谁呢？反正不是我，看来还是叫她父亲精一郎先生吧。如果真是这样，她是否误把我当成她父亲了？

我摸不着半点儿头脑，仍然把她紧拥在怀，我感到胸前被打湿了一些。

发生了什么，我觉得不可思议，就低头往胸前一看，正好看到冰见子医生在揉眼睛。

"你在哭吗？……"

我突然发现了冰见子医生不为人知的一面,不禁觉得她愈发可爱,于是把她搂得更紧,她也使劲地攀附着我。

冰见子医生也许真的错把我当成她父亲了。

如果这样,我就静静地保持现状。我提醒自己,但是在耳鬓厮磨的过程中,我两腿之间的东西慢慢地膨胀起来。

"这个家伙……"

我对自己身体的一部分如此没礼貌感到吃惊,但是眼前这种姿势,我再想让它怎么老实,可能也是强人所难。我徘徊在欲望和理性之间,终于忍不住了,把右手慢慢伸向了冰见子医生的下半身。

我触到了她的内裤,又慌忙抽回了手,这时冰见子医生说:

"我要。"

在她父亲的忌日,她含泪回忆着父亲的时候,这么做行不行?

"不行……"

我刚要抽身而退,冰见子医生小声嘟囔:

"如果你不嫌弃我的身体,没问题啊。"

她怎么会说这么谦卑的话。她的身体可以说是所有男性心之向往的,是无价之宝,把如此珍贵的胴体说成"如果你不嫌弃我的身体",究竟是什么意思?

"对不起。"

我坐起身来,不知为何向她行了一礼。"等一下。"冰见子医生说完,从枕旁拿出一个小纸包递给了我。

我一拿到手里,马上就明白了是安全套。

冰见子医生竟备有这东西。我对她的用意周全感到有些不解，但还是如她所说，戴上了安全套，开始重新爱抚她的身体。

万事俱备，我可以放心大胆地去完成我的梦想。自从我们在涩谷的情人旅馆做爱以来，已经过去了四个月了。刹那间，我脑海里那条漫长的道路苏醒过来，我撑起上身，冰见子医生一动不动地闭着眼睛在等着我。

真的可以吗？我又看了她一眼表示确认，她比刚才更加娴静。我慢慢滑进她的身体，然后用尽全身的力量紧紧地搂住了她。

"冰见子医生，我太喜欢您了。不管谁说什么，我就是喜欢您。我比谁、比任何人都爱您，为了您我什么都可以做。"

千言万语在我的心头打转，可实际上我一句话也说不出来，只是疯狂地摇动着身体，很快就冲上了欲望的顶峰。

"这么快就结束行吗？……"

一阵不安掠过我的脑海，但我已然控制不住，我的精子在充满全身的快感中战栗着喷薄而出，我手臂中的冰见子医生也扬起纤细的脖颈小声叫道：

"不要……"

一点儿不错，这正是从冰见子医生那漂亮的双唇中泄露出来的声音。

刚才，我确确实实地在冰见子医生的体内完成了整个性交，这和四个月前，在涩谷的情人旅馆里发生的事情一样。

但是，同样是完成了性交，其内容却完全不同。

上次我的确沉浸在和冰见子医生做爱的紧张和快感当中，但她始终十分清醒，给我一种由于我过分执着，她才施舍于我的感觉。

然而这次，是她自己主动缠绕于我，还要求我"抱紧一点儿"。

最为不同的是，在我由于奔向高潮、忍耐不住一泻千里的时候，冰见子医生也反弓着纤细的脖子小声叫道：

"不要……"

只听她的话语，仿佛是要拒绝激情，其实她体内的欲火紧接着就熊熊地燃烧起来。

还有四个月前，在涩谷的情人旅馆里，我刚射完精，冰见子医生就立刻离开我去了浴室；眼下她似乎对刚才的事情恋恋不舍，躺在床上一动也不动。

这次和上次的感觉完全不同，仿佛一种新的爱的形式正在我们之间诞生、成长。

我被刚才的性爱感动不已，满足得快要流出了眼泪，当我发泄了情欲重新恢复了冷静，我开始思考"为什么"。

冰见子医生为什么变了呢？

今晚是她提出要见我，我们见面以后开始闲聊，然后来到床上互相爱抚，在我回想整个过程的时候，有一件事十分鲜明地浮现在我眼前。

就是冰见子医生给我看了她父亲的照片之后，要我用力抱紧她时，她的确低声叫了一句："爸爸……"

是否由于她产生了错觉，误把我当作她父亲了。不，与其说错觉，不如说那个时刻冰见子医生希望我就是她的父亲，而且是心甘情愿这么想的。

在父亲的忌日，被爸爸紧紧拥入怀中。在这种幻象中，冰见子医生身心双方都得到了满足，并且达到了高潮。

想到这里，我不由嘟囔了一句：

"真搞不懂……"

无论我怎么和她亲热，也弄不明白某些事情。我紧紧地把她搂在怀里，身体上进行着零距离的接触，按理说我绝对应该明白，可是下一个瞬间，我又觉得真相好像消失在浓雾之中，等我回过神来，冰见子医生正安静地躺在离我不远的地方。

"是幻觉吗？……"

最让我觉得不解的是，尽管我和她肉体紧密地结合在一起，并躺在同一张床上，但是我仍然没有真正和她结合在一起的实际感受。

丑闻现世

从二月到三月，我迷失在一个离奇的迷宫里。

在一月底的那个夜晚，我被冰见子医生叫到了她位于松涛的公寓，在她充满醉意的诱惑下，我和她上了床。

这是千真万确的事实，当时的余韵现在还残留在我的体内。

可是到了第二天，我在医院遇见冰见子医生时，她却面无表情，和往常一样跟我打了个招呼，然后一副冷冰冰的面孔一直埋头工作，到了傍晚，只对我扔下一句"辛苦了"，就扬长而去。

冰见子医生在医院里，既不会粗声大气地训斥部下，也不会因为什么开怀大笑。说得夸张一点儿，她简直就像机器人一样，即使在我面前也是同样。

也就是说，从第二天起她又做回了她的医生，而我也重又变回了一介护士，我们之间的关系也恢复了以前那种不冷不热的状态。

看到冰见子医生这副表情，我觉得那天晚上的事情，就好像是我一味憧憬她而做的一个黄粱美梦。

但是，那天晚上在床上我的确和冰见子医生结合到了一起，在她和我首次达到高潮之后，我是半夜两点多离开她的公寓，回到自己家里的。

这是一个无法抹杀的事实，然而第二天，当我遇到冰见子医生的时候，昨晚的事却没在她身上留下半点儿影子。我觉得在那个月光赤红的夜晚，发生的一切仿佛都是我的幻觉。

我甚至怀疑在我的人生当中，是否真配拥有那么美好的时刻，如此甜美充实的一夜，这一切如果都发生在梦幻的世界里，我自己将会多么轻松。

冰见子医生说不定也想把那晚的事情当作梦境，才故意装出一副冷淡的样子。

我迫使自己对这一想法深信不疑，心情才渐渐恢复了平静，可到了三月初，又发生了一件震撼我和冰见子医生的大事。

这天恰巧是三月四号，是冰见子医生来冰见子诊所诊治的日子。我上午九点就到了那里，按计划她下午该来。

可是，上午她突然从花冢医院打来电话："我今天去不了你们那里了。"

"有什么急事……"我问。

她沉默了一会儿说："今天法院送来了诉状。"

法院送来了诉状，这究竟是怎么回事？

"接下来，事情会怎么样呢？"我追问了一句。

"法院受理了村松先生家属的诉状，接下来就是法院审理、判决，就这么回事呗。"她若无其事地回答。

"具体来说，我们该怎么办才好？"

"我手里有诉状的具体内容，作为被告我只要针对这些内容认真进行答辩，好像就可以了。"

"被告？"

我一下子被这个没有听惯的词语惊呆了。

"对啊，我作为医院的负责人被对方告上法庭，所以我也就成了被告……"

把冰见子医生称为被告，这太过分了。我真想喊出声来，又怕挂号处的通口小姐听见不好，我只好降低了嗓音。

"然后又怎么样呢？"

"据律师讲，我们针对原告的问题，把自己的意见写上去，然后寄还给对方就行了……"

冰见子医生接着告诉我，如果我们对诉状置之不理，就等于承认了对方的控告，那将对我们非常不利。

"但是，回答了对方的问题并寄还给他们，就没事了吗？"

我想尽量让自己放心，然而冰见子医生却一言不发，没有回答我。

也许院长室里刚好有客人，所以她不便回答我吧。正在我进行各种假设、等她回答的时候，终于传来了她的声音。

"事情可能不会这么简单就……"

"为什么？我们并没有做错什么呀，而且病历也……"

刹那间，"哈哈哈……"电话那边隐约传来了一种既像笑声、又似呻吟的声音。

"那份病历本来就是假的呀……"

"难道说这件事情走漏了风声？"

"我不清楚。但是对方是这么对我说的，你明白了吧？"

"怎么会出现这么离谱的事……"

我叫道，接着却说不下去了。正当我抱住脑袋犯愁的时候，冰见子医生喃喃自语：

"说不定已经不行了……"

她的声音里带有一种罕见的软弱，我重又握紧了电话。

冰见子医生作为医院的负责人，说出"说不定已经不行了"这种话，那我们下面这些人就真不知道该怎么办才好了。

"请您打起精神来。"我首先鼓励了她一句，然后又问，"他们怎么知道复印的病历是假的呢？"

"这我也不清楚。但是他们向我指出，实际上让患者服用的药物种类和剂量与原来病历记载的不符。村松先生去世之前的病历，大概被谁拿出去了。"

"拿出去了？"

冰见子医生改写病历，是在村松先生去世之后不久进行的。

和改写的病历不同，如果有人把原来的病历交给了死者家属，那一定是村松先生去世之前就拿出去了。

"怎么会有这么离谱的事……"

我一边嘟囔，一边突然想到冰见子医生没准儿怀疑是我把病历拿了出去。

"那个……"

我拿着电话左右摇头。再怎么错，我也不会做出这种事来。我的确可以自由拿走村松先生的病历，但是我绝不可能在交给冰见子医生之前，把病历交给别人。不管怎么说，我都是她最忠实的近卫军。

"这种事情，我绝对……"

"没做"二字还没出口，冰见子医生接茬儿说：

"我不会认为是你做的。"

"我只是按您吩咐，那天早上把病历保管……"

"我知道。"冰见子医生又一次安慰我，接着她说，"说不定是那个女孩干的……"

"那个女孩？"

"那个姓中川的女孩。"

我冲着听筒使劲点了下头。如果是中川凉子，她绝对干得出来。其实她以前就对村松先生的治疗方针抱有疑问，而且在很长的一段时间里，都是由她负责村松先生的护理，所以她把病历复印后带出去，是再容易不过的了。

"那个家伙居然做了这种事情。"

除了凉子，犯人的确别无他人。一定是凉子在事前把病历复印好后，交给了村松先生的家属。

"我再问一下凉子吧？"

我的话音刚落，冰见子医生冷淡地说：

"不用了，现在就是知道了，又能怎么样呢……"

的确，现在问题的关键在于，作为证据保存下来并交给死者家属的病历，是否是伪造的。

"那，您是怎么回答的？"

由于没有回音，我试着又唤了一声："冰见子医生……"

"没办法啊……"她自言自语。

这样一来，冰见子医生不就等于自己承认篡改病历了吗？

"这种事情，绝对不能承认啊。"

"那该怎么办？"

被她如此一问，我也觉得十分难办，这样下去，我们就会完全陷入敌人的包围之中。

"能否和律师商量一下，看怎么办才好。"

"刚才律师来这儿，我们商量过。他说如果我改写了病历，那就没办法了。"

"那，就这样承认吗？"

"因为是到去年年底的病历，所以和患者的死因并没有什么直接关系。"

"但是……"我变得更加不安起来，我问，"这件事，其他员工知道了吗？"

"我只对你说了。"

一句话说得我眼圈一热，我镇静下来坚决地说：

"我永远都支持您，不管什么时候、什么事情，您都不用跟我客气。"

我的声音略大了一点儿，接着我降低声音保证，"只要我能做的，什么我都会去做。"

"谢谢。"冰见子医生回答得很干脆，然后她说，"由于这些原因，今天我过不去那边了，预约好的患者，你听一下他们的倾诉，希望拿药的病人，就按上次的药方给他们开药就行了。"

"我明白了。"

冰见子医生不在，帮她把诊所看好的自信我还是有的。

第二天，我一到花家总院，几乎所有的员工好像都知道了，因为村松先生的死亡，冰见子院长遭到了起诉。

官司还没有开始，为什么大家知道这么多呢？

我当然是一个字都没有泄露过，一月底法院来人的时候，大家都注意到了。是不是凉子把这些内情告诉了以前的同事，或者由于律师在院长办公室出入，从而泄露了秘密？

总之，员工们都非常关心这种小道消息，所以流传得极快。

"这样一来，医院会变成什么样子？"

有些护士，甚至陪护也跑来向我打听。"没什么大不了的事情。"我肯定对他们这样回答。

但是，冰见子医生毕竟改写了病历，今后这件事可能会闹得很大，虽说周围的人还不清楚这些，但也能在某种程度上察觉到这种不安的气氛。

"怎么会呢，冰见子医生不会官司缠身的。"

"不可能会有如此荒唐可笑的事情。"

我虽然拼命地进行否定，但还是没有绝对的自信。

不管怎么说，这件事已经在医院里闹得沸沸扬扬了，人们确实有些人心惶惶，今后医院会向哪个方向发展，大家都是一副心怀不安、忍气吞声的样子。

和员工们的不安不同，冰见子医生每天照旧为患者治疗，其他的医生和护士们也照常工作，也没有出现新患者或住院病人减少的情况。

不知是否是我的错觉，我觉得冰见子医生的脸色的确不是很好。

她原本清秀的面庞，眼圈和脸颊周围稍稍显得有些发暗，声音中也有一种有气无力的感觉。

她是否有些疲劳？如果有类似失眠的症状，我希望她能随时召唤我。我并没有期待和她发生什么，只是非常担心她的身体。

如果有我能做的事情，我将竭尽全力。我会像一只忠实的哈巴狗一样，永远等待着冰见子医生的呼唤。

然而，不知冰见子医生会向法院提交一份什么样的答辩书，事情又会沿着怎样的方向发展。

有能干的律师陪伴左右，其实我也没有什么可担心的，可是我还是十分挂念她。

说实话，最近我总感到冰见子医生好像有什么危险，或者有什么让人放心不下的地方。因为上次我和她在她家共度良宵时，她把我误当作她的父亲，那时我在她身上发现了某种隐藏得很深的孩子脾气。再有就是，最近和她说话的时候，我能从她脸上看到一掠而过的那种自暴自弃的表情。

冰见子医生出身良好，她时常会表现出一种大小姐的不识世事艰难的作风，所以也有一下子破罐子破摔的危险。

"不管发生了什么，请您不要放弃，我希望您能挺住。"

这是我发自内心的愿望，不知冰见子医生能否知晓。

可能的话，真希望能跟冰见子医生单独见上一面，两个人好好儿谈谈，可一到医院，我们就又成了医生和护士的关系，所以始终找不到告诉她的机会。

为此，我每天非常焦躁不安，就在接到法院诉状后的一个星期，她突然叫我去院长室。

不知道是什么事情，我马上赶了过去，冰见子医生把手头正在看的材料推到一边，开口道："是东楼病房金子太太的事情。"

"给她服用的药，从明天起换成这个方子上的吧。"

她递给我的那张处方上，只写着安定四毫克，和至今为止的针剂和药物相比，少得简直令人难以置信。

"这样可以了吗？"

"没问题吧？"

她如此问我，我又不是医生，所以无法回答。正当我不知所措的时候，冰见子医生轻轻地叹了口气：

"你心里也松了口气吧。"

我当然也赞成她减少用药，但是她为什么现在突然发出这种感慨。

我愈发不解其义，她脸上浮现了一丝微笑，低语道：

"做到这个地方，就此打住吧。"

一个医生给患者开出注射和服用的药物，一定自有其道理。我们这些做护士的，当然要以医嘱为准，给患者发放药物，进行护理。

如果一个医生面带微笑地说，"做到这个地方，就此打住吧"，那么我们至今为止的努力又成了什么？

"真的吗？"

我又强调了一句，冰见子医生点头。

"病再好一些的话，也可以出院呀。"

冰见子医生究竟在说些什么？让金子太太服用过量的药物，因此推迟了她出院的时间。事到临头，又突然提出减少药量，同意出院，究竟为了什么？

从这一系列的转变来看，估计是在村松先生的事情上碰了钉子的原因。还有就是今后要上法庭打官司，她想尽量减少容易让人起疑的治疗。

"那等金子太太快好的时候，我可以给她丈夫打电话吗？"

"好啊，根据你的判断，你认为可以出院了就这么做吧。"

"我怎么能……"

我不是医生，怎么能决定这种事情。冰见子医生说出这种话来，说明她对工作已经失去了干劲。

"我按您吩咐的去做。"

话音刚落，冰见子医生摇晃着脑袋。

"按我的意思去做，是不行的。"

什么意思？我表示不能理解。她直视着我说：

"我的吩咐什么地方错了，你应该最清楚。所以别听我的话。"

"但是……"

"因为我要治疗的话，很可能又会出现同样的情况。"

不知冰见子医生是否有些头疼，她用手捂着额头闭了会儿眼睛，一会儿突然冒出一句：

"你可以回去了。"

看来她是太劳累了。总之，今天我还是先回去为好。

我默默向她行了一礼，出了院长室之后开始动起脑筋。

冰见子医生周围究竟发生了什么事情，我至今还是弄不太明白。

反正我只知道，最近她的表情不甚开朗，好像在为什么事情发愁。

她是否放心不下被村松家属告上法庭一事？或者是天气一下子暖和起来，春天快要来临的原因。

说起来，冰见子医生以前曾经说过 "讨厌春天"，她的语气里全是 "受不了春天" 的感觉。现在正是万物萌芽的季节，冰见子医生那纤秀的身体恐怕是承受不住了。

不管怎么说，如果冰见子医生打不起精神来，最发愁的是我。无论发生什么，我都希望她像平时一样，保持她那种应有的从容不迫、依然如故的态度。

我喜欢冰见子医生和蔼可亲的感觉，同时也喜欢她那种处惊不变、从容淡漠的地方。

长期以来，我在憧憬、仰视冰见子医生的过程中，恐怕是被她那种冷淡、拒人于千里之外的个性深深吸住了。

但是，近来天气温暖得有些异常。

从二月中旬起，每天都暖和得使人感到冬天似乎已经结束，进入三月后，有过几天倒春寒，接着就又暖和起来，据天气预报讲，三月底是今年樱花盛开的时节。

每次一听到樱花二字，我都会想起去年春天和冰见子医生在青山墓地的事情。

那时候，我第一次和冰见子医生单独约会，她突然提出要去墓地赏花。我战战兢兢跟着她在一棵樱花盛开的树下停了下来，她突然折了一枝盛开的樱花叼到嘴里，露出了满面的笑容。

我在夜晚的墓地里看到的这幅景象，是冰见子医生瞬间的疯狂，还是她在春天的精灵唆使下，搞出的一个小小的恶作剧？

不管怎么说，使冰见子医生感到有些棘手的春天，即将正式来临。

在春天逐渐迫近的三月中旬的一个傍晚，我听到了那件蹊跷的事情。

那天，我和仓田护士约好下午六点在涩谷见面，由于前一天我值夜班，所以我是从大森直接去涩谷的。

我好久没去过涩谷了，所以也想不出什么可去的地方。反正随便找个地方吃吃饭，唱个卡拉 OK，然后在年轻人聚集的地方逛逛，也就是这么一回事。

在我们约好的涩谷中心街前面的一家咖啡馆里，我提前到了，就要了奶咖啡在那里等他，约好的时间到了，仓田却没有来。

仓田一向非常遵守时间，我猜想着他到底出了什么事。过了半个小时，他总算露面了。

"对不起……"

他向我道了几次歉后，坐在了我的旁边。

"我正要出医院的时候，被一个奇怪的男人叫住了。"

"奇怪的？"

"好像是一个周刊杂志的记者。那家伙想问一些关于冰见子医生的事情。"

周刊杂志的记者为什么现在要来打听冰见子医生的事情？我觉得不可思议，就追问道：

"打听冰见子医生什么？"

"问她是一个什么样的医生，和患者的关系如何，说她现在好像独身，问至今为止她有没有结过婚等等。"

"是哪家周刊杂志？"

"喏，是这家。"

仓田从口袋里拿出一张名片，上面写着"《头条新闻周刊》记者石原彻"。

"那你是怎么回答的？"

"我当然回答冰见子医生是一位责任心很强的医生，人长得又漂亮，很受病人欢迎……"

"他知道你是护士，所以才问你的吗？"

"嗯，他先问我是不是在这个医院工作……"

听完仓田的话，我想起了冰见子医生被告上法庭的事情。

说不定这家周刊杂志正是探听到了这件事情，所以才来采访的。

"那个记者是一个人来的吗？"

"我觉得是。我是在正要出医院的时候被叫住的。"

我逐渐不安起来，从书包里拿出手机，给医院打了个电话。

下午六点以后，所有打往医院的电话都要通过护士中心。

我问最初接电话的护士冰见子医生在不在，她告诉我冰见子医生一下班就回去了。

无可奈何，我又问："今天有没有周刊杂志的记者到医院来？"

"不知道。"对方回答。

"你能向周围的人打听一下吗？"

我接着央求她，过了一会儿，我听到一个年轻女性的声音。

"我是东楼病房的早川，刚准备上中班，我到医院的时候，看到有人在门口照相……"

"是周刊杂志的摄影师吗？"

"我不太清楚，但他们好像在拍医院正面的招牌，还有医院的建筑物等。"

"他没问你什么问题吗？"

"他是想接近我来着，但是我正着急走呢。"

"谢谢。"

我挂断电话，叹了口气。

看来周刊杂志是探听到了这件事的消息，大概正在采访。这件事会不会刊登出来，现在我还不太清楚，如果真登了出来，可能将是个大麻烦。

因为是周刊杂志，所以一定会极度渲染冰见子医生被死者家属控告一事。这样的文章如果被刊登在发行量为五十万本的周刊杂志上，那么事情可就闹大了。

不仅冰见子医生本人，就连医院也会变得令人起疑，那么，患者及其家属说不定也会趁机闹起来。

"这件事搞不好相当糟糕。"我分析道。

仓田放下刚要喝的冰咖啡。

"我们又没做什么坏事，怕什么呀？"

"可是……"

他并不知道冰见子医生让村松先生和金子太太服用过量的药物，并且还篡改了病历等事，当然不觉得会出什么大麻烦。

"等我一下……"

我又把手机拿了出来，试着给冰见子医生打电话，可是没人接。

"不行……"

看来一张无形的大网正在冰见子医生周围慢慢收紧，我觉得平静不下来，就又叫仓田和我一起去了西班牙坡道前面那家烤鸡肉串的小馆，但是周刊杂志记者的事情，还是在我脑海里挥之不去。

他们只是向医院有关人员打听冰见子医生的话，我想没人会说她的坏话，应该没有什么问题。但转念又一想，医院员工毕竟也是人，谁知道他们会说些什么，不觉又担起心来。

"不管怎么说，因为凉子在背后……"

我不由念叨出了声。仓田追问我：

"你刚才提到凉子了吧？"

"对，西楼病房的那个中川凉子，好像站到村松家属那一边去了。"

"那是她把这件事捅给周刊杂志的吗？"

"唔，这我倒不太清楚……"

但是，听仓田这样一问，我也不无同感。

"但是，现在还不清楚是否会发表出来……"

我又拿着手机去了外面，给冰见子医生打电话，还是没人应答。

在这种关键时刻，她到底去哪儿了呢？我十分焦躁不安，因此喝了很多烧酒，但是还是没有一点儿醉意。

"咱们接着还是去卡拉OK吧。"

按照仓田的建议，我们出了烤鸡肉串店，又到了东急百货附近的一家卡拉OK，我还是提不起兴致。仓田每次一唱，就是八九十分，我怎么唱最多也只能唱到八十分。

"前辈，你今天好像唱不起来呀。"

"都像你这样不紧不慢的，多好呀。"听到他的话，我讽刺了一句，他怎么能明白我的心思呢。

"你一个人唱一会儿吧。"

说完我一个人走到走廊，又试着给冰见子医生打电话，还是没人接。

她究竟在哪儿，不会是和美奈见面去了吧？我一边胡思乱想，一边回到包房，喝起了兑水的威士忌。

我仍旧放心不下，半个小时之后我们出了卡拉OK，我边走边打起了电话，一阵铃声过后，冰见子医生总算接了电话。

"是我，北向。"

马路上一片嘈杂，我慌忙把手机拿近嘴旁："今天周刊杂志的家伙来了没有？"

冰见子医生回答得很干脆："来了呀……"

"不要紧吧？"我脱口而出。

"你指什么？"冰见子医生反问。

"周刊杂志的人好像听到了什么风声，才前来采访的，员工当中也有人被记者问到……"

这时，走在前面的仓田回头向我招手，好像在说"快点儿"，我伸出一只手，打了个"等一等"的手势。

"您有没有被问到什么？"

"我没见杂志的人。"

"那，您是拒绝了。"

"院办公室主任说《头条新闻周刊》的记者想要采访我，我谢绝了……"

即使见了记者，也不等于文章就不会登出来，而且写什么内容，谁也不能保证没有反面内容。

那还不如像冰见子医生那样，断然拒绝采访，效果反而可能好些。

"听说有人被周刊杂志的记者采访，我一下子担心起来。所以想知道您眼下如何……"

"谢谢。"

听到她的回答，我悄声问："您现在在房间里吗？"

"嗯……"

"那，您在哪儿？"我刚想发问，又慌忙把话咽了回去。

我感到此时的气氛让我不敢胡乱开口，冰见子医生是一个人在什么地方独自发愁，还是在床上和美奈一起互相抚慰对方的伤口？总之，她没见周刊杂志的记者，我也就放心了。

和冰见子医生通完电话以后，我和仓田来到了通往道玄坂坡道途中的一家酒吧，我一边喝着兑水的威士忌，一边思绪万千。

如果周刊杂志的记者正式提出采访冰见子医生，那么说明他们这次的采访非常严肃认真。

这样一来，是接受他们的采访为好，还是像冰见子医生那样断然拒绝他们为好，我也不太清楚。如果接受采访，一丝不苟地回答他们的问题，或许可以给对方留下一个好印象；但是换一个角度，不接受采访的话，也可以避免回答一些难以启齿的事情，或者避免对方一些不必要的揣测。

"无论如何，最好不要出现什么更大的麻烦……"

我抱着双臂叹了一口气，仓田还是老样子，下酒的速度很快。

"如果我们医院的医生上了周刊杂志，你不觉得很酷吗？"

"别说这种傻话了……"

即使上了杂志，也不是"日本的数位名医"或"美貌女医排行榜"之类的文章。而是作为一个让患者过量用药、从而导致患者死亡的嫌疑犯上的周刊杂志。

"你好好儿考虑一下。"

我对仓田进行说教，但是他根本无法领会我的良苦用心。

"您一说起冰见子院长的事，就变得特别认真。"

"当然了。"

我是和你不一样，冰见子医生对我来说，不单单只是医院的院长，她还是对我以身相许的最心爱的女人。我生生吞下了这番差点儿破口而出的心里话。

"如果冰见子医生被杂志歪曲报道，那么大家对医院也会产生看法，我们的工作不就危险啦？"

"你是说医院会被迫倒闭吗？"

"不是，不会搞到这步田地，但是……"

仓田是一个单纯的男孩，我应该想到我的说法若略有夸张，就会引起他极大的不安。

"唉，反正到时候该怎么着就怎么着呗。"

冰见子医生没准儿正和美奈在一起，自从意识到这一点，我就感到非常失落，所以说起话来也就不那么负责了。

不知这次的事情是否会被周刊杂志报道，如果报道，又会是什么时候。不止我一个人，医院里的很多员工似乎都非常关心。

我之所以这样说，是因为周刊杂志的记者除了仓田以外，还采访了一些陪护和患者，甚至还采访了附近便利店的店员。

真是一群穷追不舍的家伙，他们既然进行了如此细致彻底的采访，不刊登文章肯定不会罢休。

但是，文章会以什么样的内容登载出来呢？我一想到这儿，就觉得非常恐怖，但另一方面，又想看看恐怖的地方究竟在哪儿。

不管怎么说，一旦上了《头条新闻周刊》，就不可避免地要引起相当大的轰动。

甚至连办公室主任也非常关心，两天以后的一个午休时间，他把大家召集在一起，告诉我们即使文章刊登在周刊杂志上，也希望大家也不要因此动摇军心，就是被告上了法庭，院方也一定会胜诉，所以请大家放心。

这样一来，等于把这次的事情公布于众，所以只要几个人聚在一起，就会谈及这个话题。据护士长的消息，办公室主任曾经托人去编辑部活动过，但是被对方拒绝了。

"这样一来，下星期三肯定会乱得不亦乐乎。"

一个护士说道。因为《头条新闻周刊》的发行日是星期三。

到了那天早上，书店或者车站小卖部都会贩卖报道我们医院的周刊杂志，大家都会去买。一想到这种情景，我就变得头脑发热。

在杂志上，冰见子医生将以什么形象出现，不会连她的照片也刊登出来吧？

冰见子医生并没有接受周刊记者的采访，按理不应该有照片登出来吧。

不对，即使他们没有见过面，她也有可能在什么地方被人偷拍，照片照旧会登出来。就像那些演艺界的名人秘密约会时的照片，被刊登出来一样。

倘若如此，我也有一同被照进去的可能。想着想着，我不知怎的竟然觉得有些兴奋，我马上告诫自己，现在不是飞扬浮躁的时候。

这种山雨欲来风满楼的日子一天天过去了，星期一早上，我一边往医院赶，一边想到离周刊杂志的发行日还有两天。

接下去是星期二，还有一天大限就要到了，所以我比平时稍早一些开车赶往医院。一到正面的大门附近，突然看到几辆眼生的面包车并排停在那里，道路两边有十几架照相机对着医院。

究竟发生什么事情了？我开近的时候，发现左右两边的照相机和相关器材等就像枪口一样排成一行，有十多个人正在伺机以待。

我不由得踩了一下刹车，不知道是否可以继续向前，我边犹豫边减速，这时听到周围的照相机一起向我按起了快门。

到底是怎么一回事？我一头雾水地把车开到了大门前面，那儿也有几个摄影师抱着相机严阵以待。

我在前面往右一拐进了后面的停车场，下车的时候，一个女营养师正好拿着纸袋走了过来。

"那些是什么人呀？"我问。

营养师一边打开车锁，一边说："是电视台的。"

"电视台的，怎么回事？"

"他们守在那里，好像等着拍冰见子医生，是今早聚集起来的，病人们也说觉得很恐怖，而且出入困难……"

他们想要拍冰见子医生，看来是和这次的事情有关，周刊杂志的文章还没刊登出来，他们是怎么知道的？

"那么冰见子医生呢？"

"那帮人还等在那里，应该还没来吧。"

"糟糕……"

我急忙从后门奔进医院，穿过走廊往办公室跑去。路上两个员工回头看我，我忙问他们：

"和冰见子医生联系了吗？"

他们一副茫然不解的样子，好像没听明白我的意思。

"马上跟冰见子医生联系，她冒冒失失闯来的话，一定会被那帮人拍得乱七八糟的。"

那两个人总算听懂了我的意思，但我已经用手机给冰见子医生打起了电话。

眼下已经过了八点半，她一般是九点左右来医院，所以离她到达的时间还有一会儿。这段时间里不及时阻止她的话，她肯定会变成媒体的牺牲品。

我觉得她坐的车还没开到医院，但是手机没人接听。

"知道她的车载电话吗？"

"知道。"一个姓江口的女办事员回答，接着往车上拨打电话，是她司机接的。

"现在，你们在什么地方，唉……"

她打听完以后回头望着我说："他们已经到大门口了。"

"糟了……"

这样一来，肯定会被那些守株待兔的记者和摄影师们围攻得一塌糊涂，强拍许多照片。

我一口气跑向大门，和我料想的一样，想从车上下来的冰见子医生被十几个男人堵在那里，炸弹一样的镁光灯把她围得密不透风。

"让一下……"

我冲进人群，分开那些人的肩和后背，挤到了敞开的车门前面。

"冰见子医生……"

坐在后面的冰见子医生刚要开门出去的一刹那，被那些蜂拥而上的一排排照相机吓到，似乎动也不能动了。

"是我，不要紧吧？"

冰见子医生望着我的脸微微点头，脸色依然十分苍白。

无论如何，我非把冰见子医生从这里救出去不可。我心中一下子产生了一种敢死队冲锋陷阵的感觉，牢牢地握住她那纤纤秀手，大喊一声：

"请跟我来。"

正当我想强行突破的时候，四周又围上来许多人。

"院长，患者为什么会死亡？""病历绝对是伪造的吧？""你打算怎么向死者家属解释？"

各种问题接踵而至，几支麦克风像枪一样伸到面前，四面八方都闪烁着镁光灯。

在这种阵式当中，我一边喊着"闪开、闪开"，一边在熙熙攘攘的人群里左推右搡。

只要从车这边冲进大门里，就算大功告成。

周围挤得一塌糊涂，我觉得自己的衣服快要被撕成千条万缕，但是我还是紧紧抓住冰见子医生的手，死不松开。

我往前面一看，这时大门里有几个员工发现了这边的混乱，也冲了过来，都守在大门前面。

在人群当中，我大口大口地喘着粗气，带着冰见子医生拼命往外冲。

"太过分了……"

当我们从人群中冲出来的时候，我的头发被挤得乱七八糟，满头大汗，衬衫也被挤得皱皱巴巴。冰见子医生也是一样，头发垂到了前额上，米色西装的领口被挤得歪歪斜斜，浅蓝色的围巾差点儿就从脖子上掉了下来。

"请不要进来，回去回去……" "这里除了病人以外，谁都不能进入。"

员工们把那些尾随冰见子医生而来的摄影师推了回去。

听着背后传来的声音，我和冰见子医生一路小跑，来到了二层的院长室。

途中擦肩而过的员工看着一路急奔的冰见子医生和我，都显出一副不可思议的表情，不知发生了什么事情。我们不顾一切地向二层的院长室冲去。

冰见子医生立刻从手袋里拿出钥匙，迫不及待地把门打开，我们前后冲进了房间。

她大大地吸了一口气，然后把散乱下来的头发撩了上去。

我们终于平安地逃出了虎口，但是可能已经被他们拍到很多照片。总之，到了这里总算安全了。

"没事儿了。"我说。

冰见子医生低语："谢谢……"

刹那间，我发现冰见子医生看着我的时候，眼睛里闪过了一丝胆怯，但是她的目光马上就转为了赞赏。

她还是第一次这么温柔地望着我。我像敢死队员一样完成了任务，所以也满足地回望她，她轻轻地按住了眼睑。

突然被意想不到的人群包围，冰见子医生是不是出现了轻微的贫血？

"不要紧吧？"我不由自主走向前去，她的身体极为自然地倒在了我的怀里。

看来冰见子医生实在是太劳累了。

她一直依偎着我，这时我看到院长室的壁钟的时针，已经指向了八点五十分。

秘书深田小姐快要来了。我觉得在她来之前，我们俩应该分开，但是冰见子医生却紧紧靠着我不肯离开。可能由于被蜂拥而上的记者包围以后的不安还没消失，她的身体仍在微微颤抖。

冰见子医生究竟怎么了？我心神不定地抱着她，她的体温逐渐传到我身上，她喃喃自语：

"爸爸……"

我听得十分真切，冰见子医生刚刚把脸埋在我的胸前，就像那天晚上一样，好似又想起了她的父亲。

刚才在她要进医院的一瞬间，被众多的摄影师包围起来，四周闪起了一片镁光灯。

冰见子医生绝不允许这件事情玷污她父亲传下来的医院。是否眼前发生的一切，使她对未来突然感到不安起来。

如果我这样抱着她，就能使她安心，使她想起她父亲，那么让我抱多长时间都可以。

可是，过了一会儿，冰见子医生好像突然从梦幻之中清醒过来，她身体离开我，慌忙拉正衣领，移开视线向窗口望去。

透过白纱窗帘，她眺望着医院里的院子，没有树叶的树干，在春回大地的季节里，略微显得有些湿润起来。

到了这里，大门附近疯狂的骚乱也变得无影无踪了。

正当我们眺望着早晨的庭院的时候，门外传来了敲门声，深田小姐走了进来。

她发现我时，好像吃了一惊："刚才我在大门那儿被一帮照相的包围了，总算到了这儿……"说完她马上察觉了什么似的问道，"您不要紧吧？"

趁深田小姐和冰见子医生搭话的时候，我微微低头行了一下礼，退出了院长室。

我径直来到衣帽间，换上了白色制服，向护士中心走去，这时所有的护士几乎都集中在这里，作着早上查房的准备。

只是人们在动手准备的同时，头却频频向早上出现骚乱的正门望去。

"太离谱了。""何必搞得那么夸张。""这种做法好像对待犯人一样。"

各种意见四处响起，护士长看着我忽然开口道："今天早上最高的荣誉勋章应该奖给北向。"大家一齐向我望来。

"就是他最先冲到大门，用自己的身体掩护冰见子医生从车上逃了出来。北向不在的话，冰见子医生说不定还会被拍更多照片，没准儿会被那些媒体蚕食得干干净净。"

"哪里，哪里。我可没有那么……"

"不对，不对，办公室主任也说这次多亏了你。"

可能有人看到我拉着冰见子医生的手冲出了那些人的包围，向办公室主任报告了。

反正都是表扬，我也没有什么可不高兴的。

"可真是吓了一跳，那些家伙已经离开了吗？"

我和护士长一起向窗外望去，在大门前面，还有几台车仍然停在那里。

"真是一群穷追不舍的家伙。今后说不定有人会扮作患者混进医院，大家都注意一些。"

听到护士长的警告，大家都点头称是，一位姓泽田的护士开口问道："今天为什么会有这么多媒体蜂拥而至？"

"这我也不甚明了。"护士长说完，又补充了一句，"按照办公室主任的讲法，村松一事好像上了明天发行的《头条新闻周刊》。杂志的目录昨天夜里好像就流传出去了，电视午后新闻节目的那些制作就是看了目录，才蜂拥而来的。"

"那么，明天会在电视上播放吗？"

"不知道是明天还是后天播放，最近医疗事故频发，对电视台来说，应该是一个绝好的话题，不是吗？"

听到这两个人之间的对话，我觉得自己的呼吸开始困难起来。不仅在周刊杂志上刊登，还要在电视上播放，这样一来，医院和冰见子医生将要面对一个什么样的局面？

我想起了冰见子医生方才把脸埋在我的胸前时身体的颤抖。

第二天早上我如坐针毡，六点就起了床，跑到大森车站的小卖部去买《头条新闻周刊》。

由于迫不及待，我当场就翻开了目录，右边非常醒目地刊登着关于一个犯罪少年的报道；与之相对，左边确实是有关于冰见子医生的报道。而且标题非常醒目，大大地写着"美貌女医恶魔般篡改病历"。

什么叫恶魔呀？我全身的血一下涌了上来，我更仔细地端详了一下，在标题旁边还写着："独家报道：精神病医院大量使用药物，致使患者死亡。"

"这太过分了……"

我不由喊出声来，接着又凝神读了下去。

据说一般的周刊杂志，封面左右两端都是重要文章，右边关于犯罪少年的报道的确非常醒目。

我双手颤抖地继续翻着杂志，在快要完的地方跳出一排黑边白字的标题，大小和目录的字号一样，让我大吃一惊的是标题下面竟然登着冰见子医生的脸部特写。

这是什么人在哪个地方照的？我仔细看了一下，不是昨天在医院大门前骚乱时的照片。

因为在杂志上，冰见子医生穿着和昨天不同的白毛衣，从她面带微笑的样子来看，好像非常放松，像是在家或是户外拍的照片。

我更加细致地研究了一下，发现在冰见子医生右肩旁边能够隐约看到他人的肩膀。说明这是一张几个人的合照，把冰见子医生从上面单独剪了下来。

想到这里，我恍然大悟。

"是那个时候的……"

不会有错，这不是去年春天大家一起去多摩川赏樱时拍的照片吗？说是大家，不过是十个人左右，下班以后大家突然说起想去赏樱，就由着兴致来到了多摩川的堤岸旁边。

这是那时照的其中一张，绝对没错。

然而，是谁把这张照片交给了周刊杂志的记者？

我一下子想起了凉子。肯定没错，当时凉子也在。实际上我也有一张那时和凉子一起照的照片，一定是她把照片交给了周刊杂志。

"这个家伙……"

犯人若是凉子，我绝不原谅她。把冰见子医生表情这么和蔼的照片，放在"美貌女医恶魔般篡改病历"的标题下面，实在是太过分了。

我慌忙读起这篇文章。标题旁边用很粗的黑体字写道：

在医疗事故频发的现今，又出现了精神病医院让患者服用大量不必要的药物，无故延长患者的住院时间，最后导致患者死亡的事件。而且，进行这种异常治疗，甚至篡改病历的竟然是一个容貌出众的女医生。

文章从一开始就相当吸引读者，好像宣传稿件一样，这种夸张的充满刺激性的写法，对周刊杂志来说也许是理所当然的，但是这样一来，大家都会认为村松先生的死，是一直让他过量服用药物的结果。即使治疗有些异常，但是冰见子医生自然有她的道理，对于其他患者，她的治疗相当认真负责。说到改写病历，其实改的只是极少一部分，而且与村松先生的死并没有直接的关联。最后用"美貌出众的女医"这种写法来煽动读者，或许正是他们的目的所在。

接着读下去，还有一个"和强制收容所一样"的小标题，指出今年一月四号村松先生突然的死亡，是由于护理体制不完备，加上美貌女医不在等原因。在对患者死因和住院期间的治疗调查过程中，发现患者过量服药是导致其病情恶化的原因，而且还查出医院明显有意拖延了患者的住院时间，所以死者家属愤怒地把医院告上了法庭，检察院为了保全证据复印了病历，却意外发现病历遭到了篡改。另外，在医院里现在还有其他的患者，也在服用不必要的药物，而且得不到出院许可，正在忍受痛苦等等。

然后，是一个"是否是人体实验？"的小标题，指出这种疯狂的治疗背后，有利用患者在进行人体实验的嫌疑，在用药方面，写着"使用一般常识所想象不到的剂量"以及"是否还有其他理由"等其他精神病医院的看法，还刊登了一个文化人的评论，指出"没有比精神异常的精神科医生失控更恐怖的事了"。

接着是"漂亮女医不为人知的一面"，描述了冰见子医生的出身及她的学生时代，然后触及了她在大学附属医院门诊部工作的时期，在评价"她是出身非常富有的大小姐、曾经是一位优秀的医生"的同时，还写下了她从前朋友的感想，比如"突然变得古怪起来，使人有一种不知她会做出什么来的恐怖感觉"等等。

还有就是冰见子医生与男性的关系，虽然文章强调了是"流言蜚语"，但是写下了她与极其著名的大学教授、出类拔萃的名医等很多人有过关系，同时也指出"也有她厌恶男人的传言"。

"过分，这实在是太过分了……"

这种以吸引读者兴趣为主的写法，真是极尽所能贬低冰见子医生。

看了这篇文章的读者，都会认为冰见子医生是一个发了疯的女医生，如果稍不小心住进了她的医院，肯定会被她治死。

尽管被死者家属告上了法庭，但是法庭的审理才刚刚开始，就一边倒地把冰见子医生写成坏人，而且连私生活都大加暴露，这岂不严重侵犯了个人隐私权。

"我不允许，绝对不允许。"

从车站小卖部到回家的这段路上，我一直大声喊叫。回家以后，又想重看那篇文章。

我对文章里的胡说八道虽然非常生气，但是这篇报道还是进行了非常细致的调查。尽管我觉得文章内容十分离谱，却又被其中某些部分所吸引。

比如说冰见子医生的男女关系，那位著名的大学教授，是否就是冰见子医生的恩师大和教授；还有那位出类拔萃的名医，是否就是冰见子医生的高年级同学，现在正在巴黎留学的小西医生。

还有对"她的男性经历虽然丰富多彩，但也有传言说她讨厌男人"的说法，我也非常关心。

虽然以前那些人我不是很清楚，但是和文章里被提到的那些人相比，现在应该是我更了解冰见子医生。从这部分内容来看，没有点出我的名字，虽说让我心里有点儿不满，其实我也是暗暗松了一口气。这篇文章中唯一让我认同的就是，冰见子医生讨厌男人的说法。

在这篇充满了胡说八道的文章里，有些话出自谁口，我觉得自己能够猜中一些。

然而，冰见子医生如果读了这篇文章，又会作何感想呢？即便是我，读完之后都受到了很大的打击，换作她的话，说不定会因为打击过大而病倒在床上。

我去医院的路上一直非常担心，正如我预料的一样，整个医院被周刊杂志的文章搞得沸沸扬扬。

"太过分了！""绝不允许。"这种意见占了绝大多数，可是让人担心的是，那些住院患者也到附近的小卖部把杂志买来，大家轮流传阅。其中也有患者半开玩笑地说"我不要吃药了"等，甚至也有患者提出"与其被医院治死，不如出院好"。

和周围的各种反应相比，我最担心的还是冰见子医生，这一天她始终没在医院里露面。

她是否一个人偷偷买了杂志在读？在杂志到处泛滥的情况下，她是否认为即使来了医院，也不能静下心来给病人看病？

和平时一样，八点四十五分的时候，办公室主任向我们传达了冰见子医生今天休息的消息。

冰见子医生不来的话，门诊只能由佐藤医生一个人应付，对那些住院的患者，只好进行和昨天一样的注射和治疗。

我有点儿担心佐藤医生一个人是否能应付得下来，没想到前来就诊的患者比平常少了很多，住院患者当中也有提出拒绝服药或者拒绝注射的病人。

而且有些患者家属也来询问继续住院有没有必要。

看来冰见子医生的事情被周刊杂志登出以后，加上报纸广告栏中的标题也非常醒目，所以大家都变得担心起来。

应付外部询问电话的主要是护士长，他回答的主要内容是文章中错误很多，我们今后也会诚心诚意地为患者服务，把患者放在首要位置，所以请大家放心等等，但是不知对方究竟能同意多少。

我担心的事情终于发生了，到了下午，东楼 302 病房的患者忽然提出要求出院。他患有综合失调症和幻觉妄想症，这一个月来安静了不少，他这次突然提出出院可能是与读了杂志的文章，还有他前一段时间和村松先生同住一个病房有关。

出院自然要得到院长的许可，可是冰见子医生今天休息，所以我们告诉他只好等到明天，但是到了傍晚，"不得了了，不得了了"，他突然大声喊叫发作起来。没办法我和仓田只好把他按住，然后送入了特别病房，如果每天都有患者发作，那么不管增添多少护士，人手还是不够。

这仅只是周刊杂志进行了报道，如果电视的午后新闻等也接着进行报道，那么整个医院就会就像捅了马蜂窝一样，更加混乱起来。

眼下这种情况，不知道冰见子医生是否知道。岂止这些，冰见子医生究竟在做些什么？

我有点儿担心，于是给她的手机打了个电话，那边却传来"现在不在服务区内或者已经关机"的录音。

不安的一天就这样过去了。晚上我又和仓田一起去喝酒，喝完回家就躺下了。第二天早上我又是六点就醒了。因为和周刊杂志相比，我更担心电视报道，所以几乎整晚都没有睡沉。

这时报纸已经送来了，我马上打开电视节目预告一栏，的确有如下的标题。

"美貌的精神科医生篡改病历""让患者过量服药最后导致其死亡，医院院长是美貌的女医生""美貌的女医生为何篡改病历？"等等。

所有频道的节目都有类似的标题，其中的共同之处就是"美貌的女医生"这个用语。不管这个事件的真相究竟如何，由于当事者是个美貌的精神科女医生，所以引起了媒体的过分关注。

但是，如果真被电视节目如此渲染、曝光的话，今后会怎么样呢？

这时已经过了早上七点，我战战兢兢地打开了电视，N电视台已经开始报道这件事情了。

首先是从医院大门到医院招牌的特写，然后是挂号处及门诊室的画面，接着开始报道这家医院让患者过量服用药物，怀疑因此导致了患者的死亡，还有就是发现此家医院的美女院长亲自篡改了病历。

随着讲解员的声音，突然出现了冰见子医生从被众多媒体包围的车中走下来的画面，周围的镁光灯此起彼伏，闪烁不停。

冰见子医生用右手挡住面孔想要通过人群，她的侧脸瞬间闪过的胆怯表情也被拍为特写播放出来，接着在"闪开、闪开""危险"的声音中，画面上出现了我的肩膀。

这种穷追猛打的劲头好像是在追踪一个重要的犯人，接着出现了冰见子医生低下头去的画面。突然我紧紧握住冰见子医生的手也被播了出来。镜头追随冰见子医生的背影消失在医院里，同时介绍了冰见子医生的姓名、年龄，还有她是继他父亲之后的第二代院长等事。

"太过分了……"

我实在看不下去了，换了别的频道，但其他频道也连续不断地播放着同样的画面。

"畜生……"

我气愤地握紧了拳头，几次咬紧牙关，但当我看到下一个画面时，不由得屏住了呼吸。

不知道是在哪里，仿佛是世田谷一带的住宅。采访记者把脸贴在大门门铃的地方，正在进行采访。

那里好像是冰见子医生母亲的家，她母亲本人并没有露面，只能听到十分清晰的声音。

"那个孩子我已经许多年没见过了，和我没有任何关系。"

我紧紧地躲进了被子里，闭上了眼睛。

这是冰见子医生的母亲吗？首先，我非常吃惊采访记者是怎样找到她母亲住所的，然后对她母亲的发言也十分惊讶。

"那个孩子，和我没有任何关系。"

冰见子医生自己从来不主动提起她母亲的任何事情，所以我发现她们之间关系好像不太好。她父亲去外国的时候也只带她去，而把她母亲留在家中，所以她父母之间的关系可能十分冷淡。但即使那样也不用那么干脆地否定和女儿之间的来往，这样一来，不等于向世上宣布母女之间处于绝缘状态了吗？

为什么冰见子医生的母亲对她如此冷酷，难道说她母亲正在向她复仇？

"冰见子医生……"

我在被子中黑暗的空间里低吟。不知道什么原因，但是我觉得冰见子医生特别可怜，特别孤独，因此觉得她更加值得我去怜爱。

不管怎样，我一个人待着也静不下来。我振作了一下精神，把头从被子里钻出来，电视节目还在继续。眼下正围绕着至今为止被人忽视了的精神病治疗上的各种问题进行讨论，有些嘉宾根本不了解情况，却装模作样地在那儿发表意见。

"我们这些人也是拼命尽力工作的。"

我对着电视怒吼以后，把电视关掉，开始换衣服。

虽然还有些早，我还是出门往医院去了。医院里鸦雀无声，静得出奇。

大家一定都看了电视，知道了事情的整个经过，所以谁也不想去碰这件事情。

是由于电视节目过于真实，所以大家都说不出来话了吗？这种异样的寂静，大概因为大家都了解到这次事情的严重性，所以都在屏住呼吸，静观事情的发展。

一个上午就这样平淡地过去了，午休时通知全体员工在二层的会议室集合，我到了以后，发现留在医院坚守岗位的佐藤医生开始向大家讲话。

首先他希望全体员工不要卷入这次的骚乱，要像平时一样继续认真完成自己的本职工作。之后又转达了正在休息的冰见子医生的信息，这次给大家添了麻烦，十分抱歉，为了避免混乱的局面，在相当一段时间里她会长期休息。希望大家继续工作，不要为今后的事情担心。

接着佐藤医生又告诉大家，一些患者因为这次的事件想要出院的话，可以让他们自由出院，在相当一段时间里不接受新患者住院，还有就是取消了所有冰见子医生预约的患者。

在这种情况下，冰见子医生不来医院上班，应该是一种明智的选择。

总之，由于周刊杂志和电视节目的影响，我们医院也出了名，有些人站在医院前面照相留念，其中也有听到关于医院流言蜚语的不是患者的人，随便走进医院。

有人甚至扮成前来就诊的患者或者看望病人的家属，为了寻找传闻中的美貌院长所在之处，溜到院长室和门诊室窥探，可能还打算有机会的话，拍上几张冰见子医生的照片。

与这些情况相比，最成问题的是患者人数急剧减少。在电视节目播出的第二天，花冢总院和赤坂的冰见子诊所，新来的患者近乎于零，平时前来就诊的患者也减少了一半以上，还有近十名的住院患者提出希望出院。

当然，这些患者都按冰见子院长的指示全部予以放行，但是这样一来，医院还能继续开下去吗？

大家开始感到不安，彼此之间保持起距离，没有人把自己的想法明确说出口来。

员工们的情绪极端低沉，这时又出现了一件落井下石的事情，在电视节目播放后的第三天，我们发现了一些胡写乱画。在医院正面从左右两边一直向外延伸的白色墙壁上，用黑、红两色的油漆写着"恶魔般的杀人医院""交出女院长来""美丽的杀人犯"等标语，甚至还画了一个骷髅标志。

这种行为简直太离谱了，可以说是胡作非为，但是这样一来，患者们想要逃离这家医院也就无可厚非了。

办公室主任立刻向警察报了案，委托他们制止这种行为，但是不知效果如何。

然而，冰见子院长现在怎么样了？作为医院的工作人员，当然希望看到她的身影，并亲耳听她详细介绍整个事件的来龙去脉，告诉大家医院今后的工作方针。

和这些具体事情相比，我更希望见到冰见子医生本人。

我虽担心这次的事情，但我更担心她的身体。

被卷入如此不堪的事件当中，她会不会因为过分操心而病倒了，是否正在某家医院住院？

我担心得坐立不安，从那天以后，想和冰见子医生联络，不用说她家的电话，就连手机也打不通。

冰见子医生究竟在哪儿，而且在做些什么？又到了樱花即将开放的季节，但我的心里却是一片黯淡、寂寞和郁闷。

人格崩溃

今天早上的天气预报说，樱花已经开了八成，由于从中午起气温不断上升，樱花将会盛开。大街小巷中洋溢着欢欣鼓舞的气氛，但我的心情却异常沉重。

和冰见子医生音信不通，已经十天了。

不愧是电视，节目播放、渲染过后，虽说当时那种异常的情形总算平静了下来，但是篡改病历的女医所在之医院，这种印象却不会消失。

不用说从那儿以后，患者一直不断减少，眼下前来就诊的新患者近乎于零，住院患者也减少了一大半。

出现了医疗事故等问题的医院，公立、国立的大医院当然巍然不动，但我听说私立医院当中，有的却因此倒闭。我们医院是否也难逃此劫？实际上医院的员工当中，已经有几个人提出了希望辞职。

他们大概认为在声誉突然受损的医院里，继续工作下去也没有什么前途吧。但也有人觉得在这种时候提出辞职未免太自私了。然而换一个角度来看，员工辞职对经营出现困境的医院来说，或许也是一种帮助。

不管怎么样，我绝对不会辞职。无论医院经营多么艰难，即使眼看就要倒闭，我也绝不辞职。因为无论如何，我都有保护和帮助冰见子医生的义务。护士们就不用说了，即使办公室主任、甚至医生们都不在了，只剩下我一个人，我也会追随冰见子医生到底。

我越是这样想，就越是希望能见到她。

自从那天以后，冰见子医生所有的电话都打不通了，我忍不住跑到了她松涛的公寓，她还是不在。"已经十天以上没看到她的身影了。"物业的人告诉我。

我放心不下，便向办公室主任打听，他说冰见子医生有时会打来电话，但这边却无法和她联络。

冰见子医生究竟消失到哪里去了？

樱花噗嗤噗嗤绽放的声音仿佛能够听到，周围一片热闹，正当我思念冰见子医生的时候，手机突然响了，我一听，是一个女人的声音。

"我是美奈，你还记得吗？"

"当然了……"

上次我本打算和冰见子医生约会，去了以后却发现换成了美奈，我们就这样在旅馆度过了不同寻常的一夜。从那以后，虽说美奈很少在医院露面，但我也不会忘记她的。

"你现在在哪儿？"

我觉得美奈肯定知道医院的艰难处境，但不知她这段时间在忙些什么。我当然知道美奈的住所，我想从她那儿能够打听到冰见子医生的消息，所以往病历上记载的电话打过几次，可是都没找到美奈。

"我一直在找你。"

美奈没有理睬我的问题，直接问："今天晚上你有空儿吗？"

她叫我去的话，我当然哪儿都能去。"嗯……"我低语。

"今天晚上十点，你能来位于白金的航天饭店吗？"

我不是去不了，只是为什么叫我晚上去白金的饭店？

"冰见子医生呢？"

"不用多问，你来了就知道了。我在大堂等你。"

美奈又叮嘱了一句"你一定一个人来啊"，就挂断了电话。

是冰见子医生让美奈打的电话，还是美奈自己打来的？不管怎么着，我觉得肯定能和冰见子医生取得联系。

我望着夜幕逐渐降临的天空喘了口气，然后忽然意识到没能听到冰见子医生的声音。

难道说，冰见子医生病倒了？

可转念又一想，若真是这样，美奈一开始就会告诉我的。她没有提起，表示冰见子医生很健康。我努力摆脱这种不吉利的预感，提醒自己说：

"如果今晚能见到冰见子医生，我一定把什么都告诉她。"

其中包括周刊杂志和电视台那种旁若无人的做法，医院患者不断出院的近况，还有员工们军心动摇、有人提出辞职的情况。最后，也是最重要的，我要向她倾诉，我是多么渴望见到她，我要把自己的心里话统统告诉她。

幻想着能见到冰见子医生，我重新恢复了精神，一下班就直接回到家里。换上白衬衫和我最喜欢的那件驼色外套，在车站前面吃完乌冬面后，就向白金出发了。

航天饭店我是第一次去，在离市中心稍远一点儿的品川，一般人都不太熟悉。我想为什么要约在那里，也许在那儿见面比较容易避人耳目。

我一路动脑筋想着各种问题，提前二十分钟来到饭店的大厅里等候，一到十点，美奈准时出现了。

从去年年末我们在医院见面以来，美奈的头发一直染成黄色，穿着一件露胸的无袖装，她向我招了一下手，问："你等了一会儿了吧？"

美奈看起来穿着优雅，可总有什么地方让人感到不协调，这是她的特征。

"时间不长……"我答后接着问，"冰见子医生在这家饭店吗？"

刹那间，美奈巡视了一下四周，然后突然放低声音：

"我只告诉你这个秘密，她住在这儿的801号房间，从这儿坐对面的那个电梯上去……"

看来我真能见到冰见子医生。我回头望着电梯，美奈冲我点点头。

"你一个人去吧，我现在要出去一趟。"

"冰见子医生真的在吗？"

"我干吗要骗你？你知道我是从来不骗人的。"

至今为止，我的确从美奈那儿了解了不少关于冰见子医生的情况。

虽说其中也有让我倍受打击、难以置信的各种事情，但是后来仔细想想，所有的事都让美奈说中了。我虽并没有逐件确认，但是她所说的事情肯定不会有错，而且还有相当的说服力。在这种意义上，我认为美奈比谁都值得赞扬，并且非常感谢她，同时我又觉得她形迹有些可疑，是个奇怪的家伙。

但是，事到如今，她是我和冰见子医生之间联系的唯一重要渠道。

"那，你快点儿去吧。"

美奈说完站起身来，向门口走去。

看着她的背影，我觉得美奈还真是一个不错的家伙。

其中的一个证明就是，当周围所有人都对冰见子医生白眼相向、态度冷淡的时候，可能只有美奈会一直待在她身旁，不断地鼓励她。

然而，冰见子医生到底在忙些什么。从她既不在家也联络不到的情况来看，她恐怕是一直隐身于这家饭店。或者不如说，她是为了躲避那些纠缠不休的记者，才潜伏在这里的。

我环视着饭店里陌生的景象，向电梯走去。

一架电梯正好从地下升了上来，门是开的，我一闪身就钻了进去，来到美奈所说的八层下了电梯。正当我犹豫着不知道该往哪儿走的时候，忽然看到旁边墙壁上向左的标志上，写着 815 至 801 的房号。

我按照标志，沿着走廊向左走去。

过了晚上十点，周围十分寂静，没有来回行走的客人。我一直往前走了三十米，从那儿往走廊右边一拐，再走二十米左右就到头了，右边就是 801 号房间。

"是这个房间吧。"

我又确认了一遍房间号码，就轻轻按响了门旁边的门铃。

温柔的铃声一下子响了起来，我不由往后退了一步等在那里，这时门从里面慢慢打开了，我看到一位女性的面孔。

一点儿没错，正是冰见子医生，正是我一直寻觅的冰见子医生。

我终于见到她了，由于过于激动，以至于我什么也说不出来，只是傻傻地站在那里。"请进。"冰见子医生缓缓点头说。

我步履蹒跚地走了进去，门一关上，我重新打量起冰见子医生。

十日不见，冰见子医生的脸颊比以前消瘦了不少，透过胸口微微敞开的白衬衣，我看见她的锁骨显得十分突出。

冰见子医生受苦了。"冰见子医生……"一想到这里，我忍不住叫了一句，不由分说伸开双手紧紧搂住了她。

我以为自己这种突然而至的举动可能会遭到冰见子医生的训斥，然而她却偎依在我的臂弯里一动不动。

不错，她全身都被我拥在臂弯当中。我整个身心都沉浸在一种满足和安心之中，又一次喃喃自语：

"冰见子医生，我太想见到您了。"

也许由于我不知不觉中用力过大，她的身体趔趄了一下，我的上身被她带着不由自主地向前倾去。

"等一下……"

冰见子医生一错身从我的臂弯中钻了出去，她一边整理着散乱的头发一边说：

"请到这边来。"

冰见子医生所指的那边放着沙发和茶几，我坐下以后，她消失在里面的屋子里。

我一个人打量着整套房间，这里是客厅，尽里边好像还有一个房间。两间房连起来究竟有多大，大概有我住过的那种商用饭店的四五倍吧，所以这儿肯定是豪华套间。

我又向茶几望去，上面有一瓶已经打开的红酒和两个杯子。

冰见子医生是在这儿和美奈一起喝红酒的吧。

我接着向窗户那边望去，书桌上放着各种各样的资料，旁边也有一个沙发。

冰见子医生就是从这儿和办公室主任、律师等保持联系，并下达指示的吧。

就在我继续眺望窗口的时候，冰见子医生又出现在我面前，在我斜对面的沙发上坐了下来。

"来点红酒吗？"

"嗯……"

我点头，冰见子医生从冰箱旁边的柜子上拿下来两个新玻璃杯，把酒倒了进去。

应该说 "干杯" 还是说什么好呢，我轻轻拿起酒杯放到嘴边。这时冰见子医生问：

"没什么变化吧？"

我当然没什么变化，可是医院已经变得面目全非了。当我刚想告诉她的时候，她突然把双手放到膝盖上，缓缓低头致歉：

"给你添了很多麻烦，对不起。"

"没有，没有……"

我拼命摇头。说起来，这次损失最大的是冰见子医生。她由于媒体的炒作，搞得地位和名誉两失，结果非常不堪。与她相比，我那一点儿小麻烦根本微不足道。

"一直没能见到您，所以我特别担心……"

"在那种情况下，我也不便去医院。我家那边也来了很多记者，我再住下去的话，会给周围的邻居带来麻烦，所以我就来了这家饭店……"

看来冰见子医生一直隐身于此。

"那帮人实在是太厉害了。"

"那天早晨，你冲过来，真是帮了我的大忙。"

她指的好像是那天早上，我冲进电视采访圈里救她的事情。

"那天如果没有你的保护，真不知道会弄成什么样子。"

听冰见子医生这样一说，我也十分开心。

"您身体没什么问题吧？"

"从那之后，我患上了失眠和忧郁症，说来真不好意思，我给自己开药治病，可总也不见好。"

经过那场骚乱，精神科的医生患上忧郁症也不足为奇。

"医院里，大家都很担心您啊。"

的确，在我见到冰见子医生的一刹那，马上就发现她消瘦了不少，而且脸色也有些黯淡。

"医院里的事情，您都听说了吗？"

"唔，差不多都……"

我告诉她员工们都在努力工作。同时也把新患者和前来看病的病人急剧减少、住院患者一大半已经出院、有些员工提出辞职等事，都一五一十地对她进行了汇报。

她大概已从办公室主任那里了解到了这些情况，所以没有显出什么特别惊讶的样子，只是静静地点着头。

"这全部都是我的责任。"

冰见子医生变得如此脆弱，真让人发愁。

"大家都很想见您。"

"谢谢。"

望着冰见子医生无精打采的面孔，重新勾起了我的满腔愤怒。

"那些家伙简直太过分了。就好比穿着鞋就随意闯入别人家中，随意践踏他人隐私，把医院搞得乱七八糟的，然后摆出一副与己无关的样子，那些家伙根本不是人，而是一群野兽。"

冰见子医生瞬间显出好像不想再听下去的表情，她慢慢摇头。

"别说了，因为这些都结束了。"

对她来说，肯定再也不想忆起这些事情。而且眼下再怎么指责那帮家伙，周刊杂志和电视节目报道出来的东西也不会消失。

"对不起。"

我先道了一下歉，但是心中的怒气还是不能平息。

"按照他们的说法，村松先生的死亡好像也是医院的责任，根本就是胡说八道。"

冰见子医生微微垂下眼睛，喃喃自语：

"已经没有关系了……"

"怀疑为急性心力衰竭"，当时在现场进行抢救的佐藤医生的确是这样记载的，所以应该没有什么问题。

"那些家伙总是把事情往坏处想。"

我把自己堆积至今的郁闷和愤怒，一股脑儿地向冰见子医生发泄了出来。

"那些人竭力夸大改写病历一事，但是这和村松先生的死因完全没有关系。"

因为冰见子医生依然沉默不语，我按照自己的理论继续说道：

"事情只是偶然撞到一起罢了。"

"那是恶魔附体……"

看着大大方方承认的冰见子医生，我说：

"谁也想不到会出现这种情况。一定是中川凉子……"

我刚说到一半，冰见子医生用低沉而干脆的语气道：

"管它是谁做的呢，已经没有任何意义了，给那个患者用药过量却是事实。"

"但是，您也有您的理由……"

"哦，那只是随心所欲罢了。"

冰见子医生好像在嘲笑自己一般，微笑说：

"我平时通过注射和药物给患者治病的时候，有时会突然闪出把人毁掉的念头。"

冰见子医生究竟在说什么呀，这样一来，医生还能称其为医生吗？

"那种事情……"

"我知道，但是因为我本身已经不行了。"

"不行了？"

"人总有些奇怪的地方。每个人心中都有其阴暗面。我也是异常的人，这样的人根本不能做医生……"

"但是……"

事到如今，冰见子医生说出这番话来十分令人为难。不管怎么说，我现在最想知道的是，她为什么对村松先生和金子太太使用异常剂量的药物，我想知道真正的理由。

"为什么对那位村松先生……"

我以为冰见子医生会发怒，但是她却慢慢点着头说：

"那个人自从女儿去世以后就变疯了吧。那时他疯狂地哭喊，没有女儿的话他也活不下去，还是死了的好，希望别人杀死他……"

"这些和不让他出院回家有关系吗？"

"有啊，那个人的太太并没有那么伤心，那个人身为父亲，却一直哭哭啼啼，说不定是爱女儿爱过了头。"

"爱过了头？"

"和爸爸一样……"

我一下子想起了在冰见子医生房间看到的他们父女俩一起照的那

些开心的照片。

"所以，就那样大剂量用药……"

"不知道。我自己也不清楚，但就是突然不想放他回家。"

或许冰见子医生把村松先生和她父亲的身影重叠在一起了。

"是我的一己之私……"

听到她这样的回答，我变得哑口无言。我保持着沉默。

"但是，我也没想到他会死……"

那的的确确是冰见子医生的真实感受吗？若是这样，她就是为自己完全没有料到和做过的事情，一个人忍受着痛苦的折磨。

"那种剂量的药物是不会致死的，佐藤医生也说过和药物没有关系。"

"但是，已经来不及了。"

不知道怎么的，冰见子医生今晚好像看破了红尘似的。

对显得过于沉着的冰见子医生，我又试着问：

"那个，金子太太又是怎么一回事？"

"那个人……"

说完，冰见子医生的目光落到了很远的地方。

"我觉得还是不让她回去为好，所以就没让她走。"

"但是，她丈夫提出希望她早日出院……"

"事已至此，他再道歉也得不到原谅吧。"

"原谅？"

"对于他和他女儿来说，金子太太不在更好，她是个多余的人。"

我的脑海里慢慢浮现出这两个人的家庭关系图。

村松先生由于失去了自己最心爱的女儿，变得极端失魂落魄，精神上出现了异常；金子太太怀疑丈夫和女儿之间的关系，所以突然挥刀向丈夫砍去。这两个家庭的人物关系虽然完全相反，但共同之处就是父亲和女儿异常亲近，因此夫妻之间的关系冷淡疏远，或者说是相互厌恶。

于是我考虑起冰见子医生，想起了电视在报道这件事时的一个画面。

"在电视上，您母亲家也被报道出来了。"

冰见子医生的声音一下子变得严厉起来。

"你看过了？"

"那个，只有声音而已。"

冰见子医生好像在回忆当时的画面似的，缓缓地点头。

"我母亲非常恨我。她不是说了吗，和我这个女儿没有一点儿关系。"

"但是，您母亲为什么？"我接着问。

冰见子医生扬起纤秀的脖子，慢慢饮干了杯里的红酒。

"母亲曾经很嫉妒我。她觉得是我把她丈夫夺走了……"

"您说的丈夫是指您父亲？"

"对，是爸爸，因为爸爸比任何人都爱我。"

"但是，那是因为他是您父亲啊。"

"不是……"

冰见子医生的音调突然高亢起来，她彻底地否定说：

"我想你已经明白了吧，我也比任何人都喜欢爸爸。爸爸最疼爱我了，一起去旅行，一起洗澡，而且在初中二年级的时候，他问我是否寂寞……"

"寂寞？"

"对，母亲去亲戚家看望病人不在家，那天夜里，风雨交加，电闪雷鸣，我一个人睡觉特别害怕，就去了爸爸的房间，爸爸让我爬到床上来……"

我咽了一口唾沫，冰见子医生好像沉浸在往事当中，她凝视着花边窗帘后面的夜空。

"爸爸对我说不要紧，于是我钻进了爸爸宽大的胸怀，爸爸的手悄悄伸了过来……"

冰见子医生好像要把遥远的过去呼唤回来一样，死死盯着空中的某一个地方。

"爸爸说没关系，一点儿也不可怕，就开始爱抚我刚刚隆起的胸部，然后把手伸到我的私处上面……起初我觉得有些不可思议，但是却感觉到一点一点舒服起来……"

听着她的讲述，我的心脏却像暮鼓晨钟一般怦怦乱跳起来。我觉得好像在听什么不该听的事情，却又被她的话深深吸引住了。

"我慢慢忍受不住了，喊着爸爸，然后攀附到他的身上……然后我的身体被爸爸那个地方顶到了。'忍耐一小会儿，不要害怕。'他说。开始我非常吃惊，而且很疼，但是爸爸多次唤着我的名字，并对我说

'我爱你'，所以我的心情一点点平缓了下来……"

这就是冰见子医生第一次的性体验吧。岂止如此，我在觉得她被她父亲强暴的同时，竟然产生了一种自己也被强暴了的错觉。

"我以为爸爸只是插入我的体内，但是那之后他却非常非常温柔地和我做爱。'冰见子最可爱了，世界上我最爱你。'爸爸多次喃喃自语，并把脸贴到我的脸颊，我也觉得和爸爸做爱的时候最幸福，在我放下心来以后……"

冰见子医生刚刚好像梦游症患者般徘徊在过去之中了吧。由于红酒而略带醉容的面庞，看上去宛若女巫般妩媚。

"从那以后，我和爸爸一起去旅行，只要我们两个在一起时，他总是和我做爱，令我非常享受，只要一说起爸爸，我就觉得什么都不怕了。爸爸对我说，我被家里最了不起、最强壮的人保护着，所以绝对没有问题，而且至死也不会离开我……"

房间里只有沙发旁的落地灯和桌子上的台灯亮着。对有十张榻榻米大小的客厅来说，光线不够透亮，在灯光的暗影中，冰见子医生的眼睛却显得异常明亮。

"这个秘密，我谁也不能告诉，所以我只能把它牢牢地藏在自己的心底，一直作为秘密……"

"那个……"

望着迷失在过去当中的冰见子医生，我轻轻问：

"你母亲知道这件事吗？"

"当然知道了，对了，她不可能不知道。于是和爸爸大吵起来，而且骂我是一个令人恶心讨厌、心地肮脏的孩子，但是她越这样说，我和爸爸的关系就越亲密，并决定既然她这样，我就把爸爸从她那儿夺过来，故意卖弄似的在她面前对爸爸撒娇……"

我怎么也想象不出来，这种场合真好比是一个血肉横飞的战场，我呆呆的不知所措。

"爸爸好像意识到了，他努力想要缓解我们之间的矛盾，但我绝对不干，我不想再看到母亲，所以就离开了家……"

冰见子医生又喝了一口红酒，我觉得那种暗红的颜色，就好像母女之间彼此爱憎的一种血色。

"从那以后我就不和母亲见面，爸爸也跟母亲分居了，在丧礼等亲戚们聚在一起的场合，我和母亲一句话也没说过……"

这时，冰见子医生突然用右手拭了拭眼角。

"但是，其实……其实我想和妈妈……"

冰见子医生好像在哭，声音变得哽咽，最后发出了低低呜咽的声音。

"我想和妈妈像普通的母女一样，高高兴兴地聊天，一起去买东西……"

这是一个过于复杂、我无法解决的问题。冰见子医生在我低头沉默的时候，慢慢地止住了抽泣。

"那，您和您母亲……"

"不行了，事到如今根本不可能和好了。即使我向母亲道歉，她口头上原谅了我，一旦只剩两个人的时候，她还会耿耿于怀……"

是这么一回事吗？我正要点头，冰见子医生突然两手使劲地把头发往上撩了上去。

"最坏的是爸爸，全是爸爸不好。我到了二十岁，爸爸还继续跟我保持关系，口里不停地称赞我可爱、可爱，这个时候我也会产生同样的欲望……但是，这种事绝不会为世间所允许。"

我觉得她说得一点儿不错。

"只有这种事绝对不行，触犯天条的我，正像妈妈所说的那样不配做人。我觉得自己全身污秽无比、卑劣肮脏，还不如一个动物。"

我觉得自己好像也有一种被同时训斥的感觉，于是屏住了呼吸。冰见子医生略微打了一下磕绊，然后自言自语道：

"但是孩子仰慕父母是非常自然的事情。女儿憧憬爸爸，爸爸疼爱女儿，这没有什么不可以的。对我来说，爸爸是我在这个世上最先遇到的出色而又值得信赖的男性。被那个男人占有，我当然会觉得非常放心。"

我不知道该如何回答是好，只好垂下了眼睛。

"说实话，那才是最自然的。父亲和女儿结合在一起，母亲和儿子结合在一起，肯定最能让人放心。男人和女人的关系就是从那里开始的。但是这样一来，血液就会变得浑浊，人类也会灭亡，所以神教导……"

"……"

"我只爱爸爸。我心中充满了对爸爸的爱，同时也充满了对爸爸的恨，但是，我爱的男人只有爸爸。"

"那，您父亲也知道这些吗？"

"当然知道了。爸爸多次向我道歉，他说是他不对，是他毁了我的一生。"

这时，冰见子医生自说自话般地点着头。

"爸爸让我继承了这家医院，并让我按照自己的喜好经营医院，他说他永远都会守护着我……"

我重又想起了在阳光下觉得有些晃眼的冰见子医生，和父亲并排在一起的照片。

那时候是冰见子医生和她父亲最幸福的时光吧。

此种关系不管对错与否，知道冰见子医生内心的这些伤痛，以及难以抹杀的过去的，除了我以外别无他人。想到这里，我就觉得非常满足，我在接受了这些事实的同时，还想打听一件事情。

既然冰见子医生如此爱她父亲，为什么还有传闻，说她和其他男人发生关系？就像周刊杂志写的那样，她和很多男性都发生了关系，甚至就连我本人和她也有过亲密关系。

这又是什么原因，我尤其想知道这个问题的答案。

"那个，我知道您非常爱您父亲，但是您和其他男人……"

"因为我既肮脏又卑鄙……"

"卑鄙？"

"对，妈妈说我还不如动物。所以我开始和许多人游戏人生。我也拒绝过很多追我的男人，可是有些人一直穷追不舍，所以我跟其中几个人睡过觉。但是他们当中，我谁也不爱。"

听到她如此直率的回答，我躲躲闪闪地问：

"那么，我也……"

"对，但是你有点儿不同。你一直拼命对我好，而且十分体贴……"

我稍微松了口气，把头垂了下来。

"这些事情美奈也知道。"

"美奈小姐？"

"那个女孩，我的什么事她都知道，所以非常同情我。但是那个女孩也很可怜，小时候被人强奸，从此非常厌恶男人，所以向很多男人出卖肉体……但是，她真正能够放心把自己交出去的只有我一个人。所以我不温柔对她的话……"冰见子医生这时不知不觉向窗外望去，"但是，我只爱爸爸。爸爸也只爱我。因为他死时说了……"

"说什么？"

"我就是在天国，也一直等着你……"

她是在怀念她父亲吗？凝望着窗外夜空的冰见子医生的面容，与其说美丽，不如说仿佛正在梦中，她眼神恍惚，好像在另一个世界里遨游。

不错，我还是第一次看到冰见子医生的这种侧脸。这是否是一种幻觉？无论如何，我都觉得眼前的景象和现实生活中的冰见子医生毫不相干，我凝视着她，冰见子医生好像察觉到我的存在一样嘟囔道：

"对不起……"

冰见子医生是否因为沉浸在自己的世界里才向我道歉，她又喝起了红酒，好像突然想起来什么似的：

"你想要我吧。"

冰见子医生这样突然一问，我没有明白她的意思，她又说："可以啊。"

她是在说我可以和她做爱？我有些不解其意。她站起身来，向旁边的房间走去。

"来这边吧。"

听到她的话，我也站了起来，当我慢腾腾地走进旁边的房间时，屋子里的灯已经关了，只有那张大床右边的台灯发着微微的光亮。

这里看起来也是一间很大的房子，床对面的墙壁前放着衣柜和电视，窗户那边摆放着桌子和椅子。

在昏暗的灯光中，冰见子医生脱掉衬衣，甩去拖鞋，只穿着胸罩和内裤，望着我这一边。

我觉得她好像在故意暴露自己的裸体，于是移开了视线。这时她不紧不慢地上了床。

看到她上床以后，我也脱掉衣服，正在我准备上床的时候，她说："今天，这样就可以了。"

我想了一下，再次确认：

"真可以吗？"

我加强了语气，冰见子医生微微地点了点头。

她是说今晚不避孕也不会怀孕的意思，还是说允许我这次放肆一次呢？不管怎么说，我可以和冰见子医生毫无障碍地结合在一起了。

一想到这儿，我的身体就灼热起来，我慌忙对她行礼致谢：

"不好意思。"

"没事儿，你想怎么着就怎么着吧。"

听了她的话，我全身充满了力量，情欲立刻燃烧起来，连爱抚的工夫也没有，就长驱直入到了她的身体里面。

刹那间，我的生殖器第一次感到被冰见子医生温暖的子宫包容，和宫壁紧紧地贴在了一起。

"真美，感觉棒极了……"

我在心中呐喊，我的下体也暴涨起来，疯狂而猛烈，在我还没有充分享受这种柔软之前，我的高潮随即而至。

"啊……"

一刹那，我把自己全部的精液都释放了出来，同时一种从云端坠落到地面的感觉传遍了我的全身。

一点儿也不错，我刚才在冰见子医生的体内完成了全部过程。我一边反复回味着这种满足感，同时随着潮退，意识渐渐恢复了正常。

我是获得了极大的满足，那么冰见子医生呢?

她的确毫无保留地把一切都给了我，但她自始至终都保持着一种安静而平和的状态，就像一位默默的母亲，包容着一个在自己体内欢唱、呻吟的男人。

我就这样沉浸在第一次在冰见子医生体内达到高潮的余韵当中。这时她问: "已经行了吧?"

我现在当然已经用尽了全部的精力达到巅峰，身心都得到了巨大的满足。正当我想要抒发这种心境、点头表示满足时，冰见子医生抽身准备起来。

"那个……"

我还想再和她耳鬓厮磨一会儿。只要一小会儿就可以了，我想和她一起享受爱的余韵。

但是，冰见子医生却是一副全部都已结束的样子，她下床以后，把刚才脱掉的拖鞋拿在手里，喃喃自语：

"今天夜里正是樱花盛开之际。"

被她突然这样一说，我的脑子一下子没有转过劲儿来。我一直呆呆地躺在床上，冰见子医生说：

"咱们去看樱花吧。"

"……"

现在去看樱花，她到底在想些什么？今天晚上确实正是赏樱的大好时机，这家饭店前面的樱花也在朵朵绽放，而且月光明亮，现在去享受夜晚的樱花也许十分美妙，但是我们刚刚结束做爱。爱液还残留在彼此的身体里，就这样出去吗？

冰见子医生心里似乎已经决定好了，她向浴室走去。

我目送着她去浴室之后，仍然躺在床上，不到三十分钟，她就回来了。

她已经把头发梳理整齐，并重新化好了妆，穿着一条胸部开领的白色连衣裙，上面还披了一件粉色的短外套，手里拿着皮包。

"走吧。"

冰见子医生要去，我当然只好跟随其后，我一边慌忙穿着衣服一边问："请问，是去墓地吗？"

"对。"

我重新记起自己现在身处白金的饭店。

"您打算在这儿住到什么时候？"

"我没准儿就会回家。"

冰见子医生站在那里，边照着小镜子边说：

"因为接下来警察可能也要有所行动。"

"警察？"

"周刊杂志和电视都已经报道过了，所以警察也不得不有所行动吧。"

"这样一来，事情会怎么样发展？"

"也许我会被警察带走……"

刹那间，我的脑海里浮现出由于受贿等罪名，在左右两旁警察的看守下，嫌疑人被押送上警车的画面。

难道说冰见子医生也会以这种姿势被带到警察局去吗？

怎么会呢，绝不可能有这么离谱的事情。但我还是害怕起来，不由自主地嘟囔：

"这种事情，不会发生的。"

"……"

"不要紧，不要紧的。"

"谁也不知道。"

我不希望冰见子医生回答得如此草率，在我目不转睛地看着她的时候，她说：

"也许已经不行了。"

"不行？这是什么意思？"

"我的意思是医院和我都不行了。"

"怎么会……"

我不禁想紧紧抓住冰见子医生，她一副"我知道你的感觉"的表情点点头，"走吧"，说完就向门口走去。

放下如此重要的事不谈而去赏花，这么做行吗？我想再打听得详细些，冰见子医生却好像完全失去了兴趣。

我们就这样一言不发地来到了一层，在通过前台的时候，服务生都点头向她致意。

他们好像都认识冰见子医生，但是谁也不会想到眼前这位医生刚才还在和我激烈地翻云覆雨。因此在门口等坐出租车的时候，我的身体里还悄悄潜伏着欢欣和不安。

"请去青山墓地。"

听到冰见子医生的话后，"是墓地吗？"出租车司机重又确认了一遍，才启动了汽车。

不知由于夜晚空气不够畅通，还是刚才的做爱过于激烈，我感到非常倦乏，冰见子医生也深深地陷在座椅里闭目养神。

我在旁偷看她的侧脸，看着看着心中又涌起一股情欲，我悄悄地握住了她的手，她没有躲闪，我就一直握着她到了墓地。

樱花的确开得极为茂盛，墓地一带仿佛到处都充斥着花妖的气氛。

将近夜里十二点了，赏花的客人很少，然而在夜晚的樱树丛中，也会有人影突然闪现。

在这种时刻赏花的客人，都有些不为人知的理由。

我们在夜晚的樱花丛中遛了一会儿，在一个排列着塔形木排的拐角处往左一拐，冰见子医生停了下来。

和周围盛开的樱树相比，这是一棵较矮的樱树，一伸手就能够到枝杈纵横的花枝，我马上就记起这是去年被冰见子医生称为"我的樱树"的那棵树。

"又开花了。"

冰见子医生好像把警察的事情忘得一干二净，她对树说："谢谢。"

她一只手抚摩着樱树的树干，突然把一小枝垂下来的樱花撸下来，举向夜空。

"这种花总是会有蜜的，小鸟会来啄食。"

说完，冰见子医生把嘴唇轻柔地贴向花朵。

"是爸爸教我的，在小鸟飞来之前把花蜜吃掉，两个人一起吃掉。"

一年前的那个晚上，冰见子医生口中衔着一枝樱花，面露微笑说："真香甜。"

那时我曾经觉得是一幅十分奇妙的画面，今天才知道原来最早是她父亲教她的。

"你不尝试一下？"

听她一说，我用舌头舔了一下她刚舔过的地方，确实有一丝甜意。

"只有小鸟才会欺负樱花。"

是这么一回事吗？我试探着问：

"您和您父亲一起来过这儿吗？"

"来过呀，爸爸喜欢夜晚的樱花，我们约定晚上很晚来到这里，穿过墓地，在樱花树下接吻。"

优雅的父亲和美丽的女儿避开人们的耳目，偷偷潜入墓地一带，在盛开的樱花树下接吻。

越是不被世间允许的乱伦之爱，这二人的身姿就一定越显得凄美妖艳。当我浮想联翩的时候，冰见子医生突然指着夜空：

"月亮，你看，那般赤红。"

听她一说，我透过樱花丛中的缝隙仰视夜空，临近满月的明月，如同血染一般赤红。

"这么红……"

宛若歌词中唱的一样，冰见子医生面前飘浮着白色的樱花，一轮赤红的月亮懒洋洋地悬在上空。正当我对这种仿佛不属于这个世界、引诱我们去另一个三维空间的景致看得入迷的时候，冰见子医生喃喃自语：

"在月亮血红的夜晚，人会死的。爸爸死的那天，月亮也充满了赤红。"

"怎么会……"

"是真的，爸爸就是被赤红的月亮吸走的。"

怎么会有这种事情，我心中暗想，但是在和冰见子医生一起仰望月亮的过程中，我慢慢觉得她说的也许是真的。

"今晚来到这儿，真是太好了。"

一刹那，我感到一股寒冷的空气从花丛后面吹了过来，我回头观望，冰见子医生小声说：

"是花季春寒。"

想来她和我同样感到了这股寒冷。我点头赞同，她缓缓从樱花树前离开。

赏花就这样结束了吗，我还有些恋恋不舍，但是刚才听到的警察即将有所行动的事情，始终令我放心不下。我觉得就是警察参与调查，也不会出现什么新的问题了，但是，冰见子医生那种不知出自何处的自暴自弃的感觉，却使我非常不安。

"刚才说的那件事……"我在樱花树下的小径上边走边说，"您不用在乎警察什么的，因为我们又没做什么坏事。"

"咚、咚、咚"，伴随着冰见子医生高跟鞋的声音，她说：

"我知道，但是我已经无所谓了。"

"那，您是什么意思？"

我不理解冰见子医生为何变得如此软弱。"请您坚强一些。"我的话还没出口，她停下脚步，望着开满夜空的樱花说：

"你虽然宽慰了我很多，但我已经不需要了，我活的时间够长的了。"

"没这回事儿，您的人生才刚刚起步。"

冰见子医生再一次抬头望着血红的月亮。

"我想你也知道，我的生命再也燃烧不起来了。不管和谁结合，都像美奈那样，不可能再燃烧了。"

突然听她提到美奈的名字，我不由屏住了呼吸。

"我只有和爸爸一起的时候才有激情。和爸爸做不为世间允许的事情，做人间所不齿的最不要脸的事情，我只有这种时刻才能燃烧……已经够了，我再活下去也没有任何价值了……"

"没有活下去的价值？"

我重复了一遍她的话，冰见子医生缓缓点头。

"笑话我吧……"

怎么可能，我怎么会嘲笑冰见子医生？我坚决地摇摇头。她说：

"我从这儿回去了。"

"请等一下。"

冰见子医生没有理会我的请求，喃喃自语：

"感谢你为我做的种种努力。"接着她极为罕见地深情地凝视着我，"你多多保重啊。"

冰见子医生为何突然说出这种话来？我还不想分手，所以仍然呆呆地站在那里，这时她一转身，背朝着我快步走了。

"冰见子医生……"

我呼唤着，可是她头也不回，在路前边十字路口等候的出租车开了过来。

我还有很多很多的话要对跟她说，真不想和她就此分手。我忍住心中的想法，默默地目送着出租车的红色尾灯，消失在樱花丛中的黑暗当中。

朦胧月夜

和冰见子医生见面的第二天，我感冒了。

可能是由于那晚要回去的时候感到的那阵花季春寒，也可能是因为和冰见子医生那场出乎意料的结合导致激情过度。不管怎么说，我量了一下体温，三十八度，咳嗽，而且鼻子发齉。

这种情况，我即使勉强去上班，也只会给周围平添麻烦，而且就是到了医院，也无所事事。这样一想，我就向医院请了一天假，几乎一整天都昏睡了过去。

到了傍晚，我觉得好了一点儿，就下决心往白金的饭店打了个电话，但是对方说冰见子医生已经退房了。

她是否如昨天所说，已经回到了松涛的家中？事到如今，那些穷追不舍的记者的确也不会再去骚扰了。

这天夜里，我梦见了和冰见子医生做爱，出了一身大汗，醒来的时候，体温已经降到了三十七度以下。

这样一来，我也不是不能去上班，但是即使去了，也见不到冰见子医生。想到这儿，我又没有了上班的心气儿，吃完买来的剩面包以后，重新钻进了被子里。

我再次睁眼是正午刚过一会儿的时候，好像在等我醒来一样，手机响了。

会是谁呢？我咳了一下接通电话。"喂。"美奈沙哑的声音传了过来。

"怎么了……"

我不紧不慢地应答，美奈的语气中好像充斥着不满。

"冰见子医生死了。"

刹那间，我没有明白她的意思。"你说什么？"我反问了一句。

这次她的口齿非常清晰：

"冰见子医生死了。"

我不由得坐起身来，紧紧握着手里的手机质问：

"冰见子医生死了？"

"对，今天早上她让我去她家一趟，我去了以后发现她在浴室里上吊了……"

"上吊了？"

"我马上叫了救护车，把她送到了就近的医院，可惜已经迟了……我刚和她的遗体一起回来了……"

美奈好像在断断续续地抽泣。

"我立刻动身，是松涛的公寓吧，另外还有谁在？"

"她母亲和其他亲属……"

眼下根本不是什么感冒的时候了。我首先必须赶去，在我没有亲眼见到她的死亡之前，我绝对无法相信。

"冰见子医生，不行、不行、不行，您绝对不能死去啊！"

我一边喊叫，一边驾车向涩谷飞奔而去。

然而冰见子医生为什么死了呢？前天在饭店见面的时候，她确实显得相当疲劳，脸色也颇为憔悴。说话的时候，她提起警察将要参与调查时，语气中有些自暴自弃，还说过已经活腻了等厌世的想法。

把这些放在一起分析，也不是完全预感不到她的死亡，只是怎么也不会想到她会自杀。在我怀中的冰见子医生，给人的印象总是冷静而充满了智慧，不论发生什么，都能从容不迫，像她这样一位优秀的医生兼经营者，怎么也使人联想不到自杀二字。

是不是有什么魔鬼附体，或者说她受到了一种突发性的死的诱惑？

说起来她对我以身相许的时候，事后突然去墓地赏樱的时候，我都有一种说不清的异样感觉，但是冰见子医生类似的这种突如其来的举动，也不是从那天才开始的呀。

如果说她什么地方有些怪异，也的确如此，但是即使这样，我又能做些什么呢？脑海中思绪万千，我到了冰见子医生住的公寓。

正好大门前面的院子里樱花盛开，在正午的阳光下花瓣洒满了一地。

我从旁边穿过，按响了她家的门铃，在报上我的姓名以后，走了进去。

我从鸦雀无声的大厅坐电梯来到三层，走到 301 号房间，房门是敞开的。

马上来了一位好像保姆的女性，把我带到了客厅，已经有几个亲戚和一位稍微上了年纪的夫人。她好像六十五岁左右，身材苗条修长，穿着丧服，从她略显冷漠的美人迟暮的侧脸上看，我立刻明白了她就是冰见子医生的母亲。

我向她行了一礼。"是北向先生吧？"对方问。我刚一点头，她就说"这边请"，说完就把我带到了里边的房间。

穿过走廊面对的那扇门，继续往里走，左边便是卧室，在卧室的床上，冰见子医生的遗体脸上蒙着白布被安置在那里，旁边站着美奈。

这是我前几天和冰见子医生一起躺过的大床，往日情怀不由得涌上心头，我凝视着她，冰见子医生的母亲把盖在她脸上的白布慢慢掀了起来。

"请您再见她一面吧。"

在我面前静静地躺着的正是冰见子医生。聪明尽露的额头，挺秀的鼻梁，柔软的嘴唇，和我两天前见到的没有任何两样。只有一个地方，也就是脖子上缠着绷带，大概是为了遮掩上吊自杀时的痕迹。

"冰见子医生……"

我情不自禁地抓住她两只臂膀，陷入一种想要摇醒她的冲动中，我在心中默默问道：

"为什么，为什么，你要去死……"

我眼前的冰见子医生已经死了，说什么我也不能相信。正在我伏在冰见子医生的肩头暗中哭泣的时候，有人轻轻地拍了一下我的后背。

我回头一看，冰见子医生的母亲正看着我点头示意。

"我是冰见子的母亲。承蒙您对她的多多关照。"

"哪里，哪里……"

我没有照顾过冰见子医生，应该是冰见子医生一直关照我。

"昨天夜里，突然来了电话，你和那位小姐的事情，我也听说了。"

冰见子医生的母亲往美奈那边望了一眼。

冰见子医生曾经说过她和母亲一直处于绝缘状态，难道昨天夜里，她突然想起亲自给母亲打电话了吗？

"说实话，直到最后为止，她都和我生活在不同的世界里，我什么都未能给她做……"

她母亲这时用手轻轻地触了一下冰见子医生的脸颊。

"这孩子实在太可怜了，你们说不定也知道，她经历了很多磨难，最后却弄成了这副模样……可是，没准儿这样也好。"

冰见子医生的母亲说完，用手指轻柔地抚下她的双睑，重又向我们低头行礼。

"诸多事宜，承蒙你们关照了。"

"哪里，哪里……"我和美奈一起回答，然后慌忙低头回礼，这时感到走廊那头有人来了。

到了下午，得知冰见子医生的死讯，前来吊唁的客人接踵而至。

我实在是想一直待在这里，但是我又不能一个人独占此地。

没有办法，我和冰见子医生的母亲打过招呼之后回到了客厅，办公室主任也在，脸上一副非常吃惊的表情。

但是事已至此，在这种场合也无话可说。我只是对他点头致意了一下，便和美奈一起走向门口。

在门口处我又朝里面行了一礼，乘电梯来到一层，暂且在公寓大厅里的沙发上坐了下来。

"吓了一大跳吧，我直到现在还是不敢相信。好像还有一种做梦的感觉……"

"是你最先发现的吧？"

"冰见子医生要我早上七点一定去一趟，我去了以后却发现她死了……"

"冰见子医生准是希望你第一个发现吧。"

"但是，也不需要用死的姿态……"

不知是生气，还是哭过了头的原因，美奈眼角上的妆已经消失殆尽。

"冰见子医生最后是想让你照顾。"

"可是她最信赖的还是你啊。因为在饭店的最后一夜，她对我说，一定要把你叫去……"

我一边点头，一边回想前天晚上赏樱的情景。可能那个时候，她对我说的那句"保重啊"，就是冰见子医生给我临终赠语。

"但是，她怎么会上吊自杀呢？"

"验尸的法医说，她上吊之前好像已经服用了大量的药物。"

服用自己开出的药物去死，难道说她直到最后都是一个精神科的医生吗？

"但是，她为什么要去死呢？"

我的疑问又回到了最初的地方。即使被警察带走，即使被告上法庭，并不是就输定了呀。岂止如此，周围很多意见都是，如果打官司的话，那一定会赢。的确经过周刊杂志和电视节目的大肆报道曝光，医院自身的经营将困难重重，说不定会被逼到被迫倒闭的境地，但是即使如此，冰见子医生本人的生活也不会受到什么威胁。

"她不死的话，该多好啊……"

"但是，冰见子医生不是到了那种身临窘地还会继续活下去的人。"

媒体的批判确实非常过分，但是也不至于因此就死啊。

"人一死，什么都没有了。"

对我来讲，冰见子医生的面容、身体、淡淡的笑容、口叼樱花的那种疯狂、丰富的知识、冷淡的态度，这一切的一切都是那么值得珍惜，值得留恋。

"为什么，要去死呢……"我再次嘟囔说。美奈接口："那是心血来潮。"

"心血来潮？"

听她这样一解释，我感到非常失望，但是在嘴中不断重复这个词的过程中，我也渐渐觉得的确如此。

"原来如此，是心血来潮啊。"

这样想或许更为符合冰见子医生的个性。

"没有留下遗书吗？"

"有，只有一份，没名字的，上面写着'给大家添麻烦了，我深感歉意。但是，对我来说这是最好的选择，事情应该如此解决'。"

"这么说，她当时作决定时非常清醒。"

"当然了。"

"遗书的内容就只有这些？"

"最后写了一句'我去爸爸那儿了'。"

冰见子医生的灵前守夜定于第二天下午六点开始，在高轮坡道上的一家寺庙举行。那里是花冢家祖祖辈辈的菩提寺，冰见子医生的父亲也长眠于此。

作为一个大医院院长的灵前守夜，凭吊冰见子医生的人数显得有些寂寞，只有七八十人参加，而且几乎都是医院的职工，或者是大学附属医院的医生。

听美奈讲，在引起社会上的骚动之后自杀，冰见子医生的母亲希望一切从简，所以按照她的意思，灵前守夜搞得如此冷清。

我开始时负责来客登记，在灵前守夜即将结束的时候才去上香，祭坛上的冰见子医生，头微微侧向一旁，挂着一丝淡淡的微笑，由于一直凝视下去，我的眼泪就会流出，所以我双手合十之后，就匆忙离开了祭坛。

祭奠的香火淡淡地燃烧着，刚过晚上七点，守灵就几乎结束，参加吊唁的人也基本上都离去了。

我不想马上直接回家，穿着西装，打着黑色的领带，美奈由于同样穿着黑色的丧服，显得比平时楚楚动人，我们一起沿着寺庙下面的坡道向下走去。

"从今往后，医院会变成什么样呢？"

听到我的问话，美奈干脆地回答："当然是关门大吉啦。"

如果医院关门，我也不得不离开医院，冰见子医生不在了以后，我对那里已经没有任何留恋。

"冰见子医生或许选择了最佳的时机逝去……"

喃喃自语的美奈肩上，飘落着樱花的花瓣。

即使冰见子医生继续活下去，或许也抓不到真正意义上的那种幸福。

"但是，我还是希望她活下去。"

这是我真实的想法。如果冰见子医生还活着，让我为她做什么都可以。

"要是她还活着，该多好啊……"

"冰见子医生活在她爸爸的世界里，你就放心吧。"

美奈再安慰什么，也填补不了我的寂寞。

"你也变寂寞了。"

"对，再也不能相互舔舐对方的伤痕了……"

我猛然抬头一看，只见美奈茶色的头发上，停留着一瓣樱花。寺庙石墙的周围盛开的樱花，现在正好迎来了落英缤纷的时节。

"喂，我们今后也时常见见面吧。"

美奈提议，我表示赞同。从今以后，能一起回忆冰见子医生，相互谈起她的事情，也只有面前的美奈了。

"冰见子医生也会因此高兴的……"

刹那间，美奈停住了脚步，指向樱花上方一望无际的夜空。

"你看，那么血红的月亮……"

我放眼望去，和三天前一样，在朦胧的夜色中，只有月亮好像含血一般，闪耀着赤红的光辉。

"看上去感觉好像不属于这个世界。"

"冰见子医生就是去了那边的世界。"

凝视着血红的月亮，我慢慢地觉得，至今为止，我触摸到的冰见子医生都是一种幻觉，追随月亮而去的冰见子医生才是真正的她。

"在月亮的世界里，冰见子医生的爸爸也在吧。"

"对，冰见子医生投向她爸爸爱的怀抱里去了。"

这时我的全身关于冰见子医生的感觉全部苏醒了，一共是三次，我的的确确和她结合在一起并得到了满足，但是我却从没有真正得到她的感觉。

"因为冰见子医生只有和她爸爸在一起的时候，才能真正有爱的感觉。"

原来如此，我表示了率直的赞同。美奈语气明快地说：

"也不错啊，冰见子医生回到了她父亲的怀抱，变成了一个真正的女人……"

对我来说，直到现在也不能完全理解其中的含义。但是，我却觉得这似乎把冰见子医生的喜悦、悲哀和痛苦全部都表现了出来。

"你再也不用有那种罪恶感了，这样多好……"美奈说道。

我也点头称是。

"那么，我们也不用为她伤心了。"

"对，这个结局也不错。"

也许我们的理解过于草率，但是，现在的美奈和我，也只能这样去相信了。

在那一天的晚报上，以 "令人怀疑的女医生自杀" 为题，报道了冰见子医生的死讯。内容是不久前被起诉的美貌女医生在自己家里上吊自杀，原因是不堪此后将被法庭裁决的痛苦。

但是只有我们才知道，根本不是如此单纯的理由。